KB252363

중국 고대 사상의
원형을 찾아서

중국 고대 사상의 원형을 찾아서

이은봉 지음

소나무

지은이

이은봉李恩奉 교수는 서울대학교 문리대와 대학원 종교학과를 졸업하고, 성균관대학교 동양철학과에서 철학박사를 받았다. 덕성여자대학교 인문과학대학 학장 및 대학원장, 한국종교학회 회장을 역임했다. 현재 덕성여자대학교 철학과 교수이다.

저서로는『한국고대종교사상』,『종교세계의 초대』,『종교와 상징』,『여러 종교에서 본 죽음』,『노자—나만 홀로 우둔하고 멍청하도다』,『한국인의 죽음관』,『단군신화연구』(편저),『神判』(편저) 등이 있다. 역서로는『종교형태론』,『신화와 현실』,『근대 중국종교의 동향』,『도와 인간심리』,『과학·신념·사회』,『성과 속』,『종교학입문』 등이 있다.

중국 고대 사상의 원형을 찾아서

초판인쇄일 2003년 1월 13일
초판발행일 2003년 1월 20일

펴낸이   유재현
기획편집   임혜선 조원식
마케팅   안혜련 임중혁 장만
디자인   Soltree
인쇄   대원인쇄
제본   우진제책

펴낸곳   소나무
등록   1987년 12월 12일 제2-403호
주소   121-230 서울시 마포구 망원2동 472-15 6층
전화   02-325-4660~1, 4648
팩스   02-325-4649
전자집   www.sonamoo.or.kr
전자우편   soltree@chollian.net

ⓒ 이은봉, 2003

ISBN   89-7139-320-3   03810

소나무 머리 맞대어 책을 만들고, 가슴 맞대고 고향을 일굽니다

誠者不勉而中不
思而得從容中道
聖人也誠之者擇
善而固執之也
壬午晚秋中庸句
德泉李恩奉

“성실한 사람은

힘쓰지 않아도 모든 일들이 알맞게 되어지며,

생각하지 않아도 터득되어,

자연히 도에 알맞게 된다.

이러한 사람이 성인이다.

성실하려고 하는 사람은 선한 것을 택해서,

그것을 굳게 지키는 사람이다.”

『중용』, 20장.

　나는 오래 전부터 중국의 고전 읽기에 취미를 붙여 여러 책들을 읽게 되었는데, 어떤 고전은 학생들과 더불어 같이 읽고 음미하느라고 2년이 넘게 걸린 것도 있다. 그런 고전을 읽으면서 마음속에 항상 담기는 것들이 있었다. 그것들을 언젠가는 정리해서 뱉어내야겠다는 생각이 들었지만 나의 미천한 지식으로 그것이 쉽게 이루어지지 않았다. 지난 10여 년 전부터 그런 내적 충동을 이기지 못하여 여기 저기 그 동안의 생각을 정리하여 발표하기 시작했다. 나는 학문적으로는 종교학적 주제들에 약간 익숙한 배경을 가지고 있는 사람이었지만 나의 마음속에서 이런 중국철학의 주제들이 동시에 익어가고 있었고, 나는 그 과정에서 아무런 모순을 느끼지 못했다. 아마도 중국 고대철학의 주제들이 인간의 보편적 가치를 유난히 상조하고 있는 데서 오는 것이 아닌가 생각된다. 나에게 있어 중국 고대철학은 종교이면서 철학이었고, 철학이면서 종교였다. 중국의 고전 읽기는 성서나 불경을 읽는 것과 별로 다르지 않았다. 반대로 나는 성서 읽기를 하는 동안에도 중국의 고전 읽기를 통해서 얻은 주제들을 자연스럽게 메모하는 경우도 많았다. 나의 내면에서 이루어지는 그런 것들이 여간 재미있는 일이 아니었다.

이 책은 한국의 사상과 밀접한 연관을 가질 수밖에 없는 중국의 고대사상을 현대적인 시각에서 음미하려고 하였다. 이 책은 전통적인 의미로 중국의 고대철학을 역사적으로 다루지 않았다. 동북아시아 철학에서 중요하다고 여겨지는 주제들이 지닌 원형적인 사상을 다루려 하였다. 그것들이 지니고 있는 세계적인 의미, 우리의 일상과 어떻게 오늘날까지 관련을 맺고 있는지에 대해서 관심을 가졌다. 이 책에서 고대철학의 주제들을 총망라했다고 말할 수는 없을 것이지만 오늘날까지도 중요하다고 여겨지는 것들은 대부분 다루었다고 생각한다.

이 책은 크게 세 부분으로 되어 있다. 첫째는 중국철학의 기반이 되는 종교적 배경에 대한 것이고, 둘째는 중국 사회철학의 기반이 되고 있는 주제들이고, 셋째는 인간 본성과 초월에 관련된 주제들이다. 첫째, 중국철학의 기반이 되고 있는 종교적 배경에서는 중국인들이 믿음의 대상으로 삼았던 것들과 최초의 사제 계층이라고 할 수 있는 종교직능자, 그 가운데서도 무巫가 고대 유가사상에 어떤 영향을 미쳤느냐 하는 주제, 중국 신화가 고대철학에 어떻게 영향을 미쳤는가 하는 문제, 그리고 고대철학의 논리적 기반인 음양사상에 대한 현대적 해석을 시도해 보았다. 둘째, 사회철학의 기반에서는 중국인들이 개인과 세계를 보는 관점인 인간관과 우주관을 다루었고, 정치철학의 기반이라 할 수 있는 법과 권력의 특성에 대한 주제, 철학뿐만 아니라 생활 전반에 미쳐서 영향을 주고 있는 중용의 사상이 지닌 세계적인 의미에 관련된 주제들, 가정 생활과 사회 생활, 종교 문화 등 전반에 걸쳐 파급되어 있는 효의 문제, 그리고 오늘날의 절실한 문제로 떠오르는 도덕적 생태학의 철학적 기반에 대해서 다루었다. 셋째, 인간 본성과 초월에 관련된 주제들로는 동양사상의 핵심이라 할 수 있는 인간 본성의 선성善性이

어떻게 확립되고 있는지에 대한 주제, 중국 형이상에 대한 전반적 성격
들에 관련된 주제, 장자의 사상을 통한 초월의 여러 방식들에 관련된
주제, 영원한 지혜의 원천이라고 할 수 있는 주역의 보편적 가치를 다
루었다.

이 책의 부론으로 하나의 논문을 첨부해 두었는데, 엄격히 말해서
중국 고대철학에 속하는 것은 아닐지 모르나 중국의 사상이 서구에 어
떤 모습으로 소개되고 이해되었는지에 대한 관심에서 라이프니쯔의 사
상을 다루었다. 나는 일부러 동서의 비교사상을 염두에 두었던 것은 아
니지만 나도 모르게 이상의 여러 주제들을 서구적인 사상들에서 영향
받은 것들과 암암리에 비교하기도 하였다. 서구철학에 대한 내 자신의
미천한 지식으로 여기서 동서의 비교사상을 감히 시도했다고 말할 수
는 없지만 이 책의 전반에서 중국 고대철학의 주제들이 지닌 보편적
가치에 관심을 가졌던 것은 사실이다. 그러므로 그런 각도에서 이 책의
가치가 평가되기를 바랄 뿐이다.

여기에 실린 모든 주제의 글들은 하나하나 독립된 논문들로 발표된
것이 많으나 그런 논문들을 적당히 모아 놓은 것은 아니며, 처음부터
중국 고대철학의 중요한 주제들을 염두에 두고 하나하나 기획된 것임
을 밝힌다. 물론 여기서 모든 주제들을 다 망라했다고 말할 수는 없을
것이다. 더 많은 주제들을 첨부하고 싶은 것들도 있고, 아쉬운 점들도
있지만, 이 정도로 만족할 수밖에 없는 현실적인 제약도 있었다. 하나
하나의 주제들이 지닌 보편적 가치의 깊이가 오늘날의 관점에서 만족
스럽게 표현되기를 바라는 마음이었지만 그 역시 쉬운 일이 아니었음
을 솔직히 고백하지 않을 수 없나.

2002년 12월

德泉 李恩奉

차 례

중국 고대 사상의 원형을 찾아서

서 문   7

I. 고대의 사상적 배경과 에토스

1. 신들과 거래하는 인간들   16
   —무巫를 중심으로

2. 중국 신화와 도가사상   32

3. 음양사상의 보편적 성격   51

II. 고대 사회사상의 몇 가지 기반

1. 개인과 세계를 보는 관점   72

2. 고대사회의 정치철학적 기반   97

3. 중용사상의 철학적 기반   120

4. 효의 실용성에 관련된 문제   141

5. 도덕적 생태론의 철학적 기반   166

III. 인간 본성과 초월의 사상

1. 인간 본성의 기반   194
   —맹자와 고자의 논변을 중심으로

2. 중국 형이상학이 지닌 종합성   215

3. 초월사상의 유형들   242
   —장자 「제물론」에 나타난 상대론의 문제

4. 영원한 지혜의 원천인 『주역』의 보편적 가치   258
   —주역의 동시성 이론

IV. 부론 : 신유교에 대한 라이프니쯔의 이해   279

일러두기   12
주 석   299

일러두기

1. 알파벳과 한자 표기가 필요한 경우에는 다음의 원칙을 따랐다.
   1) 발음대로 표기할 때는 한글 옆에 나란히 붙여 쓴다.
      【예】 발음發音, 마르크스 marx
   2) 뜻을 나타낼 때는 [ ] 속에 넣어 쓴다.
      【예】 내는 소리[音], 연결체[nexus]

2. 본문의 내용을 보충하거나 유사어를 표시할 때는 ( ) 속에 넣어 썼다.
      【예】 그들의 반대가 있었지만 (정확한 비율은 알 수 없다) 결국 가결되었다고 한다.
           거기에는 언제나 길(방법, 방향, 지향점 등)이 있었다.

고대의 사상적 배경과 에토스

중국철학의 기반이 되고 있는 종교적 배경을 중심으로 세 개의 주제를 다루어 보았다. 첫째는 중국 고대인들이 믿음의 대상으로 삼았던 것들과 그 대상을 다루는 최초의 사제 계층이라 할 수 있는 종교직능자를 생각해보는 것이다. 가장 원시적인 형태로 남아 있었던 무巫를 중심으로 살필 수밖에 없는데, 여기서는 단순히 종교적 성격을 밝히는 것이 목적이 아니므로 가능하면 초기의 유교사상에 무가 어떤 영향을 미쳤는지를 생각해 보려고 한다. 둘째는 중국 고대 신화와 철학의 관계에 대해서 다루었다. 신화는 논리적 사유가 아직 분명하게 생겨나기 이전에 인간의 최초의 의문에 대한 세계관과 인생관을 상징적으로 제시하고 있는데, 철학은 그런 신화적 구조에 영향을 받지 않을 수 없다. 그런 원시적인 신화의 요소가 가장 많이 반영되어 있는 도가사상을 중심으로 생각해 보았다. 세 번째로는 음양사상에 대해서 다루었다. 음양사상은 중국철학의 모든 논리의 배경에 깔려 있다. 즉 모든 논리의 배경에는 항상 음양사상이 자리잡고 있다고 할 수 있다. 그러므로 음양사상을 모르고는 어떤 이론적 토대도 밝혀지기 어렵다고 할 수 있다. 그런데 여기서는 단순히 음양사상의 소개뿐만 아니라 그 사상이 지니고 있는 보편적 요소와 함께 음양사상의 역사와 원리를 함께 다루려고 했다.

1. 신들과 거래하는 인간들 — 무巫를 중심으로

(1) 무당과 유교사상

중국의 무당과 유교사상의 관련성이라는 문제에 직접 들어가기 전에 중국 고대의 원시종교를 좀더 넓게 살펴보는 것도 의미가 있는 일이다. 고대 중국 유교사상의 몇 가지 중요한 개념에 무교적巫敎的인 것이 어떻게 중첩되고 있는지를 살피는 것이 중요한 목적이긴 하지만, 그에 국한하지 않고 그 배경이 되는 문제도 아울러 고찰의 대상으로 삼을 필요가 있다.

일반적으로 종교 행위를 하는 데는 다음과 같은 몇 가지 총체적 시스템을 고려하지 않으면 안 된다. 첫째는 믿음의 대상에 대한 것이다. 중국에서는 이것이 매우 복잡하다. 중국인들은 그냥 유일신 한 분만 모시는 것이 아니고 다신교적이기 때문이다. 그래서 보통 백신신앙百神信仰이라고도 한다. 둘째는 그 신神들과의 거래를 하는 종교직능자宗敎職能者에 대한 것인데, 보통은 사제계층에 해당하는 무리들로서 중국에서는 이것도 대단히 복잡하다. 셋째는 그 신들과의 거래 양상에 관한 것인데, 보통 종교 의례儀禮 혹은 제의祭儀라고 한다. 이것도 중국에서는 매우 복잡하다. 믿음의 대상, 즉 신들의 종류와 성격에 따라 의례도 모두 달리 나타나고 있기 때문이다.

여기서는 주로 두 번째로 언급한, 신들과 거래하는 종교직능자에 관해 이야기하고자 한다. 우리가 주로 이야기할 무巫 말고도 축祝, 종宗, 사史라고 불려지는 사람들에 대해서도 함께 다루어 보고자 한다. 이들은 신들의 의지를 읽어서 인간계와 연결하는 중간 매개자들이라 할 수

16

있다. 그것은 꼭 무만 했던 일은 아니고, 다른 종교직능자들도 그런 기능을 함께 했기 때문이다. 신들의 의지가 나타나는 양상 자체가 대단히 복잡하므로 읽는 방법도 달라질 수 있고, 매개자의 자의적 해석이나 정치적 이용도 많이 나타날 수 있다. 세 번째에 해당하는 의례 혹은 제의는 일찍부터 정치화되어서 천자天子가 하는 의례, 제후諸侯가 하는 의례 등으로 변모되어 아예 정치기구 속에 그런 제사 계급에 해당하는 사람들을 두었다. 점占을 치는 방법도 있고 기우제祈雨祭를 지내는 방법도 있고, 그냥 푸닥거리 비슷한 것을 해서 악한 힘을 몰아내는 방법도 있을 수 있다. 이런 것을 통틀어 의례라고 할 때, 그 수는 헤아릴 수 없이 많다. 그러나 고대 중국에서는 점과 기우제가 가장 일반적이었던 것 같다. 엄격히 말하면, 이상의 3가지 측면을 모두 서술해야 종합적인 이해가 될 것이다. 하지만 여기서는 주로 종교직능자 가운데 무巫에 관심을 갖고자 하므로 첫째와 세 번째의 것은 간단히 언급하고자 한다.

(2) 믿음의 대상

앞에서 말한 것처럼 중국인들의 믿음의 '대상'들은 너무도 다양하여 종잡을 수 없을 정도이다. 그런데 『서경』에 "일찍이 순舜임금이 섭정攝政을 행함에 있어 상제上帝와 육종六宗(시時, 한서寒暑, 일日, 월月, 성星, 수한水旱)을 비롯한 하늘과 땅의 귀신에게 제사를 지냈다."[1]라는 말이 나온다. 여기에서 고대 중국인들이 지녔던 믿음의 대상이 어떤 것들이었는지를 대체로 짐작할 수 있다. 그렇게 보면 상제가 가장 으뜸이고 시제時祭로서 봄과 가을에 제사하는 사직숭배社稷崇拜, 일월숭배日月崇拜, 한서숭배寒暑崇拜, 성신숭배星辰崇拜(별 숭배는 일반적으로 풍우숭배風雨崇拜와 겹침), 수한숭배水旱崇拜, 그밖에 산천숭배山川崇拜가 있고, 군신群神으로는 신시

고대의 사상적 배경과 에토스

귀매神示鬼魁가 있다. 이 내용들이 믿음의 대상들을 모두 다 말한 것은
아니라 하더라도 거의 모든 대상들을 망라한 것이라 해도 좋을 것이다.

(3) 백신과의 거래 양상

　중국과 같이 다신교적多神敎的인 나라에서는 하나의 권위를 가진 최
고신이 지배하는 것이 아니라, 여러 다양한 기능신機能神으로 직능이 분
화되어 있다. 따라서 신과 인간과의 관계에 있어서도 인간의 종교적 욕
구를 충족시키는 목적에 따라 그 기능에 적합한 신들이 동원되고 있다.
물론 상제가 높은 위격位格을 지니고 있는 것은 사실이지만 크고 작은
인간사의 모든 일에 상제가 모두 관여되는 것은 아니고, 많은 신들에게
그 기능이 어느 정도 분산되어 나타나는 것이 특징이다. 위에서 말한
것처럼 사직社稷의 신이 관여하는 부분과 일월의 신이 관여하는 부분이
구분되어 있다. 수한水旱과 산천山川이 간여하는 부분이 있고, 별들의 신
이 간여하는 부분이 있다. 이러한 신들은 목적에 따라서 각각 개별적으
로 요청되어 인간의 종교적 욕구를 충족시키고 있다. 그러나 중요한 일
인 경우는 일부의 몇몇 신들이 함께 동원되기도 하고, 아주 중요한 일
인 경우에는 많은 신들이 모두 총동원되기도 한다.
　신과 인간의 관계에서도 중국 고대인들의 특성을 볼 수 있다. 신들
이 다양하게 기능이 분화되어 있는 만큼 신들이 인간과 밀접히 관련되
어 있고, 인간화되어 있으며, 특히 다분히 정치적인 성격을 지니고 있
다는 것이다. 또한 신이 마치 손님처럼 인간 세상에 머물기도 하는 존
재로 관념화되었다. 신은 원칙상 눈으로 보거나 귀로 들을 수 없고, 오
로지 마음으로 느껴 아는 존재인데, 당시의 사람들은 이 신이 인간의
선악을 올바르게 판단하고 화복을 주는 존재로 인식했다. 그 신은 나라

18

가 흥할 때에도 내려오고 나라가 망하려고 할 때도 내려온다고 믿었다. 신은 나라의 흥망을 감찰監察하는 존재이기도 하다. 그렇게 되면, 그 신과 인간 사이의 관계를 매개하는 사제司祭는 매우 중요한 위치에 서게 된다. 사제는 신의 의지를 면밀히 관찰하여 그것을 인간에게 해석해 준다. 이러한 사제의 해석은 독점적인 것이며, 그것이 정치적인 경우에는 '사회적 힘'을 소유하게 된다. 이런 식으로 종교가 정치적으로 이용되고, 그러한 시도가 많았던 것으로 보인다. 잘못된 제사는 오히려 신의 분노를 사서 나라가 멸망할 수도 있기 때문에 신에게 맞는 제사를 드려야 한다고 하면서 까다로운 의례를 앞세우는 등 제사권祭祀權을 독점하려 했던 시도가 많았다. 고대 중국에서는 이처럼 일찍부터 신의 인간화 혹은 정치화의 성격이 드러나고 있음을 알 수 있다.

(4) 신들과 교섭하는 인간들

이제 신들과 거래하는 인간들을 종합적으로 살필 차례가 되었다. 이들도 신의 종류만큼이나 다양하지만, 가장 대표적인 무巫와 축祝의 두 가지만 살펴보려고 한다.

가. 무巫

춘추전국 시대의 종교 자료로 중요시되는 『춘추좌전春秋左傳』과 같은 책에도 무라는 말이 많지 않다는 것은 이상한 일이다. 일찍부터 중국인들은 남무男巫를 가리켜 격覡이라 하고 여무女巫를 가리켜 무라고 일컬어왔는데, 『춘추』에는 격覡이란 말은 한마디도 나오지 않는다. 다만 『춘추좌전』에서 무의 사회적 신분을 짐작할 수 있는 단서를 찾을 수는 있다. 일반적으로 무는 고귀한 신분은 아니지만, 정신적인 면에서 높은 지성과 덕을 지닌 사람으로 보여진다. 신의神意를 해석하는 데 있어서 앞에서 말한 대로 정치적인 면이 개입될 소지는 많다고 보아야 한다. 그렇다면 무는 어떤 기능을 했을까? 가장 중요한 기능은 가뭄이 들었을 때 기우제를 지내는 것과 미래에 대한 점을 치는 것이었던 것으로 여겨진다.2) 고대 사회의 삼대재앙三大災殃은 가뭄과 전염병과 전쟁이었다. 그 중 가뭄을 가장 중요한 재앙으로 친다. 고대의 왕권은 이러한 자연적 혹은 인위적 재앙을 물리치는 능력과 밀접한 관련이 있었다. 고대에는 왕 자신이 이러한 재앙을 물리칠 수 있는 주술적인 힘을 가진 것으로 여겨졌었다. 그러다가 기우제를 지내거나 전염병을 없애는 종교직능자를 국가 기구 안에 두는 것으로 발전했다. 가뭄이 들어서 기우제를 드렸는데도 불구하고 비가 오지 않으면 왕 자신도 살해되거나 자살하는 경우도 있었다.3) 두 번째, 무가 점을 쳐 미래를 예언하는 기능을 많이 볼 수 있다. 무의 예언적 기능은 때로 무의 사회적 신분을 높이는 역할을 한 것으로 보인다.4) 그러나 무는 처음부터 귀족 계급의 출신들은 아니었고, 서민들 가운데서 자연발생적으로 나와 차츰 권력 상층에도 영향을 미친 것으로 보인다. 그러므로 무巫의 사회적 신분은 제한이 있을 수밖에 없었다.

고대 중국에서 무의 역사적 변천과 기능을 알게 해 주는 기록이 『주례周禮』에 잘 표현되고 있다. 그것을 원문 그대로 인용하여 살펴보겠다.

"사무司巫는 군무群巫의 정령政令을 관장한다. 나라에 큰 가뭄이 있으면 무당을 거느리고 운제雩祭 중에 춤을 춘다. 나라에 큰 재앙이 있으면 무항巫恒을 살핀다. 제사 때에는 단주匰主·도포道布·조관蒩館을 공급한다. 무릇 지시地示에 제사할 때는 땅에 묻는 생옥牲玉(예瘞)을 지키며, 무릇 상사喪事에는 강무降巫의 예를 다한다." ("司巫, 掌群巫之政令, 若國大旱, 則帥巫而舞雩, 國

有大災, 則帥巫而造巫恒, 祭祀, 則共匰主及道布及蒩館, 凡祭事, 守瘞, 凡喪事, 掌巫降之禮." 『周禮』, 春官宗伯 下.)

　　우선 사무司巫라는 국가의 직책이 있었는데 제반 무의 일을 담당했던 것으로 보인다. 나라에 큰 가뭄이 있거나 재앙이 있을 때 무당들이 동원되었는데, 가뭄이 있었을 때는 운제雩祭 중에 춤을 추었다고 한다. 운제雩祭는 구름이 몰려오게 하는 주술적인 제사이거나, 한국에서 흔히 하는 방식대로 산꼭대기에서 입에 물을 머금고 사방에 뿌려서 비가 오게 하는 주술적 행위를 하던 의례와 일맥상통하는 것이 아닐까 짐작된다. 재앙이 있을 때 무당이 하는 것으로 무항巫恒을 살핀다고 하는 것은 무엇일까?

　　무항에 대하여 정주鄭注에서 풀이하고 있는 것에서 알 수 있는 것처럼, 나라에 수화水火의 큰 재앙이 생기면 우선 많은 무당들을 영솔領率하고 선세先世의 무행사巫行事의 기록을 살핀다는 것을 알 수 있다.5) 이것이 무항이다. 그리고 일단 제사가 이루어지면 단주匰主, 도포道布, 조관蒩館을 공급하게 되는데, 단주는 제사 때 제실祭室에서 꺼내서 벌여 놓는 여러 가지 제구祭具들이었다.6) 그리고 도포는 신神 앞에 까는 깨끗한 포布였고7), 조관은 제사 때 사용하는 깨끗한 띠로 만든 깔개와 음식을 담는 광주리와 같은 것이다.8) 그밖에 수예守瘞에서 예瘞라고 하는 것은 땅속에 묻는 생옥牲玉을 말한다.9) 수예는 그것을 땅속에 묻는 제사라 할 수 있는데, 다른 도둑들이 발굴해 가지 못하도록 그 생옥을 지킨다는 의미가 있다. 끝으로 무당의 굿에서만 하는 강신降神의 예禮가 있는데, 무당이 신과 통하여 신령이 자신을 몸주10)로 하여 내려오도록 하는 예이다. 이것은 일반적으로 몰아沒我 혹은 엑스터시라 한다. 이상의 짧은 글에서 우리는 고대 중국의 무巫 의례가 어떻게 이루어졌는지 짐작할 수 있다.

나. 축祝

　우리는 고대 중국의 종교직능자 중에서 무巫와 관련하여 독특한 위
치를 지니고 있는 축祝에 관하여 관심을 갖지 않을 수 없다. 그냥 축이
라 하기도 하지만, 축타祝佗, 축사祝史, 축응祝應, 축폐祝弊, 축종祝宗, 축관
祝款이라고 다양하게 불려진다. 『국어國語』에서는 이 축이 과거부터 내
려오는 전통적인 사제계층의 후예들이라고 말한다. 무가 서민들 가운
데서 나온 것에 비하여, 축은 지배계급 출신이라는 것이다. 이 축을 평
하여 종묘宗廟에 대한 지식이 있고, 예의가 바르고, 용모가 단정하고,
경신의 마음이 두터운 사람들이라 한다.[11] 이렇게 보면, 축은 제정일치
祭政一致 시대부터의 관리로서 신사神事를 담당하던 신관神官이었다는 것
을 짐작할 수 있다. 그러면 그 사회적 신분은 어느 정도였을까? 사회적
신분은 별로 높지 않았다는 것을 짐작할 수 있다. 당시로서는 가장 높
은 지식인이었다고 보여지지만 매우 낮은 관직이었다는 점을 짐작할
수 있는데, 그것은 축에 관련된 기능을 살펴보면 알 수 있다. 축 가운
데서 가장 높은 벼슬은 축타祝佗 혹은 대축大祝으로서, 축을 총괄하는
벼슬이었다. 축에 관련된 여러 직책을 간단히 말하면 다음과 같다.
　먼저 축사祝史가 있다. 축사는 제사를 지낼 때 주로 제문祭文을 지어
바치는 직책을 말한다. 수隨나라의 소사少師가 초楚나라를 공격하려 할
때 그것의 불가함을 간언한 계량의 말에 "백성을 다스리는 군주가 백
성의 이익을 도모하는 것이 충忠이며 신관神官 즉 축사가 제문을 지어
정직하게 아뢰는 것이 신信입니다. 그런데 지금 수나라의 백성은 굶주
리고 있는데, 우리 임금께서는 자기 욕심만 채우려고 신관이 신을 기만
하는 제문을 읽도록 하고 있습니다. 이렇게 한다면 어찌 초나라를 공격
할 수 있겠습니까?"[12]라는 표현에서 잘 나타나고 있다.
　축응祝應이란 이름도 있는데, 축응은 종구宗區, 사은史嚚과 함께 신에

게 제사하는 신관이었다.13) 축 계열에서 낮은 신분이었던 것으로 짐작된다. 축폐祝幣라는 명칭도 『춘추좌전』에 보이는데, 산이 무너지는 자연적 현상이 생기는 것에 대해서 "산이 무너지거나 냇물이 마를 때는 임금이 된 자는 성찬을 하지 아니하고 성복盛服을 폐하며 장식이 없는 수레를 타고 음악을 철거하며 궁전에서 거주하지 않고 교외에 나가 주무시고 신관은 옥백玉帛을 신령에게 바치며 사관은 임금을 위하여 제문을 지어 스스로를 꾸짖어 산천의 신령님에게 예를 바치는 것이오."14)라고 한 것에서 알 수 있는 것처럼, 제사 때 신에게 옥백을 바치는 신관이라는 뜻에서 축폐라고 했음을 알 수 있다. 축종祝宗이라 불리는 사제도 있었던 것으로 보인다. 진晉나라 범문자范文子란 사람이 언릉鄢陵의 전투에서 폐하자 축종에게 자기가 일찍 죽도록 기도해 달라고 하는 대목이 있다.15) 축종은 신과 인간 사이에서 중매를 하는 비교적 신분이 높은 대축大祝이었던 것으로 보인다. 『춘추좌전』 「양공襄公」 9년조에도 "우사右師와 좌사左師에게 명하여 네 사람의 향대부鄕大夫에게 삼가 신령님에게 제사하게 했고, 축종에게 명하여 말을 제물로 하여 사방의 성벽에 제사했다."16)라는 구절이 나온다. 축종은 왕명에 따라 종교적인 중요한 일을 처리했다는 것을 알 수 있다. 축관祝款이란 것도 도격屠擊, 수부竪柎 등과 함께 거론되는 사제였던 것으로 보인다. "정鄭나라에서도 가뭄이 극심했다. 도격, 축관, 수부 등 세 사람에게 명하여 상산桑山에서 제사를 지내게 하고 산의 나무를 베었으나 비는 오지 않았다. 자산이 '산에서 제를 올리는 것은 숲을 무성하게 하기 위해서인데 나무를 자르다니 그 죄가 크다'라고 했다."17)라는 말에서 나타난 것을 보면, 가뭄이 들었을 때 기우제를 지냈던 것으로 보인다. 이상의 축 계열의 직책에서 살필 수 있는 것처럼, 중요한 제사에 관련되기는 했으나 일반적으로 제사 절차에 있어서 약간의 전문적인 지식을 가지고 낮은 위치에서 봉직하고 있었던 것을 알 수 있다. 또 여기서 나열한 축 계열에 있는 모든 사람들을 무와 관련시키는 것도 문제가 있다. 무와 축이 서로 종교적 기능에서 중첩되는 면이 없지는 않지만 종교직능자로서의 순수한 기능으로 볼 때 무가 축보다는 더 권위 있는 존재가 아니었을까 짐작된다.

축과 비교해서 기능이 유사하면서도 구분되는 종宗이라는 직책도 주목의 대상이 된다. 그냥 종宗이라는 직책이 사용되기도 하지만, 흔히 종백宗伯이라는 말이 더 널리 쓰이고 있다. 이들은 제사의 일을 맡은 자들이다. 종이라는 말은 '존尊'의 의미가 있고, 백伯은 '장長'의 의미가 있으니, 종백은 국가적인 제사에 관련된 일을 맡은 자를 말한다고 할 수 있다. 『주례周禮』에 따르면, 종백에도 대종백大宗伯과 소종백小宗伯 두 가지가 있는 것으로 되어 있다. 대종백은 국가적 차원에서 천신天神·인귀人鬼·지신地神 등을 제사하는 예제禮制를 세우고 관리하며, 이를 통해 왕으로 하여금 천하를 평화롭게 하는 일을 한다.[18] 소종백의 직무는 나라 안의 제사의 신위神位를 세워 관리하며, 오른쪽에 사직社稷을 세우고 왼쪽에 종묘宗廟를 두며 사교四郊에서 오제五帝를 제사하며, 단위壇位를 설립하고 사망사류四望四類를 이와 같이 한다고 말하고 있다.[19] 행정상의 직책으로는 종이 무와 축을 관장했던 것으로 보인다. 일찍부터 봉건시대의 사회적 계급에 따라 신권神權을 행사하는 정도의 차이가 생겨났음을 볼 수 있다. 축과 종은 정부 내에 있는 국가 기구에 속한 면에서는 동일하지만, 일을 수행하는 면에서는 구분이 되었던 것으로 보인다. 축은 제사할 때에 찬사贊詞를 주로 담당했던 것 같고, 종은 신의 열위존비列位尊卑를 가려서 적절한 제사를 담당했던 것으로 보인다. 제사 때에 신들의 순서와 배열을 담당하는 것은 매우 중요한 일이었기 때문이다.

사史라는 종교직능자에 대해서도 이와 관련하여 주목해 볼 수 있다. 앞에서 이미 축사祝史는 제사 때에 제문을 지어 바치는 일을 맡은 신관이었다고 말했다. 여기에는 종교적인 제사의 일이 주로 포함된다. 제사하는 날을 정하는 일, 그것이 과거부터의 예에 합당한지를 판정하는 일, 제사에 적합한 길일인지 흉일인지 등을 살펴야 하는데, 주로 그런 일을 담당했던 직책이 사였던 것으로 보인다. 그러므로 사는 제사에 관련된 각종의 기록을 살피는 일과 점복占卜에 관련되는 일을 했는데, 그런 면에서 앞에서 말한 것처럼 무, 축, 종 등과 밀접한 관련이 있었음을 알 수 있다.

(5) 무巫가 하는 기능

신들과 거래하는 사람들은 비단 무만 있는 것은 아니고 축, 종, 사 등 여러 신관이 있었음을 앞에서 대강 살폈는데, 이들은 하는 직책에 따라 기능이 달랐음이 분명하다. 그러나 이 중에서 우리는 무의 기능에 대해서 좀더 관심을 갖고자 한다. 다만 신들의 의지를 읽어서 그것에 적절히 대처하려고 했다는 점에서는 공통적인 면이 있었다고 하더라도, 무의 기능이 종교적으로 중요했기 때문이다. 여기서는 고대의 유교사상에 무가 어떤 영향을 미쳤는지에 대해서도 관심을 갖고자 한다.

가. 유교의 경덕敬德과 무巫의 빙의憑依

무와 유교는 어떤 관계에 있었는지에 대해서 유교의 기본적인 사상인 덕德과 경敬 두 가지를 통해 살펴보고자 한다. 원래 신의 의지를 직접 읽을 수 있는 사람은 신이 빙의하여 있는 무당에게만 가능한 일이다. 무당은 신의 권위를 가지고 말하는 존재이다. 신령이 무당에게 직접 내려와 권위를 가지고 말할 때는 신의 의지를 가감 없이 직접 읽을 수 있다. 그런 능력이 객관적으로 입증될 때에 비로소 무당의 권위가 서게 되는 것이다. 대부분의 무당은 이런 능력을 가지고 있는 것으로 되어 있다. 첫째, 무와 덕의 관계를 살펴보면, 신령이 내려오는 조건으로 덕이 있는 자를 들고 있다.[20] "신의 빙의는 덕이 있는 자에게만 가능하다."라는 말은 유교의 덕이 고대에는 무의 접신接神과 일정한 관계가 있었음을 강력히 시사하는 대목이라고 할 수 있다. 즉 춘추시대에 이미 무는 그냥 엑스타시[沒我]에서 노는 것이 아니고, 신의 빙의는 덕을 지닌 자에게만 가능하다고 말하고 있기 때문이다. 이렇게 보면 덕의 가장 원시적인 개념은 종교적인 데서 왔다고 말할 수 있다. 이른바 유덕자有德者라는 사람은 고대로 거슬러 올라가 보면 사회적 카리스마를 지닌 사람이었을 것이고, 아주 고대로 올라가면 이와 같은 무巫의 주술적 능력을 갖춘 자라야 가능했을 것이다. 그런데 자세히 살펴보면, 무의 엑스터시와 유덕有德은 서로 용납하기 어려운 개념임을 알 수 있다. 왜냐하면 엑스터시는 일시적이나마 나의 인간성을 이루는 의식을 제거하거나 혹은 떠나는 것이고, 유덕은 가장 높은 인간성을 유지하려고 하는 것이기 때문이다. 엑스터시는 나의 주체성을 확인하는 의식을 떠나다른 신과 접하는 것을 꾀하는 것이고, 유덕이라는 것은 오랜 기간에 걸쳐 자기 동일성을 확립하면서 차근차근 쌓아야 하는 것이다. 그런데 신이 내려와 접할 수 있는 조건으로 덕이 있어야 한다고 말하고 있다. 이 시대에 있어서는 무에 있어서조차 이미 인간적인 이성의 지배하에서 활동했다는 것을 알 수 있다. 무가 아무리 신과의 접촉을 통한 빙의를 통해 중심적인 기능을 수행하는 자라 할지라도 적어도 정부의 관료조직에 관련되는 한 이성의 지배하에 있을 수밖에 없었던 것이 아닌가한다. 따라서 엑스터시가 아닌 유덕이라는 깨어 있는 인간성에 의하여무巫도 또한 신의 말을 전했던 것이다.

둘째, 경敬과 무巫와의 관계이다. 경도 역시 유교에서 매우 중요한 개

26

넘인데, 특히 성리학에서 항상 언급되는 경이 고대에는 어떤 의미를 지닌 것이었을까 하는 점을 살펴볼 필요가 있다. 고대에 경은 예禮와 관련하어 언급하는 것이 자연스럽다. 예도 역시 유교철학에서 매우 중요한 역할을 하는 것은 누구나 알고 있는 일이다. 그런데 그 예가 고대에 무와 일정한 관계를 맺고 있었던 것처럼, 경도 고대에는 무와 관련이 있었다. 예를 하는 데는 경만한 것이 없기 때문에, 신을 섬기는 데도 경이 필요하다는 것이다.21) 예의 바탕이 되는 것은 경인데, 경이란 '신을 섬기는 데 있다'[敬在養神]고 말한다. 무례無禮는 결국 경신敬神의 염念을 잃어버리는 것이다. 경은 천신이 준 생명과 같은 것이다. 따라서 무례한 행위는 생명을 잃어버리고 자손에게도 영향이 미친다고 본다. 이 경우 자손의 대가 끊기는 것을 말한다. 경신의 염을 잃어버린 자에 대한 신의 벌이라고 할 수 있다. 이처럼 고대에는 무례와 신벌神罰 사이의 관계가 자연스럽게 형성되어 있었음을 알 수 있다. 여기서 무의 예언적 기능이 자연스럽게 개입되기도 했다. 이 경이라는 말이 후에 성리학에서 중요한 개념으로 사용되었는데, 중국 고대에는 종교적으로 사용되었음을 확인할 수 있다.

나. 무巫의 그 밖의 기능

중국 고대에 무가 담당하던 기능은 실로 광범위한 영역에 미쳤던 것으로 보인다. 가장 중요한 것은 신의 뜻을 읽어서 그것을 인간 세계에 중매하는 것이었지만, 그 신의 뜻을 파악하는 계기라는 측면에서 보면 매우 복잡한 것이었음을 알 수 있다. 그것을 크게 나누어 보면, 첫째는 자연 현상에 나타난 신의 의지를 판독해서 인간에게 전해 주는 것이고, 둘째는 여러 가지 점복占卜을 통해 미래를 예측하는 것이다. 자연 현상이란 매우 복합적인 현상이므로 그것을 통해 신의 의지를 읽는 방법도 매우 다양하게 나타날 수밖에 없다. 원칙적으로 자연 현상은 누구나 알 수 있게 자연 법칙에 따라 통상적으로 일어나는 현상이다. 그러나 그런 통상적 현상이 이상한 상황을 통해 전개되면 신의 의지가 분명히 나타나는 것으로 본다. 그러나 반드시 자연의 이변을 통해서만 신의 의지가 나타나는 것은 아니고 정상적인 현상을 통해서도 신의 의지는 드러난다고 본다. 자연현상을 편의상 자연의 무생물을 통해 나타나는 신의 의지, 생물을 통해 나타나는 신의 의지, 인간의 의식으로 어찌할 수 없는 인사人事를 통해 나타나는 신의 의지 등으로 나누어 볼 수 있다.

무생물을 통해 나타나는 것은 가령 돌이 별안간 말을 한다거나[22) 산이 붕괴했거나 지진이 생겼거나 일식이나 월식이 생겨나는 등 자연의 이변을 통해 드러나는 것을 말한다. 돌이 말하는 것은 신령이 돌에 내려와 말하는 것으로 본 것이고, 산이 붕괴한 것은 나라가 망할 징조로 본 것이며, 지진이 일어난 것은 지진 전후의 어떤 역사적 사건에 대한 하늘의 징조를 나타낸 것이며, 일식과 월식은 그 일식과 월식이 시작되는 나라의 흥망성쇠는 물론 미래의 징조를 나타내는 것으로 본 것이다. 그 밖에도 혜성과 같은 별들의 여러 가지 징조를 통해서 신의 의지가 드러나는 수도 있다. 동물들의 움직임을 통해서도 신의 의지가 전달되기도 한다. 생쥐가 교제郊祭에 사용할 제물을 갉아먹었다거나, 성城의 안과 밖에 사는 뱀들이 서로 싸움을 하여 미래에 일어날 어떤 징조를 미리 예언하거나, 제사에 사용할 돼지가 울안을 벗어나 달아났다거나 하는 일들을 통해 신의 의지가 무엇인지를 알아내는 것이다.

그러나 이런 방식보다도 더 흔한 것은 인간의 의지로 통제할 수 없는 사건으로 나타나는 것이다. 가장 흔한 방식은 꿈으로 나타나는 것이다. 꿈은 인간의 의지로 통제할 수 없는 자연 현상과 같은 것이다. 꿈을 정확히 해석함으로써 앞으로 일어날 여러 가지 일들을 미리 대처하지 않으면 안 된다. 무는 자신의 직관력을 통해서 이 꿈을 해석했던 것으로 보여진다. 이에 관련된 자료는 일일이 예거할 필요도 없이 많이 있다. 이런 일을 전담한 무巫의 역할은 비단 중국의 무에만 보이는 것이 아니고 보편적인 현상이다.

인간이 신의 의지를 읽는 방법 가운데서 가장 보편적으로 사용한 것은 점을 쳐서 아는 것이었는데, 가장 일반적으로 사용한 것은 구복龜卜, 역易(서죽筮竹), 관상觀相 등 세 가지였다. 대개 이 점을 쳐서 신의 의지를 이해할 수 있는 사람들은 앞에서 말한 것처럼 국가 기관에 속했던 무, 축 등이 담당했다. 이에 관련되는 자료도 아주 흔한 것이므로 일일이 나열할 필요는 없다고 본다. 전쟁을 하기 전에 이 전쟁을 하는 것이 좋은지 하지 않는 것이 좋은지를 신에게 물어서 거북점을 친 경우는 많이 있었던 것으로 보인다. 이보다 더 흔하게 했던 것은 역易에 의한 점이다. 관상에 의한 신의 예언도 흔하게 있었던 것으로 보이는데, 중국인들은 관상의 형성에도 신의 의지가 반영된 것으로 보았다.23) 그러므로 그 관상을 분석함으로써 그 인물에게 부여된 운명을 알아낼 수 있다고 생각했던 것이다.

(6) 엑스터시와 유덕자

중국의 무교巫敎에 대해서 주로 관료 기구와 연결하여 살폈지만 일반인들, 이른바 속인들 사이의 무교는 우리와 별로 다를 것이 없는 종교적 기능을 했던 것을 볼 수 있다. 중국 서민들의 무교에 대한 조사 연구를 한 리처드 캐간Richard C. Kegan은 중국 샤먼의 유형을 영을 마스터하는 자[개官], 병을 치료하는 중매자[巫神], 귀신 쫓는 자[法師], 점치는 자, 빙의憑依를 통한 영의 중매자[遣送]라고 말하고 있다.24) 이런 식의 분류는 대부분 한국에서도 공통적으로 보이는 것들이다. 다만 중국인들이 사용하는 십간 십이지를 이용하여, 좋지 않은 영이 침범했을 때 치료를 위한 도형을 만들거나 하여 중국적인 민간 풍습이 가미되는 경우가 있다. 가령 무당은 환자가 병이 든 날을 좋지 않은 영이 침범한 것으로 보는 풍습이 있다. 예컨대, 1, 2, 5번째의 날(그 달의 1, 2, 5번째 및 11일 12일, 15일, 21일, 22일, 25일)은 가족영家族靈이 침입한 날이고, 8, 9, 10번째 날은 지령地靈이 침범한 날이며, 3, 7번째의 날은 신전神殿에 모셔진 영靈이 침범한 날이라고 한다. 만약 1일에 병이 들었다면, 그 병이 어떤 종류의 병이건 간에 가족영의 침범으로 왔다고 진단한다. 1일에 병이 들고 5일에 더욱 악화되었다면 가족영의 짓이라고 샤먼은 단정해 버린다. 그러나 만약 1일에 병이 들고 4일에 더욱 악화되었다면 가족영이 괴롭히고 있지만, 북쪽의 영이 공격하고 있다고 말한다. 가족의 제단에 향을 피우지 않았는지, 먼지가 자욱히 쌓이도록 돌보지 않았는지, 병들기 전에 부모가 북쪽을 여행하는 잘못을 하지 않았는지 등을 말한다. 이와 같은 방법으로 12지에 근거하여 점을 치기도 하는데, 예를 들면 자인子寅에는 '나'라는 개체의 본질이 육체를 넘겨받는 날, 축묘丑卯에는 피의 악령을 가리키는 날, 진술辰戌에는 난로의 신이 희생제물을 요구하는 날, 사해巳亥에는 신전의 신에게 모욕이 되는 날, 오유午酉에는 가족령을 가리키는 날, 미신未申에는 너의 영이 육체를 떠나는 날이라고 하는 식으로 도식화한다. 이런 식으로 번져 나가는 민간인들의 무교적 상상력은 끝없이 펼쳐져 나간다.

그리고 샤먼들이 환자를 치료하는 방법에 있어서 가장 많이 사용하는 나쁜 영을 제거하는 방식도 한국의 샤먼과 공통적인데, 다만 그 의례에 있어서는 다분히 중국 서민들의 상상력이 많이 가미되고 있음을 볼 수 있다. 가령 좋지 않은 영을 산채로 땅에 묻음으로써 환자를 치료하는 것은 가장 중국적인 일반적 방법이다. 그것을 하기 위한 예비적인 단계로 샤먼은 황홀 상태에 들어가거나 점을 친다. 빙의 상태에 도달할 준비, 짚으로 만든 사람을 베는 행동, 성스러운 말을 노래로 읊는 것, 수염을 들어올리는 것, 눈을 밖으로 뽑아 내는 것, 삼산도三山刀를 들고 춤을 추는 것 등이 여기서 이루어지고 있다. 이런 식의 예를 들자면 끝이 없을 것이다.

중국의 무교를 살펴보면서 다음과 같은 결론을 내려 볼 수 있을 것 같다. 중국 고대의 무당들은 '사회적인 힘'을 상당한 정도 소유했던 것으로 보이며, 그래서 은나라의 정인집단貞人集團과 같은 종교직능자들의 역할이 중요시되었는데, 후대로 오면서 그들의 정치적·사회적인 힘은 차츰 몰락했지만 정치기구 속에 편입되면서 합리화의 과정을 거쳤다. 샤먼의 몰아 혹은 엑스터시 대신 유덕자에게 신이 내린다고 하는 사고방식은 그것을 반영하고 있다. 그러나 일반 서민들에게 있어서는 무당의 몰아 혹은 엑스터시의 중요성은 없어지지 않고 오늘날까지 내려오고 있는 것이 아닌가 한다.

(1) 사상의 뿌리로서의 신화

중국사상의 뿌리를 이해하는 데 있어서 가장 오래된 신화를 중심으로 이해하는 것이 매우 중요하다고 생각하는데 이의를 제기하는 사람은 없을 것이다. 다른 나라에 비하여 신화가 빈약하긴 해도 도교 계통에 있어서는 매우 풍부한 신화가 남아있기 때문에 그 사상의 배경이 되고 있는 신화를 가지고 철학사상과의 관련성을 생각해 볼 수 있다. 특히 혼돈의 신화는 도가사상의 핵심을 이루는 것으로 이미 많은 사람들로부터 주목을 받은 적이 있다.[25]

여기서는 우선 신화와 도가사상의 관계를 다루겠지만, 혼돈 신화는 현대에도 매우 유용한 존재론적 의미를 풍부하게 지니고 있다. 혼돈 신화는 일종의 중국적인 창조 신화라고 할 수 있는데, 이 창조 신화가 초기 도교의 우주론적·존재론적 사고의 중요한 역할을 했다는 것이 중요한 관점이다. 서술의 순서는 신화를 먼저 간략히 풀이하고 각종 도교 문헌 속에서 혼돈 신화의 사상이 어떻게 구체화되었는지를 살피고, 마지막으로 그 신화의 존재론적인 의미가 무엇인지를 밝히는 것이 될 것이다.

(2) 혼돈과 우주적인 알[卵]

우주가 만들어지기 이전에는 하나의 거대한 계란 속과 같은 혼돈이었다고 생각하는 신화는, 구체적인 문헌상으로 보면, 두 시기에 쓰여진

것으로 보인다. 첫 번째는 특히 주나라 후기부터 전국시대(B.C. 403~
222)에 걸쳐 나타난 것이고, 두 번째는 한나라(A.D. 206~220)와 삼국시
대(A.D. 220~265)에 쓰여진 것이다. 물론 이것은 문헌을 중심으로 보았
기 때문이지 실상 이러한 신화는 기록된 것보다 훨씬 이전부터 존재했
다는 것은 두말할 필요가 없다.

삼국시대에 기록된 것으로 알려진 반고 신화盤古神話로부터 생각해
보고자 한다. 중국에서 혼돈 신화를 가장 전형적으로 표현하고 있기 때
문이다. 이 반고 신화는 두 부분으로 되어 있다. 첫 번째 부분은 다음
과 같이 표현되고 있다.

"태초에 세상은 혼돈하기가 계란 속 같았다. 혼돈한 것 중의 밝고 맑은
것은 위로 올라가서 하늘이 되고, 어둡고 흐린 것이 아래로 가라앉아서 땅
이 되고, 그 사이에서 반고盤古가 생겨났다. 반고는 하루에도 아홉 번 변하
여 드디어 땅에서 하늘까지 닿았다. 그래서 반고는 하늘에서는 신이고 땅에
서는 사람이었다. 하늘은 하루에 한 길씩 높아지고, 땅은 하루에 한 길씩 두
꺼워지고, 반고는 하루에 한 길씩 키가 자라났다. 그리하여 1만 8천년이 지
나서 하늘의 높이는 지극히 높아지고, 땅의 두께는 지극히 깊어지고, 반고
의 키는 지극히 크게 되었다. 그런 후에 삼황三皇이 있게 되었다."26)

이 반고 신화는 『삼오역기三五歷記』에 기록된 것 말고도 약간 다른
이본異本들이 많이 있는데, 원가袁珂는 자신의 상상력을 동원하여 재미
있게 묘사하고 있다. 우리의 조상 반고는 이 거대한 계란 같은 곳에서
태어났는데, 처음 이 계란 속에서 1만 8천년 동안 잠만 자고 있었다는
것이다. 그러다가 갑자기 깨어난 그는 사방을 두리번거렸지만 아무 것
도 보이지 않는지라 너무 답답하여 도끼를 가지고 눈앞에 있는 암흑과
혼돈을 내리쳐 거대한 계란을 깼다는 것이다. 그런 후에 가벼운 기운은
위로 올라가서 하늘이 되고 무거운 기운은 밑으로 내려가 땅이 되었다

고 한다. 천지가 나뉘고 나자 그것들이 다시 붙을까 걱정하여, 머리로 하늘을 떠받치고 발로는 땅을 버티면서 서 있었는데, 하늘과 땅이 변함에 따라 반고의 모습도 변해 갔다는 것이다.[27]

반고에 의해 하늘과 땅이 둘로 나뉘는 창조가 이루어졌다고 보는 데는 이론의 여지가 없다. 여기서 '창조'라는 것은 하늘과 땅이 혼돈으로부터 '분리'되는 것을 뜻한다고 할 수 있다. 그렇다면 '분리'가 이루어지기 이전은 어떤가? 그것이 혼돈이라는 말로 표현되는 그 무엇인데, 시각적 상상력을 동원하면 알과 같이 둥근 덩어리를 연상시키고 있다. 이 혼돈 또는 우주의 알은 완전성[perfection], 잠재력[potentiality], 번식력[fertility]을 상징한다고 할 수도 있다. 왜냐하면, 분리 이전에 온갖 완전함과 잠재력, 번식력을 지니고 있어야 창조도 가능하기 때문이다. 여기까지 표현되는 반고 신화는 창조하기 위해 어떻게 하나(전체)가 분리(운동의 개시)하는가 하는 '분리의 이론'[theory of separation]을 시사한다고 할 수 있다.

반고 신화의 두 번째 부분은 이렇게 표현되고 있다.

> "임종이 가까워질 무렵에 반고의 몸에서는 커다란 변화가 일어났다. 입으로 내뿜은 입김은 바람과 구름이 되었으며 목소리는 천둥이 되었다. 그의 왼쪽 눈은 태양이 되고, 오른쪽 눈은 달이 되었으며, 손과 발, 몸뚱이는 지구의 4극과 5방의 명산이 되었다. 한편 그의 피는 강으로, 힘줄은 길로, 근육은 전토田土로 되었고, 머리카락과 수염은 하늘과 별로, 피부와 털은 풀과 나무로, 이빨과 뼈 등은 빛나는 금속이나 단단한 돌 또는 진주와 옥석玉石으로 변했다. 그리고 쓸모 없던 땀은 비와 이슬이 되었다. 이처럼 반고는 자신의 몸을 바쳐 이 세계를 풍부하고도 아름답게 해 주었던 것이다."[28]

여기서는 반고가 죽으면서 반고의 몸에서 만물이 만들어진 과정을 설명하고 있다. 이것은 진정한 의미에서 '변형의 이론'[theory of transformation] 이라고 할 수 있을 것이다. 반고의 몸에서 만물들이 하나하나 만들어졌다고 하는 것이므로 '무無로부터의 창조'[creatio ex nihilo] 라고 할 수는 없고, 이미 존재하는 반고의 몸에서 변형된 것이라 할 수 있다. 분리의 이론이니 변형의 이론이니 하는 말을 처음 사용한 사람은 장광직張光直이다.[29]

반고 신화의 중요한 테마는 분리와 변형으로 요약할 수 있다. 그러나 '분리'는 전체와의 단절이 아니라는 의미에서 연속성[continuation]을 전제로 하고 있고, '변형'은 만물이 덧없거나 시시한 것이 아니라는 의미에서 영구성[permanence]을 전제로 한다고 할 수 있다. 반고 신화에서 '연속성'과 '영구성'은 사고 방향의 기호와 같은 것일 뿐 서로 떨어질 수 없는 양면이다. 그러나 분리와 변형의 양면 가운데서 어느 것이 반고 신화에서 더 중요하게 강조되고 있는 것이냐고 한다면, 분리의 방향이 더 강조된다고 할 수 있다. 왜냐하면 신화에서 분리가 먼저 이야기된 것도 그렇지만 분리 없이 변형이 이야기될 수는 없기 때문이다. 하지만 분리가 '대립'을 전제하는 것이 아니므로 하늘과 땅의 상호 의존성이 중요한 테마라고 할 수 있다.

이와 같이 보면 반고 신화에 나타나는 우주란宇宙卵은 일종의 양성구유적兩性具有的 성격을 지니고 있다는 것도 알 수 있다. 부父와 모母, 음陰과 양陽, 남男과 여女와 같은 성적 원리의 통일을 상징한다고도 할 수 있다. 그래서 하늘과 땅 또는 음과 양이 분리되기 이전은 양성구유로서 '잠재력으로서의 창조력'을 표현한다고 할 수 있다. 『도덕경』에서 '道生一, 一生二, 二生三, 三生萬物'(도에서 하나를 낳고, 하나에서 둘을 낳고, 둘에서 셋을 낳고 셋에서 만물을 낳는다)라고 말하는 것처럼 도의 전개도 승요하지만, 최초의 완전한 혼돈으로 되돌아가려는 도교의 '반反의 원리'[反者道之動]도 중요하다는 것을 알 수 있다.

(3) 고전 속에 나타난 분리와 변형의 모습

반고 신화가 A.D. 3세기 한대의 것이지만 그보다 이전부터 이미 이런 사상이 있었다는 것은 두말할 필요도 없다. B.C. 350년과 B.C. 220년 사이에 기록된 『장자』에는 다음과 같은 유명한 기록이 있다.

> "남해南海의 임금을 숙儵이라 하고 북해北海의 임금을 홀忽이라 하며, 중앙의 임금을 혼돈渾沌이라 한다. 숙과 홀이 때마침 혼돈의 땅에서 만났는데 혼돈이 매우 융숭하게 그들을 대접했으므로 숙과 홀은 혼돈의 은혜에 보답할 길을 의논했다. '사람은 누구나 일곱 구멍(눈·귀·코·입)이 있어서 그것으로 보고 듣고 먹고 숨쉬는데 이 혼돈에게만 그게 없다. 어디 시험삼아 구멍을 뚫어 주자.' 그래서 날마다 한 구멍씩 뚫었는데 7일이 지나자 혼돈은 그만 죽고 말았다."30)

여기서 혼돈은 중앙의 황제로 묘사되어 있다. 천지창조가 일어나는 장소는 세계의 중심, 즉 우주축[axis mundi]이라는 것을 잘 나타내고 있다. 머리는 하늘을 지탱하고 다리는 땅을 딛고 있으므로 반고는 우주의 기둥이다. 혼돈은 구멍도, 얼굴도 없다. 숙와 홀이 각각 혼돈의 양쪽에 살았다는 사실은 반고 신화에서 혼돈의 두 극인 기둥이 있었음을 암시하는 것과 같다. 또 창조는 숙과 홀이 혼돈에 구멍을 뚫음으로서 시작되었는데, 이것은 '분리'의 작업이라 할 수 있다. 전국시대의 것으로 '분리'에 대해 같은 관점을 나타내는 신화는 그밖에도 있었다.31) 그런데 『장자』에서 '변형'에 관한 것을 찾기는 쉽지 않고 다만 혼돈의 죽음으로 끝나고 있다. 그러나 반고 신화와 마찬가지로 여기서 혼돈은 자연(있는 그대로의 상태), 완전함, 무無를 상징하고 있다. 장자는 인위적인 도덕적 교화의 설립은 사람의 타고난 본성의 죽음을 나타낸다고 한다. 그리고 문명이라는 것이 인간에게는 이로운 것이 아니라는 설명을 더하고 있다. 지라르도Girardot에 의하면, 혼돈의 죽음이라는 것은 인간이 사회적 가치로 이행하는 이니시에션 의례가 아니라 그 역逆의 질서로 가는 이니시에션 의례이다. 따라서 인간은 원래의 완벽함과 순수성으로 돌아갈 것이 요구된다.[32] 지식이 인간을 자유롭게 하기 때문에 — 비록 아담과 하와가 세상에 노동과 출산의 대가를 치르도록 했지만 — 인간에게 유용하다는 것을 보여 주는 성서의 창조론과는 달리 혼돈의 신화는 지식이 인간에게 유해하다고 말한다. 자유는 지식을 얻는 것을 통해서가 아니라 인간의 최초의 상태로 돌아가는 것을 통해 얻어진다고 말한다.

『장자』에 등장하는 중앙의 왕 혼돈에게서 '변형'에 관한 이론을 찾기는 힘들지만 후기 주왕조周王朝 때 기록된 『산해경』(글자 그대로 산과 바다에 대한 고전)에는 천산天山에 거주하는 신성한 새로 여겨지는 혼돈에 관한 언급이 있다. 혼돈은 누런 주머니 같고, 불의 색깔이고, 발이 6개이고 날개가 4개이며 얼굴도 없고 눈도 없는 괴상한 새처럼 생겼다고 묘사하고 있다.[33] 여기서 묘사되고 있는 주머니[囊]는 우주란宇宙卵과 유사하다. 그 생김새만 그런 것이 아니라 그 역할도 비슷하다. 이 주머니도 완전함, 비분화非分化, 잠재력을 나타낸다. 『산해경』에는 반고 신화의 두 번째 부분, 즉 변형의 이론을 설명하는 촉음신燭陰神에 관한 이야기가 있다.

"종산鍾山의 신은 이름을 촉음燭陰이라 한다. 촉음이 눈을 뜨면 낮이 되고 눈을 감으면 밤이 된다. 입김을 세게 내불면 겨울이 되고, 천천히 내쉬면 여름이 된다. 물을 마시지도 음식을 먹지도 않으며, 숨도 쉬지 않는데, 숨을 쉬면 바람이 된다. 몸의 길이가 1000리이고 무계無脅의 동쪽에 있다. 그 생김새는 사람의 얼굴에 뱀의 몸을 하고 있으며 붉은 빛이고 종산의 기슭에 산다."[34]

이것은 반고 신화의 내용과 거의 같다고 할 수 있다. 반고의 몸에서 만물이 하나하나 만들어진 것과 같이 촉음의 몸에서 만물이 기원하는 것으로 되어 있다. 천산天山에 거주하는 주머니 같은 신성한 새가 '분리'에 적합하다면, 촉음의 이야기는 '변형'에 적합하다고 말할 수 있다. 반고 신화보다 훨씬 오래전에 나온『산해경』에 이런 이야기를 담고 있는 것으로 보면, 혼돈 신화는 아득한 고대부터 중국에서 보편적으로 표현된 창조 신화였음을 알 수 있다. 이것말고도『초사』「천문天問」에는 여왜女媧가 또 다른 창조신임을 보여 주고 있다. 이 책은 기원전 4세기 것으로 추정되는데, '누가 여왜의 몸을 만들었는가?'로 질문이 이어지고 있다.[35] 이것은 여왜의 몸이 다른 몸들로부터 만들어졌음을 내포하는 것처럼 보여진다. 2세기에 지어진『설문說問』에서는 여왜가 신성한 여인이며 그녀가 만가지 사물로 변형되었다고 풀이하고 있다. 그러고 보면 여왜도 반고와 마찬가지로 모든 만물이 그녀의 몸에서 '변형'된 것이라는 것을 알 수 있다.

이런 설명 방법은 바빌로니아 신화에서도 대표적으로 나타나는 것이다. 바빌로니아에는 마르두크Marduk신과 괴물 티아마트Tiamat간의 우주적인 전쟁에 대한 신화가 있다. 마르두크에 의해 죽임을 당한 후 티아마트의 잘린 몸에서 만물과 인간이 만들어졌다는 것이다.[36] 인도의 푸루사Purusa도 바빌로니아의 티아마트와 마찬가지 역할을 하고 있다. 모든 만물과 인간 및 네 가지 신분까지도 그의 몸에서 '변형'된 것으로 설명되고 있다.[37] 혼돈 황제의 죽음은 중동과 인도의 고전적인 문화와 함께 창조적인 행위라는 동일한 모티브를 공유하고 있음을 알 수 있다. 신의 죽음을 통해 인간과 세계가 존재하게 된다는 모티브는 분명히 '무無로부터의 창조'와 구분되는 '변형'의 이론에 속하는 것이기 때문이다.

(4) 혼돈 이론의 철학적 전개

앞에서 말한 『초사』 「천문」은 B.C. 4세기에 기록된 것으로 "태고의 처음 근원을 누가 전해 주었을까? 천지가 형성되기 전에 어떻게 천지가 나왔을까?"[38]라는 질문을 던지고 있다. 이 책은 도교 작품에 속한다고 말할 수 있다. 왜냐하면, 도교철학의 본거지인 남부지방에서 나왔기 때문이다. 그러나 이 책보다는 혼돈 신화를 가장 철학적으로 잘 표현한 책은 아무래도 『회남자淮南子』나 『열자列子』일 것이다. 이 두 책을 중심으로 혼돈 신화가 철학적으로 어떻게 승화되고 있는지를 살펴본다. 『회남자』는 B.C. 2세기 때의 작품인데, 다음과 같이 표현하고 있다.

> "하늘과 땅이 형성되기 이전에, 우주는 온통 허황되고 아득하여 빙빙익익馮馮翼翼·통통촉촉洞洞灟灟(무형한 것을 비유한 것)하며, 걷잡을 수 없는 무형의 상태였다. 이를 가리켜 대소大昭라고 이름했다(대소는 대시大始와 통함). 이 대소에서 허공이 생겨나고 다시 이 허공에서 상하사방上下四方의 공간[宇]과 왕고래금往古來今의 시간[宙]이 생겨났다. 즉 이것이 우주이다. 다시 이 우주에서 온갖 기氣가 생겨났으며, 기는 중안重安한 모습을 하고 있었다. 청양淸陽한 기는 엷게 퍼지어 위로 올라가 하늘이 되고, 중탁重濁한 기는 엉키고 쌓여 아래로 내려와 땅이 되었다. 청묘淸妙한 기는 쉽사리 합쳤으나, 아래로 쳐진 중탁한 기는 응고되기 어려웠다. 따라서 하늘이 먼저 이루어졌고 땅이 뒤늦게 자리잡히었다. 그리고 천지간에 쌓였던 모든 정기精氣는 음과 양을 지니게 되었다. 그리고 음과 양의 기가 합하여 춘하추동의 사계절의 기가 흩어져서 만물을 낳게 되었다. 즉 양만 쌓인 열기로부터는 불[火]이 나왔고, 그 화기火氣 중에서도 가장 세찬 것이 해[日]가 되었다. 한편 음만 쌓인 한기寒氣로부터는 물[水]이 나왔고, 그 수기水氣 중에서도 가장 맑은 것이 달[月]이 되었다. 그리고 해와 달에서 넘쳐 나온 정기들이 별들로 된 것이다."[39]

이 신화는 천지개벽의 과정을 대소大昭 → 허곽虛霩 → 우주宇宙 → 기氣 → 천天·지地 → 사시四時 → 만물萬物의 순서로 진화하고 있다고 말하고 있다. 지금까지 언급했던 우주 기원 신화의 내용이 대단히 합리적인 절차를 따라 진행되고 있다는 것을 알 수 있다. 그러나 반고 신화에 비추어 보면, 대소 → 허곽 → 우주 → 기까지는 '분리' 이전의 혼돈 또는 우주란의 완전함, 잠재력, 번식력을 표현한 것이고, 천·지 → 사시 → 만물까지는 반고의 몸에서 만물이 '변형'하는 모습을 표현한 것이다. 한편 A.D. 3세기에 나온 것으로 여겨지는 『열자』에서는 다음과 같이 표현하고 있다.

"대개 유형有形한 것이 무형無形한 데서 생겼다면 천지는 어디서 생겼을까? 그러므로 태역太易이 있고, 태초太初가 있고, 태시太始가 있고, 태소太素가 있다고 한다. 태역이란 것은 아직 기氣가 나타나지 않은 때이고, 태초란 것은 기가 나타나기 시작한 때이며, 태시란 것은 형상이 있기 시작한 때요, 태소란 것은 성질이 있기 시작한 때다. 기와 형상과 성질이 갖추어져서 아직 서로 떠나지 않은 때다. 그러므로 '혼돈한' 상태의 한 덩어리였다. 혼돈이란 것은 만물이 서로 혼윤渾淪되어 아직 서로 떠나지 않은 때를 말하는 것이다. 보아도 보이지 않고, 들어도 들리지 않으며 만져도 만져지지 않는다. 그러므로 역易이라 한다."[40]

여기서 표현하고 있는 태역·태초·태시·태소는 혼돈 상태의 자체 변화를 말하고 있다. 열자는 창조 이전에 혼돈이 있었음을 분명히 알리면서 신화적인 면을 없애려는 노력을 했지만, 태역, 태초, 태시, 태소라는 개념을 사용함에 있어서 혼돈 구조 안의 미묘한 국면의 윤곽을 묘사하면서 아직까지 혼돈이라는 고대 신화의 영향 아래 있었음을 스스로 말해 준다. 태역과 태초는 혼돈의 자체 '분리'를 말하고 태시와 태소는 스스로의 '변형'을 말한다고 할 수 있다. 『회남자』의 빙빙익익·통통촉촉이나 허곽과 같은 표현은 『열자』의 태역·태시와 같은 표현이다. 빙빙익익·통통촉촉과 같은 단어들은 혼돈의 근원적 상태를 흉내낸 의성어들이고, 허곽은 『산해경』에 나오는 주머니처럼 생긴 괴상한 새나 가방이나 계란이나 동굴처럼 형태는 없고 안은 비어 있는 것을 말한다. 그것은 모두 혼돈과 관련된 비유들이다. 그런데 창조라는 것은 적극적인 것이다. 그것은 사물의 생산을 의미한다. 인간이 창조될 때 그것은 문화의 창조를 의미한다. 그러나 혼돈의 신화에 의하면, 적극적인 것은 부정적인 것에서 나온다. 우주론과 존재론에 비추어 보면, 혼돈의 신화는 부정적인 것을 기본 원리로 한다. 그래서 도교철학에서 비존재[無]는 창조의 근원이며 존재론의 바탕이다.

(5) '역逆의 변형'으로서의 수양

전국시대 말엽(B.C.350~275)에 축적된 것으로 여겨지는 노자의 『도덕경』안에는 확실하게 혼돈의 신화를 언급한 대목을 찾을 수는 없지만, 도의 우주론적 의미에 대한 다양한 암시 속에서 혼돈을 추론할 수 있게 하는 구절들은 많이 발견할 수 있다. 노자도 혼돈이 창조의 기원이라고 추정하고 있는 것은 분명하다. 많은 예들 속에서 혼돈의 신화가 이 책에 나타난 도道의 의미를 밝히고 또 설명하는 데 이용되고 있음을 알 수 있다. 그중 대표적인 구절 몇 개만을 가지고 생각해 보고자 한다. 노자는 14장에서 다음과 같이 말하고 있다.

> 보려고 하여도 보이지 않으니 이름하여 이夷라 하고,
> 들으려고 하여도 들리지 않으니 이름하여 희希라 하고,
> 잡으려고 하여도 잡히지 않으니 이름하여 미微라 하느니라.

이 셋으로는 도를 규명할 수 없으며, 도는 이 셋을 합쳐서
하나로 한 것이다.
무한히 편재하여 있으되 이름할 수 없으니,
아무것도 없는 무無로 다시 회귀하는도다. 이를 일러
무상지상無狀之狀이라 하고 무물지상無物之像이라 하고
또한 이를 일러 황홀恍惚이라 하느니라.41)

위의 글은 창조 이전의 우주적인 상태에 관해서 언급하고 있다. 창
조자로서의 도는 보이지 않으며[夷], 들리지 않으며[希], 잡을 수 없다
[微]. 이러한 구절들은 '섞어 하나로 된다'[混而爲一]라는 묘사로 수렴된
다. 여기서도 부정적인 표현을 사용하고 있는 것을 알 수 있다. 위일爲
一은 무無에 대응하는 혼돈[道]에 관련된다. 이를 황홀이라 부르는데,
황홀이라는 말은 사실상 대상의 소리와 관련되는 의성어이다. 이 경우
대상은 혼돈인 것으로 여겨진다.

25장에서는 다음과 같이 말하고 있다.

모든 것의 시원始原이요 종착점[混成]인 그 무엇[物]이 있었으니,
그것은 천지가 생기기 전부터 이미 있었노라.
그것은 소리가 없어 들을 수 없고 형태가 없어 볼 수도 없었으나,
홀로 우뚝 서 있었으며 영원히 변함이 없도다.
두루 편재하여 일하며 멈추는 일이 없으며,
천하 만물의 어머니라 할 수 있느니라.
나는 그 이름을 알지 못하노라.
굳이 이름을 지어 도道라 하고, 억지로 이름을 붙여 대大라 할 뿐이로다.
대大라 함은 한계 없이 뻗어 감을 말함이요,
한계 없이 뻗어 감은 안가는 곳 없이 멀리 감을 말함이요,
멀리 간다함은 결국 되돌아옴을 말함이다.42)

여기서는 창조 이전의 혼돈의 개념이 혼성混成이라는 말을 통해서 거의 명시적으로 서술되고 있다. '유물혼성有物混成'이라는 말은 그 안의 잠재성을 완전한 알과 같은 것으로 표현하고 있는 것임을 알 수 있다. 혼돈은 시원始原, 잠재력, 완전성과 관련되는 말이다. 따라서 "홀로 우뚝 서 있으며 영원히 변함이 없도다."[獨立而不改]라고 말한다. 마지막 세 구절, 즉

> 대大라 함은 한계 없이 뻗어 감을 말함이요,
> 한계 없이 뻗어 감은 인가는 곳 없이 멀리 감을 말함이요,
> 멀리 간다함은 결국 되돌아옴을 말함이다.

라는 구절은 '시원으로 되돌아가는 창조'[creation in retrospect] 혹은 '반反의 원리'에 관련되는 말이다. 혼돈은 그 기원(원천)으로서의 창조에 현존하며, 그 과정을 완성하는 것은 혼돈으로 되돌아가는 것이다. 그러므로 "멀리 간다함은 결국 되돌아옴을 말함이다."라고 말한다.

21장에서는 다음과 같이 말하고 있다.

> 큰 덕을 지닌 사람은 오로지 도를 따를 뿐이로다.
> 도의 실체는 있는 듯 없는 듯 오직 황홀할 뿐이니,
> 황홀하고 황홀한 가운데 그 안에 형상이 있고,
> 황홀하고 황홀한 가운데 그 안에 만물이 있다.
> 심오하고 보이지 않지만 그 안에 생명의 본질인 정기가 서려 있으니,
> 그 안에 성실함이 있도다.[43]

여기서 황홀과 요명窈冥은 존재로 나누어지기 전의 혼돈에 관계되는 말이다. 이것은 비존재 즉 무無이다. 그리고 상象, 물物, 정精과 같은 말은 형태의 잠재성을 말한다. 이것은 존재[有]라 불려진다. 무無와 유有의

변증법적 관계에 대해서는 제1장에서 잘 표현하고 있다.

> 도라고 표현된 도는 이미 영구불변의 도가 아니요,
> 이름지어 표현된 이름 또한 영구불변의 이름이 아니니라.
> 무는 천지의 시원을 말하는 것이요,
> 유는 만물의 어머니를 이름이로다.
> 그러므로 늘 무욕으로써 그 오묘함을 보고자하고
> 늘 유욕으로써 그 현상을 보고자 하노라.
> 무와 유는 하나이로되 이름이 다를 뿐이로다.
> 이 둘은 하나에서 나와 이름을 달리하며 다같이 현묘하다 하리로다.
> 실로 오묘하고 또 오묘하니 모든 오묘함의 문이로다.44)

혼돈과 형태의 잠재성은 우주 창조적 구조와 변증법적으로 관련되고 있는데, 무 또는 무명無名은 천지의 시원始原인 '혼돈'이다. 그리고 유有 또는 유명有名은 만물의 어머니인 형태의 '잠재성'이다. 창조는 양쪽의 변증법을 요구한다. 즉 혼돈은 시원을 제공하고 잠재성은 사물의 형태를 제공한다. 그러나 혼돈은 또한 형태의 잠재성을 내포하고 있기 때문에 '그 둘은 같은 것이다'. 현玄은 혼돈의 수식어라고 할 수 있다. 그러므로 '현지우현玄之又玄'이라는 말은 '혼돈이우혼돈渾沌而又渾沌'이라고 이해할 수 있다. 그것은 중묘지문衆妙之門에 관련된다.

앞에서 '분리의 이론'과 '변형의 이론'을 언급했는데, 무와 유의 변증법적 관계에 적용해서 생각해 본다면, 무가 어떻게 유로 '변형'되고 있는지를 볼 수 있고, 거꾸로 어떤 사물이 그 과정이 완성될 때 무로 되돌아감(이 경우 '역逆으로의 변형'이라 할 수 있다)을 볼 수 있다.45) 더욱이 도는 창조의 원천이기 때문에 만물은 도의 무수한 변형이라고 말할 수 있다. 그러나 변형에 관해 말할 수 있는 여러 가지 방식 중에서 '역으로의 변형'은 도교의 가장 일반적인 특색처럼 생각된다. 『도덕경』가운데서 가장 추상적이고 종합적으로 언급하고 있는 것은 제42장이다.

> 도는 하나를 낳고,
> 하나는 둘을 낳고,
> 둘은 셋을 낳고,
> 셋은 만물을 낳는도다.[46]

‘도는 하나를 낳는다’는 것은 다만 혼돈의 완전함을 의미할 뿐이다. 여기서 하나[一]는 ‘반대의 일치’[coincidentia oppositorum]의 상징이다.[47] 도교에서 이 반대의 일치는 그 기원적인 일치에 있어서 음陰과 양陽에 관계한다. ‘하나가 둘을 낳는다’[一生二]는 것은 반대의 통일이 음과 양으로 분열되었음을 의미할 수 있다. ‘둘이 셋을 낳는다’[二生三]는 것은 원래의 분열 후에 음과 양의 통일을 의미할 수 있다. 삼三이라는 홀수로 되돌아가는 것이기 때문이다. 그리고 이 과정은 무한히 계속된다. 그래서 ‘셋은 만물을 낳는다’[三生萬物]. 또 하나의 상징을 말하자면, 하나[一]는 남녀 양성구유兩性具有를 말한다고 할 수 있다. 즉 두 가지 반대성의 최초의 결합이라는 것이다. 그러나 창조는 반대성反對性의 근본적인 분열을 요구하기 때문에 남녀 양성구유는 반드시 반대극反對極으로 분열되어져야만 한다. 어쨌든 혼돈은 창조의 원천으로서 잠재적으로 현존함을 지칭한다. 남녀 양성구유는 사물의 본질이기 때문에 “만물은 음을 업고 양을 안아 충화沖和의 기운에 의해 조화를 이룬다.”[48] 라고 말하고 있는 것이다.

『장자』에는 운장雲將과 홍몽鴻蒙의 대화가 나온다. 운장[Cloud Chief]은 유교를 대표하는 듯하고, 홍몽[Big Ignorance]은 혼돈을 인격화해서 표현한 말이다.[49] 운장이 홍몽에게 개인적인 덕이 어떻게 자연력의 조화를 가져올 수 있는가, 어떻게 통치자가 될 수 있는가를 묻는 것으로 대화

는 시작되고 있다. 홍몽은 말로는 대답을 하지 않다가 집요한 운장의
질문에 할 수 없이 이렇게 답변한다.

> "마음을 길러라. 네가 다만 무위에 처하면 만물은 스스로 양육될 것이다.
> 자네의 형체를 버리고 자네의 총명을 떨쳐 버리며 자신을 만물과 함께 잊어
> 버리면 참된 실재와 근본적으로 크게 한가지가 될 것이다. 마음을 풀어 버
> 리고 정신을 석방하여 아득히 혼마저 없게 되면 만물은 무성하다가 제각기
> 그 근본으로 돌아갈 것이다. 각기 그 근본으로 돌아가면서도 그것을 알지
> 못한다. 그래서 그들은 혼돈한 무분별의 경지에 있으면서 종신토록 그 도로
> 부터 떠나지 않지만 만일 그들이 지혜를 쓰면 곧 도에서 떠나고야 만다. 그
> 이름도 묻지 말고 그 진정도 엿봄이 없어야 만물은 스스로 생육해 가는 것
> 이다."50)

홍몽이 궁극적으로 운장에게 요구하는 것은 심양心養이다. 그 심양의
이치를 설명하는 과정에서 혼돈으로 되돌아가라고 알려 주고 있다. 즉
'역逆의 변형'을 말하고 있음을 알 수 있다. 홍몽은 형태를 갖기 이전의
우주론적 시작에서 기氣에 해당한다.51) 장자는 형체를 버리고 총명을
떨쳐 버리며 자신을 만물과 함께 잊어버리면 참된 실재[滓溟]와 근본적
으로 크게 한가지가 된다는 철학을 줄기차게 전개한다. 마음을 풀어 버
리고 정신을 석방하여 아득히 혼마저 없게 되면 만물은 무성하다가 제
각기 그 근본으로 돌아간다는 것이다. 각기 그 근본으로 돌아가면서도
그것을 알지 못한다. 그래서 그들은 혼돈한 무분별의 경지[渾渾沌沌]에
있으면서 종신토록 그 도로부터 떠나지 않는 것을 이상으로 삼는다. 역
시 '역의 변형'을 이상으로 삼고 있다.

지라르도가 말하는 것처럼, 혼돈 신화는 사실상 '역의 변형'에 의한
창조를 강조하는 것이라 할 수 있다. 즉 지식 혹은 문화를 창조로 강조
하는 대신에 창조 이전의 원래의 상태로 되돌아가려는 욕망을 표현하

고 있다. 아담과 하와의 타락과 인간의 자유 사이의 일치를 강조하는 성서적 창조 신화와 달리 중국의 창조 신화는 반대의 길을 가고 있다. 사실상 자유는 태아기[prenatal] 또는 창조 이전의 상태라는 것을 암시한다. 자유는 양극과 내포의 통일이며, 양극화나 배타가 아님을 의미한다. 즉 그것은 부정의 방식으로 표현된 '역의 변형'으로, 자유와 자발성을 발견할 수 있는 혼돈으로 다시 들어가는 것을 이상으로 한다. 『장자』에 비록 정신 집중에 관한 것을 암시하는 구절들이 보인다 하더라도 혼돈을 언급할 때 어떤 특별한 태크닉을 가지고 있는 것 같지는 않다. 그러나 후에 도교에서는 상징적인 태아기의 상태로 되돌아가는 호흡법 呼吸法을 발전시켰다. 그러나 혼돈의 원형은 전설적 도교의 현인인 열자 列子의 마지막 상태에 대한 장자의 묘사에서 잘 드러나고 있다.

"그런 뒤에 열자는 그의 학문이 아직도 멀었다 생각하고 집에 돌아왔다. 그리고 3년 동안 외출하지 않고 그 아내를 위하여 밥을 짓기도 하고, 사람을 기르듯 돼지도 키웠다고 했다. 그리하여 모든 일에 더 친함이 없고, 꾸밈을 버리고 소박素朴으로 돌아가 우뚝 마른나무처럼 서 있으면서 어지러이 혼돈된 상태 속에서 한결같이 이 도를 배우다가 일생을 마쳤다."52)

인간의 본래적 상태로서의 혼돈의 존재론적 상태는 또한 노자老子에 의해서도 보여진다. 20장에서 노자는 도교 현인과 평범한 사람들을 대조시켰다.

사람들은 모두 여유 만만하건만
나 홀로 궁핍한 것 같도다.
내 마음 바보의 마음인가,
흐리멍텅하도다[沌沌].
세상 사람들은 모두 영특하고 똑똑하건만

나만 홀로 우둔하고[昏昏]

세상 사람들은 똑똑하건만

나만 홀로 멍청하도다[悶悶].53)

여기서 도교의 현인은 그 본원의 상태로 되돌아가고 있다. '돈돈沌沌'(흐리멍텅, 비어있음), '혼혼昏昏'(우둔함, 어두움), '민민悶悶'(멍청함, 구별하지 못하는) 같은 표현들은 혼돈과 동의어이다. 존재론적으로 보면, 세계 안에서 죽은 듯이 보인다. 그는 도를 상징하는 어머니에 의해 먹여진다. 이것은 또한 태아의 상황으로 되는 것을 암시한다.

(6) 혼돈의 상징들 ― 흙덩이, 번데기, 낭囊, 조롱박

끝으로 혼돈의 상징물들에 대해서 간단히 말해 보겠다. 혼돈은 언어로 표현할 수 없는 이상적 경지이므로 여러 가지 상징으로만 표현이 가능하다. 혼돈을 상징하는 구체적인 사물에 관해서 몇 가지 생각해 보면, 먼저 '거대한 흙덩이'[大塊]라는 용어를 들 수 있다. 『장자』에는,

> "대괴大塊(조물주)가 나의 형체를 갖추게 하여, 살아서는 나를 수고롭게 하고 늙어서는 나를 편안하게 하며, 죽어서는 나를 쉬게 한다."54)

라는 말이 있다. 대괴는 혼돈을 상징하는데, 이것은 무지하기 때문에 오히려 도를 잃지 않았다는 역설에서 상징적으로 승화된 듯하다. 도교의 성인 신도愼到에게 하는 말을 빌려, "무지한 물건과 같이 될 뿐이다. 성현은 필요 없다. 저 흙덩이는 도를 잃지 않았다."55)라고 말한다. 이 말을 들은 공자로 상징되는 식자識者들은 '신도의 가르침은 삶을 규정

하는 것이 아니라 죽은 자를 이상화한 것이다.'라고 했다. '저 흙덩이처럼 죽은 것을 이상으로 하다니 너무 지나치는 것이 아니냐'라는 의문을 제기하는 것이다.

한편 흙덩어리[塊]는 번데기[蜹]를 대신하는 것으로 상징되기도 한다. 괴塊와 회蜹는 비록 어근이 서로 달라서 하나는 곤충[虫]이고 하나는 흙[土]이지만 음이 같다. 그러므로 '불괴부실도不塊不失道'는 '번데기조차도 도를 갖추고 있다'라는 말로 해석될 수도 있다.

번데기는 죽음 이후의 부활과 관련되어 서양에서도 상징적으로 사용되는 동물이다. 번데기에서 나비가 되어 날아가는 데서 그런 유추를 했을 것이다.56) 사람은 죽어서 영혼이 부활하는데, 그 모습은 마치 번데기라는 육체에서 영혼이라는 나비가 하늘로 날아가는 모습을 연상시키기 때문에 생긴 것 같다. 번데기는 죽은 듯이 보이는 어떤 것이다. 그러므로 '번데기조차도 도를 지니고 있다'라고 말하는 것은 '흙덩이조차도 도를 지니고 있다'라고 말하는 것과 하등 다를 것이 없는 표현으로 생각하는 것이다. 『초사楚辭』에서도 이 번데기=흙덩이에 대하여,

흙덩이(번데기) 홀로 이 물이 없는 못을 지키며
뜬구름을 바라보며 길게 탄식하네.
[塊獨守此無澤兮, 仰浮雲而永歎.]57)

라고 노래하고 있다. 어떤 면에서는 번데기가 혼돈의 상징으로서 흙덩이보다 더 적당할 수 있다. 혼돈의 신화가 울타리(알, 낭)를 통해 표현되기 때문에 번데기가 하나의 울타리인 고치 안에 머무를 때 더욱 적합한 상징성을 획득한다. 고치는 절대적 부동不動의 상태이며, 창조에 앞선 원시의 상태이다. 또한 번데기는 나방이 될 것이고, 갑자기 그 번데기를 헤집고 나간다는 사실로 인하여 창조의 잠재성이 고치 안에 있다.

그러므로 창조상징에 따라 번데기는 흙덩어리보다 더욱 동적이다. 고
치는 혼돈의 또 하나의 상징이지만 동적인 잠재성을 지니고 있다. 이런
것을 염두에 두고 노자의 다음 구절을 한번 음미하면 고치가 왜 혼돈
의 상징으로 적합한지 알 수 있을 것이다.

> 큰 덕을 지닌 사람은
> 오로지 도를 따를 뿐이로다.
> 도의 실체는 있는 듯 없는 듯 오직 황홀할 뿐이니,
> 황홀하고 황홀한 가운데 그 안에 형상이 있고,
> 황홀하고 황홀한 가운데 그 안에 만물이 있도다.
> 심오하고 보이지 않지만 그 안에 생명의 본질인 정기가 서려 있으니,
> 그 정기 지극히 진실하고
> 그 안에 성실함이 있도다.[58]

고대 중국에서 '신信'이라는 단어는 '신伸'(확장, 연장)과 같은 뜻의 단
어였으므로, 마지막 구절은 '그 안에 확장될 수 있는 어떤 것이 있다'
[其中有信]로 번역될 수 있다. 번데기가 고치의 내부에 머무를 때 그것은
'수축된 것'이지만 이것이 갑자기 나오기 시작하면, 그것은 '확장된 것'
이다. '도의 실체는 있는 듯 없는 듯 오직 황홀할 뿐이니'라는 것은 은
폐의 감정과 외관상 번데기의 죽음에 관련될 수 있다. 그리고, 그 '상
象', '물物', '정精'은 고치 안에 있는 존재의 양상을 상징할 수 있다.
조롱박[匏瓠]도 낭과 마찬가지로 혼돈의 상징이 되고 있다. 이것은 두
개의 고치가 위로 쌓아 올려진 형태로서 반고 신화를 연상시킨다. 도교
에서 조롱박[瓠]은 그 안에 삶의 신비(불로장생의 약)가 비축된 우주의 축
소형처럼 여기는 사고 방식이 남아 있다.

(1) 성속聖俗과 음양사상

음양사상이 어떤 기원을 가진 것이냐 하는 것을 중국에 국한하지 않고 좀더 보편적인 데까지 확대한다면, 각 원시인들의 신화나 사회 구성의 분석을 통해서 많은 암시를 받을 수 있다. 인류의 초기 원시인들도 성과 속의 구분, 높은 곳과 낮은 곳의 구분, 오른쪽의 우수성과 왼쪽의 열등성 등 시간적 및 공간적으로 모든 것이 동질적이지 않다는 인식을 가지고 있었음을 볼 수 있다. 우선 공간적으로 동질적이지 않고 더욱 성스러운 공간이 있는가 하면 속적인 공간이 있고, 시간적으로 신성한 시간과 질적으로 강화된 시간이 있는가 하면 속적이고 무가치한 시간이 있음을 알았고, 나아가서 우리가 살고 있는 현상 세계는 전체적으로 완전한 것이 되지 못한다는 것과 성과 속을 합친 좀더 넓은 세계가 완전과 완성에 가깝다는 생각을 어렴풋하지만 모두 가지고 있었다고 생각된다. 음양사상은 이 현상 세계가 어떤 대립對立이나 대대待對나 분극성分極性 혹은 상보적 관계로 되어 있다는 의미에서 그 자체 전체성[wholeness]이 아니며, 따라서 완전하지 못하다는 인식이 무의식적으로 깔려 있다. 이러한 관념의 원시적 표현은 이미 성과 속의 대립 혹은 대대의 관계에서 표현되고 있다.

성聖은 영속적 혹은 일시적 특성으로서, 어떤 사물·인간·공간·시간 등에 두루 퍼져 있다. 어떤 신비적인 사건에 의해 성으로 되면, 그 순간부터 하나의 변질을 겪고 두려움과 숭배의 감정을 불러일으킨다. 그 성에 접촉하는 것은 위험시되기도 한다. 또한 그 성은 외부로 넓혀져 마치 액체와 같이 번지고 전기와 같이 방출되는 성격을 지닌다. 그에 비해 속俗은 부정적 성격으로 확인되는데, 빈약한 생명력이나 허무로 여겨지기도 한다. 이처럼 원시종교에서도 성과 속을 구분하고 속의 허무를 극복하고 성으로 되돌아가고자 했다. 그러나 성은 영원히 성이 아니고 속은 영원히 속이 아니어서 어떤 계기에 서로 상호적인 교환이 가능하다.

성과 속이 원시인들에게 보편적으로 있었던 종교 현상이라는 것은 두말할 필요가 없다. 원시인들도 현상 세계를 지배하는 어떤 법칙이 있다는 것, 그것은 우리의 감각을 넘어서는 배후에 있다는 것, 그 성스러운 법이 불쑥 이 현상 세계에 모습을 나타내면 이 세속적인 세계와 질적으로 구분된다는 것, 그리고 그 성이 나타나는 계기는 아주 다양하여 일률적으로 말할 수 없지만 일단 성이 계시되면 그것은 보다 완전하고 전체성을 띤 것으로 받아들여지고 속적인 것과 대비된다고 생각한다. 다만, 이렇게 나타난 성과 속이 경직된 이원론으로 고착되는 것이 아니라 음양사상처럼 성속聖俗의 교호성交互性이 가능하다는 점에서 대비된다고 할 수 있다. 음양이 현상 세계를 지배하는 눈에 보이지 않는 법칙이로되 음과 양 그 어느 것도 한쪽의 측면으로는 완전하지 않다는 것, 그 음양을 넘어서는 태극에서야말로 전체성 그 자체가 된다는 것과 상통된다고 할 수 있다.

(2) 음양사상의 기원에 대한 종교 인류학적인 연구

성과 속의 종교현상을 모두 음양사상으로 설명하기는 어렵지만 원시인들도 이 현상 세계가 완전하지 않다는 것, 대대나 대립으로 되어 있다는 인식을 하고 있었음을 알 수 있다. 종교 인류학적으로 음양사상의 기원을 설명하는 네 가지의 중요한 흐름을 생각해 보고자 한다. 첫째는 음양사상의 사회적 기원설, 둘째 음양사상의 역사적 기원설, 셋째 음양사상의 구조주의적 해석, 넷째로 엘리아데의 해석학적 연구 방법이 그것이다.

첫째, 이 문제를 최초로 다룬 사람은 뒤르껭Durkheim과 모쓰Mauss였던 것으로 알려지고 있다.[59] 이들은 사회와 자연을 이분법으로 분할하는 흥미있는 관습에 주목했다. 즉 어떤 사회의 세계관에서 천天과 지地, 고高와 저低, 우右와 좌左, 사우四隅 등의 복합적인 구역으로 나누는 풍습에서 살펴보면, 그것은 실제의 사회적·역사적 사실과 밀접한 관련이 있다는 것이다. 천보다는 지가 열등하고, 고보다는 저가 열등하며, 우보다는 좌가 열등한 것으로 표상되는데, 그것은 실제의 한 집단이 다른 집단에 비해 지배적인 관계에 있을 때 우세한 집단과 열등한 집단이 생기는 것과 밀접한 관계가 있다는 것이다. 뒤르껭과 모쓰의 영향을 받은 로버트 헤르츠Robert Hertz는 원시인이 가지고 있는 오른손의 우수성에 대해서 연구하고 비슷한 결론에 도달했다. 헤르츠에 따르면, 오른손에 부여된 특권은 성聖(천天, 남男, 오른손)과 속俗(대지大地, 여女, 왼쪽)으로 나누어지는데, 이것은 사회적 지배 관계로 설명된다는 것이다.[60]

둘째, 이와 같이 프랑스를 중심으로 뒤르껭의 후계자들이 원시 사회의 이분법 조직을 논하고 있을 즈음에 영국에서도 리버스Rivers를 중심으로 비슷한 연구를 했다. 리버스는 멜라네시아 사회를 사례로 사회적 이분법조직二分法組織이 존재하는 경우, 즉 다른 두 개의 다른 부족이 있을 경우 그 중 하나는 승리를 거둔 침략자요, 또 하나는 원주부족原住部族의 패배자로써 구성되었을 때 침략자는 신성족神聖族이 되고 패배자는 속된 부족이 된다는 것이다.[61] 이상은 이분법조직의 기원을 역사적으로 형성된 것으로 보는 관점이라 할 수 있다. 즉 어떤 형태의 이원성二元性에 봉착하면 그것은 역사적으로 두 개의 상이한 집단이 만난 결과로 설명하는 것이다.

셋째, 사회적 기원론이나 역사적 기원론을 넘어서려는 시도도 볼 수 있는데, 그것은 레비스트로쓰를 중심으로 하는 구조주의라고 할 수 있다. 이 구조주의에서는 여러 가지 형태의 체계를 엄밀하고 완전하게 분절된 체계(이 체계는 무의식의 레벨에서 작동하지만)의 표현으로 해석한다. 그는 언어학의 모델을 신화의 구조 분석에 이용하면서, "신화의 목적은 어떤 모순을 해결하기 위한 이론적 모델을 제공하는 것이다. … 신화적 사고는 어떤 제모순諸矛盾의 의식화[prise de conscience]로부터 생겨나와 그들의 점진적인 매개를 하는 쪽으로 다다른다."62)라고 하여 이원조직二元組織이나 분극성分極性이 무의식적인 면과 관계함을 밝히고 있다. 구조주의자들에게는 분극성이나 음양의 대립은 사회적 기원을 가진 것도 아니고, 역사적 사건에 의해 설명될 수 있는 것도 아니며, 오히려 정신의 무의식적 활동을 알려 주고 있는 완전히 일관된 체계의 표현일 따름이다. 요컨대 생의 구조가 그렇게 되어 있다고 말할 수밖에 없다는 것이다.

그러나 이상을 다시 일별하면 많은 문제점을 발견할 수 있다. ① 음양의 이분법조직이 설사 사회적으로 뚜렷이 보인다 하더라도 이분법의 계기는 수없이 많은데, 그것을 일일이 사회적 기원에 돌리는 것은 무리가 있을 수밖에 없다는 것이다. ② 역사적 기원설이 설사 특정한 부족에서 그러한 흔적이 보이는 것이 사실이라 하더라도 사회적 기원설과 마찬가지로 모든 이분법조직을 이렇게 설명하여 실증하는 것이 쉽지가 않다. 더욱이 역사적 기원설은 전파주의[diffusionism]의 영향을 받은 것이라 할 수 있다. 문화 전파의 기원(특히 이 경우 이집트)을 상정하고 있는 전파주의가 많은 문제점을 포함하고 있는 것은 이미 알려진 것이므로 역사적 기원설이 전면적으로 설득력을 갖기 힘들다. ③ 구조주의적 설명의 약점은 다양한 이분법조직의 계기를 단순한 하나의 계기나 동기로 설명하는 환원론에 귀착할 가능성이 있다.

넷째, 이런 면에서 엘리아데의 해석학적 설명 방법은 단일한 원인에 귀착시키지 않고, 현상으로 나타난, 있는 사실을 그대로 존중한다는 면에서 가장 바람직한 설명의 틀을 제공한다고 말할 수 있다. 엘리아데는 신화 연구를 통해서 이분법조직이 광범위하게 퍼져 있다는 것을 발견하고 그것을 있는 그대로 두고 그 상징적 의미를 파악하려고 하고 있다. 어떤 단일한 원리를 설정하여 전체적으로 묶어 보고자 하는 과학적·실증적 태도는 현상의 다양성을 설명해 주지 못할 뿐만 아니라 문화 현상 속에 살아 있는 생명을 죽이고 형해화할 수 있다고 생각한다. 그래도 몇 개의 유형으로 설명하면 다음과 같은 것이 있다.

① 공간 구조의 분극성 : '좌－우'나 '고－저'와 같은 공간 구조의 분극성이 신화 가운데 보편적으로 보인다는 것에 주목하여 그것을 면밀하게 분석하는 것이다. 위에서 말한 것처럼, 오른손의 특권과 왼손의 천시는 원시인들이 공간 구조를 모두 등가적等價的으로 보지 않았다는 단적인 예가 될 것이다. 엘리아데는 시에라네바다의 코기kogi 인디안의 공간 구조를 분석하면서 마을 사람들이 '위로부터의 사람들'[people from above]과 '아래로부터의 사람들'[people from below]로 분할되어 있고, 마을도 쌍분되어 있다고 한다. 특히 시에라네바다는 네 개의 부분으로 나누어져 있는데, 네 사람의 신화적 거인에 의하여 세계가 떠받들어지고 있다는 세계관에서 그들의 마을도 네 부분으로 나뉘고 그 주위에는 씨족의 중요한 성원이 자리하고 있다고 한다. 여기서도 다시 이분법이 작용하여 적赤을 표상하는 우측은 '보다 적게 아는 자'가 앉고 청靑을 표상하는 좌측은 '보다 많이 아는 자'가 앉는다. '보다 많이 아는 자'를 좌측에 앉히는 이유는 세계의 부정적인 힘과 보다 많이 대립하고 있어야 하기 때문이라고 한다.63) 더욱이 흥미있는 것은 이 사분구조四分構造는 다시 7개의 지표, 즉 동서남북東西南北, 천정지저天頂地底, 중심을 가진

삼분구조三分構造로 전개되어 천정天頂, 지저地底, 중심中心의 세 가지는 한 개의 알[卵]과 같은 입체를 구성한 세계를 관통하고 있는 우주축宇宙軸이 된다고 한다. 그리하여 우주는 하나의 알과 같은 것으로 우주모宇宙母로서 상징되고, 인간은 그 가운데서 탄생되었다고 보는 것이다.[64] 우주란宇宙卵은 어머니의 자궁과 같은 것이다.

여기서 우리가 알 수 있는 것은 공간의 이분분할二分分割은 그것으로 끝나는 것이 아니고 그 대립을 넘어서려는 우주란으로까지 확대되어 그 내적인 균형, 즉 중심점에서 분극성의 모든 체계가 융합되고 있음을 볼 수 있다는 것이다. 이분구조는 그 자체가 불완전한 구조라는 것을 무의식적으로 터득한 예가 될 것이다. 음과 양의 대립은 그 자체가 불완전한 것으로 음양의 대립을 넘어서는 그 '조화'에서 최고의 생명력을 낳게 된다는 관념이 공간 구조 가운데서 나타난 좋은 예가 되었다고 할 수 있다.

② 시간 구조의 분극성 : 밤·낮이나 계절과 같은 시간 구조를 살펴보면, 원시인들에게도 모든 시간이 균질하지 않았다는 것을 알 수 있다. 어떤 부족이나 길일과 흉일, 같은 길일 가운데도 최적의 때, '응축凝縮한 시간', '희박稀薄한 시간', '강한' 때와 '약한' 때 등의 경험이 있다. 시간이 불균질不均質하다는 것, 시간이 성과 속으로 이분되어 있다는 것은 보편적인 현상이다. 그런데 엘리아데에 의하면, 모든 속적俗的 시간은 어떤 의례나 의미 있는 행위(수렵, 고기잡이 등)에 의해 원칙적으로 신화적 시간, 성스러운 시간으로 될 수 있다고 한다. 즉 성聖 → 속俗이나 속 → 성의 교환이 가능한 교호성交互性을 가지고 있다. 그런 면에서 음陰 → 양陽, 양 → 음의 교호성과 일맥 상통한다고 할 수 있다. 다시 말하면, 모든 시간의 본능은 모든 면에 걸쳐 속적 시간을 폐하고 성스러운 시간에 살고 싶다는 동일한 욕망을 지닌다고 말할 수도 있다. 그

리하여 밤과 낮, 속적 시간과 성스러운 시간의 대립은 영원의 순간으로 변하게 함으로써 극복하고자 하는 것을 알 수 있다.

③ 우주의 발생 : 생과 사의 결투, 창조적인 힘과 파괴적인 힘의 대립으로 묘사되는 신화가 여기에 해당한다. 결국 창조적인 힘의 승리로 우주는 창조된다는 것이다. 그 대표적인 예로 베다 신화에 나오는 인드라와 용龍 브리트라의 투쟁을 들 수 있을 것이다.65) 브리트라는 물을 지배하는 파괴적인 힘의 대표자인데, 브리트라가 심술궂게 물을 산 속에 가두어 버리자 인드라가 용감하게 투쟁하여 물을 해방시키고 생명을 가져왔다는 것이다. 이 신화의 이전異傳에는 인드라가 브리트라를 참수斬首하고 오체五體를 단절하는 것으로 되어 있다. 여기서 브리트라는 현현顯現되지 않은 것, 즉 음을 상징하고 있다.

한편, 이러한 신화는 우주 발생의 신화이면서 동시에 신년제新年祭의 중요한 역할을 하는 신화이기도 했다. 매년 새로운 해를 갱신할 필요가 있는 때에 이 신화는 중요한 역할을 했다. 음양오행사상에서도 신년이 되기 전의 그믐 무렵은 음의 극치를 이루는 것으로 표현되고 있다. 방위로 말하면 북방, 오행으로는 수水로 표현된다. 음의 극치에서 양이 탄생되는 최초의 날이 정월 초하루라고 할 수 있다. 이러한 테마들이 인도의 베다 신화에서는 죽음을 이기고 삶을 획득하는 인드라의 승리로 표현되고 있다. 우주는 음양의 대립적 경쟁을 극복함으로써 탄생되었다는 테마가 담겨있는 말이라고 할 것이다.

④ 양성구유화兩性具有化의 신화 : 이 세상에 있는 남녀의 분극성이 그 자체로 불완전하여 양성을 합친 양성구유화로 표현되는 것을 말한다. 인도의 데바Deva와 아슈라Asura가 대표적인 예이다. 이 남녀 두 신의 대립을 읊은 신화들이 많지만 결국 그들의 역설적인 동체성同體性[

paradoxical consubstantiality]에 의해 종합이 이루어진다.66) 우리가 살고 있는 현상 세계에서는 비록 남녀 양성으로 분화되어 있으나 그 자체로는 불완전한 것이므로 남녀의 결합, 천지의 결합이 완전성을 구현하는 것이라 생각된다. 여기에는 종교적 이분법뿐만 아니라 윤리적 이분법도 근본적으로는 전체성에 통합되어야만 완전해진다는 것을 말해 준다.

⑤ 쌍둥이에 대한 종교적 의미 : 특히 쌍둥이 신은 실상 한 어머니의 배에서 나온 신들로서 전체성에서 분화分化한 어느 한 면(빛)에 대한 보완인 다른 한 면(어둠)을 가리키고 있는 경우가 많다. 이러한 테마를 다룬 신화들은 동서고금에 비교적 풍부하게 있다.

아메리카 대륙의 북부 해안 카리브족의 신화가 그것을 잘 표현하고 있다. 물의 여신 아마나Amana는 처녀이며 배꼽이 없는 어머니로서 쌍둥이를 낳았는데, 타무시Tamusi와 요로칸타물루Yolokantamulu가 그것이다. 배꼽이 없는 처녀인 아마나는 '태어난 존재'가 아니라는 것을 상징하고 있다. 태어난 존재가 아님은 천지의 결합, 완전한 신이라는 것을 가리키고 있다. 타무시는 인간의 형태를 하고 있으며, 달의 빛나는 부분에 살고 있으며, 낙원의 주主이기도 하나 눈빛을 휘황하게 하는 빛에 둘러싸여 있기 때문에 누구도 직접 볼 수 없다. 타무시는 세계를 파괴하려고 하는 적의敵意로 가득 찬 힘에 대항하여 싸우는 세계의 창조자이다. 한편 요로칸타물루는 낙원의 정반대 지역, 아침이 없는 토지에 살며 인류를 고통으로 몰아넣는 악의 창조자이다. 이 두 쌍둥이신은 표면상으로 보면 정반대의 속성을 지닌 자로서 서로 융화하기 어려운 신들이지만, 요로칸타물루는 세계의 빛의 상相을 의인화한 타무시의 필연적인 보완자로서 서로 반드시 적대적이지 않다는 것을 말해 주고 있다.67)

(3) 종교 인류학적 견해로 본 작은 결론

이상의 여러 사례에서 알 수 있듯이 음양의 사상은 여러 신화에서 매우 다양하게 전개되었음을 볼 수 있다. 그러나 아무리 다양하게 전개되었다고 할지라도 서로 반대되는 것들 사이의 대립 관계는 최후까지 분석해 보면, 대립하는 양자의 결합을 목표로 한다는 것을 알 수 있다. '열등한 것'과 '우수한 것', '보이는 것'과 '보이지 않는 것', '나타난 것'과 '나타나지 않은 것' 등의 대립 관계는 '반대의 일치'에서 해소되고 있다는 것을 알 수 있다. 그렇다고 하여 모든 종류의 이조일대二組一對[dyads]와 분극성을 어떤 무의식의 논리 활동을 반영하는 오직 하나의 기본형으로 환원하려는 유혹을 받아들여서는 안될 것이다. 이런 면에서 레비스트로쓰의 입장보다 엘리아데의 입장이 보다 온건하고 타당해 보인다. 엘리아데의 생각처럼 이분법은 다양한 카테고리로 분류하는 것이 가능하며, 위에서 보인 이분법의 형태는 편의상 그 수를 제한한 것에 불과하고, 실제로 그들의 수는 더욱 많고 보다 더 열려져 있다고 해야 할 것이다. 이러한 불완전한 분류만 가지고도 우리가 알 수 있었던 것은 모든 종류의 분극성이 '서로가 서로를 내포하고 있다'[imply each other mutually]는 사실이다.

(4) 중국 음양사상의 다양한 측면

중국의 음양사상은 이조일대 혹은 분극성의 사상에서 가장 전문적으로 전개된 것이라 할 수 있다. 그 음양의 기능을 일일이 나열한다는 것은 쉽지 않을 만큼 다양하다.

가. 음양의 기원

음양이 등장하는 가장 오래된 문헌인『시경』에는 음자陰字가 8번 나
오고 있는데, 그중 우雨자와 관련되어 나오는 경우가 네 개이다. 기후
와 바람, 음암陰暗의 뜻으로 사용되고 있다.[68) 또 양陽은 18곳에서 사용
하고 있는데, 11곳이 산과 물의 방위를 뜻하고 있다. 그 밖에 햇빛, 기
후의 온난, 화창한 날씨 등을 나타내는 말로 사용되었다.『시경』에서는
아직 음양의 개념이 형성되지 않았음을 알 수 있다.

춘추시대에 들어와서 음양 개념이 형성되고 있다. 음양개념의 최대
의 발전은 음양을 천天에서 발생한 육기六氣 가운데의 이기二氣로 파악
한 것이다. 즉 춘추시대 이전의 기록에 보이는 음양 개념은 일광日光의
유무有無에 따라 형성된 현상을 의미할 뿐, 그 자체로 독립적인 의미는
갖지 못했다.[69)

이는 천체에 대한 장시간에 걸친 관찰에서 발생한 개념이며, 여기의
음양이란 한난寒暖의 감각을 가리키던 것으로 추정된다. 만물을 형성하
는 원소라는 의미는 그 속에 포함되지 않는다.[70)

나. 우주의 기원과 음양

음양의 기원이 기후적인 데서 왔느냐 물질의 기본단위에서 왔느냐
하는 것은 그렇게 중요한 것이 아니다. 중국의 음양사상에서 가장 중요
하고 압권을 이루고 있는 것은 아무래도 우주의 기원을 음양사상으로
설명하는 매우 정교한 논리를 발전시키고 그와 더불어 인류의 도리와
인격 완성, 사회질서, 정치의 강상, 인체의 신비 등 모든 부분에 적용하
고 있다는 데 있다. 그것을 여기서 몇 가지로 나누어 설명해 본다.

① 모든 운동은 음양에서 일어난다 : 모든 살아 있는 것은 운동하지 않는 것이 없다(주역周易에서는 그것을 생생生生이라 함). 공간적으로는 무한히 뻗어 나가는 확대 운동을 행하고 시간적으로는 무한이 이어 나가는 계승 운동繼承運動을 한다.71)

② 음양은 서로 호근互根하고 있다 : 만물은 자체가 생생하기 위하여 반드시 어떤 형태로든지 조직체가 있고, 그 조직체에는 반드시 운동력이 있어 그 조직체를 유지하는 것으로 본다. 천지간의 만물은 모두 지地의 형질에 뿌리를 두고 있고 지의 형질은 천天의 인력引力에 근거하고 있다. 천의 인력은 기氣가 유행하는 것을 말하고 지의 형질은 정精이 응주凝做함을 말한다. 그러므로 천지간에 생생하고 있는 만물은 모두 천의 기와 지의 정을 취하여 이루어진 것이라 할 수 있다.『주역』계사에 "정과 기가 물이 된다." 함은 이를 말한 것이다. 정이라 함은 만물의 형체를 조직하는 본질로서 곧 수화水火의 정을 말하고, 기라 함은 만물의 운행하는 힘으로서 곧 전기電氣의 기를 말한다. 정은 승수承受, 포함包含, 수장收藏, 응취凝聚 등의 음성작용陰性作用을 행한다. 그리고 기는 발시發施, 유행流行, 출현出顯, 고동鼓動 등 양성작용陽性作用을 행한다. 그러므로 만물을 조직한 정기精氣의 두 작용은 곧 음양의 대대待對라고 말하기도 한다. 만물은 정의 조직체만 있고 기의 운행이 없으면 생생작용이 있을 수 없고 또 조직체가 없이는 기의 운행이 있을 수 없다. 그러므로 만물은 생생하기 위하여 반드시 조직체가 있고 그 조직체는 스스로 운동을 일으키지 않을 수 없도록 구성되어 있다. 이것을 음양의 호근互根이라 한다.72)

③ 음양이 작용하는 힘이 생명이다 : 천지는 태극의 운동체運動體로서 그 속에 음양의 양작용兩作用이 있어 일체양용一體兩用의 상象이 되

고 음양은 호근호역互根互易·호선호후互先互後·호대호소互大互小의 여러 가지 작용으로써 부단히 운동을 일으켜서 만물을 생생한다고 본다. 그러니 음양의 서로 작용하는 힘이 곧 생명이고, 음양은 생명원生命元이 되어 음양 운동이 행해지는 곳에 반드시 생명이 있다고 생각하는 것이다. 생명이 없는 곳에서는 운동이 일어나지 못하는 것이고 생명 자체가 생생하기 위하여 스스로 운동을 일으키는 때에 음양의 두 작용을 생한다고 본다. 태극이라 함은 천지를 통일한 하나의 생명체이므로 태극의 운동에서 음양 작용이 생生하는 것이다. 그러므로 음양 운동과 생명은 어느 것이 먼저이고 어느 것이 나중인가 하는 선후의 구별이 없다. 그러나 우주의 조직으로서 보면 음양 조직이 있는 까닭에 생명이 유행하는 것이므로 음양이 먼저이며 생명이 나중이라고 할 수 있고, 우주의 운행으로서 보면 생명이 있는 까닭에 음양의 운동이 일어나는 것이므로 생명이 먼저이며 음양이 나중이라고 할 수 있다. 다만 『역경』은 선천운행의 이理를 말한 까닭에 태극이 음양양의를 생生한다 하여 태극이 음양보다 먼저라고 말할 뿐이다.

④ 생명의 형화작용形化作用에 대해서 : 물物이 생생하는 것은 무형에서 유형한 형질이 생生하여 공간적으로는 무한히 확대하고 시간적으로는 무궁히 계승하는 것인데, 음양생명원陰陽生命元에는 형形이 없으니 형이 없으면 또한 생생이 없는 것이다. 그러므로 생명원은 자체가 생생하기 위하여 스스로 무형으로부터 유형으로 변화하는 운동을 행하지 않으면 안 된다. 무형으로부터 유형으로 변화함에는 반드시 생명 → 기 → 정 → 형의 순서를 밟는다.[73] 또 천지간의 만물은 무형과 유형으로 대별되어 있고 유형은 모두 무형에서 생한 것이므로 이 유형한 물은 다시 무형으로 돌아가는 이理가 있다. 그러므로 만물에는 생하고 멸하는 현상이 있어 무형에서 생한 유형물有形物은 반드시 생멸이 있는 것

이다. 처음부터 형이 생하지 아니한 자는 형이 멸할 것도 없는 까닭에 무형한 생명원은 생멸함이 없을 것이다. 그러므로 만물의 생명체는 항구히 계승되는 생명원生命元을 내포하여 근본을 삼고 생멸하는 유형한 바탕을 얻어서 형질을 삼고 있으므로 만물에는 대대로 항구히 계승되는 작용이 있어 생하고 자라고 여물고 하면서 만물의 생생이 그치지 아니하는 것이다.[74]

다. 인간의 천성에 대한 음양사상적 해석

음양사상은 우주와 생명의 원천을 설명하는 논리만이 아니라 인간의 성명性命을 결정하는 논리로 설명되기도 한다. 즉 타고난 생명과 천성을 설명하는 데 있어 중요한 논리적 수단이 되고 있다. 『주역』「계사」에 '한 번 음하고 한 번 양함을 도라 이르고, 계繼하는 자가 선善이오 성成하는 자가 성性이다.'[75]라는 말이 있다. 이는 건곤생명원乾坤生命元이 한 번 음하고 한 번 양하는 도에서 선이 계생繼生하고 선이 여문 것이 곧 성이므로 천성은 건곤에 본원하여 선의 여문 것이라 말한다. 또 건괘乾卦에서는 원元을 인仁이라 하고 인에서 발하는 작용을 선이라 하는데, 만물의 씨는 원의 상이 되고 씨의 알맹이는 인이 되며, 씨에서 발생하는 새싹은 선이 되는 것이라고 한다. 이처럼 생명의 원과 윤리적인 선을 동일한 근원으로 생각하고 있다.

라. 기타 다양한 설명의 틀

음양사상은 우주와 생명의 기원을 설명하는 것이 가장 중심이 되는 논리라 할 수 있지만, 그밖에 여러 가지 다양한 사실의 해명에 있어서 거의 전부라고 해도 좋을 만큼 중요한 논리적인 틀을 포함하고 있다.

① 앞에서도 말한 것처럼 음과 양은 그 자체 완전한 것은 아니고 태극체太極體의 운동으로 생기는 법칙이므로 상대적인 것이다. 종교 인류학적인 사례에서 보았듯이, 음과 양은 일체양용一體兩用의 현상이다. 도의 운동을 표현하는 법칙으로 설명해도 같은 말이 된다. 도는 결코 음양을 떠날 수 없다는 것이다.76)

② 성리학적인 성인의 관념, 특히 그 성인의 인류에 미치는 영향을 음양으로 표현하고 있다. 『중용』에서는 천도는 아무런 의지적 노력을 하지 않고도 성誠을 잘 드러내는데 인간은 성해지려는 끝없는 노력을 통해서만 겨우 성에 도달할 수 있다고 했는데, 『역경』에서는 한 번 음하고 한 번 양하는[一陰一陽] 것이 도의 운동이라는 전제 하에 음양의 작용이 성의 발현 아님이 없음을 밝히고 있다.77)

③ 인간 사회의 여러 괴질怪疾이나 민란民亂, 지진地震과 같은 천재지변 등이 음양의 부조不調에서 생기는 것이라는 생각도 가지고 있다. 특히 음기가 성하고 양기가 그 조절 능력을 잃을 때 생기는 것으로 본다.78) 만물의 근원이 작용하는 음양이 조화를 이룰 때에만 천지가 바로 서고 인간의 윤리적 질서가 바로 서는 것을 알 수 있다.79)

④ 음과 양을 비교했을 때는 양의 우월성이 돋보이는 것도 한 특색이라 할 수 있다. 음과 양은 절대로 서로 떨어질 수 없는 상대적인 개념임에도 불구하고 양의 우월성이 보이는 것은 승수承受, 포함包含, 수장收藏, 응취凝聚 등의 음성작용陰性作用보다 발시發施, 유행流行, 출현出顯, 고동鼓動 등 양성작용陽性作用을 더 높이 평가하는 것이라 할 수 있고, 남성적인 것이 여성적인 것보다 더 우월하다는 관념이라 할 수 있다. 양은 덕德이고 음은 형刑이란 표현도 그와 같은 관념이 나타난 것이라

할 수 있다.80)

⑤ 음양설은 후에 오행설과 결합하여 더욱 복잡하게 여러 가지 면에 관련되는 설명의 틀이 되었다. 몇 가지 예를 들어 보면, 첫째, 오행과 음양을 결합시켜 성상星相, 방술方術 등의 각종 점복占卜에 응용되었다.81) 둘째, 한대에 이르면 음양오행설은 하나의 보편적 학설이 되어 종교, 정치, 학술 등 모든 분야에서 이 도식이 사용되었다. 동중서童仲舒는 인의예지신仁義禮智信의 오상五常을 오행五行에 결부시켜 설명했고, 주돈이周敦頤는 음양오행을 태극과 결부시켜 설명했다. 음양은 하나의 태극이라고 설명하여 음양 속에 태극이, 오행 속에 태극과 음양이 존재한다고 보았다. 셋째, 음양오행설은 고대의 천문학, 의학, 화학의 발전에 일정한 영향을 미쳤다. 음양오행의 상호작용을 이용하여 물질 현상들 사이의 상호 관련을 설명하고자 한 사람도 있고, 인체의 내부와 자연계가 밀접한 관련이 있다고 믿은 사람도 있다. 즉 인체의 조직은 자연계의 음양오행에 적용된다고 믿었기 때문에 음양오행의 도식이 생리학의 도식으로 사용되기도 했다. 그래서 사계절의 변화가 인간의 생리적 변화에 영향을 끼친다거나 인체 내부의 오장은 상호 영향을 끼친다고 하는 이론을 제시하여 물질적 형상 속에서 질병이나 건강의 근거를 발견하려고 했다. 병의 근원을 신의 징벌이나 귀신의 작용으로 설명하려는 종교적 태도에서 비교적 자유스러울 수 있었다. 그러나 이러한 이론은 견강부회牽强附會가 많아 모든 현상을 도식적으로, 혹은 관념적·신비적으로 이해하려는 경향도 나타났다. 넷째, 오행상생설五行相生說과 오행상극설五行相剋說과 같은 것을 통해 동양의 역사 철학을 발전시켰다. 물질의 순환을 통해 세계와 인간 사회의 운동 변화를 설명하려고 한 것이 오행상생설과 오행상극설이다. 『한서漢書』「교사지찬郊祀志贊」에서 오행상생설을 역사적 인물과 결부시켜 순환론적 사관을 전개시켰다. 목木의

성격을 가진 왕조를 수水의 성격을 가진 왕조가 잇는 것이 음양상생의 원칙에 맞는다고 하여 역사의 순리로 해석했다. 즉 이러한 역사 발전 법칙에 입각하여 한漢나라는 화덕火德을 받아 천통天統을 이었다고 했다. 이것은 음양오행설을 신비적으로 해석함으로써 한 왕조의 정통성을 주장하는 근거로 삼고자 한 것이다. 한편 『사기』「봉선서封禪書」에서는 오행상극설을 역대의 왕조와 결부시켜 왕조 교체의 필연성을 설명하는 근거로 삼기도 했다.

(5) 전체와 완전성으로서의 음양사상

음양사상은 동양 논리 체계의 바탕을 거의 압도적으로 지배하고 있다. 이것이 사실이라면 우리는 다음과 같은 사실을 알 수 있다. 동양 사람들은 음과 양으로 갈라진 두 개의 대립을 불완전하게 여기고 그것을 넘어서는 전체에 더욱 큰 관심을 가지고 있다는 것이다. 음양은 언제나 '전체'와 '완전성'에 대한 열망과 관련되어 있기 때문이다. 음양사상은 대립의 사상이 아니라 오히려 전체와 완전성을 드러내는 수단이 되는 사상 체계이다. 즉 현상 세계가 어쩔 수 없이 음양의 법칙에 의해 지배된다고 하더라도 그 바탕에는 언제나 그 현상 세계를 넘어서는 전체와 완전성이 암암리에 더 크게 강조되고 있다는 점을 간과해서는 안 될 것이다. 음양사상에는 음과 양의 대립보다는 전체와 완전성이 음과 양을 통해서 나타나는 현상 세계의 신비를 설명하려는 욕구가 더욱 강하게 자리잡고 있다.

이것은 앞에서 말한 것처럼 중국 고대의 신화에서도 잘 나타나고 있다. 우주 생성에 관한 신화에서 우주는 태초에 알[卵] 속과 같은 혼돈混沌('완전성'을 상징)이었는데, 그 안에서 하나의 기운이 생겨나고, 그 기운 가운데 가벼운 것은 위로 올라가려는 경향이 있고, 무거운 기운은 아래

로 내려가려는 경향이 있어 음과 양이 갈라지고 하늘과 땅이 갈라지게
되었다고 한다. 이와 같은 신화는 『회남자』에 보이는데, 음과 양의 생
성에 관한 이야기가 주종을 이루는 것이 아니라 원래 완전성이었던 하
나의 혼돈이 운동함으로 인하여 음양이 생성되었다고 하여 완전성의
운동에 더욱 역점이 주어지고 있다. 태극이 동하여 음양이 생겼다고 말
하는 주돈이의 『태극도설太極圖說』의 사상과 일맥상통하는 것이다. 이
와 같은 동양적 사상은 분극성이나 양성구유, 쌍둥이의 신화에서 표현
되는 것과 같이 분열된 이 세상으로부터 전체와 완전성으로 상징되는
저 세상으로 가고자 하는 열망이 담겨져 있다고 할 것이다.

II

고대 사회 사상의 몇 가지 기반

여기서는 중국 고대인들의 사회철학에서 중요한 것으로 여겨지는 몇 가지 중요한 주제를 다루어 보려고 한다. 첫째로, 중국 고대인들이 개인과 세계를 보는 관점이 어떤 것이었나를 포괄적으로 살펴보려고 한다. 넓은 의미의 인간관과 세계관을 포괄한다고도 할 수 있고, 인간과 우주의 관계를 말한다고도 할 수 있는데, 이런 주제를 중국 고대철학의 각 학파들이 어떻게 제시하고 있는지에 관심을 두었다. 둘째로, 정치철학의 기반에 대해서 살핀다. 권력이 어디서 유래하며, 그것이 사회 각 계층에 어떻게 파급되고 있는지, 그런 법과 권력의 특성이 동양적 사고에서 어떤 양상을 이루고 있는지 비교사상적 관점에서 다루어 보려고 한다. 셋째로, 개인의 삶의 방법이나 행동의 지침뿐만 아니라 사회 정치 철학에서 핵심을 이루는 판단의 기준인 중용의 사상을 아리스토텔레스의 사상과 비교함으로써 동양적 특성이 무엇인지를 고찰한다. 넷째로, 가정 생활과 사회 생활, 종교 문화 등 전반에 걸쳐 파급되어 있는 효의 문제를 오늘의 관점에서 살펴보려고 한다. 효의 힘이 차츰 사라지고 있는 오늘의 관점에서 효의 실용성이 무엇인지 대안을 찾아보는 것도 우리들의 임무가 아닐까 여겨진다. 다섯째로, 오늘날의 절실한 문제로 떠오르는 도덕적 생태학의 철학적 기반에 대해서 다루었다. 이상의 다섯 가지 주제말고도 중국 고대 사회사상에서 더 많은 주제를 다루어야 할 필요가 있겠지만, 이상의 다섯 가지 주제가 가장 핵심을 이룬다고 여겨진다. 이 주제들은 모두 오늘의 관점에서 생각해 보려고 했기 때문에 자연히 비교 사상적인 생각들이 가미되었다.

1. 개인과 세계를 보는 관점

(1) 개인과 세계

중국의 형이상학에 있어서 어쩌면 가장 중요한 문제가 개인과 세계의 관계일지도 모른다. 개인은 개인이고 세계는 세계라고 생각했다면 처음부터 이런 문제가 대두되지도 않았을 것이다. 세계는 하나의 물질적 대상이라는 등식으로만 생각했더라도 이런 문제는 대두되지 않을 것이다. 세계가 인간이 개척해야 하는, 무진장하게 열려 있는 한갓 대상에 불과하다면 개발하는 주체와 개발되는 객체만 남는 것이니 형이상학적 문제는 대두되지 않을 것이다. 그러나 중국인들은 일찍부터 세계와 개인의 관계를 그렇게 생각하지 않았다. 개인을 세계의 일부분으로 생각하기도 했고, 혹은 반대로 진정으로 존재하는 것은 사유하는 주체인 개인만이 있고 객관적 대상인 세계는 한갓 그림자에 불과하며 진정한 존재는 사유하는 주체라는 생각을 하기도 했다. 객관적 대상인 세계가 강조되는 면에서 보면 개인은 그 세계의 일부분에 불과하다는 생각도 있을 수 있다. 이런 문제를 염두에 둘 때에 중국의 인식론에 있어서 개인과 세계의 관계에 대해서는 다음과 같은 네 가지 전형적인 사고방식이 생겨나지 않을까 생각된다. 그것을 하나하나 검토해 보는 것이 이 글의 목적이 될 것이다.

① 개인을 세계의 일부로서 객관적으로 존재한다고 보는 관점.
② 개인을 도덕적 주체로 보고, 세계는 주체에 의해 비쳐진 것으로 보는 관점.
③ 개인과 세계는 함께 초월되어야 한다는 관점.

④ 개인과 세계를 함께 인정하는 관점.

이상의 내용을 검토하기 위해 중국철학의 각 학파들의 주장을 구체적으로 거론하는 것이 좋을 것이다. 또한 이상의 내용은 비단 중국철학에만 한정하는 문제는 아니고 우리가 객관적 세계와 주체와의 관련을 생각할 때 공통적으로 대두되는 문제이기도 하므로 보편적인 문제라고 해야 할 것이다.

(2) 개인과 세계를 보는 여러 학파의 관점들

가. 개인을 세계의 일부로서 객관적으로 존재한다고 보는 관점

우선 이 관점은 개인이 객관적으로 존재한다는 것, 그러나 세계의 한 부분으로 존재한다는 것을 대전제로 삼고 있다. 물론 개인이 인식과 행위의 주체라는 것을 인정하지 않는 것은 아니지만, 세계 안에서 개인의 위치가 객관화된 존재로 존재한다는 것을 토대로 한다. 즉 세계라는 좀더 넓은 영역의 일부로서 개인의 위치가 결정된다고 하는 동양적 실재론이라 할 수 있다. 가장 상식적이고 일반적인 고대 중국인의 입장이었다고 할 수 있다. 개인이 세계의 일부로서 존재한다는 것을 대전제로 했을 때, 개별적 인격으로서의 내가 어떻게 하나의 개인으로서 객관적으로 인식되며 개념적으로 결정되는가 하는 문제가 첫 번째로 관심의 초점이 된다. 중국의 사상 가운데 이런 유형의 사고 방식을 말한다면 묵자, 순자, 음양학파를 내세울 수 있을 것이다. 이들은 개인이 세계의 일부로서 존재한다고 보는 점에서는 동일하지만, 그 설명 방법이 다르다. 이들의 관점을 간단히 약술한다.

① 묵자의 관점

묵자(B.C. 468~376)의 사상이 겸애설兼愛說을 바탕으로 하고 있음은 누구나 아는 사실이다. 표면적인 측면에서만 보면 그의 겸애설은 보편적으로 서로 사랑하라는 것으로 보인다. 그리고 겸애설의 제창 동기도 단순한 도덕적인 의미의 이론이 아니라 당시의 치란문제治亂問題에서 야기된 사실도 분명하다.82) 혼란의 근원은 사람들이 서로 사랑하지 않는 데서 기인한다고 생각한 것이다.

특기할 만한 것은 묵자는 모든 인간은 같다는 생각에 기초한 보편적 사랑[兼愛]을 가르친다는 사실이다. 또한 그는 자신의 아버지처럼 타인의 아버지도 사랑해야 함을 가르친다. 따라서 묵자는 나의 아버지를 단순히 아버지 유類[class]의 하나로서 간주한다는 사실을 지적할 수 있다. 그러므로 묵가학파들은 개인을 객관적으로 단순한 유의 멤버로서 인식하고 있음을 알 수 있다.83) 표면상으로 보면 집안과 집안 사이, 나라와 나라 사이에서 남을 자기처럼 여기라는 말이 보편적 사랑을 강조한 것처럼 보이겠지만, 그 겸애는 사실상 혼란을 평정하는 데 필요한 실용적 목적에 더 비중이 주어졌다는 사실도 부기해 두는 것이 좋을 것이다. 개인이 유의 구성원일 뿐이라는 생각은 그의 논리학이라고 할 수 있는 『묵경墨經』 중의 논리(「經說」上·下, 「經」上·下 등)에서 보다 잘 나타나고 있다. 유의 개념을 그의 논리학에서 풀어 보기 위해 다음과 같은 구절을 인용해 보겠다.

"같다[同] 는 것은 중복된다[重], 일체가 된다[體], 합치된다[合], 유사하다[類] 는 뜻이며, 다르다[異] 는 것은 둘로 된다[二], 일체가 되지 않는다[不體], 합치되지 않는다[不合], 유사하지 않다[不類] 는 뜻이다."84)

"같다[同] 는 것은, 하나의 실물에 두 가지 이름이 있는 것을 중동重同이라 하고, 부분이 전체와 분리될 수 없는 것을 체동體同이라 하고, 여러 가지

　사물이 한 곳에 모인 것을 합동合同이라 하고, 그 무엇 때문에 같아짐이 있
　는 것을 유동類同이라 한다.”85)

　이 인용문에서 동同에는 네 가지 의미가 있음을 알 수 있다. 첫째는
두 가지 종류가 완전히 중합重合되는 것이다. 두 종류는 비록 각기 하나
의 이름이 있으나 분자는 완전히 서로 같다. 이것은 하나의 사실에 두
개의 이름이 있는 것인데 이것이 중동이다. 둘째는 서로 연속되어 있는
것이다. 즉 동일한 전체에 속해 있는 것이다. 예컨대 수족手足은 똑같이
[同] 어떤 사람의 수족이 되는 것이다. 이것은 소속所屬의 동이다. 이것
을 체동이라 하는데, 어떤 한 몸에 똑같이 속해 있는 것을 말한다. 셋
째는 동일한 범위 중에 자리잡는 것이다. 예컨대 백옥白玉과 백분白粉은
백색白色이란 조건이 서로 같음을 가지고 있다. 양자는 모두 백류白類에
속하며 유동의 관계를 가지고 있다. 이런 식의 논리로 말한다면, 나의
‘아버지’나 남의 ‘아버지’는 ‘아버지’라는 이름이 같은 유類에 속하므로
유동이라 할 수 있고 나의 아버지를 아버지의 유의 하나로 간주한다는
것을 알 수 있다. 묵자는 어떤 개인의 보다 구체적인 종種이나 하위의
종속적인 유명類名은 사용하지 않았다. 설사 있었다 할지라도 여전히
유명[class name]일 뿐이고, 따라서 개인은 유의 구성원일 뿐이다. 그런
점에서 개인을 전체의 일부로 보는 사고방식이라 할 수 있다.

　② 순자荀子의 관점

　개인을 세계의 일부로 보는 두 번째 유형으로 순자의 관점을 들 수
있다. 개인이 객관적으로 실재한다고 보는 것은 같지만, 그것을 시공의
체계 속에서 파악하는 것이 특색이다. 순자는 「정명正名」에서 개별적
존재를 파악하는 방법에 관해 논의하면서, 보편적인 명칭에 의해 표현

되는 외관과 속성에 의해 개인을 인식하는 견해에 동의하지 않는다. 두 사물이 동일한 속성과 외관을 보유하더라도 장소가 다를 수 있다는 점을 들고 있다. 그것을 순자는 이렇게 말한다.

> "무릇 물物에는 그 형태는 같으나 그 존재하는 장소가 다른 경우와 그 존재하는 장소는 같으면서도 형태가 다른 것이 있다. 이런 것은 구별해야 한다. 형태가 같고 장소가 다른 것은 같은 명칭으로 부를 수 있지만 실제의 대상물은 둘이다. 이것을 이실二實이라 한다. 상태는 변해도 실제의 대상물은 같은데도 명칭을 구별하는 것을 화化라 하는데, 화는 있어도 실제의 대상물에는 구별이 없다. 이것을 일실一實이라 한다. 이것이 명사 제정의 준칙이다. 후왕後王이 명사를 정할 때 살피지 않으면 안 되는 것이다."[86]

이 글에서 순자가 명사 제정의 법칙으로 삼고 있는 것은 이실과 일실의 구별이다. 이실은 형태는 같지만 다른 장소에 두 개의 대상물로 있는 것을 말하고, 일실은 실제의 대상물은 같지만 변화의 과정에 있어서 각각의 시기마다 하나의 존재가 다른 외관과 속성을 지니는 것을 말한다. 이것은 여전히 같은 하나의 대상물로 보아야 한다는 의미에서 일실이라 했던 것이다. 그러므로 하나의 개별적인 존재는 시공간에서 다른 장소에 따라 결정되는데, 다른 개별적 사물의 다른 공간적 위치에 대한 강조와 더불어 결정되고 있음을 알 수 있다. 여기서 우리는 개별성의 원리가 서로서로 다르게 관련된 상이한 사물들 안에서 결정되는 것을 볼 수 있다.

③ 음양학파의 관점

외관과 속성에 있어서 유사하고 유명類名 아래 포함되지만, 인과관계에 있는 다른 사물들의 관계와는 달리, 어떤 두 개의 개별적인 것들은 다른 사물들과 상이한 관계에 따라 차별화가 이루어진다. 음양학파는 이러한 사고방식을 대표한다고 말할 수 있다. 즉 개별적인 것을 아는 또 다른 방법이라 하겠는데, 관계적 사고의 방법 혹은 개별적인 것을 다른 사물들과의 다양한 측면의 관계 안에서 아는 방법이다. 음양학파의 이런 사고 방법은 한대 (B.C. 206~A.D. 220)이후 많은 학자들에 의해 수용되었다.

음과 양의 의미는 매우 미묘하고 복잡하다. 본질적으로 '음'은 우리에게 알려지지 않은 그 무엇이고 '양'은 명백히 알려진 것을 의미한다. 음과 양은 본래적으로 다른 존재와 상대적 관계에 근거한 속성의 개념이지 본체나 힘의 개념은 아니다. 양은 다른 존재의 앞에 있는 무엇이고 음은 다른 것들의 뒤에 있는 것을 의미하기도 한다. 결론적으로 진보적, 적극적, 생산적인 것은 양이라 불려지고, 파생적, 소극적, 퇴보적인 존재를 음이라 부를 수 있다. 이 모든 의미는 상대적이다. 그러므로 음양학파에 의하면, 모든 것은 다른 존재와의 관계에 따라 상대적으로 음 혹은 양의 역할을 수행하므로 동일 종류의 모든 구성 요소들은 다른 존재에 의한 음과 양의 다른 개념으로 파악될 수 있다. 이런 음양학파의 입장에서 개체의 위치를 생각하면 이렇게 말할 수 있다. 즉 개인이 인간세계에서 객관적인 실체로서 인식될 때, 그의 행위와 개성은 타인과의 상호관계에 의해 규제되고 결정된다는 것이다.

나. 개인을 도덕적 주체로 보고, 세계는 주체에 의해 비쳐진 것으로
   보는 관점

개인을 '의식의 주체'로 보고 대상이나 세계는 진정으로 존재하는 것이 아니라 그 '의식의 주체'에 따라 비쳐진 존재에 지나지 않는다고 하는 사고방식이 있을 수 있다. 위에서 본 것처럼, 개인이 객관적으로

존재하고 그것도 세계의 일부로 존재한다고 보는 객관적 실재론적 입장과는 전혀 반대의 태도라고 할 수 있다. 나는 '의식하는 나'이고 자의식적 존재로서 그것만이 참다운 실재라고 하는 입장이다. 대상이나 세계는 그 '의식하는 나'에 의해 비쳐진 존재이거나 투사된 존재에 지나지 않는다고 생각한다. 그러므로 대단히 주관적이고 내성적인 태도라고 할 수 있을 것이다.

'의식하는 나'는 자의식에 의해 무언가를 파악하고 있는데, 그것은 근본적으로 세계를 초월하고 있고 기껏해야 세계를 의식의 한 부분으로 포함시키고 있을 뿐이다. 이러한 사고방식을 서구적인 의미에서 개인주의나 혹은 유아론[solipsism], 주관적이거나 혹은 객관적 관념론으로 불리는 것이 정당한 것인지는 의문이 든다. 중국의 철학에서 이와 같은 입장을 취하고 있는 사람은 맹자와 육상산陸象山, 왕양명王陽明을 들 수 있다. 이들에 관해서 차례로 검토해 보도록 하자.

① 맹자의 관점

철저한 도덕론자인 맹자(B.C. 372~282)는 다음과 같이 말하고 있다.

> "맹자가 말하기를, '모든 사물의 이치는 나에게 갖추어져 있다. 자신을 반성하여 보아 성실하면 즐거움이 그보다 클 때가 없다.'"[87]

맹자는 모든 사물의 이치가 선천적으로 나의 마음에 갖추어졌다고 말한다. 그러면 밖의 객관적인 세계에는 이치가 없다는 말인가? 그 객관적 세계와 나의 주관적 주체와의 관계는 어떻게 되는가? 맹자는 우선 형이상학적 입장에서 객관적으로 '있다'든가 '없다'든가 하는 문제에 대하여 관심이 없다. 오직 도덕적 주체의 자각만이 중요하다. 객관세계에 이치가 있다고 하더라도 그것은 나에게 이미 갖추어진 것을 통해 확인이 될 뿐이다. 그것은 다음과 같은 구절에서 잘 나타나고 있다.

"마음을 다하면 성을 알게 되고, 성을 알면 하늘을 알게 된다."[88]

맹자에게 있어서 심心과 성性은 가치 자각의 주체를 말하는 것이므로 서로 다른 뜻으로 사용되지 않는다. 정이천程伊川에 이르러 '심통성정心統性情'이라는 말을 사용하면서 심은 좀더 포괄적인 의미로 사용되고 있다. '마음을 다하면 성을 안다'[盡其心者, 知其性也]라는 구절은 가치자각의 주체가 내 마음에 갖추어졌다는 것을 다르게 표현한 말이라고 할 수 있다. 그러면 나머지 문제는 '그 성을 알면 하늘을 안다'[知其性, 則知天矣]라고 했을 때, 그 천天의 의미는 무엇이며, 성과는 어떤 관계에 있는가라는 문제가 중요한 것으로 떠오른다. 우선 천이 성을 초월한 객관적 대상이 될 수 없음은 분명하다. 그런 면에서『중용』에서 말하는 천명지위성天命之謂性의 천天과 다르다.『중용』에서 말하는 천은 형이상학적인 의미에서 '있다' 혹은 '없다'와 관련이 있는 실체관념인 데 반해 맹자의 천은 본연이서本然理序의 관념임이 분명하다. 천을 본연이서의 뜻으로 보고 성을 만리萬理의 근본이라고 간주하여야만 '그 성을 알면 하늘을 안다'[知其性, 則知天矣]라는 말이 합리적으로 잘 해석된다. 실체관념이 '있다' 혹은 '없다'와 관련되는 형이상학적인 것이라고 한다면, 맹자의 심성론적 관념은 '할 수 있다' 혹은 '할 수 없다'와 관련되는 주체主體 또는 주재성主宰性을 근본으로 삼는다는 것을 알 수 있다. 한마디로 줄여 말한다면, '본성[性]'을 자각할 때 최고 주체성을 자각하므로 역시 그것이 만리萬理의 근원임을 자각하게 된다는 말이 된다. 성性은 주체성 또는 가치판단의 능력을 가리키고 천天은 그 본연이서本然理序를 표현하는 말이다. 맹자에게 있어서 형이상학적 실체 혹은 객관적 대상의 문제는 중요한 것이 아니고 윤리적 자각으로서의 개인의 주관성이 중요했다는 것을 알 수 있다.

② 육상산의 관점

육상산(1139~1193)은 맹자의 사상을 이어받아 어떤 면에서 철저히 발전시킨 사람이라고 할 수 있을 것이다. 맹자의 본래의 뜻은 마음[心]으로 가치 자각을 가리켰으며 사단[四端]이란 이 가치 자각이 일상생활 중에 드러난 것이라 말하고 있다. 그래서 그 가치 자각을 모든 가치 기준의 근거로 삼아 '마음이 곧 이치[心卽理]'라는 설을 내세우게 되었다. 그에 의하면, 가치의 자각은 비록 어떤 때는 밝혀지기도 하고 또 어떤 때는 가려지기도 하여 시간·공간상 혹은 어느 점에 있어서 그 마음의 표현이 올바름을 얻을 수도 있고 또 얻지 못할 수도 있지만, 가치 자각 그 자체는 경험적인 사실로 보아서는 안 된다는 것이다. 그는 위에서 언급한 맹자의 말을 인용하면서 다음과 같이 말하고 있다.

"오늘날 학자들은 단지 곁가지에만 마음을 쓰고, 알맹이 있는 곳을 추구하지 않는다. 맹자는 말했다. 그 마음을 극진히 발휘하는 이는 그 본성을 알고, 그 본성을 알면 하늘을 안다. 마음은 단지 하나의 마음일 뿐이다. 어느 누구의 마음, 내 벗의 마음, 위로 천년 백년 전의 성현의 마음, 아래로 천년 백년 후의 성현의 마음일지라도 단지 그러할 뿐이다."89)

"마음은 단지 하나의 마음일 뿐이다."라고 말하는 것은 무엇인가? 그것은 경험적인 마음이 아니고 초월적인 의미의 자각 능력으로서의 마음을 말한 것이다. 경험적인 마음은 자연의 만상[萬象]으로 나누어진 특수한 것이 될 수 있지만, 초경험적인 마음은 내 마음이나 내 벗의 마음이나, 위로 혹은 아래로 천년 백년 전후의 사람 마음이나 같다는 것이다. 그리고 마음은 온갖 존재[萬有]를 함유하고 있다고 말한다.

"마음의 본체는 매우 크다. 만약 나의 마음을 극진히 다 발휘하면 바로

80

하늘과 같아진다.”90)

　　만유萬有를 함유하고 있는 마음은 크다고 말하는데, 크다고 하는 것
은 경험을 초월하고 있다는 뜻이다. 마음이 하늘과 같아진다고 하는 것
은 맹자에서 언급되었던 것처럼 천을 본연이서本然理序로 보기 때문에
가능하다.91) 맹자의 도덕론을 직접 계승한 사람이라는 것을 알 수 있
다.

③ 왕양명의 관점

　　왕양명(1472~1528)도 ‘심즉리心卽理’를 말하고 있으나 육상산보다 더
욱 철저하게 주관적인 심성론적 입장에서 전개했다. 그는 천리天理를
해석할 때 ‘마음에 가리움이 없는 것’이라는 의미로 해석했고, 이理라
는 것도 ‘인식적 의미’가 아니라 ‘덕성적 의미’로 해석했다.

　　　“이 마음에 사욕의 가리움이 없으면 즉 이것이 천리이다. 밖에서 한 푼
　　을 더할 필요가 없다. 이 순수한 천리의 마음을 가지고 이것을 아버지 섬기
　　는 데 표현하면 바로 효도이며, 그것을 임금을 섬기는 데 표현하면 바로 충
　　성이며, 그것을 벗을 사귀고 백성을 다스리는 데 표현하면, 바로 믿음과 어
　　짊이다. 단지 이 마음에서 인욕을 제거하고 천리를 간직하는 데에 공을 들
　　이면 바로 된다.”92)

　　양명의 ‘마음이 곧 이치[心卽理]’란 결코 사물의 법칙이 모두 선험적
으로 마음 속에 있다는 것이 아니라, 가치 규범이 이 마음에서 생겨난
다고 단정하고 있다. 즉 심즉리心卽理에서 ‘이치[理]’라는 글자는 규범적
인 의미를 취하고 있는 것이고 법칙적 의미를 취하고 있지 않음을 알
수 있다. 그리고 마음의 의미도 ‘자각적 의지의 능력’이란 뜻으로 사용

하고 있음을 알 수 있다. 인간에게는 '마땅히 해야 한다' 또는 '마땅히 해서는 안 된다'는 자각이 있는데 이러한 요구가 즉 이른바 '천리'의 방향이라는 것이고, 의지가 이 방향을 따라 활동하는데 이것이 바로 이 '마음'이 순수히 '천리'에 합치됨을 말한 것이다. 왕양명의 이理가 인식적인 의미가 아니고 덕성적인 의미라고 풀이한 것은 이 때문이다. 객관적 세계에 이를 전제하는 객체실유客體實有의 입장과 얼마나 거리가 멀리 떨어져 있는지를 알 수 있다.

④ 종합적 평가

만약 우리가 자신을 드러내는 자의식만이 존재한다고 말한다면 극단적 이기주의이거나 유아론적唯我論的인 입장이 될 것이고, 각 개인들의 나름의 자의식에 속한 다른 세계가 존재한다고 가정한다면 이는 다원론적 이상주의거나 다원론적 관념론이 될 것이니 이 또한 일종의 개인주의라고 할 수 있을 것이다. 위에서 말한 맹자, 육상산, 왕양명과 같은 중국의 사상가들을 이렇게 평가할 수는 없을 것이다. 그럼에도 불구하고 세계를 초월하는 자의식적 주체는 세계와 구별된다고 보는 입장을 동양적인 의미에서 자의식적 주체를 강조하는 개인주의적 입장이라고 부를 수는 있을 것이다. 개인은 독특하고도 유일한 존재이고 세계 전체 그리고 세계 내의 다른 무엇과도 다르다고 정의될 수 있다는 의미에서 그렇게 부를 수 있다. 그리고 자의식적 주체를 개인이라 부르는 것이 정당하다면 세계를 자아와 동일하거나 그 부분 혹은 내용으로 간주하는 것은 세계를 주관적으로 파악하려는 경향이라고 볼 수도 있다. 불교의 이상주의를 제외하고는 중국에서 기원한 이런 입장이 희소한 데 비하면 이들의 사상 경향, 즉 자의식적 주체를 순수하게 자아의 인식으로 파악하거나 세계를 단순히 인식된 대상으로 받아들임으로써 주관적 이상주의나 개인주의를 옹호하려고 한 것은 주목의 대상이 될만하다. 이 경향은 세계라는 존재를 주체와 동일시하거나 주체의 내용으로 삼거나 부분으로 포함시키고 이해한다는 의미에서 일종의 윤리적 이상주의의 극대화라고 평가할 수도 있을 것이다. "만물은 자체로 완전하고 내 마음이 우주이고 우주가 내 마음이다."[93]라는 명제는 실로 놀라운 이상주의가 아닐 수 없고, 또한 "이 정신적인 광채만이 하늘과 이 땅에 충만하고 이는 하늘과 땅과 신성의 주인이며 이를 떠나면 하늘도 땅도 신도 또는 모든 만물도 존재치 않는다."[94]라고 말하는 데서 도덕적 이상주의의 절정을 보는 느낌이 든다.

그러나 이 명제를 보통의 신비주의나 인식론적 이상론의 관점에서만 파악하면 오해의 소지가 있다. 중국의 철학자들 가운데서 이런 종류의 이상주의를 인식론적으로 옹호하거나, 그 명제의 의미가 인간 이성의 범위를 넘는 신비주의적인 것이라고 설명하는 사람은 없기 때문이다. 중국적인 윤리적 이상주의는 첫 단계로 세계의 존재들을 그들의 당위적인 존재 형태로서 파악하고 또한 그들은 가능성과 잠재성으로 충만하다고 인식한다. 다음 단계로 도덕적 이상과 행위를 통해 존재를 파악한다. 그 후에 존재들은 정신적으로 스스로를 변형시키고 당위적인 존재 형태로 되어 가는 경향이 있는 것으로 파악된다. 이런 방식을 거쳐 맹자는 만물이 도덕적 자아인 나 자신에 의해 완성될 수 있다고 말했고, 육상산은 우주는 나의 마음이라고 했으며, 왕양명은 직관적 인식을 하늘, 땅, 신성, 그리고 만물의 정신적 광채라고 여겼다. '도덕적 자아의 행위를 통해 세계를 파악하라.'라는 표현은 세계를 자아와 반대되는 대상으로 파악하는 것은 아니다. 그것은 외부 지향적인 사고방식에서 우리의 내면으로 그 중심을 옮기는 사고방식이라고 할 수 있다. 도덕적 행위의 확장의 선상에서 세계를 바로 그 행위에 의해 계획되는 것으로 파악하고, 행위의 구현을 위한 터전으로 인식하는 것이다.

다. 개인과 세계는 함께 초월되어야 한다는 입장

중국철학의 개인과 세계에 대한 세번째 전형적인 사고방식은 개인과 세계는 초월되어야 하고, 그래서 세계와 나는 개별적인 것으로 존재하지 않는다는 입장이다. 이 입장의 가장 대표적인 사람은 장자(B.C.369~290)이다. 장자는 개인으로서의 자아와 객관적 대상인 세계를 초월하는 정신적 비전을 가졌던 사람이다. 자신과 객관적 사물을 모두 잊는 '물아쌍망物我雙忘'을 그의 이상으로 삼았다. 장자는 '위로는 조물주와 방랑하고 아래로는 끝도 시작도 없는 생生과 사死를 초월한 벗과의 동행'을 이야기한다.95) 이는 신비스러운 어떤 존재에 대한 믿음에서 왔다기보다는 그의 심오한 지혜, 심미적 유희, 내적 정신적 개발에서 유래한 것이다.

장자의 물아쌍망(세계와 개인으로서의 자아를 함께 잊음)의 경지를 세 가지 단계로 설명해 볼 수 있다. 첫째는 허령虛靈의 단계이고, 둘째는 명明의 단계이며, 셋째는 신神 혹은 좌망坐忘의 단계이다. 첫째 관념은 허령과 같은 마음의 본성에 관련되는 것이다.

① 허령의 단계

허령은 마음을 비우는 단계로서 절대적 수용성과 부드러운 본성을 되찾는 것이다. 그러므로 마음의 재계齋戒에서 가장 먼저 힘써야 하는 단계이다. 우선 장자 본문에서 직접 한 구절 인용해 보자.

"안회가 다시 말했다.
'저는 더 이상 나아갈 길이 없습니다. 좋은 방법을 가르쳐 주십시오.'
'재계齋戒하라. 내 네게 말해 주겠다. 마음에서인들 그것이 그리 쉽겠는

가? 그것을 그리 쉽게 하려 하면 하늘도 마땅하다고 여기지 않을 것이다.'

'저는 집이 가난하여 술도 마시지 않고 냄새나는 채소도 먹지 않은 지가 몇 달이 되었습니다. 이만하면 재계가 되었다고 말할 수 있겠습니까?'

'그것은 제사 때의 재계이지 마음의 재계는 아니다.'

'마음의 재계란 무엇입니까?'

'너는 뜻을 한가지로 가져라. 그래서 귀로 듣지 말고 마음으로 들으며, 마음으로 듣지 말고 기氣로 들어라. 듣는 것은 귀에서 그치고 마음은 부합符合하는 데서 그친다. 그러나 기는 허해서 온갖 걸 다 포용한다. 오직 도는 허한 데서 모이니 허한 게 곧 마음의 재계이다.'

'제가 가르침을 듣지 못했을 때는 제가 안회顔回임을 의식하고 있었습니다. 그러나 가르침을 듣고 난 후에는 자신이 안회라는 의식이 완전히 없어졌습니다. 이것을 허虛라고 하겠습니까?'

'지극하도다. 내 너에게 말해 주리라. 네가 위나라로 들어가 노닐 때면 그 명예에 사로잡히지 말라. 너의 말이 용납되거든 입을 놀리고, 용납되지 않거든 그만두어라. 마음속을 남에게 보여 탈을 잡히지 말고 한가지로 자기 내부의 세계를 지켜 부득이한 경우 이외에는 움직이지 말라. 그러면 도에 가까우리라. 걸음을 멈추고 가지 않는 것은 쉽지만, 걸어가면서 땅을 건드리지 않기란 어렵다. 사람의 작위에 몸을 맡기는 자는 허위에 사로잡히기 쉬우나, 하늘의 이치에 몸을 맡기는 자는 허위에 사로잡히기 어렵다. 있는 날개로 난다는 말은 들었어도 없는 날개로 난다는 말은 듣지 못했으며, 있는 지혜로써 안다는 말은 들었어도 없는 지혜로써 안다는 소리는 듣지 못했다. 저 뚫린 벽을 보면 빈방 안에 흰빛이 있고 거기에는 반드시 길한 징조가 깃들여 있다. 대저 마음이 정지하고 있지 않으면, 이를 좌치坐馳라고 한다. 대체로 귀와 눈의 작용을 안으로 받아들여 마음의 지각知覺을 벗어난다면 귀신도 와서 깃들일 것이니, 하물며 사람이야 말해 무엇하랴? 이것이야말로 만물을 교화하는 길이고, 우禹와 순舜도 근본으로 삼은 것이며, 복희伏羲나 궤거机遽도 이것을 지니고 한평생을 마쳤는데, 하물며 범인에게 있어서랴.'"96)

고대 사회사상의 몇 가지 기반

조금 긴 인용구였지만 '허虛'는 비어 있음과 수용성을 의미하고 있음을 알 수 있다. 공자도 허에 대해서 언급했지만, 그것은 어디까지나 도덕적인 교훈으로만 생각했다. 이 인용구에서 나타난 것처럼 장자는 허에 집착하지 않고 자유롭고 자발적으로 사고하는 것을 의미하고 있다. 마음의 본성이 비어 있고 수용적인 것으로 될 때 자아의 감각 혹은 다른 사물과 구별되는 개인으로서의 자아의 감각은 마음의 깊은 곳으로부터 뿌리가 뽑혀질 것이다.

마음은 어떤 매체가 없어도 수용적일 수 있다. 마음이 비어 있고 수용적일 때 만물은 포착되고 장애 없이 그것을 투과한다. 마음이 비워진다는 것과 수용적으로 된다는 것은 서로 같은 말이다. 마음을 비우지 않으면 수용한 것은 마음에 집착하게 된다. 이것이 집착을 깨닫는 일반적인 방법이다. 반대로 마음이 수용적이고 동시에 비어 있게 되면 집착 없이 사물을 인식할 수 있을 것이다. 허가 첫 번째 단계로서 중요한 이유가 여기에 있다.

② 명明의 단계

둘째로, 장자는 순수하게 비어 있고 수용적인 마음의 본성이 인식에 있어서 완벽하게 실현된 마음의 실제적 상태의 지속을 '명'이라는 개념으로 불렀다. 말 그대로 '명'은 빛이고 밝음이다. 마음의 상태로서의 명은 마음을 일깨우고 지속하는 일을 한다.

"저 사람들이 그 천진한 밝음을 지니면 천하는 외물外物 때문에 자신을 불사르는 일이 없을 것이고, 사람들이 그 천진한 귀밝음을 지니면 천하는 얽매이는 일이 없을 것이며, 사람들이 그 천진한 지혜를 지니면 천하는 현혹되지 않을 것이고, 사람들이 그 천진한 덕을 지니면 천하는 편벽되지 않을 것이다. 또 증자, 사어, 양주, 묵적, 사광, 공수, 이주 따위는 모두 밖으로 그의 덕을 내세워 천하를 어지럽히는 자들이니, 진실한 법이 무용한 것이다."[97]

객관적인 세계, 즉 외물에 얽매이게 되는 것은 일차적으로 허의 결여에서 오는 것이라 보지만, 허의 단계에서 오게 되는 명明을 지속하는 것이 외물에 지배되지 않는 길이다. 서구의 종교적 사고에서도 마음의 깨달음을 논할 때 보다 우월한 하느님에 의한 조명照明을 말하지만, 중국식 사고는 이와 좀 다르다. 모든 도학자와 유학자는 물론 불교학자들마저 명을 자기 계몽, 자신을 잊은 주체의 자각으로는 생각하지만, 그 빛이 하느님에게서 온다고 보지는 않는다. 장자에게 있어서 깨달음은 순수하게 투명한 '마음의 상태'와 그 '지속'이다. 이 순수하게 비어 있고 수용적인 마음의 본성에서 유래하는 투명성은 주체의 자각을 통해 실현된다.

대체로 우리는 개념과 명칭을 통해 존재를 인식한다. 우리의 주의를 끄는 존재에 개념과 명칭을 적용할 때 우리는 존재의 반 정도는 이해한 것이 된다. 그러나 이런 경우에도 우리의 마음은 순수하게 수용적이지 않다는 데 문제가 있다. 그러므로 이런 마음을 치료할 수 있는 길로써 우리의 보통의 개념과 명칭을 초월하고 마음을 비우는 일을 실현해야 한다고 말하는 것이다. 그렇게 한다고 하더라도 마음의 깨달음은 도달하기 어렵다. 그것은 사물에 주의를 기울이기 전에 우리는 이미 과거 및 기존의 개념 혹은 무의식으로부터 형성된 습관을 가지고 있기 때문이다. 이들은 사물들이 우리에게 다가올 때 마치 홍수처럼 쏟아져 나와 우리의 마음의 공空을 채우고 어지럽힌다. 그래서 불교와 같은 종교에서는 잠재의식의 어두운 곳을 밝히기 위해 집중과 내적 명상의 훈련이 필요하다고 말한다. 장자철학이 이와 동일한 입장인지는 분명치 않다. 그러나 장자는 우리가 선입견을 가지고 판단하는 태도나 기존의 개념이나 과거의 명칭에 길들여진 습관을 제거하기 위해, 마음에 관한 세 번째의 중요한 개념, 곧 명의 개념을 보완하는 신神의 관념을 제시했다. 신으로써 사물을 만나는 것이 바로 좌망坐忘과 깨달음의 상태에 이르는 장자의 방법이다.

③ 신神의 단계

신의 개념은 원래 조용한 명상법이나 진지한 정신 집중으로 이해되는 것과는 전혀 다르다. 신이란 말은 원래 신격神格이나 신을 의미했다. 신은 보통 영靈과 관련하고 어떤 경우에는 동의어로 사용되기도 했다. 마음의 작용을 나타내기 위해 사용된 신은 의지, 지각, 느낌, 상상, 추론 같은 명백한 심리학적 과정이 아닌, 집착 없는 직관적·공감적 이해로서, 변화 과정 안에서 사물에 침투하고 만나는 것이다. 신은 마음이 충분히 살아 있는 생명에 침투해 있을 때의 마음의 기능을 말한다. 그러므로 신은 위축되거나 반성적이지 않고 항상 자유와 자발성을 특징으로 하고 있다. 신이 확장되어 직관적 및 공감적인 이해로서 사물을 만나게 될 때, 우리는 즉시 자기를 잊음[坐忘]에 이르게 되고 마음을 채우고 있는 어떤 사물도 초월할 수 있게 된다. 그러므로 마음의 비움[空]은 실현되고 신의 확장에 의해 깨달음을 획득할 수 있다.

장자의 신이란 실상 그의 좌망의 정신적 상태를 표현한 말에 지나지 않는다. 그런데 이러한 좌망이 달성될 때 개인으로서의 자아의 개념은 사라지고 개별적 자아와의 상호 관련에 따라 세계 역시 잊혀진다. 좌망과 세계의 잊어버림이 둘 다 장자에 의해 강조됨으로써, 우리는 이원론적으로 연관된 개별적인 자아와 세계에 대한 감정을 초월하여, 실제로 세계와 개인은 존재하지 않는다는 사고를 불러일으킬 수 있다.98) 장자는 "나는 천지와 함께 살고 나는 만물과 하나이다."라고 말한다. 그러나 양자兩者가 하나라는 체험이 반드시 다른 사람에게도 인식되고 논의되어지는 것은 아니다. 만일 그것이 인식되고 논의될 수 있는 것이라 한다면, 바로 그 사고와 논의도 또다시 초월되지 않으면 안 된다. 이것은 매우 역설적인 일이 아닐 수 없다. 마음이 비어있고 수용적이며 집착 없이 사고하고 영성이 실현될 때 하나라는 개념은 사용될 수 없기 때문이다. 개인과 세계가 하나라는 '인식'도 영성의 확장을 통해 다시 초월되지 않으면 안 된다. 그러므로 이런 형태의 사고에 의하면 주관적인 것이나 객관적인 것이나 모두 존재하지 않는다고 말해야 한다. 그 대신에 그것은 주관과 객관의 중심에 있고 이 두 가지의 이원성에서 벗어난 비어 있음[空]에 매달려 있다고 말해야 할 것이다.

라. 개인과 세계를 함께 인정하는 입장

개인과 세계가 모두 존재한다고 받아들이는 네 번째 사고방식은 아마도 중국적 사고에서 가장 일반적인 경향이라고 해도 좋을 것이다. 위에서 말한 다른 세 가지 유형에 속하는 사람들조차도 이를 명시적으로 부인하지는 못한다. 그러나 이런 입장을 가장 명시적으로 받아들이는 사람들은 유학자들이라고 할 수 있다.

마음이 객관적 세계를 인지적으로만 파악하고 자신에 대한 내성內省을 갖지 않았을 때, 혹은 객관적인 세계 안에 존재하는 스스로를 생각할 때에 우리는 첫 번째 유형의 사고방식을 가지게 되는데, 이런 사고방식의 위험성은 세계 안의 다른 만물 가운데 하나로써 객관화될 수 없는 개별자로서의 주체를 무시할 가능성이 있게 된다. 한편 마음이 스스로를 사고하고 행동하는 자아로서만 의식하고, 세계를 자신의 부분으로 본다면 객관적 세계의 독립적인 존재를 부정하는 두 번째 견해에 이르게 된다. 첫 번째 사고는 인간을 개인적 존엄성의 상실로 이끌 수 있고, 세계의 무한한 존재 속에서 길을 잃게 만들 수도 있다. 두 번째 사고는 개인을 스스로 절대적이라고 주장케 함으로써 인간의 도덕성과는 배치되는 오만함에 이를 수도 있다. 세 번째 사고 방법은 마음의 진정한 모습을 비워진 것으로 보는, 다분히 종교적 수행의 철저성을 보이고 있으나 세 번째 사고 방법의 단점은 활동적이고 창조적인 주체로서의 개별적 자아, 스스로 자의식적인 자아의 마음을 무시할 가능성이 있게 된다. 그것은 활동적이고 창조적이므로 단순히 비존재非存在로서 비어 있는 것이 아니라, 존재하고 있고 실존하고 있는 것이다. 또한 자신을 의식하므로 자신을 자의식적인 존재로 인식하는 일에서 벗어나기가 쉽지 않을 것이다. 다른 한편 마음은 수용적이고 자신 이외의 다른 것들을 알 수 있으므로 객관적 사물들도 또한 실존하는 것으로서 의식하지 않을 수 없을 것이다. 이처럼 일장일단을 가지고 있는 여러 견해들 사이에서 네 번째의 유가적 방법은 어떤 특성을 갖고 있는가? 유가적 사고의 유형에서는 개별적 자아의 마음과 세계 내의 사물의 실존이 모두 인정되고 있으므로 깨달음과 영성의 관념을 가진다고 하더라도 그것은 마음을 비우거나 수용적인 것보다는 활동적이고 창조적인 마음과 관련을 맺게 된다. 이러한 사상 경향을 편의상 송명철학宋明哲學 이전과 그 이후로 나누어 보려고 한다.

① 송명철학 이전의 유가철학

앞에서 이미 언급했듯이 맹자에 의하면, 마음은 활동적이고 창조적이다. 마음은 내적인 빛을 가지고 있는 본질적으로 선한 도덕적 본성을 지녔기 때문이다. 만약 어떤 사람이 헤아리기 어려운 인간의 선한 본성과 성인의 본성을 제대로 실현한다면 그는 영성靈性 혹은 신성함을 지니게 될 것이라고 말하고 있다. 이러한 맹자의 사상이 『중용』과 『역경』의 사상으로 전개될 때에 유가철학의 새로운 면모를 이루게 되었다. 육왕학파陸王學派에서는 이런 유가의 전개를 본질적인 유학사상의 왜곡이나 변질이라고 비평하기도 한다.

첫째, 『중용』에서 어떤 사고 유형이 나타나는지를 살펴보겠다. 중용의 중요한 개념 중의 하나는 '성誠'인데, 그것은 '자신과 세상 만물의 창조와 성취'를 의미한다. 성은 하늘과 인간에게 공통적으로 있는 것이다. 다만 하늘은 아무런 의지적 노력을 하지 않더라도 성하지 않음이 없고 인간은 성해지려는 노력을 해야 겨우 이룰 수 있다고 본다. 이런 의미에서 성은 '진실'이라고 표현할 수도 있고 그 진실이 드러나는 '거룩함'이라고도 해석된다.

"성실이란 것은 하늘의 도이고, 성실해지려고 하는 것은 사람의 도이다. 성실한 사람은 힘쓰지 않아도 모든 일들이 알맞게 되어지며, 생각하지 않아도 터득되어, 자연히 도에 알맞게 된다. 이러한 사람이 성인이다. 성실하려고 하는 사람은 선한 것을 택해서 그것을 굳게 지키는 사람이다."99)

성誠은 인간의 본성 가운데 있는 도이기도 하고 세계의 본성인 도이기도 하다. 최고의 성은 성인聖人에 의해 실현되는 것으로서 영원한 창조와 성취의 길이며, 그것은 천지의 영원한 창조와 성취와도 동일하다. 그 성이 실현되고 표현될 때, 빛이나 깨달음이 있게 되고 그 깨달음으로부터 또한 성을 실현할 수 있다. 『중용』에서는 보편 원리인 성의 관념 안에서 내적 자아와 외적 세계는 조화를 이룬다. 이것은 개인과 세계가 하나의 궁극적 조화[太和], 그것을 통해 밝혀지는 빛을 가지고 있다고 하는 사고방식과 통하는 것이라고 할 수 있다. 주관으로서의 내적 자아와 객관으로서의 외적 사물은 상호 창조적이고 공통적인 영적 깨달음 안에서 서로 의존하는 것으로서 서로 반영된다고 할 수 있다.

둘째 『역경』의 사상에서도 이와 같은 내외內外의 일치라는 입장을 읽을 수 있다. 『역경』에서 하늘의 원리는 건乾이라 불리는데, 그것은 인식과 창조의 원리이다. 땅의 원리는 곤坤이라 불리는데, 그것은 실현과 성취의 원리이다. 이 두 원리는 또한 인간 본성으로서 개인에게 구현되어 있는 것이기도 하다. 건곤乾坤 안에 원형이정元亨利貞이 포함되어 있고, 그것은 객관적 세계의 원리이기도 하면서 동시에 인간 본성 안에 있는 원리이기도 하다.

"건곤 2괘의 알맹이를 다한 것이니, 나머지 괘의 설명도 이로 인하여 가히 예추例推하여 말할 수 있다. 원元은 만물을 키우는 시초이니, 천지의 덕이 이것보다 먼저인 것이 없는 고로 계절로는 봄이 되며, 인사人事로 말하면 인仁이 되어 일만 가지 착함의 으뜸이다. 형亨은 만물을 키우는 형통함이니, 만물이 여기에 이르러서는 아름답지 않음이 없는 고로 계절로는 여름이 되고, 인사로 말하면 예禮이며 여러 아름다움의 모임이다. 이利는 만물을 키우는 데 있어서 완수이니, 만물이 각각 마땅함을 얻어 서로 방해하지 않는 고로 계절로는 가을이 되며, 인사로 말하면 의리가 되어 나누어 받은 것의 화합을 얻음이다. 정貞은 만물을 키우는 데 있어서 완성이니, 열매와 이理가 구비되어 있음에 따라 각각 만족하는 고로 때에 있어서는 겨울이 되고, 인사로 말하면 지智가 되어 여러 가지 일의 근간이 된다. 근간은 나무의 몸으로 줄기와 잎이 의지하여 서는 곳이다."100)

위의 구절은 세계의 운행과 변화를 설명하면서 인사의 원리를 함께 설명하고 있다. 이것이 주역의 일관된 입장이다. 한편 『역경』에서도 깨달음[明]과 영성[神]의 관념이 강조되고 있다. 앎과 창조의 보편적 원리인 성誠은 '처음부터 끝까지 위대한 깨달음'으로서 성격지워지고 영성[神]은 '세계의 만물 가운데 스며 있고' '특정한 방향이 없는' 것으로 여겨지고 있다.101) 여기서 깨달음은 마음의 정적 상태인 동시에 삶을

92

변화시키는 동적 과정에 존재한다. 영성은 직관적 및 동감적 이해와 집착 없이 사물을 만나는 것일 뿐만 아니라 또한 남김 없이 그들의 특성에 따라 만물의 창조와 성취에 스며 있는 것이기도 하다. 영성과 깨달음[明]은 인간 안에 존재하는 것이므로, 우리가 추구해야 하는 것은 '침묵 속에 그들을 보존하는 것과 덕성의 행위 속에서 이들을 실현하는 것'이다. 그러므로 '자신의 인성이 실현되고' '천명이 성취되는 것이다.' 이것은 개별적 주체와 객관으로서의 세계를 함께 강조하는 사고 방식이고, 그 모두가 하나의 궁극적 조화 안에서 유기적으로 관련되어 있으며, 인간 혹은 인간 본성의 보편적 원리와 세계 내의 만물의 보편적 원리는 하나라는 고전적 유교철학이 설립되는 것이다.

② 송명철학 이후의 유가철학

송명대宋明代의 신유교新儒敎는 고전적인 유가철학을 새롭게 해석함으로써 더욱 명확하게 해명했다. 정주학파程朱學派의 거의 모든 신유교도들에 의해서 받아들여진 새로운 관념은 상이한 만물에 참여하고 있는 하나의 원리[理]라는 관념이다. 그 하나의 원리는 일一과 다多, 동同과 이異, 보편적인 것과 특수적인 것의 종합에 대한 형이상학적 관념이다.[102] 그것은 또한 마음과 지식에 대한 새로운 이론과 밀접한 관계가 있다. 장재張載(1020~1077)와 정명도程明道, 정이천程伊川 형제는 인간의 지식의 종류를 감각에 의한 지식[見聞之知]과 선한 본성의 지식[德性之知]으로 분류한다.[103] 선한 본성의 인식은 언제나 보편적이고 자기 동일적이고 하나인 데 반하여, 감각에 의한 인식은 특수적이고 감각되어지는 대상에 따라서 다양하게 차별화되는 것이라고 한다.

견문지지는 감각 지식을 통하여 표현될 수 있으므로 '상이한 만물에 참여하고 있는 하나의 원리'를 수립할 수 있지만, 덕성지지는 감각적 지식과 전혀 다르다. 덕성지지는 영성과 깨달음을 포함한 덕성적 본성에 관한 지식을 가질 수 있지만 감각 지식만으로는 영성과 깨달음에 이를 수가 없다는 것이다. 덕성지지는 도덕적인 심성의 바로 그 덕성적 실천을 통한 인식을 말한다. 즉 덕성적 본성에 관한 지식은 어떤 것에 관한 지식이 아니라는 것이다. 그것은 단지 도덕적 심성 자체에 관한 자기 인식이거나, 도덕적 심성 그 자체의 자의식이거나, 스스로 투명한 도덕적 심성心性이다. 이것이 즉 자기 깨달음이다. 자의식적이고 도덕적인 심성은 활동적이고 창조적이며, 세계의 만물 가운데 스며 있기 때문에 아무런 제한을 알지 못한다. 그러나 감각에 의한 인식은 감각적인 대상에로 향하고, 그 자체로는 불명료하고 제한적이다. 따라서 덕성지지로부터 고립되었을 때 감각에 의한 인식은 자기 깨달음을 내포하지 않는다. 그래서 우리는 감각적 인식을 통하는 것만으로는 영성靈性에 도달할 수 없는 것이다.

한편 감각에 의한 인식은 도덕적 본성의 인식 또는 영성적 깨달음의 자기 인식과는 명확하게 다르지만 반드시 그 존재가 분리되지만은 않고 서로 공존할 수 있다. 사실상 그들은 서로 공존해야 하고 도덕적 본성의 인식은 감각적 인식을 통해서만 충분히 존재할 수 있다. 도덕적인 본성은 도덕적인 행동 안에서 실현되어야 하기 때문이다. 그 도덕적인 행동은 감각을 통해서만 알려질 수 있는 객관적인 대상을 창조하고 성취하는 데에 그 목적이 있다. 도덕적 본성에 관한 우리의 지식이 외적 사물에 관한 감각 지식을 통한 외적 세계 안에서 실현되고 표현되는 한, 도덕적 본성에 관한 지식은 하나로 받아들여지고 외적 사물에 관한 감각 지식은 사물들의 차이에 따라 변화된다고 할 수 있다. 그러므로 우리는 '상이한 사물에 의해 표현되는 하나의 원리'에 대한 모범을 가지게 된다. 도덕적 본성의 인식을 표현하기 위해서는 외적인 사물에 대한 지식이 필수 조건이므로 그것은 도덕적 본성의 인식에 있어서 추구되고 강조되어야 한다. 감각적 인식에 의해서 알려진 사물은 모두 개별적이므로 '개별적 사물에 관한 연구는 하나씩 해야 한다'는 것은 위에서 말한 것처럼 정이천이 강조했고, 주자(朱子, 1130~1200)에 의해서 설명되었지만, 그것을 중심으로 논의되는 '격물론格物論'은 송대 성리학의 중심적 주제이기도 하다.

(3) 상호 내재적이고 초월적인 관계

지금까지 인간과 세계에 관한 이해를 네 가지 유형으로 설명해 보았다. 그 네 가지 유형은 중국철학의 거의 전부를 특징짓는 것이기도 하다. 모두 일장 일단이 있을 수 있지만, 가장 균형을 이루고 있다고 여겨지는 유가적 관점을 마지막에서 검토했다. 그렇다고 이러한 유가적 관점이 전혀 문제가 없는 것은 아니다. 하나의 이치[一理]가 세계와 인간에게 일관되게 관통되고 있다는 것은 야심찬 종합이기는 하지만 많은 철학적인 문제를 야기한다. 나는 여기서 그와 같은 문제점을 다루지는 않았다. 이 글의 목적이 중국철학 전반에 관한 사고 유형을 찾는 것이지, 그들의 장단을 심도 있게 다루는 것이 아니었기 때문이다. 그러나 중국사상의 다른 학파에서도 그들이 강조하는 측면이 분명히 있기는 하지만 개인과 세계에 대한 네 번째 사고방식을 명백하게 부인하지는 않고 있으므로, 개인적 주체와 객관적인 세계와의 관계는 하나의 궁극적인 조화로서 중국 사상가들에 의해 이룩된 보편적 사고라고 말해도 좋을 것이다. 아마도 육왕학파가 주객主客을 하나의 도리로 꿰려고 하는 정주학파의 객관주의적 태도를 비난한 것이 대표적인 예외가 된다고 할 수 있을 것이다.

인도철학과 서구철학에서 사용하는 '주체'와 '객체'라는 단어의 중국식 번역은 '주主'와 '빈賓' 또는 '인仁'과 '경境' 혹은 '견見'과 '상象'

이다. 본래 '주主'는 주인을 '빈賓'은 손님을 의미한다. '인仁'은 인간을 의미하고 '경境'은 환경 또는 보이는 사물을 의미한다. '견見'은 보는 것을 '상象'은 보여지는 것과 보이는 것을 돕는 역할을 취함을 의미한다. 이 3쌍의 단어는 조화로운 전체로서, 조화로운 체험으로서, 상호 보완적인 것을 잘 반영하고 있다. 주체를 주인으로 취할 때에 객체는 주인(이것은 주체 내에 객체가 내재함을 상징한다.)에 의해 초대되고 사랑을 받는 손님이다. 주인과 손님 사이에는 이중성이 없다는 것은 명백하다. 이러한 은유는 중국사상에 있어 주체적인 개인과 객관적인 세계의 관계가 궁극적인 조화 안에서 상호 내재적이고 초월적이라는 가장 좋은 상징이 되고 있다.

(1) 고대 정치철학의 원형을 찾아서

여기서는 고대 중국 정치철학의 기반이 되는 원리와 원형을 생각해 보려고 한다. 한 사회의 시스템에는 항상 그 밑바탕에 깔린 제도와 그것을 운영하는 인간이 함께 전제되지 않으면 안 된다. 이런 관점을 가지고 동양 사회에서는 어떤 원리 밑에서 작용하는지, 또한 그 원형은 무엇인지를 찾아보고 싶은 생각에서 출발했다.

세 가지 측면에서 이 문제에 접근해 볼 수 있다.

첫째는 사회적·정치적 힘의 원천에 대한 검토이다. 국가는 결국 막강한 권력과 힘을 가지고 다스리는 시스템이다. 그렇다면 그 힘의 원천은 도대체 어디서 오는 것인가? 그 힘에 대한 해석 여부는 매우 중요하고, 그 사회적인 힘을 위임받아 통치하는 공무원들의 태도도 매우 중요하다.

둘째는 법과 윤리의 관계에 대한 검토이다. 사회적인 힘을 위임받아 다스리는 공직자는 마땅히 윤리적인 덕이 요구될 것이 당연한데, 그런 면에서 법이라는 제도와 윤리의 문제에서 동양 사람들이 가지고 있었던 원형적인 사고는 무엇인가 하는 것이다.

셋째는 그렇게 해서 이룩하려고 하는 이상적인 사회는 어떤 모습이냐 하는 것이다. 아마도 이것은 조화로 상징되는 그 무엇이 고대의 이상 사회를 지배하는 중요한 언어가 아니었을까 짐작해 볼 수 있다. 사회의 궁극적 목표가 그러한 조화라면 그 이상과 현실에서 빠질 수 있는 함정들도 있을 것이다.

(2) 사회적·정치적 힘의 원천

이 문제는 정치적 권위[authority]와 관련된다. 그 권위의 원천은 사회적인 힘을 소유하는 데에 있다. 종교적·주술적인 능력을 가진 자가 사회적인 힘을 소유하고 막강한 권력을 행사한 적도 있다. 또 그 힘의 원천이 도덕성이나 덕에서 유래하는 경우도 있으며, 그런가 하면 윤리적인 것과 종교적인 것이 혼합되어 나타나는 경우도 있다. 오늘날처럼 여론의 힘에 의해 사회적 힘을 행사하지는 못하더라도 백성의 여론의 힘이 크게 작용했던 경우도 있을 것이다. 가장 오래된 중국의 역사서인 『서경』에서는 정치적 권위의 근본이 천명天命, 인간의 선의지, 통치자의 덕과 밀접히 관련되어 표현되고 있음을 발견할 수 있다. 즉 천명을 위임받은 자가 막강한 정치적 권위를 소유하게 되지만, 그 정치적 권위는 고정된 것이 아니고 위임을 받은 자의 덕과 노력 여하에 따라 유지될 수도 있고 그렇지 못할 수도 있었다. 천명은 고정되어 있지 않고 그 의지를 여러 면에서 드러내고 있다는 것이다. 천명은 자연의 재난과 특별한 현상들을 통해 사회적인 힘과 권위를 가진자에게 엄숙한 경고를 내리기도 했다. 특히 지도자의 탐욕과 불의로 백성들이 고통을 당하게 되면, 그 지도자는 천명을 잃음과 동시에 다른 지도자에게 그 천명이 옮겨가기도 했다. 새로 등장한 지도자가 천명을 받는다는 것은 현실적으로 백성들의 마음이 저절로 그쪽으로 쏠렸다는 것을 의미한다. 다시 말해서, '선의지'를 지닌 백성들의 마음이 자연스럽게 새로 등장한 지도자에게 쏠렸다는 것은 바로 천명이 옮겨졌다는 것과 동일한 내용이 된다. 그러므로 천명을 유지하고 간직하기 위해서 지도자는 이기적인 인간이 되어서는 안 되고 자기를 따르는 추종자들 사이에서 생기는 갈등들을 공정하게 판단하는 능력을 갖지 않으면 안 된다.

이러한 사상이 이미 『서경』에서 표현되고 있다는 것은 놀라운 일이 아닐 수 없다. 고대 중국에서 혁명이 하나의 권리로서 간주되지는 않았지만 지도자의 권력 남용의 여지를 봉쇄하는 역할을 했음을 볼 수 있다. 탕湯 임금이 혁명 초기에,

"여러분에게 고하겠으니 모두 내 말을 잘 들으시오. 나 같은 작은 사람이 감히 난을 일으키려는 것은 아니오. 하夏나라(B.C. 2183~1752) 임금이 죄가 많아 하늘이 명하시니 그를 치려는 거요."104)

라고 했는데, 그 의도를 알 수 있다. 탕湯은 자신의 정치적 결단이 혹시 후세에 잘못 인식될까 두려워하여 자신의 철학을 분명히 하기도 했다.

"오오! 그의 마지막을 삼가려거든 그 처음부터 하여야 한다 하니 예禮가 있는 사람은 길러 주고, 어둡고 포악한 자는 둘러엎으십시오. 하늘의 도道를 공경하고 높이시어 하늘의 명을 영원히 보전하십시오."105)

좋은 결말을 보존하기 위해서는 시작, 즉 동기의 순수함을 유지해야 한다는 것이다. 동시에 법을 준수하는 국민을 보호하고 법을 준수하지 않는 압제자를 전복시킴으로써 천명의 신성성과 원래의 상태를 영구적으로 유지할 수 있다고 보는 것이다. 이런 정신 밑에 단행된 혁명이었으므로 탕의 원정 군대는 모든 국민으로부터 환영받았고, 그가 좀더 일찍 도착하지 못한 것만이 국민의 유일한 불만이었다. 후대의 맹자도,

"지금 온천하의 백성들은 모두 목을 길게 빼고 그를 바라보게 될 것입니다. 진실로 그와 같이 한다면 백성들은 그에게로 돌아가는 것이 마치 물이 아래로 흐르는 것 같을 터인데, 누가 그것을 막아낼 수 있겠습니까?"106)

라고 말했는데, 『서경』의 사상과 통하는 것이다. 그 후 6세기 동안 지

속되었던 상商(B.C. 1751~1112)에서도 또 다른 혁명이 필요했다. 무왕武王은 「대서大誓」에서 상나라 주왕紂王의 백성들이 하왕夏王의 백성들보다도 더 고통받는다고 생각했다. 그래서 혁명을 했다. 이 두 가지 사례에서 볼 수 있는 것은, 정치적인 권위는 백성의 평안을 위해 행사되는 것이고, 그것은 천명에 따르는 것이다. 정부라는 것은 백성을 위해 창조되는 것이지, 백성이 정부를 위해 존재하는 것은 아니란 것이다. 이런 점은 오늘날 생각해 보더라도 귀중한 자산이 아닐까 여겨진다.

공자나 노자도 『서경』에서 지혜의 근원을 찾은 듯하다. 여러 가지 면에서 공자와 노자는 차이점이 많음에도 불구하고 백성을 중심에 둔다는 면에서 사상의 일치를 보인다. 두 사람 모두 백성에 대한 지도자의 겸손의 덕을 강조하는 대목에서 우선 목소리가 일치한다. 그러나 물론 그들이 전개한 양상은 상당히 다르다. 그것을 몇 가지 사례를 들어 말해 본다면 다음과 같다. 『서경』에서,

> "백성들이란 친하게 가까이는 지낼지언정 얕잡아 보고 함부로 다루면 안되리라. 백성들이야말로 나라의 근본, 근본이 안정되어야 나라가 편안하리라."[107]

라고 했는데, 그것은 '선의지'를 가지고 있는 백성들의 마음의 자연스러운 흐름을 전제한 것이고, 그 백성의 마음을 하늘을 섬기듯이 한다는 면에서 지도자는 자신을 한없이 낮추어야 할 것임을 강조했다. 노자도,

> 그런고로 귀한 것은 천賤한 것을 근본으로 삼고
> 높은 것은 낮은 것을 바탕으로 삼느니라.
> 고로 임금은 자신을 일러 고독한 자,
> 덕이 적은 자, 쭉정이 같은 자라 하는도다.
> 이것이 바로 천한 것을 근본으로 삼는 것이 아니면 무엇이겠는고?

따라서 자주 명예롭기를 구하면

도리어 명예롭지 못하게 되느니라.

고로 옥玉과 같이 찬란하게 되기를 원치 않고

돌 자갈 같이 천한 자 되기를 원하느니라.108)

라고 하여 무위無爲의 정치철학으로 전개했다. 백성들의 순박함을 포함하여 그들이 선천적으로 지니고 있었을 것으로 상정된 '선의지'에 대해서 거의 무제한에 가까운 신뢰를 보내는 것이다. 통치자가 인위적으로 다스려서는 안 된다는 사고방식의 바탕에는 이런 믿음이 없으면 불가능할 것이다. 그러나 생각하기에 따라서는 아무래도 노자의 무위는 형이상학적으로 너무 멀리 간 것이 아닌가 하는 느낌도 든다. 노자는 무위의 정치를 실현시킨 사람이 요堯와 순舜이라고 생각했다. 그러나 요·순의 이상정치를 공통의 이념으로 삼았던 공자의 생각은 노자와 다르다. 공자는 순임금의 무위를 칭찬했으면서도 노자의 생각과는 다른 표현을 하고 있다.

"순임금이 천하를 차지하자 여러 사람들 중에서 선출하여 고요皋陶를 등용하니 어질지 못한 사람들이 멀어졌으며, 탕湯임금이 천하를 차지하여 여러 사람들 중에서 이윤伊尹을 등용하니 어질지 못한 사람이 멀어졌던 것입니다."109)

공자는 이 말에서 어진 임금이나 지도자가 백성들에게 미치는 영향을 강조하고 있다. 임금의 덕은 바람과 같고 백성은 그 풀과 같다는 말도 했다. 그런 각도에서 임금이 그냥 허수아비처럼 앉아 있기만 하면 저절로 백성의 덕화德化가 이루어지는 것이 아니다. 물론 노자의 정치철학에서도 임금의 '정치적 의지'가 전혀 배제되는 것은 아닐 것이다. 그러나 공자의 생각만큼 적극적이지 못한 것은 사실이다.

        "자기 수양을 하고 백성을 안락하고 평안하게 해 주기란 요임금이나 순
    임금도 실현하기 어려워 고심하였던 일이다."110)

라는 공자의 말에서 인간 의지의 주동主動을 강조하고 있음을 볼 수 있
다. 순임금을 정치적 모델로 삼을 수 있었던 것은 그분이 세계를 소유
하고는 있었으나 그 세계에 의해 소유당하지 않았다는 점에서 생각했
던 것이다.

   순임금을 훌륭한 임금의 모델로 삼았던 공자와 노자의 생각이 다른
점은 이 밖에도 더 있다. 처벌을 가해서는 안 된다거나 사치와 권력의
남용, 자만과 오만에 대한 대응 등에서 공자와 노자가 일치된 견해를
보이고 있으나, 궁극적 진리의 원천을 노자가 천도天道 혹은 자연自然의
도로 보았던 반면 공자는 하늘의 의지[Will of Heaven]라는 견지에서 봄
으로써 차이점을 드러냈다. 그러나 이런 정도의 차이점이란 서구적인
자연법 사상에 비교하면 아무것도 아니고, 오히려 공통점이 더 크다고
말해야 하지 않을까 한다.111) 그 공통점이란 통치자의 덕을 강조한다
는 것이다. 열심히 제도의 완벽을 기하는 것보다는 그 제도를 운영하는
지도자의 윤리를 더 강조한다고도 말할 수 있다. 군주의 몸가짐과 덕의
강조가 잘 표현된 『서경』의 예를 하나 더 들어 본다. 성왕成王이 지위
를 빼앗긴 은왕조殷王朝의 백성을 위한 집단 거주지인 하도下都 지역의
행정장관으로 임용된 군진君陳에게 다음과 같이 말하고 있다.

        "군진이여, 그대는 주공의 큰 교훈을 넓히어, 권세에 의지하여 위세를 떨
    치지 말 것이며, 법에 기대어 나쁜 짓을 마시오, 너그러우면서도 법도가 있
    어야 하며 부드러움으로써 화합하시오. 은나라 백성들이 법에 걸렸을 때 내
    가 처벌하라고 하더라도 그대는 덮어놓고 처벌하지 말 것이며, 내가 용서하
    라고 하더라도 그대는 덮어놓고 용서하지 말고 오직 공정함을 따르시오. 그
    대의 다스림을 따르지 않는 자가 있고 그대의 교훈에 동화되지 않는 자가

있으면, 처벌함으로써 방지하여야 형벌이 형벌답게 될 것이요.”112)

성왕은 은왕조의 백성들이 형사 재판을 받을 때 어떤 마음의 자세와 원칙을 가지고 임해야 하는지를 말하고 있는 것인데, 윗사람인 군주의 눈치를 보지 말고 오직 공정한 법에 따라 처벌하라고 말하고 있다. 표면상 ‘공정한 법’의 제도적 측면을 강조한 것 같지만, ‘주공의 큰 교훈을 넓혀라’거나 ‘너그러우면서도 법도가 있어라’거나 ‘부드러우면서도 화합하라’거나 하는 말들을 통해, 역사적 혹은 당대의 인간 관계를 염두에 두어, 인간적인 면을 더 강조하고 있음을 볼 수 있다. 이런 점들은 공맹사상에도 계속 이어지고 있다. 공자는 정공定公과의 대화에서 군주가 된다는 것은 특권뿐만이 아니라 무거운 책임감 때문에 무척 어려우며, 직무에 대한 어려움을 깨닫는 것이 정치적 지혜의 시작이라고 말하기도 하고, 책임감은 백성에 대한 근심에 있다는 표현을 한다.113) 그러므로 모든 통치의 척도와 정책은 백성의 복리에 효과를 미치는 견지에서 판단해야 한다. 그 밖에도 올바른 통치를 위한 방법으로 다섯 가지의 선한 것과 피해야 할 네 가지를 들기도 했다.114)

이를 종합적으로 보면, 공자는 정치적 권위의 참된 기초에 관해 올바른 인식을 가지고 있었으므로 백성의 복리를 잊지 않았다. 그는 정치적 권위[political authority]를 목적으로써 간주하지 않고 목적을 달성하기 위한 하나의 수단으로 간주하였다. 정치적 권위라고 하는 ‘사회적인 힘’은 그 성격상 공적인 것이요 추호라도 사적인 것이 될 수 없음을 지적한 것이라 할 수 있다. 목적은 오히려 인간성의 개발과 인간의 교화와 맞물려 있음을 말하고 있다. 정치적 권위는 그 자체로서 목적을 가지고 있다기보다 지배자의 독단이 법의 본질로서 간주되는 것을 더욱 경계하였다. 성격상 공적인 성격을 띤 ‘사회적인 힘’을 사사롭게 사용할 가능성을 경계한 것이다. 즉 군주의 첫 번째 직무는 백성의 욕구를 합법화시키기 위하여 자신의 사사로운 주장을 억제해야 한다는 것이다. 다분히 종교적인 성격을 띤 천명天命에서 유래되는 정치적 권위를 강조하는『서경』과는 달리 공자는 이런 식으로 인간성의 바탕 위에서 그 권위의 상대화가 상당히 진척되고 있음을 엿볼 수 있다.『대학』에서 "군주가 백성이 사랑하는 것을 사랑하며 백성이 싫어하는 것을 싫어할 때 진실로 백성의 부모가 될 수 있다."115)라고 했는데, 여기서 종교적인 절대적 권위의 성격은 이미 상당히 희석稀釋되고 있음을 엿볼 수 있다. 이런 사고방식은 군주는 신과 법 아래에 존재한다거나 법이 군주를 만들며 선을 행하는 유일한 힘은 신에 기원을 둔다는 식의 객관주의적 법의 사상과는 상당히 다른 것임을 알 수 있다. 이런 것들을 아래에서 좀더 생각해 보도록 하겠다.

(3) 법과 윤리의 관계

공자의 사상이 비록 종교적인 의미의 천명의 사상에서 상당한 정도 인간성에 바탕을 두는 것으로 생각했지만 군주는 마땅히 '…해야 한다.'는 투의 군주의 주관적 의무를 중요시했다. 고대 중국의 법률제도의 현저한 특징은 전체적으로 볼 때 권리보다는 의무 체계라고 할 수 있다. 논리적으로 말하면, 권리와 의무는 유사하고 서로 뗄 수 없는 관계에 있는 것처럼 보인다. 가령 내가 교통법규를 지켜야 할 의무가 있다면 나에게 의무의 대가를 치르도록 만든 국가에 나의 의무에 대한 대가를 요구할 수 있고, 그것은 의무에 대한 대가를 요구하는 나의 '권리'이다. 이와 마찬가지로 내가 '권리'를 가지고 있다면, 어느 누군가가 '의무'를 행함으로써 내가 가지는 '권리'를 충족시켜 주어야 한다. 이와 같이 권리와 의무는 분리될 수 없는 과제이다.

　그럼에도 불구하고 유럽의 법에 비하면, 중국의 법률제도는 중심이 의무에 있다는 것은 의심의 여지가 없어 보인다. 중국의 법이 도덕성에 근거한 의무로부터 해방되지 못하고 있기 때문일 것이라고 생각된다. 그것은 인간의 양심 안에서 울려오는 도덕적 명령에 더 큰 비중을 두고 있기 때문이다. 서양의 법사상은 희랍철학과 기독교라는 두 가지 줄기에서 생각해 볼 수 있다. 희랍의 철학자들은 처음부터 이론 과학 [theoretical science]에 관심을 가졌었다. 기원전 6세기에 살았던 탈레스와 아낙시만더 같은 사람은 물리적 세계가 신들의 지배를 받는 것이 아니라 자연의 법[law of nature]에 의해 지배된다고 생각했다. 같은 시기에 살았던 피타고라스도 수數를 가지고 세계를 설명했으며, 우주가 '아름다운 것'[a beautiful things]이라면, 그것은 하나의 신화가 아니라 과학적 법칙에 의해 지배되기 때문이라고 생각했다. 따라서 철학자들은 이론 과학의 바탕이 되는 논리를 믿었다. 한편 기독교에서는 자연의 법칙은 인간 개인의 내적인 감정[inward sense]에서가 아니라 주로 하느님과의 관계에서 생기는 계명과 같은 것으로 생각했다. 이웃이나 적敵, 가족 공동체, 주인이나 하인, 정부 관리들이 하느님과의 관계에서 동일하게 마땅히 지켜야 하는 법이 있다면 그 법은 불변하는 하느님의 계명이었다. 서양에서 법이란 불변하고 보편적으로 적용될 수 있는 것을 지향했음을 알 수 있다. 마치 피라밋의 정점에 오직 하나의 점이 있는 것처럼 영원하고 불변하며 보편적인 자연의 법이 오직 하나가 존재한다고 생각했다. 인간의 윤리는 그에 일치되지 않으면 안 된다는 식으로 전개하면서 그 법은 모든 국가와 시대에 보편적으로 적용할 수 있는 법이어야 한다고 주장하였다. 서양의 법학은 윤리학으로부터 분리되어서 독자적으로 발전하는 경향을 보여 왔고, 결과적으로 많은 경우 인간의 도덕성에 타격을 주었다.

　그러므로 서양의 법은 동양의 법에 비해, 의무보다 권리가 중요한 것으로 여겨졌다. 사람은 누구나 피라밋의 정점에 있는 보편적이고 영원한 법 아래 동등한 권리를 가지고 있다고 생각한다면 자신의 '권리'에 대한 각성을 더 불러일으킬 수 있을 것이다. 근대에 이르러 사회계약론과 같은 근대 사상가들, 특히 홉스나 로크와 같은 사람들을 상기하면 좀더 이해하기 쉬울 것이다. 그들은 심지어 가족 관계조차도 위계질서의 억압장치로 이해하고, 모든 권위주의를 배격하면서 오로지 객관적이고 합리적인 절차를 거쳐 도출된 법의 권위만을 인정하였다. 부모 자식 관계를 포함한 모든 가족 관계를 권력 관계처럼 이해하는 근대 사상가들은 동양적 군신 관계, 사제 관계, 선후배 관계를 제대로 이해할 수 없을 것이다. 이런 근대 사상가들에게 영향을 미친 막스 베버와 같은 사람은 앞에서 말한 동양적 군신 관계, 사제와 같은 것을 아닌게 아니라 전근대적인 것이라고 보았다. 그 때문에 어떤 사람은 동양인의 권리의 개념이 로마법이나 관습법보다 발전적이지 못하다고 생각하기도 했다.

의무보다 권리가 주장되는 곳에서 이기주의의 범람은 크게 증가하게 마련이다. 윤리학으로부터 결별한 서양의 법체계는 결코 칭찬할 만한 것이 못되는 지도 모른다. 이런 현상 때문에 지난 70~80년 동안 서양의 법률학은 비도덕적인 법철학으로부터 벗어나 서서히 인간의 사회적·윤리적 '의무'에 대한 건전한 인식을 지향하는 쪽으로 진행되어 갔다고 할 수 있다. 이것은 지난 세기에 대한 반동이라고 할 수 있다. 한편 19세기 서양과의 접촉으로 영향을 받은 동양의 법률적 사고는 '의무'의 중요성에 반대되는 '권리'를 앞세우는 방향으로 움직였다. 서구화의 경향은 결국 일방적으로 '권리'의 일깨움으로 여겨질 만큼 개인의 권리가 강화되었다. 하지만 오늘날은 많이 완화되고 있는 추세라고 할 수 있다. 이렇게 보면, 법률적 사고에 관한 한 동양과 서양은 서로 만날 수 있는 중간 매개 영역이 있음을 짐작할 수 있다.

다시 공자의 사상으로 되돌아가 본다. 법보다 윤리를 앞세우고 윤리로부터 법이 도출되어 나오는 공자의 사상에 있어서는 윤리와 정부도 실제로 하나이고 같은 것이었다. 공자에게 있어서 다스린다는 것은 바르게 하는 것이고, 다른 사람을 바르게 한다는 것은 자신의 올바름을 전제하는 것이다.116) 만약 통치자가 올바름을 가지고 있지 않다면 이름에 값할 만한 사람이 아니며, 백성을 올바르게 만들 수 없으니, 자신이 가지고 있지 않은 것을 다른 사람과 공유한다는 것은 어렵다는 단순한 이유에서이다. 한편, 만약 통치자가 덕성을 개발하고 자신의 인격을 완성한다면 그의 선성善性의 영향은 모든 사람에게 미치게 될 것이다. 타락한 관리로부터 어떻게 하면 도적과 강도를 없앨 수 있느냐고 질문을 받았을 때, 공자는 이렇게 대답하였다. "만약 그대가 탐욕스럽지 않으면 백성들은 비록 당신이 보상을 하지 않더라도 훔치지 않게 될 것입니다."117)라고 하였다. 덕성을 개발한다면 그의 선한 덕은 가정에 영향을 미칠 것이고, 한 가정이 완전히 조화롭게 된다면 나라도 조화와 평화를 누리게 될 것이다. 만약 모든 나라들이 마땅히 그렇게 된다면, 다른 나라들과 평화로운 관계가 수립될 것이고, 하늘 아래 모든 나라들이 보편적인 평화와 조화를 누리게 될 것이다.

이런 식으로 윤리와 정부를 일치시킨 공자에 대해 반기를 든 사람들은 말할 것도 없이 법가학파들이었다. 그렇다면 법가학파들은 서구적인 의미에서 보편적이고 영원한 법의 사상과 통하는 면을 가지고 있었던 것일까? 맹자는 "물이 아래로 흐르는 경향이 있는 것과 같이 백성들은 선해지려는 경향이 있다."118)라고 하면서 인간의 '선의지'에 신뢰를 보내는 입장이었지만, 법가학파는 "물이 아래로 흐르려는 경향이 있는 것과 같이 이기주의의 경향이 있다."라고 말하는 입장이다. 공자는 윤리와 정부를 일치시켜 임금과 신하 혹은 백성의 관계를 아버지와 아들의 관계로 비유하였는데, 한비자韓非子는 "부모는 다 자식을 보고

사랑하지만 자식이 반드시 잘 다스려지고 복종하는 것은 아니다. 이와
같이 임금은 비록 백성들을 두터이 사랑한다 하더라도 백성들이 어찌
갑자기 어지러워지지 아니하고 잘 다스려질 것인가?"119)라고 의문을
제기한다. 한비자는 이런 말도 한다.

> "지금 버릇이 나쁜 자식이 있다 하자. 부모가 나무라도 그 행동을 고치
> 지 아니하고, 마을 어른들이 꾸짖어도 꿈쩍도 하지 아니하고, 스승과 윗사
> 람이 가르쳐도 조금도 그 행동이 변하지 아니한다. 대저 부모의 사랑과 마
> 을 어른들의 행동과 스승이나 윗사람의 지혜, 이 세 가지 뛰어난 것을 가지
> 고 다루었는데도 마침내 그 정강이 터럭 하나 만큼도 움직이지 못하여 그
> 버릇이 고쳐지지 아니한다. 그러나 고을의 관리가 관병官兵을 거느리고 공
> 법을 시행하려고 간악한 사람을 찾아다닌다 하자. 그러면 그는 두려워서 그
> 버릇이 변하고 그 행동을 바꿀 것이다. 그러므로 부모의 사랑을 가지고는
> 자식을 가르치는 데 충분하지 못하고, 반드시 고을 관청의 엄한 형벌을 기
> 다려야 한다. 백성들이란 본시 사랑에는 교만하고 위압에는 따르는 것이
> 다."120)

선의 개발, 충효와 형제애, 늙은이의 돌봄, 예와 음악, 성신誠信, 순수
함과 통합성, 인간성과 정情 등과 같이 인간의 내면성을 자극함으로써
국가의 법질서를 바로 잡으려는 공자의 생각과 얼마나 다른지 알 수
있다. 유교는 도덕적 가르침과 모범에 관한 설득력의 힘을 무제한으로
믿고 있다. 그리고 이런 법가적인 사고 방식에 대해서 공자는 "당신이
정치적 척도로 백성을 인도하고 형벌로써 그들을 규제한다면, 백성들
은 단지 그것을 벗어나려고 할 것이지만 존경의 감정은 느끼지 못할
것이다. 만약 당신이 덕의 실천으로 그들을 인도하고 선한 방법으로 설
득함으로써 그들을 규제한다면, 그들은 존경의 감정을 지킬 수 있을 뿐
만 아니라 온전하게 변화될 것이다."121)라고 말한다. 그런데 문제는 한

비자와 같은 사람이 제시하는 법의 성격이 어떤 것이냐 하는 것이다. 그것은 대부분 최고 권력자인 임금이 제시하는 법이다. 피라밋 정상에 있는 하나의 영원하고 보편적인 법처럼 만인이 모두 그 추상적 법 아래 평등하다는 개념이 성립되기는 어려운 법이다. 『한비자』「인주편人主篇」에서 한비자는 임금이 사람 쓰는 도를 펴는 가운데 대신들의 위세가 너무 커지는 것을 경계하고 있다. 말이 수레를 끌고 먼길을 갈 수 있는 것은 말에 근력筋力이 있기 때문인데, 만승萬乘의 천자라도 이처럼 강력한 근력을 가지고 신하들을 호령하며 앞으로 나가지 않으면 안 된다고 한다. 이때 근력이란 바로 법을 지칭한다. 그리고 이렇게 말한다.

"호랑이나 표범이 사람을 이기고 모든 짐승을 잡을 수 있는 까닭은 그의 발톱과 이빨이 있기 때문이다. 만일 호랑이와 표범으로 하여금 그의 발톱과 이빨을 잃게 한다면 곧 반드시 사람에게 제압 당할 것이다. 지금 무서운 권세란 임금의 발톱과 이빨과 같은 것이다. 사람들의 임금으로서 그의 발톱과 이빨을 잃는다면 호랑이나 표범처럼 될 것이다."122)

법이란 호랑이의 발톱과 이빨과 같은 것이다. 임금이 그것을 소유하고 있는 동안 대신들이나 백성들이 두려워서 복종하게 되고 나라의 질서가 잡힐 것이라고 주장하는 것이다. 우리는 이런 정도의 법의 사상이란 대수롭지 못한 것임을 짐작할 수 있다. 유가를 향해 단지 정의로써만 다스린다면 백성들은 느슨해질 것이고, 그들이 느슨해진다면 무질서가 있게 될 것이고, 백성들은 결국 큰 고통을 받게 될 것이라고 법가는 말한다. 그것을 방지하기 위해서 법의 중요성을 강조했는데, 그것은 바로 군주의 강한 힘을 바탕으로 한 법을 말하고 있는 것이다.

여기서 우리는 호랑이의 발톱이나 이빨과 같은 법을 운영하는 군주의 마음에 대해서 생각해 볼 필요가 있다. 공자학파에 속하는 순자荀子

(B.C. 298~238)는 올바른 법률이 아니라 올바른 인간이 선한 정부를 유지할 수 있다고 생각하기는 했다.[123] 언뜻 생각하면 매우 타당한 말처럼 보인다. 그러나 맹자는 이에 비하면 훨씬 중도적인 생각을 내놓고 있다. 즉 순자의 생각이 올바른 것 같지만 여기에 또한 함정이 있었던 것이다. 맹자의 중도적 입장은 "선만으로 다스릴 수 있는 것이 아니고 법만으로 실행할 수 있는 것도 아니다."[124]라고 말한다. 맹자에 따르면 올바른 사람과 함께 올바른 조건이나 환경과 법이 함께 존재해야 한다는 것이다. 그런데 한비자는 순자의 생각보다 한술 더 떠 선한 사람에 의존하는 정부는 좋은 정부가 될 수 없다고 생각했다. 선한 인간이란 우연적인 것이고 확실성이 있는 것이 아니란 것이다. 한비자가 생각한 것은 평균적 지배자와 평균적 인간들의 심리학에 바탕을 둔 시스템이었다. 평균적 지배자와 인간들은 저울추의 악한 쪽으로 더욱 많이 기울고 있기 때문에 신뢰할 만한 것이 못된다. 한비자를 중심으로 한 법가들(상앙, 이사李斯 등)은 군주를 제외하고 그 법 위에나 아래에 어떤 인간도 두지 않는 시스템을 생각했다. 다만 법의 효과적인 시스템으로 두려움(처벌)과 유용성만을 생각하는 매우 좁은 관점만을 택했다. 그들은 법을 어겼을 때 처벌이나 보상의 유인들이 한계가 있다는 사실도 무시했고, 인간들이 비인간화되었을 때 아무도 안전하지 못하다는 것도 무시했다. 그들은 법의 지배의 필요성을 보았지만 법의 지배를 지나치게 좁게 파악하고 오로지 힘에 바탕을 두고 건설하려고 했다. 그들이 선한 인간의 마음보다 법에 중요성을 둔 것은 순자로부터 배운 것이지만 순자보다도 더 좁게 모든 것을 생각했다. 순자의 생각은 인간은 악하기 때문에 도덕적 훈련을 통해서 선하게 만들지 않으면 안 된다는 입장이었다. 이 동일한 전제로부터 그의 법가 제자들은 다른 결론을 이끌어 냈던 것이다. 법가들은 인간 본성은 악하기 때문에 있는 그대로 받아들여야 한다고 생각했다. 그들은 단지 두 가지 제재(처벌과 유용성)만을 강

조했다.

따라서 순자는 자신의 제자들을 잘못 인도한 책임이 있다. 본인이 의도한 것은 아니라 하더라도 인간의 사악한 본성을 주장하면서 실제적으로 그는 공자의 인본주의에 무덤을 팠으며 법률주의자들의 인간성 파괴에 길을 열어 놓았다. 그는 맹자의 교리를 이해하지 못하였다. 맹자가 인간의 본성은 선이라고 말했을 때, 그는 그 '본성'을 동물과 비교되어지는 의미의 본성으로 파악했다. 인간의 본성은 악이라고 말하고 모든 선은 단지 성인의 가르침으로부터 얻을 수 있다고 말하면서 그는 실제적으로 성인을 인간성 위에 두었다. 그래서 성인은 초인적인 존재가 되고 말았다.

만약 법가학파들이 좀더 온건하고 덜 옹졸하였더라면 여러 나라에서 가지고 있을 법한 관습법에 비교되는 법률을 제정하는 데 성공했을지도 모른다. 이런 사상적 전통이 바탕이 되어서 한대 이후의 학자들은 부정적인 요소로서의 법과 긍정적인 요소로서의 도덕성을 지닌 형법제도를 만들려고 하였다. 결과적으로 도덕성의 법률화를 이루게 된 것이다. 그들은 도덕적 책임의 본질을 공자의 교리에서 채택했고, 동시에 도덕적 책임의 본질을 시행하는 절차를 법가로부터 채택하였다. 그들은 유교로부터 도덕적 의무의 본질을 받아들였고, 동시에 법가로부터 그들을 강화시키는 절차를 받아들였다. 이처럼 법과 도덕은 음과 양처럼 정부의 동일한 과정에서 작용하도록 했으나 외계의 세계를 도덕화함으로써 영성의 내면 세계를 비합리화시켰다. 이 둘을 초월함으로써 참된 통합을 성취하는 대신에 한대 이후의 유학자들이 우리에게 남겨 놓은 것은 인간과 대자연의 조잡한 융합으로 이어졌다고 할 것이다. 이러한 철학은 『당율소의唐律疏義』라는 법전에 잘 반영되고 있다. 덕과 도덕은 정치와 교육의 토대인 반면에 법과 처벌은 정치와 교육의 효과적인 힘이라는 뜻이 반영되고 있다. 아침과 저녁이 하루를 이루고 봄과 가을이 일년을 형성하는 것과 마찬가지로 전자와 후자가 서로 서로 보완된다는 것이다.

> "오직 덕이 있는 자라야 능히 너그러움으로 백성을 복종시킬 수 있습니다. 그 다음은 엄한 것만 같지 못합니다. 불은 뜨겁기 때문에 백성들이 바라보고 두려워하므로 타 죽는 사람이 적습니다. 그러나 물은 약하게 보이므로 백성이 가볍게 여기고 장난치다가 많이 죽습니다. 그러므로 너그러움으로 다스리기가 어렵다고 하는 것입니다."[125]

(4) 이상적인 사회

그렇다면 이런 인식을 바탕으로 동양 사람들은 어떤 이상적인 사회를 꿈꾸었을까? 동양의 사상이 비록 법률적 측면에 직면해서도 윤리적인 인간의 주관성을 강조하는 나머지 삼라만상이나 인간사의 복잡다단한 모든 문제를 취급하려 할 때 그를 균형 있게 바라보려고 한 것은 당연한 일인지 모르겠다. 모든 국가는 생활방식과 사고방식을 갖고 있게 마련인데, 이는 다소간 모든 국가의 독특한 것이라고 할 수도 있다. 말하자면 국가 특유의 정신을 구성하는 무엇이 있다고 전제한다면, 그 정신은 법이나 정책, 사회나 경제, 문학, 교양, 심지어 각종 스포츠와 같은 활동의 모든 경로에도 두루 퍼져 있다. 그런 정신이 비록 충분히 실제의 행동에서 실현되지 않았을지라도 그것이 존재하는 한 행동을 할 때마다 암암리에 작용할 것이다. 그렇다면 공자 시대 이전부터 줄기차게 반복적으로 나타나는 이상적 사고의 원형은 무엇일까? 그것은 한마디로 균형감 있는 조화의 정신이 아닐까 한다. 조화란 극단으로 가지 않는 정신이다. 공자는 균형이 잡힌 인간의 정신이 이상적인 가정과 국가를 이룰 수 있다는 생각에서 국가와 윤리를 일치시키는 철학으로까지 전개했다. 그리고 그것은 중용의 정신으로도 나타났다. 그것은 또한 평화의 정신으로도 표현되었다.

그것을 『서경』에서 다시 찾아보자. 먼저 고대의 요임금의 특성을 나타내는 표현으로 다음과 같은 말이 있다.

> "지극한 공을 세우셨으니, 공손하고 총명하고 우아하고 신중하시어 온유하셨고, 진실로 공손하고 사양하시어 빛을 온 세상에 펴시니 하늘과 땅에 이르렀다. 큰 덕을 밝히시어 구족九族을 화목하게 하셨고, 구족을 화목하게 하시니 백성이 밝게 다스려졌고, 백성이 밝게 다스려지니 온 세상이 평화롭게 되었다. 백성들은 이에 착해져 화평을 누리게 되었다."126)

이런 식으로 묘사되는 인간이 이 세상에 실재로 존재할 것인지 의문이 들 정도로 균형이 잡힌 성인을 묘사하고 있다. 그러나 조화調和가 가문의 구족을 지배했을 때 많은 국가들은 조화롭게 되고 세계의 질서가 모든 국민들 사이에 널리 퍼졌다고 한다. 이것은 하나의 신화적인 표현일지도 모른다. 그렇게 균형이 잡힌 인간이 현실적으로 존재하기 어렵다는 의미에서 하나의 신화적인 표현일지도 모른다. 하지만 신화는 한 국가의 삶에서 매우 중요하게 반복될 수 있는 원형적인 사고의 표현이라는 점에서 주목된다.

순임금이 음악의 대신인 기夔에게 새로운 임무를 맡기며 한 말은 이보다 더 구체적이다. "기여! 그대를 전악典樂에 임명하니 태자나 경대부들의 맏아들을 가르치되 '곧되 온화하며, 너그럽되 위엄 있으며, 강하되 포악하지 않으며, 단순하되 오만하지 않게' 해주오."127)라고 하였다. 바꾸어 말하면, 황제는 음악의 대신이 미래의 지도자의 가슴에 조화의 정신을 주입하기를 원했음을 볼 수 있다. 여기서는 조화의 이념이 정의의 이념보다 풍부하고, 조화의 이념은 정의를 포함한다는 것을 보여준다. '곧다', '위엄이 있다' '강하다' '단순하다'[簡] 등의 표현들은 이 세상을 정의로 다스리기 위해서 없어서는 안 되는 군주의 잣대일 것이다. 그러나 이러한 정의는 '온화하고, 너그럽고, 포악하지 않으며, 오만하지 않은' 윤리적인 잣대에 비하면 중요한 것이 아니다. 정의와 도덕은 조화롭게 융화하지 않으면 안 된다. 정의의 결핍은 조화의 결핍을 나타내지만, 윤리적인 것이 없으면 처음부터 조화가 성립되기 어렵다. 사실 정의롭지 못한 것은 세상의 조화를 깨뜨리는 확실한 방법이 된다. 이런 식의 표현은 중국의 고전에 넘칠 정도로 반복적으로 많이 나타난다. 공자는 덕의 실행에 있어서 몸과 마음의 조화를 강조했다. 가정에서는 남편과 아내, 형제들과 자매들 사이의 조화를 지향했고, 마을에서는 마을 사람들과의 조화를 지향했다. 공자는 국가가 진정으로 근심할 것은 물자의 부족이 아니라 그것을 나누는 정신의 부재라고 하였다. 그는 사회·경제적인 조화를 지향했던 것이다. 소송을 심리함에 있어서 그는 다른 사람보다 나은 것이 없지만 중요한 것은 소송을 처음부터 일으키지 않는 것이라고 말했다. 이것은 사회적 조화를 강조하여 이해 관계의 갈등이 떠오르는 것을 막고자 하는 것이다. 『역경』의 소송과 갈등을 의미하는 '송'訟에는 이런 사고방식이 아주 잘 표현되고 있다.

> "송사하는 자는 사람과 더불어 변론을 다투어 다른 사람들의 판결을 기다린다. 비록 성실함이 있다 하더라도 또한 모름지기 막혀 통하지 않게 되어 송사를 하게 된다. 막힘이 없으면 이미 분명해져 송사도 없을 것이다.… 중용을 얻으면 길하나 마침내 흉하게 되니, 그 송사의 일을 끝까지 밀고 나가면 흉하게 되는 것이다."[128]

비록 논쟁 안에 성실과 정의가 있다 할지라도 송은 반대와 좌절을 경험할 수밖에 없다는 것이다. 이것은 소송에 대한 동양 사람들의 전형적인 태도를 보여 주는 방식이다. 아주 사소한 일이라도 소송을 해 놓고 보는 사고 방식과 다른 것이다. 노자도 "덕 있는 인간은 자신의 의무에 전념한다. 반면에 덕이 없는 인간은 자신의 권리에 전념한다."[129]라고 말하고 있다.

공자와 맹자는 비현실적인 공상가가 아니었다. 비록 육체적인 삶보다 문화적이고 정신적인 삶에 높은 가치를 부여하고 있기는 하지만, 육체적인 삶에 시간과 정열을 바칠 것을 기대하고 있다. 한때 공자는 인구가 조밀한 도시에 간 적이 있는데, 무의식적으로 감탄했다. "백성들이 번성하구나."라고 하자, 염유가 "이렇듯 백성들이 많으니, 그 다음에 더 보태야 할 것은 무엇입니까?"하고 묻자, 공자는 "백성들을 부유하게 해 주어야 한다."라고 말했다. 염유가 다시 "백성들이 부유해지면 그 다음에는 더 보태야 할 것이 무엇입니까?" 하고 묻자, 공자는 "백성들을 가르쳐야 한다."[130]라고 말했다. 백성들을 배부르게 먹일 수 있게 된 다음에 선한 길로 인도할 수 있다는 생각이다.

맹자는 더욱 명시적으로 국민의 안정된 생활을 보장하는 중요성을 강조했다. 그는 오직 선비만이 경제적 안정이 충족되지 않더라도 덕의 길을 갈 수 있다고 했다. 백성들은 생활의 기반이 안정되지 않으면 선에 항구하지 못한다고 했다. 그런 전제하에 백성들에게 덕치德治를 하도록 권했고, 그렇게 되면 강한 나라가 될 것이라고 하였다.[131] 자신의 도덕적 변화를 출발점으로 하여 세상의 도덕적 개혁을 시도하려는 철저한 계획이었던 것이다.

『대학』의 정신은 격물格物, 치지致知, 성의誠意, 정심正心, 수신修身, 제가齊家, 치국治國, 평천하平天下의 여덟 조목으로 요약할 수 있는데, 이것도 사실상 전체의 과정은 내적인 조화로부터 외적인 조화에 이르기까지 지속적인 조화 운동으로 설명된다. 격물과 치지는 주관과 객관의 조화를 나타낸다. 성의와 정심은 지성과 의지의 조화를 나타낸다. 수신은 몸과 마음의 조화를 나타낸다. 제가, 치국, 평천하는 초인격적 조화의 점차적인 확장 과정을 의미한다. 이러한 정치철학은 '절대 주권'이라는 용어로 '국가의 권위'를 생각하는 것과는 거리가 멀다. 가정과 국가는 조화로운 세계로 가는 정거장에 불과하다. 이러한 정신 밑에서 이상적인 대동사회大同社會를 꿈꾸었던 것이 아닌가 한다. 대도大道가 행해졌을 때 모든 인류는 선을 위해서 일하고, 덕과 능력이 있는 사람이 공무를 수행한다. 또한 선한 믿음이 보편적으로 준수되고, 백성들의 사랑은 자신의 부모나 자식들에게만 국한되지 않으며, 모든 늙은이나 과부, 홀아비, 고아, 장애자, 병자들이 보살핌을 받는다. 남성들은 할 일이 있고 여인들은 가정이 있으며, 그러면서도 자기 집에 부를 축적해 놓지 않고 게으름을 부끄럽게 여기는 사회이다. 사람들은 자신의 이익만을 위해 일하지 않으므로, 인간의 모든 탐욕의 원천이 멈춰져서 도적질과 약탈이 없고, 집의 바깥문을 잠글 필요가 없는 조화로운 사회를 꿈꾸었던 것이다.

이러한 조화로운 사회는 또한 모든 다양성을 포용하는 사회이기도 할 것이다. 장자가 말하는 천뢰天籟의 비유는 그것을 잘 말해 준다. 중국의 역사가들은 역사의 진전 과정은 끊임없이 오르내리는 일련의 순환에 있다고 생각했다. 그래서 그들은 달의 끊임없는 증감을 인간사의 상징으로 간주하기도 했다. 성인들은 바람이 우리와 함께 있을 때도 우쭐하지 말고 바람이 우리 반대편에 있을 때에도 절망하지 말라고 가르쳤다. 폭풍우가 곧 그칠 것이라는 확신을 가지고 폭풍우 기간에도 여유를 가지라고 가르친다. 이렇게 보면, 부조화의 분석 기술에 정통한 서양 사회보다 동양 사회가 덜 흔들리는 것처럼 보일지 모른다. 그러나 부조화의 해결이라는 측면에서 보면 동양은 서양에서 많은 것을 배워야 할 것이다.

(5) 오늘날의 고민

도덕성을 바탕에 깔고 있는 조화의 정신에 장점이 많다는 것은 두말할 필요가 없다. 정치적 권위의 원천이 법적인 데 있지 않고 도덕적인 데 있기 때문에 그것이 바로 장점도 되고 단점도 된다. 막스 베버만큼 동양 사회의 전근대성을 비판한 사람은 드물다. 일찍이 막스 베버는 권위를 여러 가지로 분류해 본 후에 가부장적 권위로 대표되는 전통적 권위가 지배하는 곳은 전근대적인 상태에 머물러 있다고 지적한 적이 있다. 막스 베버의 분류 방식대로 하면, 이런 결론은 피할 수 없을 것이다. 근대사상이 바로 이런 권위주의에 대한 도전으로부터 비롯되었다고 한다면, 막스 베버적인 잣대에서 한국과 같은 권위주의적 국가는 아직도 전근대적인 국가를 벗어나지 못하였다는 결론을 내려야 할 것이다. 그러나 이런 식의 단순한 결론에 찬동하고 싶지는 않다. 이미 근대화를 깊숙이 경험하고 있는 우리로서는 막스 베버의 말이 전적으로 맞는다고 할 수는 없기 때문이다. 권위주의를 상대방의 자유의지를 무시하고 일방적으로 강요하는 것이라고 정의한다면, 우선 원칙적으로 유교에는 본래 그런 사상이 없다고 말하고 싶다. 특히 원시 유가 가운데서 공자는 비록 어리석은 사람일지라도 항상 상대방의 자발성을 유도하는 자세로 가르치고 행위하도록 했다. 유교적인 권위는 법제의 강요에 의한 권위가 아니고 덕에 의한 권위라고 말하는 것이 적합할 것이다. 21세기의 문화적 환경에는 법률적·기계적 관계보다 인간적·감성적인 상호적 관계가 더욱 적합할 것으로 본다면, 이런 식의 덕에 의한 권위에서 더욱 새로운 가능성을 발견해야 할 것으로 본다. 인간의 역사란 과거를 극복하고 보다 합리적인 미래로 '진보'한다는 홉스나 로크의 사회계약론, 맑스주의 사상보다는 우주의 질서로부터 인간다움의 기준을 정하는 유교적 도덕주의나 덕의 사상에서 더 많은 가능성이 발견된다고 보기 때문이다. 왜냐하면, 덕을 바탕으로 한 유교적인 권위는 가족내의 질서는 물론이고 국가와 사회, 학교 등 모든 제도에 스며있는 자발성에서 솟아나는 것이기 때문이다. 이제 세계는 다시 절대적 권위주의 시대로 되돌아가지는 않을 것이기 때문이다.

한편 이런 인간주의적 제도는 오늘과 같은 전문화된 사회에서 또한 많은 결점들을 나타내고 있기도 하다. 과연 이런 동양적 가치관을 가지고 미래를 개척해 갈 수 있을지 망설이는 사람도 나타나고 있다. 그래서 "공자가 죽어야 나라가 산다."고 말하는 사람도 나타나고 있다. 한국 문화와 국민에 대해서 항상 긍정적으로 생각하고 있는 제프리 존스 씨(주한 미국 상공회의소 명예회장)는 한국의 법은 아주 이상적으로 만들어졌지만 현실과 부합되지 않는다고 말하면서 그 특성을 다음과 같이 지적한 적이 있다.

> "한국에서는 모든 문제를 법으로만 해결할 수 없다. 어떤 문제가 생겨서 법전을 뒤져보면 '이러이러한 사항에 대해서는 대통령령 몇 조 몇 항에 의거한다'라고 되어 있다. 그래서 대통령령을 찾아보면 이번에는 '시행 규칙 몇 조 몇 항에 의거한다'라고 되어 있으며, 또 그 다음에는 '무슨 무슨 관청 지침에 따라 처리한다'로 끝난다. 그런데 문제는 그 지침을 봐도 내가 가지고 있는 문제에 대한 명쾌한 해답이 나오지 않는다는 점이다. 그러면 결국 관청의 담당자에게 물어봐야 한다. 담당자는 정해진 것이 없으니 그냥 자신의 생각을 이야기해 줄 뿐이다. 며칠 후 다시 가보면 그 자리에 다른 사람이 앉아 있다. 그 사람의 이야기는 이전 담당자가 했던 말과 또 다르다. 이처럼 법조문 자체만으로 누구나 명확한 답을 얻을 수 있는 것이 아니고 전문가에게 해석을 의뢰해야만 한다. 바로 여기에 부정부패의 싹이 돋아날 충분한 영양분이 준비되어 있는 셈이다. 법의 해석 여부가 담당 공무원의 재량에 달려 있을 경우 그를 적당히 구워삶기에 따라 '되는 일도 없고 안 되는 일도 없는' 묘한 상황이 발생하기 때문이다."[132]

한국 민주주의의 법은 해방 후 서구로부터 수입된 것이다. 즉 우리
의 법들은 우리의 생활 문화에서 저절로 우러나온 것이 아니다. 그 수
입의 과정에서 이념적인 것과 생활 문화적인 것의 괴리가 생겨났고, 거
기서 많은 갈등이 분출하고 있다. 이런 면에서 서양으로부터 부조화의
갈등에서 오는 해결의 방법을 배워야 할 것으로 본다. 지난날 한국의
권위주의 사회에서는 법보다 그것을 운영하는 사람의 재량에 따라 법
이 마구 훼손되는 경우도 많았다. 오늘날은 부조화에 대한 분석 기술도
모자라고 덕에 의한 자발성도 모자란다는 점에 우리의 고민이 있다. 그
런 점에서 앞으로 우리가 나아가야 할 방향이 어디인지가 분명해진다
고 할 것이다.

3. 중용사상의 철학적 기반

(1) 중용에 대한 몇 가지 비교 철학적 관점

중용에 관한 동서양의 비교 철학적 관점이 가능할까? 동서양을 막론하고 중용이 과연 의식되기나 할까? 중용의 교리가 있다고 하더라도 일상적으로는 너무도 범용하게 받아들여지는 것이 아닐까? 중용을 말하는 것이 어떤 사람에게는 괴로움의 대상이 되고, 어떤 사람에게는 비웃음의 대상이 되고, 어떤 사람들에게는 화나게까지 하는 것은 아닐까? 특히 서양에서는 중도[moderation]에 해당하는 말이 매우 부정적으로 사용되고 있는 것을 일상적 용례에서 잘 볼 수 있다. 가령 적당히 [moderately] 제국주의자이고, 적당히 진보적이고, 적당히 유머를 사용하는 사람이 있다면, 그는 이상적인 덕목을 지닌 사람이라고 할 수 있을까? 이는 서양에만 해당되는 것은 아니다. 우리에게 있어서도 누이 좋고 매부 좋고 하는 식으로 적당히 세속과 타협하고 자신의 잇속을 챙기며 사는 사람은 괴로움의 대상이 되고, 비웃음의 대상이 되며, 우리를 화나게 만드는 사람일 것이다. 우리는 중용이라는 말을 일상적인 생활에서는 범용성[mediocrity]이라는 의미로 추락시키고 있는지도 모른다. 더욱이 현대적인 삶의 구호는 중도와 범용성은 고사하고 "많을수록 좋다."라고 하는 가치관이 지배적인 것인지도 모른다. 그렇지 않으면, "더 좋은 것일수록 좋다."라고 하거나 "더 큰 영향을 미칠수록 좋다."라고 하는 과다지향적過多指向的인 가치관에 사로잡혀 있는지도 모른다. 이런 삶의 방식에 대해서 아무도 의문을 제기하지 않으며 너무도 당연시하는 것에서 알 수 있다. 어쨌든 현대인의 삶과 고전적인 의미에서 중용의 그것 사이에는 괴리가 있다는 것을 의식하지 않을 수 없다.

이 글에서는 동서양의 고전을 중심으로 중용의 관점에 어떤 차이와 공통점이 있는지 살피려고 한다. 그러나 중용과 일정한 거리가 있는 일상의 관점을 염두에 두지 않을 수 없다. 동서 철학의 본격적인 비교연구라고 하기는 어려울지 모르지만, 논의의 출발을 마련하는 계기는 될 수 있으리라고 본다. 아리스토텔레스의 중용과 동양의 중용이 비교의 대상이 될 것이다.

(2) 동서의 중용의 입장은 무엇인가?

비교를 위해서 중용이란 무엇인가라는 문제를 다음의 세 가지 측면에서 살펴보겠다. 첫째는 중용을 보는 동서의 차이점, 둘째는 중용의 대상, 셋째는 중용의 주체성이 그것이다. 중용을 보는 동서 철학의 차이점에 대해서는 중용의 일반적인 개념에서부터 중용에 접근하는 관점을 살핀다. 중용의 대상에 대해서는 어떤 것이 중용적인 행위인가를 검토해 보고, 중용의 주체에 대해서는 중용적인 행위를 실천하는 주관적인 측면을 살펴보고자 한다.

가. 중용을 보는 동서의 차이점

『니코마코스 윤리학』의 최신판 서론에서 반즈Jonathan Barnes는 "만약 아리스토텔레스가 세 번째의 윤리학 책을 썼다면 그 중용론은 나타나지 않았을 것이다."라고 말하고 있다.133) 왜 그런 말을 하였을까? 아마도 그의 중용론이 주로 양적인 개념이고 논리적인 틀을 벗어나지 못하였기 때문일 것이다. 반즈의 이러한 언급은 아리스토텔레스 자신이 중용의 문제에 대한 한계를 깊이 느꼈을 것이라는 것을 암시한다. 그러면 아리스토텔레스는 어떤 관점에서 중용을 파악하고 있기에 반즈는 그런 말을 했을까? 먼저 『니코마코스 윤리학』에서 덕德을 정의하려고 시도하면서 중용에 대하여 언급하고 있는 대목을 한 구절 인용해 보도록 하자.

"연속적이고 나눌 수 있는[可分的] 모든 것에 있어서는 보다 많은 부분 [量], 보다 적은 부분, 혹은 동등한 부분을 취할 수 있고, 또 이 부분들은 그 사물 자체에서 또는 우리와의 관계에 있어서 취할 수 있는 것이다. 동등한 부분이라 하는 것은 과도過度와 부족不足의 중간이라 하겠다. 대상 자체에 있어서의 중간이란 것은 양쪽 끝에서 똑같은 거리에 있는 것으로서, 만인에게 오직 하나만 있는 동일한 것이다. 우리와의 관계에 있어서의 중간이라 하는 것은 너무 많지도 않고 너무 적지도 않은 양이다. 이것은 하나만 있는 것이 아니고, 만인에 대해서 동일한 것도 아니다. 가령 10이면 많고 2면 적다고 할 경우, 대상 자체에 있어서는 6이 중간이다. 왜냐하면, 6-2=10-6이 되기 때문인데, 이것은 산술적 비율에 따른 중간이다. 그러나 우리와의 관계에 있어서의 중간은 이런 방법으로는 도달할 수 없는 것이다. 10파운드의 음식물이 어떤 사람에게는 너무 많고 2파운드는 너무 적은 경우를 가정해 보자. 이 경우 체육 지도자에게 6파운드의 음식물을 주기만 하면 되는 것은 아니다. 왜냐하면, 6파운드도 어떤 사람에게는 너무 많고 어떤 사람에게는 너무 적을 것이기 때문이다. 밀론Milo에게는 너무 적었지만, 체육의 초보자에게는 너무 많다."134)

(Now of everything that is continuous and divisible, it is possible to take the larger part, or the smaller part, an equal part, and these parts may be larger, smaller, or an equal either with respect to the thing itself or relatively to us ; the equal part being a mean between excess and deficiency. By the mean of the thing I denote a point equally distant from either extreme, which is one and the same for everybody ; by the mean relative to us, that amount which is neither too much nor too little, and this is not one and the same for everybody. For example, let 10 be many and 2 few ; then one takes the mean with respect the thing if one takes 6 ; since $6-2=10-6$, and this is the mean according to arithmetical proportion. But we cannot arrive by this method at the mean relative to us. Suppose that 10lb., of food is a large ration for anybody and 2lb. a small one: it does not follow that a trainer will prescribe 6lb., for perhaps even this will be a large ration, or a small one, for the particular athlete who is receive it ; it is a small ration for a Milo, but a large one for a man just beginning to go in for athletics.)

여기서 몇 가지 의미를 분명하게 하지 않을 수 없다. 먼저 '연속적[continuous]이고 나눌 수 있는[divisible]'이란 말의 뜻을 분명히 해 둘 필요가 있다. 왜냐하면, '연속적이고 나눌 수 있는' 모든 것은 보다 많은 부분, 보다 적은 부분, 혹은 동등한 부분을 취할 수 있다고 말하기 때문이다. 여기서 '연속적'이란 말은 그리스어 dieremenon(discrete)의 반대되는 것으로서 '분명한 부분들이 없는[without distinct parts]' 것을 뜻한다. 그러나 어떤 점[point]에서 분할이 가능한[divisible] 개념을 내포하고 있다. 그리고 더 부연하여 '연속적이고 나눌 수 있는' 모든 것은 '보다 많은 부분[量], 보다 적은 부분, 혹은 동등한 부분'의 세 가지를 취할 수 있다고 하였다. 그런데 여기서 부분[parts]이라고 번역한 H. Rackham과는 달리 Thomson은 양量[amount]이란 말로 번역하고 있다.135) 그렇다면 양적인 개념을 염두에 두고 번역한 말이라 할 수 있다. 그런데 이 세 가지 부분은 근본적으로 다음의 두 가지와 관련되는데, 첫째는 '대상 자체에 관련되는' 것이고, 다른 하나는 '우리와 관련되는' 것이다. 대상 자체에 관련되는 '중간'이란 것은 "양쪽 끝에서 똑같은 거리에 있는 것으로서, 만인에게 오직 하나만 있는 동일한 것"이라고 한다. 그러나 '우리와 관련되는 중간'이란 "너무 많지도 않고 너무 적지도 않은 양이다. 이것은 하나만 있는 것이 아니고, 만인에 대해

서 동일한 것도 아니다."라고 말한다. 이것은 무슨 말인가? 이 의미를
해명하기 위하여 그리스어의 정확한 뜻을 풀이해 보는 것이 지름길이
될 것이다. '보다 많은 부분'이니 '보다 적은 부분'이니 하는 말은 노골
적으로 양적인 개념이긴 하지만, 과도와 부족의 중간이라고 볼 때 그
'중간[mean]'의 의미는 무엇일까? '중간'이라는 의미의 그리스어 meson
은 metrion(moderate, 적당함)과 동의어로 사용되고 있다. 이것도 양적으로
적절하게 배분된 중간이라는 의미가 내포되어 있다. 그리고 '동일한[
equal]'이라는 의미의 그리스어 ison은 '공평한[equitable]'이란 뜻이 들어
있다. 따라서 "대상 자체에 있어서의 중간을 취한다.[to take a part with
respect to the thing itself.]"는 말은, "남겨진 부분인 그 절반과 동일한 부
분을 취한다.[to take a part equal to the left, viz, a half.]"는 의미가 들어 있
다.136) 다음에 '우리와의 관계에 있어서의 중간을 취한다.[to take an
equal part relatively to us.]'는 말은 '공평하고 적절한 양을 취하는 것.[to
take what is a fair or suitable amount.]'이라는 의미가 들어 있다.137) 앞의
것, 즉 '대상 자체에 있어서의 중간을 취함'은 하나의 선이 있을 때 양
쪽 끝의 한가운데에 있는 등거리[equidistant]의 중간을 나눈 것과 같다.
뒤의 것, 즉 '우리와의 관계에 있어서의 중간을 취함'은 수용자[recipient]
에게 있어서 알맞은 양이라는 의미에서 중간을 뜻한다. 다시 말하면,
수용자에게 있어서 너무 많거나 너무 적을 수 있는 양 사이에 있는 어
떤 곳[somewhere]에 놓여 있는 중간을 의미한다. 그래서 아리스토텔레스
는 전자를 산술적 비율에 따른 것이라 했고, 후자를 상대적인 중간이라
하여 "밀론Milo에게는 너무 적었지만, 체육 초보자에게는 너무 많다."
라고 했던 것이라고 할 수 있다.

이렇게 본다면, 아리스토텔레스가 말한 중용은 주로 객관적인 중용,
양적인 중용을 말하고 있음을 알 수 있다. 이는 '과도와 부족의 중간',
'양쪽 끝에서 똑같은 거리에 있는 것' 등의 말에서 잘 나타나고 있다.

만약 아리스토텔레스가 객관적인 중용과 사람마다 상대적인 중용 사이의 구별만 하지 않았다면, 그가 중용을 한 점[point]이나 하나의 숫자로써 설명했다는 것은 분명한 일이다. 왜냐하면, 두 극단의 점들이나 숫자들 사이에서 동일한 간격을 갖는 것은 어떤 한 점이거나 어떤 한 숫자일 것이기 때문이다. 이런 관점은 아리스토텔레스만 갖고 것은 아니다. 서양의 플라톤도 균등성[equality]의 견지에서 중용의 개념을 설명하였고, 프로타고라스도 상대적인 과도過度, 부족不足 또는 균등均等의 개념을 가지고 있었다. 아리스토텔레스가 중용을 한 점[point]과 같은 양적인 개념을 가지고 설명한 것은 새삼스러운 일이 아니라는 것을 충분히 짐작할 수 있다.

아리스토텔레스가 객관적인 중용(중간)과 사람마다 상대적인 중용을 구별하였다는 사실이 중용의 폭을 넓힌 것으로 생각할 수 있는 것일까? 표면적으로 보면 그러한 구별이 중용의 폭을 넓힌 것처럼 보일지도 모른다. 그러나 자세히 보면, 특정한 상황에서 특정한 사람에게 중용의 상대성을 말한 것에 불과하다는 생각이 들지 않을 수 없다. 즉 그러한 구별은 오히려 "당신의 점이 나의 점은 아니다."라는 것을 말하려고 하는 것처럼 보인다. 아리스토텔레스의 의도는, 중용이 하나의 점[point]과 같은 것이며 과녁을 맞추기가 어려운 것처럼 중용이라는 하나의 점에 도달하는 것은 어렵다는 것인 듯 하다. 다음으로 이러한 중용의 관점으로 덕을 해석한 아리스토텔레스의 관점을 아래의 인용구를 통해 더 분석해 보겠다.

"이리하여 두 악덕惡德 사이의 중용이라는 의미에서 도덕적인 덕은 하나의 중용이며, 이 두 악덕 가운데 하나는 과도過度 때문에 비롯되고, 다른 하나는 부족不足 때문에 비롯된다는 것을 지금 충분히 보여 주었다고 말할 수 있다. 그리고 중용이 그러한 성질을 가진 까닭은 그것이 감정과 행동에 있어서 중간적인 것을 목표로 삼는 때문이라고 하는 것도 충분히 설명이 된 줄 안다. 그러므로 선한 사람이 된다고 하는 것은 쉬운 일이 아니다. 왜냐하면, 어떤 일에 있어서나 그 중간을 찾기란 쉬운 일이 아니기 때문이다. 예컨대, 어떤 원圓의 중심을 찾아내는 일은 누구나 할 수 있는 일이 아니고, 다만 기하학을 아는 사람만이 할 수 있는 것이다. 이와 마찬가지로 성을 내거나 돈을 주거나 사용하는 일은 누구나 할 수 있는 일이고 또 쉬운 일이지만, 마땅한 사람에게 성을 내고 마땅한 양을 주거나 사용하고, 마땅한 때에, 그리고 마땅한 동기와 마땅한 방법으로 하는 것은 누구나 할 수 있는 일이 아니고 또 쉬운 일이 아니다. 그러므로 무릇 잘 한다는 것은 희귀한 일이요 또 칭찬할 만하고 고귀한 일이다."138) (Enough has now been said to show that moral virtue is a mean, and in what sense this is so, namely that it is a mean between two vices, one of excess and the other of defect ; and that it is such a mean because it aims at hitting the middle point in feelings and in actions. This is why it is a hard task to be good, for it is hard to find the middle point in anything : for instance, not everybody can find the center of a circle, but only someone who knows geometry. So also anybody can become angry — this is easy, and so it is to give and spend money ; but to be angry with or give money to the right person, and for the right amount, and at the right time, and for the right purpose, and in the right way — this is not within everybody's power and is not easy ; so that to do this things properly is rare, praiseworthy, and noble.)

아리스토텔레스는 도덕적인 덕은 하나의 중용이라 할 수 있는데, 그것이 중용인 이유는 과도와 부족 사이에 있기 때문이라 한다. 그리고 그 도덕적인 덕을 지닌 사람만이 선한 사람이 될 것이므로 중용은 선한 사람이 되는 필요조건이기도 하다. 그런데 그 중용은 더욱 구체적으로 말해서 감정과 행동에 있어서 중간적인 것을 목표로 하는[it aims at hitting the middle point in feelings and in actions] 것이다. 도대체 감정과 행동에 있어서 중간적인 점이란 무엇인가? 너무 심하게 감정을 폭발시키지 말고 적절히 폭발시키라는 말일까? 설사 그렇다고 하더라도 중간점[the middle point]이라는 것이 과연 있을 수 있을까? 이 중간점을 찾기가 쉽지 않다는 것을 의식한 아리스토텔레스는 하나의 예를 들었다. 원의 중심을 찾기가 힘든 것에 비유하여 그 점을 찾는 것은 기하학을 아는 사람만이 할 수 있는 것이라고 하였다.

이렇게 본다면, 선한 사람이 된다고 하는 것은 과도와 부족이 없이 '잘 행동하는' 사람을 말하는데, 그것은 원의 중심을 찾는 일만큼이나 어려운 일이기는 해도 '잘 행동하는' 기능을 최고로 발휘한 사람은 어떤 극점을 향하고 있는 기상이 보인다고 말할 수 있다. 이것을 만약 그림으로 표시한다면 과도와 부족의 두 개의 극단적인 점들 사이에 있는 중간점을 향하는 기상으로 나타낼 수 있을 것이다. 즉 양극의 중간은, 양극의 점을 이은 일직선상의 한 가운데로 표시할 수 있다. 물론 아리스토텔레스는 그렇게 말하지 않고 오히려 그와 같은 표현을 경계하고 있는 듯이 보이지만, 동양의 중용과 비교되었을 때는 그런 생각을 지울 수 없다. 다시 말하면, 과도와 부족의 중간점中間點은 바로 중용점中庸點으로 이해될 수 있는 하나의 점을 연상시킨다. 그러나 한가운데에 있는 것은 그야말로 하나의 점[point]이지 하나의 영역[area]은 아니다.

이런 설명 방법이 결점투성이라는 것은 두말할 필요가 없어 보인다. 본문에서 말하고 있는 것처럼, 성을 내는 것은 누구나 할 수 있는 일이지만 마땅한 방법으로 마땅한 때에 성을 잘 내는 것은 쉬운 일이 아니다. 이 경우 우리는 가장 성을 잘 낼 수 있는 이상적인 하나의 고정된 사람(즉 하나의 점을 연상시킨다)을 상상할 수 있을 것이다. 원 중앙에 있는 점은 단 하나만 있고 두 개가 있을 수 없는 것과 마찬가지로 하나의 고정된 사람을 연상시킨다. 비록 그 사람을 이 세상에서 당장 찾을 수 있

는 인물은 아닐지 모르지만, 그러한 성을 잘 내는 이상적인 모습을 상
상하고 있는 것은 틀림없다. 그렇게 보면, 중용이란 피라밋의 정상에
있는 하나의 고정된 점, 완벽한 이상으로 표현되고 있음을 알 수 있다.

이제 동양의 중용으로 되돌아와서 한 구절 예를 들어 보자.『장자』
에는 다음과 같은 구절이 있다.

> "천하에 가을의 털끝보다 더 큰 것이 없는 동시에 태산이 작은 것이 될
> 수도 있고, 요절한 자식보다 더 장수한 이가 없는 동시에 팽조彭祖가 요사夭
> 死했다고도 할 수 있다. 천지도 나와 함께 사는 것이 되고 만물도 나와 함께
> 하나가 될 수도 있다. 이미 하나가 되었으니 또 무슨 말이 있겠는가?"[139]

이 세상에서 가장 작은 것을 상징하는 것으로 가을날 짐승들이 털갈
이를 할 때 생기는 최초의 털의 끝을 들었고, 큰 것을 상징하는 것으로
는 태산을 들었다. 또 부모보다 먼저 요절하는 사람도 있는가 하면, 팽
조처럼 오래 사는 사람도 있다. 장자는 가을의 털끝도 이 세상 어느 것
보다 큰 것이 될 수 있고, 태산도 때에 따라서는 아주 작은 것이 될 수
도 있다고 하였다. 크고 작음, 일찍 죽고 오래 사는 것은 모두 상대적
이기 때문이다. 위의 구절에 관하여 주석註釋을 가한 곽상郭象은 다음과
같은 흥미 있는 말을 남기고 있다.

> "무릇 물리적 형태인 형상으로 비교하면 태산은 짧은 털보다 더 크다.
> 그러나 만약 각각의 본성과 기능[性分]에 의거해서 볼 때 궁극적인 능력이
> 조화 안에서 고요히 있다면[物冥其極], 물리적 형태가 큰 것은 과도한 것이
> 아니고, 형태가 작은 것은 부족한 것이 아니다. 만약 모든 것의 본성이 충족
> 하다면, 가을의 짧은 털은 그것의 작음이 작다고 생각되지 않을 것이고, 태
> 산은 그것의 큼이 크다고 생각되지 않을 것이다. 만약 그 본성상 충족함[性
> 足]의 견지에서 크다고 여긴다면, 하늘 아래 어떤 것도 가을의 짧은 털보다

더 충족한 것은 없을 것이다. 만약 본성상 충족함의 견지에서 크지 않다고 여긴다면, 태산조차 작다고 여겨질 것이다. 태산조차 작게 여겨진다면 세상에 어떤 것도 큰 것이 없고, 짧은 가을 털이 크게 여겨진다면 세상의 어떤 것도 작지 않다. 어떤 것도 작거나 크지 않을 때, 아무도 장수를 즐기거나 인생의 덧없음에 고통받지 않는다. 그러므로 번데기는 성충을 동경하지 않고 즐거워하며 스스로 만족한다. 그리고 메추라기는 천국의 호수를 소중히 여기지 않을 것이고, 영광을 위한 바람은 만족될 것이다. 진실로 내가 자연으로부터 오는 모든 것에 만족하고 나의 본성과 운명을 받아들이는 고로 천지조차도 영원히 지속되는 것으로 생각되지 않고, 나와 함께 공존하는 것으로 여겨지며, 만물은 다른 것으로 여겨지지 않고 나와 더불어 친숙한 것으로 여겨지는 것이다. 만물이 스스로의 위치를 얻게 된다면 만물은 하나로 통일될 수 있을 것이다."140)

이 구절이 아리스토텔레스와 근본적으로 다른 점은 무엇일까? 과도와 부족의 '중간'이 아리스토텔레스에 있어서는 피라밑의 정상에 있는 고정된 하나의 점을 상징한다면, 모든 사람들은 그것과 같아짐[sameness]을 윤리적 목표로 삼거나 혹은 그것과 일치됨[identity]을 목표로 삼아야 할 것이다. 설사 그러한 중용적 인간이 있다고 하더라도 그것은 기하학적 정상의 고정된 하나의 불변적 모습을 상징하는 것으로 보인다. 그러나 장자에서 보이는 과도와 부족의 '중간'은 오히려 충족성[sufficiency]으로 이해해야 할 것이다. 장자는 그것을 '성족性足'이라는 말로 표현했다. 즉 아리스토텔레스가 제시한 공식이 '부족 − 중간 − 과도'라면, 장자에게서는 '부족 − 충족 − 과도'라고 하는 하나의 통합 개념이 나올 수 있다. 곽상이 주석한 것과 같이 과도와 부족의 중간을 충족성의 개념으로 설정한다면, 그 기능과 대상에 있어서 어떤 해석이 생겨날 수 있을까? 어떤 것의 본성이 충족성의 범위로 들어온다면 그 기능과 대상에 있어서 어떤 것도 부족하거나 과도한 것은 없다는 결론을 내리게 될 것이다. 즉 가을의 짧은 털도 너무 작지 않고 태산도 너무 크지 않게 될 것이다. 우리가 참여하는 모든 것은 적합하다고 말할 수 있다. 즉 우리는 부족과 과도에 대한 비평을 멈출 수가 있다. 만약 나의 힘이 중용의 범위 안에 있고 타인도 역시 그렇다면, 타인의 것이 나보다 더하거나 못하다는 단정이 어떻게 가능하며, 반대로 나의 것이 당신의 것보다 더하거나 못하다는 단정이 어떻게 가능하겠는가? 따라서 장자가 말하는 중용은 기하학적인 하나의 정점이 아니다. 장자의 중용은 산술적 평균의 중용이 아니라 충족성의 원리로 설명될 수 있는 어떤 것이다.

다음은 초기 성리학의 원리를 개발한 정호程顥의 중용관을 살펴보기로 하겠다.

"이른바 중용에 관해서 언급할 때 만약 이것이 사각형의 중심을 의미한다면 네 변에는 중심이 없다는 것인가? 만약 중앙의 중中을 중용이라 한다면 외면에는 중이 없다는 것인가? 생생生生하는 것을 일러 역易이라 하고, 천지가 설위設位하여 역易이 그 중中에 행하여지는데, 어찌 단지 오늘의 역서易書만이 역易이 될 수 있을까? 중中, 중中 하지만 한 개의 중심점을 중용으로 삼을 수는 없는 것이다."141)

정호에 의하면 중용은 기하학적인 중심이 아니다. 이는 '만약 이것이 사각형의 중심을 의미한다면 네 변에는 중심이 없다는 것인가?'[若以四方之中爲中, 則四邊無中乎.]라는 말에서 알 수 있다. 만약 사각형에서 중심을 찾아낸다면 단 하나밖에 없을 것이다. 그러나 그런 기하학적 구조에서 중용을 논할 수는 없다는 것이 정명도(정호程顥)의 입장이다. 그러면 안과 밖의 중앙을 중용이라 한다면 어떻겠는가? 그것도 기하학적 중용과 별로 다를 바 없다. 그래서 정명도程明道는 '만약 중앙의 중中을 중용이라 한다면 외면에는 중中이 없다는 것인가?'[若以中央之中爲中, 則外面無中乎.] 라고 말하였다. 이제 중용은 그러한 공간적 개념에서 찾을 것이 아니라, 생생하는 가운데 있는 변화에서 찾아야 한다고 말하고 있다. '생생'은 낳고[production] 또 낳는[reproduction] 것을 의미하고, 그것을 일러 역이라 하는데, 역은 그 동적인 가운데 있는 것이요, 공간적으로 영원히 고정된 점처럼 존재하는 것은 아니다. 그래서 '중, 중 하지만 한 개의 중심점을 중용으로 삼을 수는 없는 것이다.'[中者且謂之中, 不可捉一箇中來爲中.] 라고 한 것이다. 마치 어떤 중심점[central point]이 있는 것처럼 생각하는 것은 잘못이라고 지적하는 말이라 할 수 있다.

정명도는 중용이 점이라는 것을 부정한다. 점에는 변화의 공간이 없기 때문이다. 중용에는 변화의 공간이 있지 않으면 안 된다. 특히 윤리적인 의미에서 덕이 있는 삶은 변화의 과정을 거친다는 것을 전제하지 않으면 안 된다. 그런데 만약 중용의 내용 범위와 덕의 범위가 한 점이라고 가정한다면, 가장 좋은 삶은 변화 없는 하나일 것이다. 왜냐하면, 가장 이상적인 덕이 있는 삶은 하나의 중심점처럼 하나만이 이상적으로 존재할 것이기 때문이다. 비록 그 이상이 완전히 실현된 덕을 이 세상에서 찾을 수 없는 가장 이상적인 것이라 하더라도, 덕의 실현 목표를 그렇게 설정하는 것은 다분히 기하학적 중심점을 확대한 듯한 사고방식에서 그렇게 벗어나는 것은 아닐 것이다. 적어도 생생하는 변화 가운데 중용이 있다고 말하는 정명도의 생각에 비춰보면, 아리스토텔레스의 관념은 다분히 고정적인 기하학적 개념을 반영한 말이라 하지 않을 수 없다. 여기서 우리가 예상할 수 있는 것처럼 이러한 아리스토텔레스의 변화 없고 영원한 중심점의 추구는 서양 윤리학에서 지배적인 테마가 되고 있다. 그것은, 마치 고딕 성당의 하늘을 향한 높은 첨탑尖塔 끝처럼, 동일성同一性과 불변성不變性, 무변화성, 안정성의 상징으로 자리잡고 있다. 많은 사람들은 피라밋의 정상에 있는 그 목표와 같아짐

[sameness]을 이상으로 하여 하나의 정점에 있는 덕을 향해 자신을 분발하여 쌓지 않으면 안될 것이다.

이런 식의 사고방식은 행동보다는 지식을 강조하는 경향이 강하다. 동일성, 무변화성, 안정성의 추구는 형이상학적 지식의 대상으로 삼을 때 잘 나타난다. 이 문제는 자연히 객관에 대한 검토를 필요로 한다. "중용은 무엇을 말하는가?"라는 질문과 관련해 충족성[sufficiency]을 동일성[sameness]으로 환원한 아리스토텔레스의 개념을 다시 상기해 둘 필요가 있다. "중용은 무엇인가?"라는 질문에 대하여 동양에서는 아리스토텔레스만큼 지식으로서의 거대한 체계를 이루지는 못하였다. 사실 혹은 대상의 관점에서 보면, 중용은 세 가지 극으로 이루어져 있다. 예컨대, 부족과 과도와 중간이라 할 때, 가령 혐오의 대상에 대한 주체의 부족, 갈망과 의지의 대상에 대한 주체의 충족, 혐오의 다른 대상에 대한 과도가 그것이다. 중용을 안다는 것은 중간과 두 양극단을 동시에 아는 것인데, 그 경우 중간은 갈망과 사랑의 대상이고 극단은 혐오와 미움의 대상이 된다. 중용을 아는 사람은 부족이나 과도로 인도하는 경계선을 아울러 포함한 중간을 안다고 말할 수 있다. 만약 어떤 사람이 사물의 높은 수준에서 전체를 알지 못한다면 중용적인 행동은 하지 못할 것이다. 중용으로부터의 판단은 세 개의 대상 범위를 인식하면서 그 중 둘은 피하고 나머지 하나는 추구되는 형식이 될 것이다. 이와 같은 인식은 어느 경우에나 적용되기 때문에 비록 성공과 번영 가운데 있다고 하더라도 중용으로 인도하는 전체적인 관점은 요구된다. 멀리 가기 전에 되돌아가 보라는 성현의 지혜는 중용적 사고방식에서 필수적인 것이다. 여기서 우리는 양극단을 보는 방식에서 동서양에 차이가 있는 것이 아닌가 주목해 볼 필요가 있다. 서양의 아리스토텔레스는 먼저 양극단을 본 후에 중용의 지식으로 나아가는 데 비해, 동양의 중용은 중용을 먼저 본 후에 양극단으로 나아가는 사고방식이라 할 것이다. 그러므로 아리스토텔레스의 중용이 동양보다는 객관적인 것을 강조하고 있으며 보다 산술적 평균의 위치에 더욱 가깝다고 한다면, 동양의 중용은 변화 가운데 있는 주관성(주체성)이 더욱 강조되는 양식이라 할 것이다. 아리스토텔레스가 지식을 더욱 선호하는 형태라면, 동양의 중용은 체험을 중요시하는 형태라 할 것이다. 아리스토텔레스의 중간점이 객관적이고 공간적인 체계가 마련되는 것을 전제하는 것이라면, 가을의 털 끝도 클 수 있고 태산도 작을 수 있다는 장자의 중용은 체험을 전제로 한 주체성을 강조한 형태라 할 수 있다.

나. 중용을 바라보는 대상

앞에서 아리스토텔레스의 중용이 하나의 기하학적인 점을 추구하는 면이 두드러진 특색이라 한다면, 동양의 중용은 점이 아니라 충족성의 원리에 의해서 설명되어야 한다고 말했다. 또한 하나의 중앙의 점을 추구하는 사고방식에서는 그 점과 같아짐[sameness]을 이상으로 하여 윤리적 덕을 설명할 수밖에 없을 것이라고 하였다. 여기서 우리는 대상과 주체의 두 측면에서 동서양의 중용관에 어떤 차이점이 있는지를 좀더 살펴볼 필요성을 느낀다. 먼저 중용의 대상에 대한 것을 먼저 생각해 보자. 여기에 칭찬을 받고 있는 덕과 비난을 받고 있는 도덕적 대상이 있다고 가정하자. 이 경우 비난에도 두 가지 종류가 있을 것이다. 하나는 아리스토텔레스가 말한 것처럼 하나는 과도에서 오는 비난이요, 또 하나는 부족에서 오는 비난이다. 너무 지나치거나 모자라는 것은 모두 함께 비난의 대상이 되기 때문이다. 그렇다면 부족에서 오는 비난을 면하려면 어떻게 하면 되는가? 이 경우 보충[supplementation]과 더함 [addition]을 통해 부족에서 오는 비난을 모면할 수 있을 것이다. 마찬가지로 과도에서 오는 비난을 면하려면 어떻게 하면 되는가? 이 경우는 덜어

냄[elimination]과 제거[removal]를 통해서 과도에서 오는 비난을 모면할 수 있을 것이다. 이것이 도덕적인 내용이기 때문에 첫 번째의 경우는 좀더 용기를 북돋는 방향으로 보충과 더함을 행할 것이고, 두 번째의 경우는 용기를 떨어뜨리는 방향에서 덜어냄과 제거를 행할 것이다. 즉 첫 번째의 경우에는 신뢰와 확신을 심어 주는 방향으로 부족을 보충하려 할 것이고, 두 번째의 경우에는 주의나 경고를 주는 방향으로 과도를 덜어내려 할 것이다.

이런 사고방식을 가만히 살펴보면 수학적 비례 관계에 있다는 것을 알 수 있다. 앞에서 부족과 과도에 똑같은 비난이 있는 것처럼 말했는데, 부족에도 정도의 차이가 있을 것이요, 마찬가지로 과도에도 정도의 차이가 있을 것이다. 더 부족한 경우도 있고 덜 부족한 경우도 있을 것이며, 마찬가지로 더 과도한 경우도 있고 덜 과도한 경우도 있을 것이다. 부족과 과도가 다 같이 비난을 받을 만하다고 하더라도, 똑같은 수준에서 비난하는 것은 공정치 못할 것이다. 그렇다면 덜 부족하거나 덜 과도한 경우는 더 부족하거나 더 과도한 경우보다 비난의 정도가 낮아야 할 것이다. 이런 식으로 생각해 보면, 하나의 수학적 공식을 마련할 수 있을 것이다. 즉 '부족이 깊을수록 비난이 더 커지고, 과도가 깊을수록 비난이 더 커진다'라는 원리가 생긴다. 비난의 곡선은 부족과 과도의 정도에 따라 달라질 수밖에 없을 것이다. 이것은 완전히 하나의 수학이다. 가령 부족의 정도를 1부터 10까지로 가정할 때, 즉 1의 부족은 가장 작은 부족을 말하고 10은 가장 큰 부족이라고 가정할 때, 10은 가장 큰 비난을 받을 것이고 1은 가장 작은 비난을 받을 것이다. 마찬가지로 과도의 경우도 비난의 정도는 다르게 나타날 것이다. 그렇다면 부족과 과도에 대한 비난의 정도는 수학 공식처럼 하나의 비례식으로 설명될 수 있을 것이다. 그렇다면 이러한 비례식에서 부족과 과도가 없는 중간이란 무엇인가?

그것은 앞에서 누누이 말한 것처럼 하나의 점[point]일 수밖에 없다. 여기서 우리는 아리스토텔레스 윤리학의 특색을 이끌어낼 수 있다. 만약에 중용의 덕이 하나의 점이라 한다면, 그 점에 도달하는 것을 가장 이상으로 삼을 것이다. 도대체가 그러한 점을 이 세상에서 찾기란 쉽지 않을지도 모른다. 그러나 그런 이상적인 점을 고려해 볼 수는 있으며, 이상적인 점이 정해지면 그 점에 맞추려는 온갖 노력을 기울이게 될 것이다. 그 점을 정하고 난 후에는 거기에 알맞은 법과 원칙이 세워질 것이다. 이렇게 되면 윤리적인 덕은 곧바로 법률적 개념과 쉽게 연결됨을 알 수 있다. 하나의 예를 들어볼 수 있다. 가령 정의[justice]라는 말은 도덕적 개념이기도 하지만 법률적 개념이기도 하다. 그러면 어떤 것이 가장 정의의 덕에 알맞은 중용적인 정의가 될 수 있을까? 정의의 이상도 하나의 점[point]처럼 생각되어야 하므로, 정의에 있어 부족과 과도의 중간에 있는 어떤 점을 생각하지 않을 수 없다. 정의에 있어서 피라밋의 정점에 위치할 만한 가장 알맞은 중용은 무엇인가? 아마도 이것을 사회적·법률적·경제적 개념에 적용한 가장 이상적인 모습에 가까운 것은 평등한 분배[equal distribution]가 될 것이다. 과도와 부족의 중간은 이 경우 평등이기 때문이다. 그렇다면 그 평등은 어떤 개념을 내포한 말일까? 이 경우 평등성의 개념은 다함께 같아짐[sameness]을 의미한다. 이런 식으로 본다면, 정의는 평등성으로, 평등성은 동일성(같아짐)으로 환원되는 서구적 전통의 뿌리가 잘 드러난다.

이러한 서구적 개념을 동양적 중용의 관점에서 바라보면 어떤 비판이 가능할까? 먼저 중용을 하나의 점으로 이해하는 방식에 대한 비판이다. 도덕적인 덕의 대상은 근사한 범위[range]라면 몰라도 점[point]으로 볼 수는 없다는 것이다. 비유를 들자면 피라밋의 정상과 같은 것이 아니라 산의 정상과 같은 것이라고 말할 수 있다. 곧 피라밋의 정상처럼 꼭지점이 오직 하나가 있다는 기하학적인 개념이 아니라, 비록 중심을 유지한다고 하더라도 그 중심 영역[area]을 상정하고 있는 것이다. 예를 들면, 어떤 양의 돈을 주는 것이 관대한 기증이라면 더 주는 것이 반드시 더 관대한 것은 아니라는 것이다. 다른 사람에게 돈을 기증하는 것은 관대함과 자비를 베푸는 것이긴 하지만, 반드시 더 많은 돈을 주어야만 덕이 더 있는 것으로 나타나지는 않는다는 것이다. 돈의 양과 관대함의 증대가 반드시 비례하는 것은 아니기 때문이다. 동양의 중용은 근본적으로 주체의 체험을 중요시하는 것이지, 중용의 대상을 가지고 말하는 것이 아니며, 그런 것을 염두에 두더라도 피라밋의 꼭지점과 같은 중심점으로 생각할 수는 없고 산의 정상처럼 밋밋한 영역을 마련하는 융통성이 있는 것이라고 보아야 한다는 것이다. 아리스토텔레스의 중용은 객관적인 중용이고 양적인 중용이다. 더구나 아리스토텔레스는 부족과 과도를 먼저 관찰하고 그 중간을 살피는 방법론을 통해 중앙점[central point]이라는 기하학적이고 수학적인 결론을 얻었다. 그러나 동양의 중용은 부족과 과도를 먼저 관찰하는 객관적이거나 양적인 것이 아니며, 주체의 체험을 강조한다는 점에서 아리스토텔레스의 중용과는 차이를 보이고 있는 것이다.

다. 중용을 실천하는 주체의 측면

동양의 중용이 하나의 점과 같은 것이 아니라 밋밋한 산등성이와 같다는 말은 무엇인가? 그것을 아리스토텔레스의 중용과 비교하기 위해 한 두개 예를 들어 보도록 하겠다. 동양에서 중용의 범위가 다소 넓다는 것을 다음의 예를 통해 알 수 있다.

"자로子路가 강함에 대하여 여쭈어 보자, 공자가 말했다. '남방의 강함이냐, 북방의 강함이냐? 그렇지 않으면 너의 강함이냐? 너그러움과 부드러움으로써 가르치고 무도한 짓에도 보복하지 않는 것이 남방의 강함이니, 군자가 그렇게 산다. 싸움터에서 무기와 갑옷을 깔고 앉아서 죽더라도 주저하지 않는 것이 북방의 강함이니, 강포한 자가 그렇게 산다. 군자는 부드러우면서도 유약한 데로 흐르지 않으니, 강하도다 그 꿋꿋함이여. 군자는 가운데서서 어느 한쪽으로 기울어지지 않으니, 강하도다 그 꿋꿋함이여. 나라에 올바른 도가 행해져 벼슬길에 오른다 해도 예전 궁색하던 시절의 지조를 바꾸지 않으니, 강하도다 그 꿋꿋함이여. 나라에 올바른 도가 행해지지 않아 죽음에 이르더라도 지조를 바꾸지 않으니, 강하도다 그 꿋꿋함이여.'"142)

우선 공자가 말한 위의 구절은 아리스토텔레스가 말한 것처럼 기하학적·수학적인 형식 논리적인 것이 아니고 역사적 체험에서 우러나온 것이라는 점을 지적할 수 있다. 자로는 공자의 제자 가운데도 용감함을 좋아했던 사람으로 알려졌고, 남방인들은 더운 지방에 사는 사람이라 그런지 기질이 유약한 면이 있었으며, 북방인들은 거칠고 강했던 것이다. 그래서 자로가 강함에 대해서 물어보았을 때 (1) 남방의 강함이냐 (2) 북방의 강함이냐 (3) 자로 너 자신의 강함이냐 라고 되물어보고, 군자의 강함의 4가지를 들어서 설명하고 있다. (1) 화이불류和而不流 (2) 중입이불의中立而不倚 (3) (국유도國有道에) 불변색언不變塞焉 (4) (국무도國無道에) 치사불변至死不變이 그것이다. 이 네 가지도 모두 사회적 및 역사적 인간으로서 직접적인 체험에서 나온 것임을 알 수 있다. "사회적 인간으로서 잘 어울려 조화를 이루며 살지만 한쪽으로 흘러가지 않으며[和而不流], 자신의 줏대를 가지고 가운데 서 있지만 한쪽으로 기울어지지 아니하며[中立而不倚], 나라에 정의와 도가 통하는 시대에는 출세를 했더라도 자신이 궁색했던 시절에 지녔던 지조를 변치 않고[不變塞焉], 나라에 도가 통하지 않는 암흑시대라도 자신이 평생토록 간직했던 지조를 죽음을 무릅쓰고 변치 아니한다.[至死不變]"라고 말한다. 모두 역사적 체험에서 우러나온 중용관을 피력하고 있다. 따라서 공자의 중용은 하나의 점이 아니라, 대단히 범위가 넓다는 것을 확인할 수 있다. 남방과 북방의 용勇은 극단적으로 차이가 벌어지고 있지만 동일한 북방의 용이라 할지라도 북쪽에 아주 가까운 용이 있고, 남방에 가까운 용이 있을 수 있으며, 동일한 남방의 용이라 할지라도 북방에 가까운 남방의 용도 있을 수 있을 것이다. 군자의 중용으로 예를 든 위의 네 가지도 여러 가지 색깔과 편차가 있을 수 있다. 그래도 우리는 역사적 인간으로서 가장 중용적인 행동을 하는 사람을 찾을 수는 있을 터인데, 그것은 수학적이거나 논리적 개념이 아니라 밋밋한 산등성이처럼 어느 정도의 폭을 지닌 중용적인 인간일 것이다. 이와 같은 중국인들의 중용관이 가장 대표적으로 잘 표현된 것은 주돈이가 말한 다음 구절에서 볼 수 있다.

"굳세면서 선한 것은[剛善] 의롭고, 곧고, 단정하고 엄격하고도 굳세며, 줄기가 있어 단단하다. 굳세면서 악한 것은[剛惡] 사납고 좁으며 힘이 세다. 부드러우면서 선하면[柔善] 사랑스럽고 온순하며 부드럽다. 부드러우면서 악하면[柔惡] 나약하고, 결단력이 없으며, 아첨을 한다. 오직 중中이란 것은 온화하고 절도에 맞으며[中節], 이것은 천하에 모두 통달할 수 있는 길이며 성인의 일거리이다. 그러므로 성인은 가르침을 세워서 사람들로 하여금 스스로 그 악을 바꾸게 하며 저절로 그 중에 이르게 할 뿐이다."143)

사람의 도덕성은 선과 악으로만 나누어지지 않고 여러 영역[area]이 있을 수 있다. 선善 가운데도 강선剛善과 약선弱善이 있을 수 있고, 악惡 가운데도 강악剛惡과 유악柔惡이 있을 수 있어 여러 편차가 있다. 강선인 사람은 의義, 직直, 단斷, 엄의嚴毅, 간고幹固하고 강악인 사람은 맹猛, 애隘, 강양彊梁하고 유선柔善인 사람은 자慈, 순順, 손巽하고 유악柔惡인 사람은 유약懦弱, 사망邪佞하다고 한다. 강선剛善이거나 약선弱善이거나 선 그 자체에서 벗어나 있고, 강악剛惡과 유악柔惡도 벗어나 있기는 마찬가지이다. 그런데 이와 같은 분류에서도 우리는 하나의 두드러진 특색을 발견할 수 있다. 첫째, 앞에서 말했던 바와 같이 여기서 나타난 인간의 성품도 대부분 경험적으로 관찰되는 것들을 모은 것이지, 수학적이거나 기하학적인 추상 개념이 아님을 알 수 있다는 점이다. 둘째로, 같은 선이라도 강선과 약선 사이에 무수한 편차가 있을 수 있는 것처럼, 중용은 하나의 점을 이상으로 하지 않고 '강유가 모두 선하다'[剛柔皆善]는 일정한 폭을 지닌 중용의 개념을 지닌 경험적인 것이라는 점을 알 수 있다는 점이다. 이런 것을 토대로 해서 중용에 이른 성인을 언급하고 있다. 그 중용에 이른 성인은 어떤 사람인가?

"악을 바꾸면 강유剛柔는 모두 선하여진다……그리하여 엄격하고 유선柔善의 덕을 가질 수 있고 유악柔惡의 부족에 이르지 않을 수 있다. 그 중용에 이르면 그것이 혹은 엄숙하고 굳세어지기도 하고 혹은 사랑스럽고 온순하여지기도 한다."144)

주돈이는 성리학의 기초를 세운 사람이고 전통적인 성인의 개념을 역사적 인물에서 벗어나 마음껏 추상화시킨 인물이긴 하지만, 아직도 성인의 경계를 인간의 기질이나 성품의 차원에서 이해하는 면이 강함을 알 수 있다. 다만 성인의 중中은 강유선악剛柔善惡과 병렬선상竝列線上에 놓을 수 없는, 인간의 성性의 중정中正을 획득하는 것이라고 할 수 있을 것이다. 중용을 획득한 성인은 강선剛善이나 약선弱善의 사람도 아니고, 강악剛惡이나 유악柔惡의 사람도 아니며, 인간이면 누구나 가지고 있는 성性의 중정中正함을 얻은 사람이라고 말하고 있는 것이다. 동양적 중용의 추상적인 면이라 한다면 이런 정도일 것이다. 이것은 종교적인 경지에 가까운 체험의 경계이지, 지식의 경계가 아니라는 점도 쉽게 알 수 있다.

(3) 동서양의 차이

　과도過度와 부족不足은 중용에서 멀어진 것이므로 과부족過不足이 없는 중용을 생각한 것은 동서양이 같다. 지나치지도 않고 모자라지도 않는 중용의 법칙을 찾으려 한 것은 동서양이 동일하지만, 그것을 추구하는 방법과 그 결과는 상당히 다르다는 것을 알 수 있다. 아리스토텔레스가 '부족 －중간 －과도'의 공식을 세웠다고 한다면, 동양은 '부족 －충족 －과도'의 공식을 세웠다고 할 수 있다. 전자가 부족과 과도를 먼저 관찰하고 그 중용을 찾아간 방법이었다고 한다면, 후자는 주체적인 충족의 원리를 더 강조하였다고 할 수 있다. 따라서 전자가 지식과 과학, 수학과 법률적 개념이 강하다면, 후자는 인간의 성정性情을 먼저 깨닫는 주체적이고 종교적인 경지가 강하다고 할 수 있다. 전자가 추상적이고 완벽한 하나의 점을 찾아가는 경향이 있다면, 후자는 도덕적 인간으로서의 원만함과 인생의 마땅한 도리를 찾아가는 경향이 강하다고 말할 수 있다. 전자가 이상적인 점과 같은 것이라면 그 점에 같아짐[sameness]을 목표로 한 멀고 먼 완성을 추구할 것이지만, 충족성의 원리를 바탕으로 한 동양적인 중용은 구체적인 일상 속에서 원만한 인간관계를 추구하게 될 것이다.

　만약에 중용이 하나의 점과 같고 거기에 이르는 것이 목표라 한다면, 중용을 행한다는 것은 힘들고 드문 일이라고 할 수 있을 것이다. 그러나 그 중용이 비교적 폭이 있는 영역이라면, 북으로 가든지 남으로 가든지 자기 개발과 인내심을 가지고 자연적 리듬에 따라 자신의 성정을 발휘하여 부족과 과도를 회피하고 중심을 지향하는 일은 전자보다는 훨씬 쉬운 일이라고 말할 것이다. 그런 면에서 동양적 중용의 실용적 가치가 돋보인다고 할 수 있다.

(1) 효를 다시 생각하다

이 부분은 동양 윤리학의 실용성을 논의하려고 할 때에 처음 맞닥뜨리게 되는 효의 학설과, 동양의 윤리 영역에서의 효의 위치를 설명해 보고 싶은 생각에서 출발한다. 효는 동양 사회에서도 이미 낡은 덕목이 되었다고 생각하는 사람도 있고, 그것을 다시 현대 사회에 끌어들인다는 것은 죽어 가는 사람을 다시 소생시키는 것만큼이나 힘드는 일이 아닌가 하고 회의적인 시각을 가진 사람들도 많은 것으로 알고 있다. 그러나 유교는 동양의 정체성을 가져온 장본인이라고 해서 철저히 공격의 대상이 되었다가, 지금은 전반적으로 그 유교의 가치를 재인식하는 분위기에 있는 것도 사실이다. 이런 분위기에 맞춰 효의 문제를 다시 한번 검토해 보는 것도 무의미한 일은 아니라고 생각한다. 더 내려 갈 곳이 없이 '바닥을 치고 올라오는' 현대 유교의 끈질긴 생명력을 생각해 보면, 구시대적이고 사회적 분위기에 맞지 않는다고 여겨지기도 하는 효를 현대적으로 음미해 볼만한 가치가 있는 것은 아닐까 하는 기대를 저버릴 수가 없다. 그것은 동양에서 효의 학설이 가정 생활, 종교 의례, 사회 활동을 포함하여 동양 사회 전체에 영향을 준 점을 염두에 둘 필요가 있다. 효의 학설이 오늘의 세계 평화와 복지에 기여할 수 있는 것이 무엇인가를 고찰해 보는 것은 너무 거창한 일일까?

효에 대한 유가의 가르침은 4천년 동안이나 동양 윤리학에서 가장 중요한 위치를 차지해 왔다. 그렇기 때문에 효를 동양의 도덕을 이끄는 주된 원리로 선택하는 것이 지나친 일은 아닐 것이다. 이렇게 본다면 도덕 원리들과 동양인들의 실제 생활 사이의 관계를 통해 동양 사회의 특성을 설명할 수 있다고 생각한다. 그런 면에서 효의 문제는 전혀 낡은 문제가 아니다.

한편 이 주제를 다루어 보고 싶은 생각이 든 것은 일본의 다카하시[高橋進]가 쓴 글을 읽으면서이다. 그 글을 읽으면서 효의 문제를 생산적·창조적으로 계승할 수 없을까 하는 상념이 생겨났다. 다카하시는 한국보다 한발 앞서 근대화를 겪은 일본의 상황을 설명하면서, 오늘날의 어버이 - 자식의 관계를 근본적으로 변화시키고 있는 문제를 제기하고 있다. 부모 자식간의 심적 유대는 형태를 달리하여 유지되고 있다고는 하지만, 가치관의 다양화와 사회구조의 변화는 필연적으로 부모 - 자식 관계, 가족 관계에도 영향을 주고 있다는 것이다. 즉 부부 중심의 핵가족화가 진전되고 여성이 적극적으로 사회에 진출함으로써 직장을 가진 여성이 과반수를 넘게 되었고, 자녀를 적게 두는 현상이 늘고, 독신남성과 독신여성이 증가하고, 인구가 고령화되는 추세 등에 따라 혈족·가족의 개념에 변화가 일어나고 있다는 것이다. 일심동체의 부부관으로부터 개인으로서의 남편과 아내라는 의식이 싹트고, 부부가 따로 성씨를 가지기를 바라는 여성도 많아지는 등 부부관에 있어서 변화가 일어나고 있으며, 가족이나 가정에서 부모 - 자식 관계도 개성의 중시에 기초한 가족 공동체라는 모양으로 그 관심이 옮겨지고 있으며, 이런 가족 관념은 최근의 주택 건축에도 반영되기 시작하고 있다는 것이다. 이렇게 해서 지난날 전통적인 효 관념을 받아들일 상황과는 거리가 멀어지고, 자기 부모를 존중하는 의식은 있지만 긴 노후 생활을 보내는 어버이를 80~90살이 넘도록 자기를 희생하여 가면서 효 관념으로 모신다는 것은 현실적으로 감내할 수 없게 되었다. 어버이를 존중하고 그 뒷바라지를 하려는 마음이 소멸한 것은 아니지만 사회의 변화에 따라 사람들의 가치관에 변화가 생기고 있으며, 이제 노인 문제가 가정 안의 문제에서 '사회의 문제'로 되고 있다는 것이다.[145)

다카하시는 현재의 일본 사회를 진단한 것이지만, 그가 제기한 것은 그대로 오늘의 한국 사회에서 이미 진전되었거나 진행 중에 있는 문제라고 해도 과언이 아닐 것이다. 이런 현실을 염두에 둔다면, 전통적인 효의 관념은 낡은 것이라 하지 않을 수 없다. 나라고 남다른 새로운 아이디어가 있는 것은 아니지만 그럼에도 불구하고 이 효를 어떻게 창조적으로 계승할 수 있을지에 대해 한번 음미해 볼 필요는 있다고 생각한다.

(2) 동양사상의 중심은 효이다.

효에 대해 정리되어 있는 논설이 많긴 하지만 여기서 간략하게나마 다시 효의 기능과 효용성에 대해 생각해 보겠다. 『대학』에는 다음과 같은 주요한 구절이 있다. "대학의 도는 밝은 덕을 밝히는 데 있고, 백성을 새롭게 하는 데 있고, 최고선에 이르러 머무는 데 있다."146) 이 문장은 중국은 물론 한국철학의 중심을 이룬다. 일반적으로 대부분의 고대 중국 철학자들이 얻으려고 애썼던 것은 이 세 가지 강령[三綱領]에 기초해 있다. '밝은 덕을 밝히는 것', '백성을 새롭게 하는 것', 그리고 '최고선에 이르러서 멈추는 것', 이 세 가지 목표는 대부분의 고전 중국 철학자들이 초점을 맞추었던 내용이다. 그 내용을 현대적으로 풀면, 개인의 인격적 덕을 함양하는 데서 시작되어, 사회 질서를 안정시키는 데서 발전되고, 개인의 인격을 완성하는 데서 완결된다고 요약할 수 있다. 이 때문에 대부분의 중국 철학자들은 하나같이 중국의 학문은 대부분 인간 행동에 대한 연구였으며, 이론적인 지식을 추구하는 것은 학문의 출발점도 아니요, 최종 목표도 아니라고 말한다. 그래서 중국의 사상을 '철학'이라고 해석하는 것도 오해를 불러일으킬 소지가 있다고 하면서, 어차피 철학이라는 용어를 사용할 수밖에 없다면 그 뜻을 제한해서 '생의 철학'이라고 명명할 것을 제안하는 사람도 있다.[147) 중국 사상가들은 보통 '밝은 덕을 밝힌다'는 견지에서부터 시작해서 인간 본성의 연구로 나아가는데, 이때 인仁이 인간에게 본래부터 선천적으로 갖추어진 덕으로 상정된다. '천지의 변화와 생성[化育]을 돕기' 위해서 인仁에 의한 추론으로 나아가고, '천심天心'과 '자연법칙'을 밝히려는 시도를 한다. 『중용』에서 말하길,

> "오직 천하의 지극한 정성됨을 지닌 사람이라야만 하늘이 내려준 그의 본성을 다할 수 있다. 그의 성性을 다할 수 있으면 능히 사람의 성을 다할 수 있다. 사람의 성을 다할 수 있으면 능히 만물의 성을 다할 수 있다. 만물의 성을 다할 수 있으면 천지의 변화와 생성을 도울 수 있다. 천지의 변화와 생성을 도울 수 있으면 천지와 함께 설 수 있다."[148)

만약 사람이 단지 그의 본성을 다하기만 하면, 물질적인 법칙과 하늘의 과업을 완전히 알 수 있고 자신을 천지와 함께 세울 수도 있다는 것이다. 이 형이상학적 이론은 중국의 윤리학으로부터 유래되는 대표적인 언급이라고 할 수 있다. 천리天理의 창조 능력과 다양성에 인간이 참여할 수 있다고까지 말하고 있으니, 인간은 얼마나 지고한 존재인가? 고대의 중국 철학자들은 또한 '사물의 탐구를 통해 앎을 완성하기 위한 수단과 방법'[格物致知]을 논의했는데, 사물의 탐구는 역으로 매일매일의 생활에서 '사람의 생각을 진실하게 만들고,'[誠意] '마음을 바로잡는'[正心] 데 도움이 되었다고 말한다. 사물의 본성을 탐구하는 목적이 일차적으로 '생각을 진실하게 만들고,' '마음을 바로잡는' 것이었듯이, 이 이론은 지식을 습득하고 나서 반드시 실행할 것을 역설한다. 어떤 지식이든 일상 생활에서 앎의 결과인 선함을 갖고 행동으로 적용될

수 있을 때만 가치가 있다. 고대의 학자들은 그 다음에 지식과 실천에 대한 인식론적 논의를 진행시켰다. 그래서 왕양명王陽明(1472~1528)은 '지행합일知行合一'을 주장했다. 이런 관점들은 윤리학을 토대로 한 인식론적 연구에서 출발된 것들이라고 할 수 있다.

그러므로 동양 철학자들의 눈으로 보면, 윤리학의 확립은 이론적 체계에 의거한 것도 아니고, 입으로만 떠드는 것도 아니며, 실천하려고 힘껏 노력하는 데 있다. 무엇이 '정의'나 '선'을 구성하는가와 같은 추상적인 질문은 하지 않는다. 즉 윤리학을 과학이나 사상의 한 분야처럼 다루지 않고 있다. 맹자는 "내가 어찌 말만 하기를 좋아하겠는가? 내가 할 수 없어서 하는 것이다."149) 이처럼 싫으면서 마지못해 필요한 때에만 말하는 태도는 공자로부터 시작되어 송명宋明(960~1644)의 신유학자들은 물론 전시대에 걸쳐 동양 윤리학의 아름다운 미덕으로 여겨져 왔다.

(3) 효의 진정한 의미는 무엇인가?

이처럼 동양의 윤리학은 도덕적 가르침의 실용성을 강조하므로, 그 중심 개념은 한편으로는 인이고 다른 한편으로는 효이다. 인과 효의 관계에서 많은 사람들은 후자가 전자의 기본적인 필요조건을 만족시키는 것으로서 서로 밀접히 관련되어 있다고 설명한다. 『논어』에서 공자의 제자인 유자有子가 말하길, "효제孝弟가 인仁을 행하는 근본이 아닌가?"150)라고 말한다. 왜 인과 효는 결합되어야만 하는가? 이 점이 아마 서양의 중국학자뿐만 아니라 많은 중국의 연구가들도 일반적으로 간과하거나 잘못 이해하는 점일지 모른다. 이런 사상을 배태한 중국인들 자신도 이 점을 이해하지 못했던 사람들이 많았다. 중화민국 초기에 신문

화新文化운동 당시, 지식인 중에는 효에 반대하는 서약까지 한 사람들이
있었다. 유교가 중국의 정체성을 가져왔다는 신문화 운동가들에 의해
생겨진 관념이었다. 이런 급진적인 운동은 근대 중국에서 전통적 덕인
효의 의미를 몰랐거나 등한시한 지식인들이 많았다는 것을 말해 준다.
그러나 실제로는 효가 중국 윤리학과 중국 문화 전통 전반에서 가장
중요한 자리를 차지해 왔다.

유학자들은 흔히 효를 인과 연결했으며, 효를 우연히 일어나는 타산
적인 편의주의로 보지 않았다. 여기에는 두 가지 중대한 이유가 있는
데, 첫째는 인과 효의 관계에서 인이 구체적으로 드러나는 것은 효를
통해서이기 때문이고, 또 하나는 인은 실천을 통해 드러나는 것인데 여
기에는 효가 가장 직접적이기 때문이다.

인에 뿌리를 둔 효의 실천성을 강조하는 것은 고전 문헌 전반에 깔
려있는 문제이므로 장황하게 나열할 필요는 없을 것이다. 맹자는 "사
람이 배우지 않고서도 할 수 있는 것은 본연적으로 타고난 능력이요,
생각하지 않고도 아는 것은 그가 선천적으로 타고난 능력이니라. 손잡
고 다니는 어린아이도 자기 어버이를 사랑할 줄 모르는 사람이 없으며,
자라서는 자기의 형을 공경할 줄 모르는 사람이 없다."151)라고 말하고
있는데, 유교의 입장을 대표적으로 대변한다. 자기 부모에 대한 사랑은
공부를 통해 배울 필요가 없는 타고난 것이라는 것이다. 어버이에 대한
선천적인 사랑과 존경이 효심이라 한다면, 이 효심은 인의 근본이며 점
차 인류에 대한 보편적인 사랑으로 확대되는 덕의 맹아 또는 출발점이
라는 것을 주장하는 대목이라 하지 않을 수 없다.

효의 근본을 인에서 찾을 수 있으며, 인과 효는 따로 떼어서 생각할
수 없음을 알 수 있는데, 그렇다면 효에 뿌려진 인의 씨앗은 여전히 적
당한 재배栽培가 필요치 않을까? 그렇게 하지 않으면 인은 점차 힘을
잃고 사라지게 될 것이고, 그러면 인이라는 큰 덕도 뿌리 없는 것이 되

고 말 것이다. 즉 인이 펼쳐질 방향을 찾지 못하고 표류한다면 인의 덕은 곧 뿌리 없는 나무나 수원水源 없는 개울처럼 말라붙을 것이다. 인을 항구적으로 지속하고 확대하기 위해서는 인의 원천인 효심孝心을 함양하는 것이 필수적이다. 이것이 왜 유학자들이 줄곧 인과 효의 상호관계를 옹호해 왔는가에 대한 하나의 답이 될 수 있을 것이다.

인의 실천이 효를 출발점으로 삼아야 한다는 말은 무슨 뜻인가? 인은 남을 사랑하는 것인데,152) 누구를 사랑해야 하는가? 이론적으로 말하면 당연히 세계 도처에 있는 모든 사람들을 사랑해야만 한다. 그렇다면 이처럼 위대한 사랑을 어디서부터 어떻게 시작해야 하고 누구부터 사랑해야 하는가? 먼저 부모부터 사랑해야 한다고 말한다. 이런 식의 논리는 이론적으로 하나도 틀린 말이 아니다. 누구나 어버이에 대한 선천적 사랑을 갖고 있으므로, 효가 인을 실천하는 출발점이라고 보는 데 대해서 아무도 의문을 제기하지 않는다.

유학자들은 아무런 의심 없이 인의 실현이 자식의 부모에 대한 사랑에서 시작되어야 한다고 생각했다. 사람과 사람 사이에서 있을 수 있는 여러 가지 인의 실천에 있어서 효는 가장 먼저 실천되어야 하는 일차적인 것이라고 생각했다. 이렇게 볼 때 인간 사이의 다른 모든 관계들도 결국 인간 관계의 근원인 효라고 하는 기초적인 덕에서 나와야 한다. 그렇지 않으면 인의 실현을 통한 인간 관계의 평화와 행복에 도달할 수가 없다.

이 논리대로라면, 부모에 대한 사랑의 본분을 다하지 못한다면 그런 사람은 다른 사람에 대한 인의 실천도 소홀할 수밖에 없다. 따라서 "인한 사람은 다른 사람들을 사랑하지 않음이 없다."라는 유가의 이론은, 효의 견지에 비추어서 "인한 사람은 자기 부모를 사랑하는 것을 출발점으로 삼아 다른 사람들을 사랑하지 않음이 없다."라는 뜻으로 해석되어야만 한다.

그런데 만약 자기 부모는 사랑하지 않고 다른 사람을 사랑한다면 이것은 도리에 어긋나는 행위가 될 것이다. 그 때문에 『효경孝經』은 이렇게 주의를 주고 있다. "자기 부모를 사랑하지 않고 다른 사람을 사랑하는 것을 '패덕悖德'이라 한다. 자기 부모를 공경하지 않고 다른 사람을 공경하는 것을 패례悖禮라 한다."153) 철저하게 근인애近人愛의 입장에 있는 것이지, 원인애遠人愛의 입장에 있는 것이 아님을 알 수 있다. 경험적으로 보더라도 궁극적으로 자기 부모를 사랑하지 않는 사람이 멀리 있는 다른 사람들을 향한 사랑이 크다고 더 할 수는 없을 것이다. 자기 부모를 존경하지 않는 사람들은 다른 사람들도 도리에 맞게 존경하지 않을 것이 틀림없다. 설사 다른 사람을 공경한다 하더라도 인의 실천인 효에 뿌리내리고 있지 않다면, 어느 한 쪽으로 치우친 인의 실천을 할 가능성이 많고 수원이 없는 개울처럼 곧 메마른 것이 될 가능성이 많다. 맹자의 "인의 핵심은 어버이를 섬기는 것이다."154)라는 말에서 유학자들이 효와 인을 그토록 밀접하게 연관시켰던 이유를 잘 알 수 있다. 그런 까닭에 효의 학설이 동양 윤리학의 원리 가운데서도 일차적인 것으로 인식되었고, 그로 인해서 생긴 구체화된 덕 역시 동양적 도덕 체계에서 최고의 위치를 차지하게 되었다. 한漢나라(B.C.206~A.D.220)가 세워진 후 효의 정신은 더욱 확대되어, 이런 효를 알지 못하면 윤리학적인 논의뿐만 아니라 정치활동도 거의 할 수 없게 되었다.

서구의 학자들은 도덕성의 근원을 설명하기 위해서 일반적으로 이성[reason], 양심[conscience], 보편적 사랑[universal love]과 같은 것을 제시한다. 이 모든 것이 중요한 것이 사실이더라도, 동양적 관점에서 보면 윤리학의 대들보인 효가 없다면 토대가 없어서 모든 것이 혼란 속에서 표류할 가능성이 많다고 생각할 것이다. 다시 말해서 부모에 대한 사랑을 함양하는 데 소홀히 하여 그 사랑이 식는다면 어디서 이성, 양심, 보편적 사랑을 발전시키기 위한 토대를 발견할 수 있단 말인가? 이런 경우에 양심 또는 보편적 사랑은 타락되거나 심지어 말살될지도 모른다. 도덕적 감정은 메말라 버리거나 왜곡될 가능성이 크다.

그렇다고 양심이나 보편적 사랑에 대해서 무관심하거나 필요없다는 것은 아니다. 이에 대해서는 일찍부터 의식하고 있었다. 효를 강조하는 것은 다만 단지 도덕적 실천의 출발점이기 때문이지, 그것 자체를 최종 목표로 삼는 것은 아니다. 대부분의 유학자들은 일찍부터 이 기본 원리를 잘 이해했다. 『효경』에서는 신체발부身體髮膚는 부모로부터 이어받은 것이므로 감히 훼손시킬 수 없는데 그것이 바로 효의 시작이고, 입신立身하여 도를 행하는 데까지 나가서 부모를 영광스럽게 하는 것이 효의 마지막 장식이라고 하였다.155) 또 "효는 부모를 섬기는 것이 시작이고, 임금을 섬기는 것이 그 다음이며, 훌륭한 인물이 되어 몸을 세우는 것이 그 끝이다."156)라고 말하고 있다. 즉 사랑[仁]을 실천하는 방법으로는 효가 바로미터가 된다는 것이다. 맹자는 조금 달리 표현해서 이 점을 더욱 쉽게 말하고 있다. "어버이를 어버이로 받들고서 백성을 인仁하게 대하며, 백성을 인하게 대하고서 만물을 사랑하는 것이다."157) 사랑의 단계적 확대 방법에 대해서 말하고 있는 것이다. 가까운 부모에 대한 사랑으로부터 먼 백성에 이르고 마침내 사람이 아닌 만물에까지 그 사랑이 미치게 한다는 것이다. 즉 단지 근인애近人愛에만 머무는 좁은 사랑이 아니라, 원인애遠人愛로 펼쳐 가기 위한 방법으로써 효가 강조되고 있음을 알 수 있다. 맹자는 이런 입장을 여러 곳에서 말하고 있는데, "내 집 노인을 공경하여 남의 노인에 미치고, 내 어린이를 사랑하여 남의 어린이에 미친다."158)고 하는 표현도 그러한 입장이다. 한편 이런 모든 관점들은 부모에 대한 자식으로서의 도리가 전체 사회로 마땅히 확대되어야 한다는 주장도 내포한 말일 것이다. 그렇게 보면 경친敬親의 사상이 사회적 바탕이 된다는 입장이라고도 할 수 있다. 『중용』에서는 "군자의 도는, 비유해 말하자면, 먼 곳을 가려면 가까운 곳에서 출발하는 것과 같고, 높은 곳에 오르려면 반드시 낮은 곳에서 시작하는 것과 같다."159)라고 했는데, 이런 도의 일반적 과정이 어버이를 사랑하고 섬기는 데서 시작되어야 하는 것은 두말할 필요도 없다. 그렇지 않고 우회해서 멀리 돌아가 효가 번거로워지면, "일이 많아지고, 일이 많으면 혼란해지고, 혼란해지면 근심이 생기고, 근심이 생기면 희망이 없어지는 경계선까지 도달해 남을 구할 수가 없다."160)라고 말한다. 이 말은 장자에 기록되어 있는 것이지만, 공자의 입을 빌어서 말하고 있는 것으로 볼 수 있다. 이런 이유 때문에 묵자墨子의 겸애兼愛처럼 구체적 방법론이 없는 '보편적 사랑'이 동양 사회에서는 잘 받아들여지지 않았다.

그러나 동양 윤리학의 원리는 보편적 사랑의 학설을 반대하지는 않는다는 것은 앞에서 말한 바이다. 동양 윤리학의 원리는 보편적 사랑에 이르는 방법으로서, 효를 그 출발점으로 삼을 것을 주장한다. 모든 인간의 덕은 효를 따르는 데서 생겨나기 때문이다. 무릇 "효라는 것은 덕의 근본이며, 선왕들의 가르친 바도 이 효에서 비롯된 것이다."161)라고 말하기도 한다. 그러므로 효와 더불어 효를 보충해 주는 다른 덕들이 함께 함양되어야만 할 것이다. 가장 주된 덕은 일상의 행동거지, 국가에 대한 봉사와 충성, 이웃에 대한 신뢰와 사랑, 용감성 등 모든 덕과 더불어 동시에 함양될 것을 요구하고 있다. 유가의 대표적 인물이자 공자의 제자 가운데 가장 학식이 있었던 증자는, 앞에서 말한 '부모로부터 이어받은 신체발부는 감히 훼손할 수 없다'는 말과 함께, "기거起居를 단정하게 하지 않는 것은 효도가 아니요, 임금을 섬기는 데 있어 충성스럽게 하지 않는 것은 효도가 아니요, 관직에 나아가서 언행을 삼가지 않음은 효도가 아니요, 벗을 대하는 데 있어서 신의를 중히 여기지 않는 것은 효도가 아니며, 전쟁에 임해서 용맹하지 않는 것은 효도가 아니다."162)라고 언급하고 있다. 가장 기본적인 덕인 효를 실현하기 위해서 없어서는 안 될 것으로서 더 많은 덕성들이 요구된다는 것을 알 수 있다. 이런 의미에서 효는 모든 덕을 포용하도록 확장되고, 모든 덕은 효에서 파생되어 나온 것으로 이해한다. 효는 전체적으로 도덕 체계의 원천이자 완성된 상태로서 역할을 해 왔다고 할 수 있다.

(4) 효가 동양 사회에 미친 영향

산업화가 이루어지기 이전의 동양 사회에서는 적어도 효가 동양 사회의 윤리학의 초석이 되어 왔다는 것을 부인할 사람은 없을 것이다. 동양 사회는 효의 토대 위에 세워졌고, 효가 동양인들의 생활과 사회 구석구석에 침투해서 어떻게 작용해 왔는지를 몇 가지 측면에서 생각해 보도록 하겠다. 사람들의 모든 전통적 관습을 통해 개별적으로 뿐만 아니라 총체적으로 효라는 윤리학의 원리가 실천되어 미친 영향을 볼 수 있다. 이것을 동양의 가정 생활, 종교 생활, 사회 생활 등을 통해 살펴보겠다.

첫째, 가정 생활에 관하여 살펴본다. 두말할 필요도 없이 가족 관계의 보전을 특별히 강조해 온 동양 사회는 가정을 사회의 기본이자 구성 단위로 여긴다. 이는 어느 문화권에서나 마찬가지일 것이다. 그러나 유난히 동양의 가家의 개념이 종교적인 색채마저 지니고 있었던 점을 주목해 볼 필요가 있다. 동양의 가家는 차라리 기독교의 초대 교회의 개념인 ecclesia의 개념에 가까운 것이 아닐까 할 정도로 특별한 모습으로 전승되어 왔다. 『효경』에 표현된 가家의 개념을 고찰해 보면 그런 생각을 하지 않을 수 없다. 가정은 단순히 혈연으로 맺어진 사회나 국가의 최소 단위로서만 해석되지 않는 더 많은 무엇이 있었다. 그런 각도에서 보아야만 많은 경전에서 말하고 있는 표현들이 제대로 이해되

지 않을까 생각된다. 맹자는 "천하의 근본은 나라에 있고 나라의 근본
은 집에 있다."163)라고 말했다. 이 때의 집은 세속 사회의 가정처럼 이
해되지 않는다. 그 집은 조상신을 모시는 종교 집단의 최소 단위이기도
했다. 『대학』에서는 "나라를 다스리려면 먼저 집안을 바르게 하고, 천
하를 화평케 하려면 먼저 나라를 다스려야 한다."164)라고 하였다. 지역
사회 또는 나라를 세우기에 앞서 가정이라는 사회의 구성 단위가 올바
로 정립되어 있어야만 한다는 것이다. 집안을 잘 건사하는 것이 공직에
서 천하를 화평하게 할 수 있는 능력을 증명하는 최초의 단계라는 것
이다. 어찌 보면 터무니없는 생각처럼 보이는 이런 이론을 전개하는 것
은 유교 이외의 다른 종교에서는 찾아볼 수가 없을 것이다. 유가의 관
점에 따르면, 이 최초의 단계는 인류의 평화와 국가의 안녕에 도달하기
위한 필요조건으로서 절대적으로 중요했다. 논리적인 증명은 아주 간
단했다. "그 집안을 교화시키지 못하면서도 남을 교화시킬 수 있는 사
람은 없다."165)라는 주장이다. 조상들은 생명의 근원이므로 가족이라
는 기초적인 혈연 관계는 단순히 도의적인 것을 넘어서 더 높고 피할
수 없는 책무를 지우는 절대 명령을 바탕으로 하고 있다. 만일 우리가
사랑[愛]이라는 덕성을 타고난 것을 당연시한다면, 제일 먼저 이것을
부모님을 향해 나타내야만 한다. 그렇지 않다면 어떻게 사회 전체나 국
가에 사랑을 보여주리라 기대할 수 있겠는가? 우리는 우선 사회의 구
성 단위인 가정에 대한 책임을 짊어질 수 있어야만, 보다 멀리 떨어져
있으나 더 무거운 사회와 국가에 대한 책임을 짊어질 수 있다. 가정의
중요성에 대한 논리적 결론은 결국 효라는 주제의 주위를 맴돌게 된다
는 것을 알 수 있다.

　동양 사회는 가족 제도를 강조해 왔으며, 가정에서 부모와 자식간의
관계는 최우선 순위를 차지하고, 자식으로서 웃어른에 대한 존경과 사
랑은 그들이 죽은 후에도 계속 이어져야 하는 것으로 여겨진다. 맹자는

이것을 강조하여 설명하기를, "섬기는 일에는 어느 것이 중대한가? 어버이를 섬기는 것이 중대하다. 지키는 일에는 어느 것이 중대한가? 몸을 지키는 것이 중대하다. 자기 몸을 불의에 빠뜨리지 않고서 자기 어버이를 섬길 수 있었다는 사람의 이야기는 들었다. 자기 몸을 불의 속에 빠뜨리고서 자기 어버이를 섬길 수 있었다는 사람의 이야기는 지금까지 들은 일이 없다. 그 뉘라서 섬기는 일을 하지 않겠는가? 어버이를 섬기는 것은 모든 섬기는 일의 근본이다. 그 뉘라서 지키는 일을 하지 않겠는가? 몸을 지키는 일이 모든 지키는 일의 근본이다."166) 섬기는 것의 근본인 어버이를 섬기지 못하면 다른 사람에게 선을 행하리라 기대할 수 없다는 것이다.

이런 입장이기 때문에 이것을 강화하는 방향으로 모든 예악禮樂과 관련 학문들이 집중적으로 노력을 경주했다. 황제와 고위 관료에서부터 행상인과 품삯꾼 같은 평민에 이르기까지, 예외 없이 모든 사람들이 예를 실천하도록 배웠고 촉구되었다. 『효경』에서 "효孝란 하늘의 불변의 법칙이며, 땅의 영원한 질서이며, 하늘과 땅 사이에 태어나 하늘과 땅의 성性을 타고난 인간이 행해야 할 것이다."167)라고 강조한다. 20세기가 시작되기 전에 대부분의 동양 사람들은 실제로 이 경전을 신봉하고 실천해 왔다.

부모와 자식 관계에 이어 그와 밀접한 결혼 관계를 보자. 가족 제도의 핵심으로서 효는 혼인 관계를 전개하는 데 핵심적 역할을 했다. 효의 중요한 측면 중의 하나인 혈통을 유지하기 위해서는 무엇보다도 자신을 신체 건강한 상태로 유지해야 한다.168) 이런 가르침은 선조에 의해 물려받은 생명의 중요성을 강조하는 것이라 할 수 있다. 그렇기 때문에 조상에 대한 감사의 표시로서 혼인을 하여 자손을 낳아 대를 잇는 것이 자손의 피할 수 없는 의무가 된다. 결혼은 본능적인 욕구의 충족을 위해 이루어지는 일이 아니라, 부모를 포함해서 선조의 생명을 연장하도록 새 생명을 창조한다는 더 숭고한 개념에 기초하고 있는 것이다. 따라서 가족 제도는 남편과 아내뿐만 아니라 그들의 자식 때문에 유지되는 것이고, 그래서 결혼의 중요성이 강조되었던 것이다.

전통적인 결혼을 지배하는 본질적 특성을 보면 이를 잘 알 수 있다. 혼인은 일단 성립하면 엄격히 규정된 충분한 이유 없이는 해제될 수 없었다. 즉 이혼 불가의 입장이다. 또 혼인 당사자들의 사랑이 우선되지 않더라도 적당하게 결혼하도록 배려해야만 했다. 즉 결혼 당사자의 애정이 우선적인 전제가 되지 않고, 선조로부터의 생명 연장이 더 중요하다는 것이다. 그리고 젊은 부부는 자손을 낳아야 할 고유의 의무를 갖고 있었다.

동양에서의 이러한 고대 관습은 서양 사람들에게는 불합리하고 심지어 어리석게 느껴지기도 했다. 하여간 결혼의 주된 임무는 가계의 보전에 있었다. 만약 부부가 대를 이을 아들을 낳지 못하면 남편이 하나 혹은 그 이상의 첩을 두는 것이 허용되기까지 했다. 이런 관행은 현대의 관점에서 볼 때는 여성에게 불공평하지만, 이런 고대부터의 관습도 역사적 의미에서 효의 실천이라는 견지에서 보면 잘 이해될 것이다.

동양의 가족 제도는 복잡한 가계의 수직적 서열 외에 형제 관계로 대표되는 수평적 서열도 가지고 있었다. 동양 윤리학은 형은 아우를 사랑하고 잘 돌봐주어야 하는 한편, 아우는 공손하고 형을 존경할 것을 촉구했다. 그런데 형제간의 우애도 따지고 보면 효에 기인한 생명의 원천에 대한 존중에서 기인한다고 할 수 있다. 부모를 매우 중히 여기므로 이를 미루어서 부모님의 창조물인 자식 역시 중하게 여겨야만 하는 것이다. 효를 잘 실행할 수 있는 사람은 어떻게 우애를 실행하는지를 안다. 옛날 동양의 많은 가정에서는 형제들이 결혼을 하고 아이들을 여럿 기르더라도 같은 집안에서 함께 살기를 고집했다. 그리고 그들은 부모님 중의 한 분 또는 두 분 모두 살아 계시는 동안은 한 가구를 유지

했다. 심지어 부계父系의 몇 대가 한집에서 사는 것을 자랑스러워했다. 이렇게 이루어진 대가족 제도는 여러 결점 때문에 오늘날 점차 사라져 버렸지만, 대가족 제도는 그 기원에서 설명되듯이 효의 실천에서 비롯된 것임은 분명하다.

둘째, 효의 실천 위에 이룩된 종교 생활을 살펴본다. 효의 실천 위에 세워진 동양의 종교 생활 역시 자식으로서의 의무에 관한 학설과 많은 관계가 있었다. 먼저 대부분의 유학자들은 좀처럼 종교적 문제에 관해서 언급하지 않았다는 점에 대해서 생각해 보자. 그들은 삶과 죽음의 문제에 대해서 자기 만족적인 반응을 나타냈었다. 그들은 서양 철학자들에 의해 그토록 광범위하게 논의되어 온 신의 존재와 영혼 불멸과 같은 논쟁들을 경시했다.[169] 미지의 세계에 대한 문제를 회피하는 태도를 취한 것이다. 심지어 공공연하게 널리 퍼져 있는 도교와 불교를 비난하기까지 했다. 그 이유가 무엇일까? 유교는 종교적 믿음을 무조건 배척하는 것일까? 유교는 종교의 필요성을 인정하지 않는 것일까?

드러내 놓고 종교적 숭배를 공언하지는 않았지만, 대부분의 유학자들이 실제로 몇몇 기본 원리에서 종교를 대신하는 신념을 가졌었다는 데 주목해야 한다. 그 대체물이란 효의 준수였다고 할 수 있다. 유가의 종교는 본질적으로 효의 준수에 포함되었던 것이다. 어떻게 효가 종교를 대신할 수 있단 말인가? 어떻게 효가 종교적 숭배의 길로서 표현될 수가 있었을까? 이 질문들은 종교의 본질적 요소와 효의 종교적 가치를 고려함으로써 대답될 수 있다. 종교를 어떻게 정의하느냐 하는 문제는 매우 난해하고 다양하게 나타날 수 있다. 그러나 어떤 종교라도 초자연적 존재에 대한 믿음, 사멸로부터의 구원에 대한 믿음, 불안에 대한 감정적 해소와 같은 것들에 대한 해답을 갖고 있다. 즉 인간의 종교적 욕구가 대개 이러한 문제들과 관련하여 나타난다는 것이다. 이 밖에도 여러 생물학적 욕구나 문화적 욕구에서 종교를 요구할 수도 있을

것이다. 그런데 이런 것들을 모두 인간의 힘으로 얻을 수 있거나 성취
할 수 있다면 종교는 필요치 않을지도 모른다. 개인의 힘이 모자란다면
인간들의 연합된 힘으로 이루어진 문명이나 문화의 힘으로라도 얻을
수 있다면, 종교는 필요치 않을지도 모른다. 그런데 위의 문제들은 인
간의 힘만으로 성취할 수 없는 것들이다. 그렇다면 효가 이상의 요구들
에 어떻게 대용할 수 있는지를 생각해 보아야 한다. 결론적으로 말하면
효는 그러한 요구들에 대한 답을 줄 수 있었다는 것이다. 종교적 숭배
의 대용품으로써 효는 아주 훌륭하게 작용했다.

먼저, 효는 살아계시는 부모님에게 뿐만 아니라 고인과 먼 조상들에
게도 그에 상응하는 존경을 포함하고 있다. 따라서 조상숭배는 부모님
에게 경의를 표하는 것으로부터 자연스럽게 이어져서 생긴 관념이다.
『효경』에서는 다음과 같이 말했다.

> "효 중에서 어버이를 존경하는 것보다 큰 것은 없으며, 어버이를 존경하
> 는 것 중에서 어버이를 '하늘과 함께'[配天] 제사지내는 것보다 큰 것은 없
> 다. 주공周公은 그런 것들을 성취하신 분이다. 옛날 주공은 남쪽 교외에서
> 하늘을 제사지낼 때 시조始祖인 후직后稷을 '하늘과 함께' 제사지내셨으며,
> 명당明堂에서 제사지낼 때 아버지인 문왕文王을 '상제와 함께' 제사지내셨
> 다. 이와 같이 주공은 부조父祖에 대해 효성을 다했으므로 천하의 제후들은
> 각각 그 토지의 산물을 공물로 가지고 주실周室에 와서 천자의 제사를 도왔
> 다."170)

학자들 가운데 '하늘과 함께'[配天] 그리고 '상제와 함께'[配上帝] 라는
용어가 과장된 표현이 아닌가 미심쩍게 생각하는 사람도 있지만, 이런
표현 때문에 기독교의 주기도문에서 언급하고 있는 "하늘에 계신 우리
아버지…"라고 기도했던 예수의 배천配天이나 배상제配上帝의 관념과
같은 선상에서 해석하는 사람도 있다.171) 어쨌든 위의 인용 구절은 돌

아가신 어버이를 효심의 확장된 표현으로 숭배할 가치가 있는 초인간적인 힘과 동일시하는 감정을 묘사하고 있다는 점에서 의심할 여지는 없을 것이다. 따라서 유학자들은 돌아가신 부모님을 위한 장례식을 포함하여 조상숭배에 대한 의례를 장엄하게 하였던 것이다.

조상에게 제사할 때의 의례를 살펴보면 이 점을 좀더 분명하게 이해할 수 있다. 조상에게 제사지내기 전에 효성이 지극한 자손은 최소한 하루 내지 사흘 동안 단식하고 목욕재계했으며, 한편으로는 마음을 순결하게 하는 치제致齊에 각별히 조심했다.

> "제삿날 묘실(조상의 신주를 모셔 놓은 사당에 있는)에 들어서면 애연優然히 꼭 부모가 신위에 앉아 있는 것같이 느끼며, 제례가 끝나고 문을 나가려고 할 때면 엄숙한 기분에 젖어 꼭 고인의 음성을 듣는 느낌이 들며, 그리고 문밖에 나가 들으면 개연愾然히 꼭 방안에서 뚜렷하게 고인의 탄식 소리가 들려오는 것 같다."[172]

이런 글을 보면 중국인들의 조상숭배가 교회 예배에서 기독교 신자들이 갖는 마음가짐과 관례를 능가할 정도로 경외감이 실린 것임을 알 수 있다. 조상숭배가 대부분의 일반 종교와는 다른 점이 있지만, 조상숭배의 본질적 의미 또는 중요성은 여전히 기독교의 그것과 유사함을 보여준다고 할 수 있을 것이다.

다음으로 인간이 이룩하고자 하는 소원 성취 혹은 구원에 대해서 조상숭배가 어떤 역할을 할 수 있었는가? 동양 사람들의 조상숭배의 주된 취지는 그들의 기원(생명의 원천)을 기념하고 조상들에게 진 빚을 갚는 데 있지만, 일반적으로 알려져 있는 바처럼 그다지 복을 빌지는 않는다는 점을 먼저 지적할 수 있을 것 같다. 그러나 어느 정도까지는 조상숭배 의식이 복을 비는 것을 내포한다고 할 수 있다. 공자가 일찍이 말했듯이, "고인古人의 말에 '나는 싸우면 이기고, 제사지내면 복을 받았다'고 되어 있으나, 아마 그 사람은 전쟁을 하든 제사를 지내든 정도正道를 행하였기 때문일 것이다."[173) 공자는 또한 지적하기를, "제사에는 복을 기구하는 것이 있고, 복을 받고 그것에 보답하기 위한 것이 있으며, 재앙을 피하기 위한 것 등 여러 목적이 있다."[174)라고 말하고 있다. 그러므로 유교의 조상숭배는 한편으로는 어떤 초자연적인 힘으로부터 복을 바라고, 다른 한편으로는 재난을 피하기를 바라는 것이 있음을 알 수 있다. 어떤 위기에 직면했을 때, 가령 전쟁을 하거나 나라 일에 대한 중대한 결정을 내리기 위해, 고대 중국 황제나 군주는 조상에게 예언적 계시와 복을 내려 줄 것을 간청하기도 했다. 이런 정도의 종교적 행위를 비난할 수는 없을 것이다. 인간은 종교를 통해 인간이 할 수 없는 기적적인 일을 기대하기도 하고 그런 것이 이루어질 수 있다고 믿기도 한다. 그런 인간의 행위가 얼마나 자연스러운 일인가?

다음으로, 효는 조상숭배를 통해 감정적 위안을 구하는 데 있어서 큰 역할을 했다. 가령 죽음에 대한 불안감을 생각해 보자. 죽음을 피할 수 없다는 것은 누구나 알고 있는 사실이다. 사후에 나는 어떻게 될 것인가? 사실상 모든 종교는 저승으로 간 후에도 영혼이 어떤 초자연적인 힘에 의해 응분의 상賞이나 또는 벌罰을 받게 될 것이라는 정서 위에 성립해 왔다. 그러나 만일 이런 추상적 신념의 도움 없이도 영혼의 문제들을 해결할 다른 방법이 있다면, 다른 종교를 통해 도움을 구할 필요가 없을 것이다. 유학자들은 이 문제를 해결하는 데 독특한 방법을 갖고 있었다. 그들의 방법은 역시 효의 관념에 뿌리를 두고 있었다. 맹자가 말하기를, "불효에는 세 가지가 있는데, 그 중에서 뒤를 이을 아들이 없는 것이 제일 크니라."[175) 왜 자손을 갖는 것이 그토록 중요한가? 유학자들에게는 자식이 자신은 물론 조상의 생명을 연장하는 존재라고 믿는다. 이러한 연장에 의해 자신과 조상의 생명은 '불멸'한다고 믿는다. 따라서 조상의 생명의 흐름을 갑자기 끊은 사람은 불효라는 중대한 죄를 저질렀으므로 비난을 받게 된다. 개체로서의 인간보다는 種으로서의 인간의 측면을 더욱 강조하는 태도를 취하고 있음을 알 수 있다. 이런 태도가 반드시 비난받을 일일까? 생물학적 법칙에 더욱 맞는 태도인지도 모른다. 개미는 철저하게 종으로서의 생명의 법칙에 충실하다. 이러한 커다란 생명의 원리에서 인간의 책임이 생겨나는 것이라면, 단순히 생물학적 의무에 한정되지 않고 더 큰 인간 존재로서의 의무가 생겨날 것이다. 가계를 연장하는 자손들을 생산한 사람은, 특히 어버이의 학문적 달성이나 가업 또는 다른 영예로운 일을 계속하고 발전시킴으로써 인간의 의무를 다하고 조상과 같은 초월적 존재 앞에서 부끄러움이 없는 성취를 통해서 커다란 위안과 긍지를 가질 것이다. 일차적으로는 자손을 낳아서 조상의 생명을 계승한 데서 자신의 생명이 불멸한다고 생각할 것이다. 그러나 자식된 도리로서 효성이 지극한 자식은 항상 자신의 육체를 잘 돌보고 생명을 연장하는 것에 만족하지 않고 지적·정신적 성취에 도달함으로써 인간이라는 種의 의무를 다하는 데까지 이르러야 한다. 이것이 진정으로 어버이에 대한 효를 다하는 길이다.

이런 믿음도 아주 훌륭하게 종교적 위안의 길이 된다는 사실을 확인할 수 있다. 살아서 생물학적이거나 지적·정신적으로 의무를 다하고, 죽어서 저승의 조상들을 부끄러움이 없이 맞이할 수 있다는 긍지는 인생이라는 학교에서 성취한 것이 무엇이냐는 공통된 물음에 응답하는 훌륭한 답변이 될 수 있다. 이런 입장에 설 때, 새삼스럽게 영혼 불멸의 문제가 따로 제기될 필요는 없을 것이다. 동양 사람들의 종교 생활이 효를 실천하는 것으로부터 시작되는 이유를 여기서 알 수 있다.

셋째, 효와 사회 생활의 관련성에 대해서 생각해 보자. 동양 사람들은 본래 가정 생활이 보다 큰 범위로 확대 또는 연장된 것으로서 사회 생활을 생각했다. 이것은 다른 말로 효의 실천적 확대를 통해 사회 생활이 영위된다는 것을 의미한다. 전통적인 동양 사회에서 친족은 결혼 관계를 통해 형성되었고, 씨족은 혈연 관계를 통해 수립되었으며, 마을은 태어나서 자란 지역 관계를 통해 이루어졌다. 스승과 벗들은 학문을 매개로 한 관계이지만, 모두 효의 실천을 통해 연결된다. 유교의 윤리에서 스승은 모든 가정에서 아버지의 지위 다음을 차지하면서 각별히 존경받았다. 부모는 자식의 육체를 낳았지만 정신적이고 학문적인 생명을 형성하는 데 큰 역할을 한 것은 스승이라는 생각이 고착되었다. 신체적 생명을 준 사람을 공경해야 한다는 관점을 확장시키면, 학문적 생명을 준 사람 역시 공경해야 하는 것이다. 같은 이유로 막역한 친구 역시 높은 존경으로 대해야 한다. 공자의 제자인 증자가 "군자는 글로써 벗을 모으고 벗으로써 인仁을 돕는다."176)라고 했는데, 효를 확장해서 친구를 대하라는 것임을 알 수 있다. 왜냐하면, 인을 구체화하는 데 있어 가장 기본적인 것은 효이기 때문이다.

동양 사람들이 스승을 존경하는 것이 효의 연장인 한편, 우정을 존중하는 것도 스승에 대한 존중의 연장으로서 역시 효의 연장이라는 것은 새삼스러운 일이 아니다. 벗과 더불어 친척, 씨족, 동족 그리고 스승이 밀접하게 결합되는 방식들은 모두 효를 축으로 하여 이루어진다. 모든 인간 관계가 진정으로 효를 축으로 하여 이루어진다는 것이다. 이는 동양 사회에 아직도 매우 강하게 남아 있는 유산이라고 할 수 있다.

중국인들은 정치에 별로 관심을 보이지 않았지만 일찍부터 앞에서 말한 사회 관계에 기초한 지방자치가 이루어졌다. 강력한 행정 규제를 하지 않고도 훌륭하게 역할을 수행했기 때문에 정치적인 간섭이 많지 않았다. 어떤 심각한 분쟁이 일어나면 효의 관점에서 집안 일을 처리하거나 가정 내부의 분쟁을 해결하는 방식으로 연장자를 존중하도록 장려되어 왔다. 그래서 가정 내부에 논쟁이 생긴 경우에 향대부가 가능한

한 우호적으로 해결하도록 되어 있었다. 『예기』에서는, "백성이 집안에 들어가서는 효제孝悌하고 밖에 나가서는 어른을 존중하고 노인을 공양한 뒤라야 교敎가 이루어지고, 교가 이루어진 뒤라야 나라가 편안하게 될 것이다."177)라고 했는데, 이런 배경을 토대로 말한 것이라 할 수 있다. 중국의 전통적인 지방 통치에서 향대부는 행정관과 재판관의 역할을 했고, 전통적인 제례나 의식의 준수 역시 강제적으로 규정하는 것을 되도록 배제했다. 향대부의 역할은 악이 형성되기 전에 멈추게 하는 것을 원칙으로 하면서, 그릇된 방향으로 행동하지 않도록 지도하는 데 있었다. 사람들로 하여금 나날이 선을 행하도록 하는 것이 목적이기 때문이다. 그래서 공자도 사람들을 가지런하게 만드는 데는 제례보다 더 뛰어난 방법은 없다고 말했던 것이다. 마을이 제대로 질서 잡히면 나라 전체가 자연히 바로 설 것이기 때문이다. 공자는 "내 향음주의 의례에서 보고 왕도의 다스려짐이 쉬운 것을 알았다."178)라고 하였다. 때로는 빈번히 지배 왕조가 남의 손에 넘어가 바뀌었지만, 백성들은 여전히 덕망있는 훌륭한 가정에서 효의 실천의 확대였던 향음주의 의례를 따랐던 것이다.

이와 같이 수 천년 동안 동양 사람들은 가정이나 종교 그리고 사회의 모든 생활 영역에서 효를 실천하는 자세로 임했다. 따라서 동양 사회는 효의 지배 아래에 있었고, 실질적으로 사회는 효를 기초로 하여 세워졌다고 할 수 있다.

(5) 효와 동양 사회의 특성

이상에서 효가 가정, 종교, 사회 전체에 어떻게 침투되어 있는가를 간단히 살펴보았는데, 실상 효는 이 밖에도 전 분야에서 지도 원리요 행동의 원리가 되었다고 말해야 할 것이다. 효는 시간적으로 과거, 현재, 미래와 연관되어 있고 공간적으로 무한히 확대된 행동의 원리가 된다고 할 수 있다. 어버이를 공경하는 것은 현재의 어버이를 공경하고 효도를 다하는 것이지만 먼 조상에게 도리를 다하는 것이고, 미래에 있을 생명의 원리에 충실히 따르는 것이 되기도 한다. 부모를 공양한다는 것은 현재 시점에서 보면 부모를 공경함은 물론 그 부모의 뿌리가 되는 죽은 조상도 함께 공경하는 행위(조상숭배)도 된다. 조상숭배는 먼 과거에 살았던 사람에 대한 단순한 경배만은 아니다. 거기에는 현재 부모도 곧 조상이 될 것이라는 전제도 포함된다. 따라서 현재 부모의 공경과 먼 조상의 숭배는 시간상으로 엄연히 구분된다 해도 행위상으로는 같은 것이다.[179]

이런 각도에서 공간적으로도 효는 무한히 확대된 행동의 원리가 되고 있는 것은 앞에서 지적한 것처럼 가정, 종교, 사회 전체에 일관되게 침투되어 있기 때문이다. 가령 부모에게 욕된 행동을 하지 않고 입신양명하는 것을 원리로부터 미루어 본다면, 부모에게 욕된 행동을 하는 것은 현재의 부모에게 욕이 돌아가는 것만을 의미하지 않고 조상에게 욕된 일이 되고, 자식에게도 면목이 없게 된다. 그러나 사회적으로 존경받는 사람이 되는 것은 부모를 영광스럽게 하는 것이며, 나아가 조상에게도 떳떳한 일이 된다.

효의 공간적 확대의 일차적인 면은 육친에 대한 친애에서 비롯되는 것이지만, 사회적 인간으로 규범을 제대로 지켜서 실천하는 데 이르러 사회적·정치적으로도 완성된 인간이 되는 것이 효의 종착점이라 할 수 있다. 그러므로 부모에게 효도하고 형제간에 우애하는 것, 그것이 바로 정치하는 것[180]이라는 공자의 말이 자연스럽게 이해되는 것이다. 오늘날처럼 가족 내에서의 행위와 사회적 행위를 분리하지 않는 관념이 반영된 것이다.

　이와 같은 인식의 형태는 낡은 전통 사회에서나 통용되는 것이고 오늘날 아무런 쓸모가 없는 것일까? 어버이에 대한 효가 조상에 대한 공경과 뗄 수 없는 관계에서 이루어지는 문제라면, 조상숭배에 대한 현대적 의미를 다시 한번 생각해 보는 것도 무의미한 일은 아니라고 생각한다. 조상은, 말할 것도 없이 역사적 인간으로 우리와 혈육 관계를 맺으며 살다가 죽은 사람을 말한다. 후손들에 의해 대개 삼대 정도 기억되는 것으로 알려졌지만, 그 뿌리는 더 먼 데 있는 조상에까지 이르고 마침내는 천天에 이르는 것으로 알려지고 있다. 가까이 기억되는 조상은 시간이 지남에 따라 그 구체적인 육체적 모습이나 형상 혹은 말씨와 특성은 점차 희미해지게 마련이다. 그러나 그런 이미지가 아니라 마음으로만 인식되는 어떤 영적 사실만은 남을 것이다. 즉 다시 말하면, 우리의 마음 안에서는 어버이가 살던 물질적 공간은 점차 초월되고 영적인 사실만이 남는 것으로 인식된다.

　다른 비유를 들어 말한다면, 내가 그리워하는 고향은 내 마음속에만 있는 것과 일맥상통한다. 고향이 그리워서 먼 과거에 실제로 내가 살았던 고향이라는 물질적 공간을 찾아가게 되면 대부분 실망을 금치 못하게 되는 현상을 볼 수 있다. 내가 마음속으로 그리던 고향이라는 물질적 공간은 긴 시간이 지나는 동안 내 마음속에서 저절로 초월되고 실제의 공간에는 없는 영적인 고향만이 내 마음속에 자리잡고 있게 되는 것이다. 이와 마찬가지로 내 마음속에 남는 어버이는 시간이 지남에 따라 물질적 공간은 없어지고 영적인 정신만이 남게 된다. 조상숭배가 훌륭하게 종교적인 역할을 해왔던 것은 이런 이유 때문이었다. 인간이라면 누구나 가지고 있을 종교적 욕구를 조상숭배를 통해서도 얼마든지 충족시킬 수 있었던 것이다.

(6) 대안은 무엇인가

앞에서 다카하시는 일본의 가족 해체를 우려했는데, 그의 지적이 곧 우리의 문제를 지적한 것이라는 점에 공감한다면 무엇을 생각해야 할 것인가? 효가 가정뿐만 아니라 사회나 정치의 모든 분야에 걸쳐 침투되는 행동 원리요 강력한 윤리라면, 오늘날 진행되고 있는 가족 해체는 곧바로 사회 해체를 의미한다고 해도 좋을 것이다. 빠른 속도로 진행되고 있는 핵가족화와 독신 가구수의 확대, 근로 여성수의 급속한 증대와 거주지 이동의 지속적 증가, 이혼율의 급격한 상승과 출산율의 심각한 저하, 젊은이들의 개인주의 성향과 노인 권위의 상실, 이 모든 요소들이 가족 해체를 급격히 재촉하고 있는데, 그렇다면 이 가족을 대체해 줄 수 있는 다른 제도는 무엇인가? 가족 해체를 막고 사회적 통합을 유지해 줄 수 있는 방법은 무엇인가? 도대체 무너지는 가족 해체를 대신할 만한 제도가 있기는 한 것일까?

이런 의문에 대해 얼핏 떠오르는 대안은 서구의 사회복지제도일지도 모른다. 그런데 서구의 사회복지제도는 오늘날 실패하고 있다는 비판이 많으며, 최소한 그 제도의 진로를 수정해야 한다는 견해가 대부분이다. 사회복지제도가 가족 해체를 대신할 만한 기능을 할 것으로 믿었지만 그것이 환상에 불과하다는 사실이 차츰 입증되고 있다. 그래서 새삼스럽게 가족 가치의 중요성을 역설하고 있다. 사회복지제도가 발달한 미국에서조차 가족 가치의 중요성을 강조하는 분위기이다. 제도로서의 사회복지는 한계가 있다는 것이 사실이라면, 지금부터 전통적 '가족 가치'에 대한 새로운 의미 부여와 함께 오늘의 시대에 맞는 새로운 가족 가치를 찾는 것이 급선무일 것이다. 무너져 가는 전통적 가족 가치를 그냥 복원하려고 하는 것이 무리라면, 새로운 가족 가치를 어떻게 만들어 갈 것인가? 여기에 모든 지혜가 집중되어야 할 것이다.

아직 다행스러운 것은 한국에서 철저하게 전통적 가족 가치가 무너져 버렸다고 할 수는 없다는 점이다. 적어도 규범적으로라도 부모에게 효해야 한다는 인식은 다같이 가지고 있다. 이것을 바탕으로 삼아 일정 부분 국가가 개입하는 것을 생각해 볼 수 있지 않을까 한다. 이미 핵가족화가 깊숙이 진행되어 있고 노령 사회로 접어든 현실을 인정하면서, 동양적 효의 사상을 실천하는 데 국가가 일정 부분 개입하는 방향으로 제도를 만들어가야 할 것이다. 그 방향과 규범은 전통적 가치인 효행의 정신을 고취하는 방향이 되어야 할 것이다. 노인복지정책을 독창적으로 운영하는 발상의 전환이 필요한지도 모른다. 최소한 실패한 서구의 제도를 그대로 들여와서는 안 된다. 혈연적 가족의 유대를 강화하면서 가족들이 노인들의 능양能養과 안인安人을 모두 부담하라고 하는 것은 오늘날 무리이다. 이 문제에 대한 심각성을 깨닫지 못하고 이런 상태를 그냥 방치하게 되면 버려진 노인들의 수가 더욱 늘어날 것이고, 그나마 규범적으로 아직 남아있는 '효도해야 한다'는 개인들의 무의식적 당위성이나 규범마저 사라질 것이다. 한번 사라진 마음속 규범을 다시 복구한다는 것은 이미 파괴된 자연을 복구하는 것보다 더욱 어려울 것이다.

가족 가치의 강조가 오늘날 동양 사회만이 아니라 전세계적 추세라는 점에서 보면 한국은 아직 유리한 입장에 있는지 모르겠다. 그러나 사회를 이끌고 있는 위정자나 지도층의 무감각을 생각한다면 더욱 걱정되지 않을 수 없다. 인仁의 수원水源이 다 마르기 전에, 한국인의 정이 다 마르기 전에 효의 불씨를 가정, 종교, 사회에 두루 스며들게 할 지혜와 의지가 필요하다. 사회복지정책과 노인 복지 문제를 다루는 전문가들도 이런 동양적 효사상에 대해 깊이 있게 검토할 필요가 있지 않을까 한다.

(1) 왜 환경을 보존하고 지켜야 하는가

환경오염에 관한 글들을 읽으면 이것이야말로 오늘날 새로 등장한 가장 끔찍한 종말론적인 메시지를 담고 있는 것이 아닌가 하는 느낌을 받는다. 여기에는 다소 과장된 의견들도 포함되어 있는 것이 사실이지만, 어떤 면에서는 종교적 메시지보다 더욱 실감나게 인류의 종말을 그리고 있지 않은가 한다. 종교적 종말론은 그 바탕에 희망이라도 깔려 있지만, 환경적 종말론에 관한 글들은 우리를 그저 절망 속으로 이끌고 들어간다. 대책이 별로 보이지 않는 것이다. 대책이 없는 것이 아니라, 설사 있다고 하더라도 인류가 과연 그것을 실천할 수 있을까 하는 점에 생각이 미치면 거의 절망적인 감정에 빠지지 않을 수 없다. 이미 너무 깊은 수렁에 빠진 것이 아닌가 하는 생각도 든다. 어떤 사람은 지구가 감당할 수 있는 인구는 많아야 10억 정도인데, 현재 지구에 살고 있는 인구수가 너무 많다는 견해를 내놓기도 한다. 60억의 인구가 먹고 살기 위해 생존 경쟁을 하며 마구 자연을 파괴하고 있다는 것이다. 더욱이 문명국일수록 1인당 생활 공간을 점유하는 생활 공간의 비율도 높아서, 그들의 욕구를 충족시키며 안락하고 편하게 살게 하기 위해서는 별도리 없이 자연을 파괴하지 않을 수 없다는 것이다. 이런 주장들을 보며 공감하지 않을 도리가 없지만, 그렇다면 대안은 무엇인가? 나머지 50억의 인구를 우주 밖으로 쫓아낼 수도 없는 일 아닌가?

그러니까 이제부터라도 실천할 수 있는 방도를 찾는 길밖에 없다. 무엇을 어떻게 할 것인지에 대해서 이미 상당히 알고 있는 사람들도 많지만, 그래도 잘 실천되지 않는 것은 왜 그럴까? 여기서는 이러한 문제에 초점을 맞추고 몇 가지 생각해 볼까 한다. 현실의 절실한 문제들을 앞에 두고 이런 우원迂遠한 이야기가 관념적으로 들리지 않을까 하는 생각도 들기는 한다. 그렇지만 우리가 올바로 산다는 것의 의미와 환경을 보존하고 지키는 일이 결코 분리된 것이 아니라는 것을 생각해 보고자 한다. 이미 동양의 철학자들은 삶의 지혜를 여러 가지로 개발해 왔고 그것을 생활 속에서 실천하면서 살아왔다. 그들이 얼마나 환경친화적인 삶을 살았는지 오늘날 생각해 보아도 놀라울 정도이다. 그들은 근대화 전의 사람들이라 저절로 환경친화적으로 살 수밖에 없었던 것 아닌가라는 질문을 던지는 사람들도 있을지 모르겠다. 그러나 그들이 환경이라는 객체를 보존하고 훼손하지 말자는 정도의 인생관을 가진 것으로 끝나지 않고, 오늘날에도 오히려 돋보일 정도의 깊은 철학적 성찰도 하고 있었다는 점을 상기해 보려는 것이다. 그러기 위해서 '도덕적 생태론'이라고 하는 다소 생경한 언어를 사용해 보려고 한다. 환경의 문제는 인간의 도덕적인 문제와 결코 떨어져서 생각할 수 없고, 동양의 도인들이 자연과의 '내적 공명'을 획득하면서 진정으로 자연과 하나가 되었던 사실에서 많은 깨달음을 얻어야 한다는 것을 생각해 보고자 한다. 왜 환경을 보존하고 지켜야 하는가에 대한 철학적 기반이 바로 여기에 있다는 것이다.

(2) 우주 전체는 조화로운 생명권 안에 있다.

최근 서구에서 동양사상에 가장 근접하는 환경의 이론을 제시하고 있는 사람은 지난 70년대 초부터 세인의 관심을 불러일으킨 제임스 러브록James Lovelock의 가이아Gaia 이론일 것이다. '가이아'라는 말은 고대 그리스인들이 대지의 여신을 일컫는 말에서 따온 것이다. 이 여신은 부드럽고 여성적인 애육愛育의 신이지만 자연과 조화롭게 살지 못하는 자들에게는 추상같은 벌을 내리기도 하는 신이다. 러브록은 화학자로서 지구의 물질적 바탕과 그 상호작용을 놀랄 만한 통찰력을 가지고 묘사하고 있는데, 내 눈으로 보기에는 동양의 노장철학과 매우 상통하는 견해를 가지고 있다고 여겨진다. 그는 가이아의 이론을 전개하기 위해 화학뿐만 아니라 물리학, 생물학, 의학 등의 서구의 빛나는 과학 지식들을 거침없이 넘나들며 사용하고 있지만, 전통적인 서구의 과학자들과는 다른 접근 방법을 사용하고 있으며, 매우 동양적이다. 그는 전통적인 과학자들이 흔히 하는 것처럼 탐구의 대상들을 전체로부터 분리시켜 분석하는 환원주의적 방법을 사용하지 않고, 이 모든 성과들을 하나로 통합하는 종합적 접근 방법을 사용한다는 점에서 우리에게는 매우 친숙하게 느껴진다. 그렇게 해서 지구라는 것은 그 자체 살아 있는 생물학적 대상이지 죽어 있는 물리학적 대상이 아니라는 점을 아주 훌륭하게 표현하고 있다. 이런 점은 노장철학과 일맥상통하는 면이라고 할 수 있다.

지구가 병들어 있음을 알 수 있는 지표는 많은데, 그것들은 대부분 인간의 질병과 연관지어서 진단할 수 있다. 가령 지구의 온실효과는 인간이 열병에 걸린 것과 같은 것이요, 산성비는 소화불량에 걸린 것에 해당하며, 오존층의 증가는 피부에 반점이 생겨난 것에 비유될 수 있다. 이런 것을 설명하기 위해 매우 설득력 있는 과학적 지식이 동원되고 있다. 개별 과학을 통합해서 작가처럼 설득력 있게 묘사하고 있다. 그렇기 때문에 그의 학문 방법이 과연 과학이라고 할 수 있는지 의문을 제기하는 사람도 있다. 하지만 이런 식의 종합적 설명 방식에 익숙한 우리로서는 매우 친근감마저 느끼는 것이 사실이다. 지구는 스스로 자기 조절 능력을 갖춘 생명체이다. 마치 인간의 육체가 자기 조절 능력을 갖추고 건강을 유지하는 것과 같다. 그렇지만 제아무리 자기 조절 능력이 뛰어난 존재라도 육체 기관의 파괴가 심해지면 조절 능력을 상실하고 죽게 된다. 그는 지구가 오늘날 자기 조절 능력을 거의 상실할 지경에 이르렀음을 실감나게 진단하고 있다. '지구 생리학'의 입장에서 말한다면, 거의 빈사 상태에 빠져 있다고도 할 수 있다. 동양사상의 관점에서 이 가이아 이론을 살펴보는 것도 재미있는 일이라고 생각되고, 환경의 문제를 이해하는 데 도움이 되리라고 생각한다.

동양적인 자연관을 환경 문제와 관련시키면 다음과 같은 3가지의 특성을 찾을 수 있다. 첫째는 만물의 연속성[continuity] 의 관점이요, 둘째는 모든 만물은 서로 연결되어 있다고 하는 전체성[whole] 의 관점이고, 셋째는 그 바탕에 내적인 생명력이라고 할 수 있는 역동성[dynamism] 의 관점이 그것이다.

첫째, 연속성의 관점에 대해서 생각해 보자. 사람들은 동양에는 우주의 생성에 대한 창조 신화가 없다고 섭섭해 한다. 그러나 동양에 창조 신화가 없는 것이 아니라, 자연을 보는 관점이 그리스도교적인 관점과 다를 뿐이다. 어떤 초월적인 인격신에 의해서 자연이 창조되었다는 관점은 중국철학이나 한국에서는 찾아보기 어렵다. 이미 만들어져 있는 지구에 신이 하강하는 것으로 표현하는 것이 한국의 신화이다. 따라서 대부분 우주적 기능은 비인격적으로 묘사되고 있다. 그렇지만 모든 것을 포용하는 조화를 이루고 있다고 생각한다. 즉 만물을 포용하는 비인격적·우주적 기능의 조화[the all-enfolding harmony of impersonal cosmic function] 라는 말로 표현할 수 있다. 종교적으로 설명하는 만물을 지배하는 하느님의 섭리와 같은 종교적 개념을 생물학자들의 글에서 쉽게 찾아볼 수는 없겠지만, 그렇더라도 이 자연의 모든 사물들이나 생물들의 상호관계에서 어떤 '경향'이나 '방향' 같은 것을 전혀 부인하지는 않을 것이다. 이렇게 본다면, 생물학적 관점은 동양적 자연관과 일부 통하는 점이 있지 않을까 생각한다. 특히 생물학적 관점을 일부 포함하는 노장 철학과 통하는 부분이 많다고 생각된다. 이런 동양적 세계관의 모델을 융과 같은 심층심리학자는 정신·물질적 구조[psychophysical structure]라고 말하기도 했다. 그리스도교에서 말하는 것과 같은 인격적인 명령자가 없는 조화의 세계를 묘사하는 말이다.

가령 말 못하는 바위와 같은 물질이나 인간과 같은 정신적 존재가 기氣라는 하나의 원리 밑에서 설명되는 것이 동양사상이다. 즉 바위와 인간들 사이에는 단절이 아니라 연속성이 있다는 것이다. 그리고 이 연속성에서 벗어나는 사물은 이 세상에 아무 것도 없다. 한국의 환생 설화를 보면 사람이 죽어서 인간으로 환생하기도 하지만 동물로 환생하기도 하고, 식물이나 한 떨기 꽃으로 환생하기도 하며, 상사想思 바위와 같이 하나의 돌덩이로 환생하기도 한다. 바위-식물-동물-인간 사이에 단절이 아니라 연속성이 있다는 관점이 극적으로 묘사되고 있다. 이는 매우 특이한 관점이라고 할지도 모르겠다. 그러나 어떤 세계관이나 사상은 민간의 설화를 뒷받침하고 있다. 기氣의 이합집산離合集散에 의해 만물이 생겨나는데, 그것이 바위일 수도 있고 꽃이나 동물, 인간일 수도 있다고 생각하는 것이다. 바위와 같은 사물과 인간이라는 영장류 사이에 연속성이 있다는 것이다.

그런데 이런 동양적 관점을 가이아의 이론에서는 과학적으로 묘사하고 있다. 우주의 대폭발이 이루어진 이후 전생대(46~37억년전), 시생대(37~25억년전), 원생대(25~7억년전), 현생대(7억년전~현재)를 거쳐오는 진화 과정에서 원자 세계의 변화와 지구라는 자궁 안에서 생명이 어떻게 잉태되었는지를 잘 묘사하고 있다. 생명의 최초의 신호라고 할 수 있는 여러 박테리아들의 등장 과정을 보면 경이감마저 느껴진다. 인간의 생명에 필수불가결한 산소가 지구상에 등장하게 된 것은 광합성 박테리아의 공이 크다고 한다. 생명이라고 할 수도 없는 최초의 생명인 광합성 박테리아는 태양 광선의 에너지를 받아들여 생존과 번식의 근거로 삼는 일을 하기 시작하였다. 그 과정에서 공기와 물 속의 탄산가스로부터 탄소를 분리하여 자기 몸의 재료로 삼고 그 부산물로 산소를 배출하기 시작하였다는 것이다. 탄소는 박테리아의 몸 속에 자구 축적되고 공기 중의 탄산가스가 줄어들게 되면 온실효과가 퇴화되어 온 세상은 얼어붙게 되었을 터이지만, 그런 일은 벌어지지 않았다. 광합성 박테리아와 함께 메타노겐이라고 하는 단순한 구조의 발효성 박테리아가 또 등장하였기 때문이다. 이 박테리아는 광합성 박테리아가 만든 유기물을 분해해서 메탄가스와 탄산가스가 혼합된 형태로 탄소를 대기 중에 돌려보내 온실효과를 회복시켜 주었다는 것이다. 또한 이들은 상층부에 유기질 연막을 형성하여 자외선으로부터 지구 표면을 보호할 수 있었다고 한다. 우리가 모르는 사이에 최초의 물질 세계 안에서 이런 놀라운 일들이 벌어지고 있었던 것이다. 모든 생명의 기본 단위라고 할 수 있는 세포의 구조를 보면, 이보다 더욱 경이감을 느끼지 않을 수 없다. 세포의 기본 물질은 단백질과 다당류로 되어 있는데, 그 자체 빌딩의 철골 구조처럼 구성되었지만 그보다는 상상할 수 없을 만큼 탄력성이 있고 유연하다고 한다. 그 안에 있는 지방질의 층이 차단벽과 같은 역할을 하는데, 그 벽안에는 생화학적인 펌프라고 할 수 있는 장치가 배치되어 있어서 수분·영양분·전해질電解質·폐기물 등을 세포의 안팎으로 통과시킨다. 효소에 의해 통제되는 세포문細胞門도 있어서 다른 세포와 같이 큰 물체가 드나들 수도 있다. 세포막이 움직일 수 있도록 하는 장치도 세포막속에 있고, 그 세포막의 유지를 위해 계속 보충이 필요한 지방질을 비롯한 소모품을 만들어 내는 장치도 있다.181) 이쯤되면 세포는 이미 활발하게 생명 활동을 하는 종합 공장과 같은 역할을 했다고 말할 수 있을 것이다. 눈에 띄지도 않는 작은 세포 안에서 이처럼 놀라운 일들이 벌어지고 있었던 것이다.

모든 만물이 서로 혈족처럼 관련되어 있고 연속성을 가지고 있다고 하는 것은 도가철학에서 기본적인 것이다. 만물이 모순되지 않게 연결되어 있다는 것을 일컬어 도가에서는 태화太和라고 부른다. 태화는 낮은 것에서 높은 것, 단순한 것에서 복잡한 것에 이르기까지 위대한 변형[great transformation]을 이룬다고 말한다. 그래서 이런 생명 현상을 정신·물질적인 기氣는 어디에나 있다는 말로 설명하기도 한다. 또 이것은 모든 존재의 근원으로서 어디에나 스며 있다는 의미에서 태허太虛라고 말하기도 한다. 중국의 장재張載(1020~1077)와 같은 인물은 비록 전능한 창조자가 있다고 하더라도 이 법칙에서 벗어날 수는 없을 것이라고 말했다.

둘째, 전체성에 대해서 생각해 보자. 하나의 말 못하는 사물에서부터 미물에 불과한 벌레나 사물들, 그리고 만물의 영장인 인간에 이르기까지 단절되지 않고 서로 연결되어 있다는 연속성의 관념이 나왔다면, 전체성은 모든 것이 연속되어 있는 동시에 모든 것 안에 포용되고 있다는 의미에서 사용된 말이다. 플라톤의 이데아의 관념처럼 이 세상이 진정한 실재인 이데아의 한 부분에 불과하다고 보지도 않고, 또한 초월적 존재에 의해 무無로부터 창조된 것이라고 보지도 않는다. 다만 전체성 안에서 모든 것들이 서로 연결되어 있다고 보는데, 여기서 창조성의 관념도 동시에 나온다. 단순히 수평적으로 연결되어 있을 뿐만 아니라, 그러한 상호 관련성 속에서 창조적 변형[creative transformation]이 이루어진다고 보는 것이다. 모든 것을 포용하는 전체성 안에서 우주적 과정이 이루어지며, 우주적 과정은 단순히 동일한 것이 되풀이되는 것이 아니라 끊임없는 변형을 거치는 동안에 창조가 이루어진다고 생각한다. 무로부터 어떤 것이 새롭게 창조되는 것이 아니고, 이미 그 안에 있는 것이 연속적인 변형을 이룬다는 의미인데, 그것도 역시 창조라고 이름 붙일 수 있을 것이다. 동양 사람들이 세계를 이해하는 방법은 물리학적이라기보다는 생물학적인 개념에 가깝다고 할 수 있다. 즉 영원·정적인 구조보다는 성장[growth]과 변형의 역동적인 과정[dynamic process]을 나타내고 있다. 모든 것이 내적으로 연결되어 있고 유기적 통일체를 이루고 있다고 이해한다.

셋째, 자체의 동력으로 생겨나는 생명의 과정은 연속성과 상호 관련성(전체성)을 가지고 있을 뿐만 아니라, 동시에 그것은 무한한 잠재성을 가지고 있다. 그런 의미에서 역동성을 지니고 있다고 말할 수 있다. 상호 관련성 안에 내적인 힘이 있는데, 그 힘은 수학적·기하학적 관점에서 도식적으로 설명할 수는 없다. 그리스도교나 마르크시즘에서 말하는 것과 같은 일직선적 역사의 발전 개념을 동양인들이 발전시키지 않은 것도 이러한 세계관에서 연유된다. 즉 반복된 질서에 의해서 연대기적으로 전개되는 역사철학을 발전시키지 못한 것은 이런 우주관에서 연유한다고 할 수 있다. 또 많은 사람들이 오해하고 있는 것처럼 순환적 세계관을 반영하고 있는 것도 아니다. 중국적 세계관은 순환적이거나 나선형적螺旋形的 관점이 아니라 차라리 변형적[transformational]인 것이라고 말하는 것이 더 적합할 것이다. 따라서 자체의 내적인 역동적인 힘에 의해 형태와 방향을 결정하는 데 있어서도 인간적인 것만이 아니라 비인간적인 것도 개입한다고 보고 있다. 자연과 인간은 한 몸을 이루고 있기 때문이다. 인간도 역시 자연의 한 부분이라고 보는 것이다.

이상의 세 가지 동양사상의 특성은 사실상 서로 연결되어 있는 것들이다. 편의상 구분한 것일 뿐 동떨어져 있는 것은 아니라는 말이다. 동양인들이 세계를 이해하는 방식이 물리학적이라기보다는 생물학적이기 때문에 이와 같은 유기적 생의 과정[organismic life process]은 닫혀 있는 것이 아니라 열린 체계라는 것도 짐작할 수 있을 것이다. 시간적인 시작이 없고 닫혀질 끝이 없다. 우주는 끝이 없이 유기적 생의 과정을 진행하고 있을 뿐이다. 도가에서 말하는 위대한 변형[太和]은 멈추는 법이 없다. 시작과 끝이 있다고 하는 일직선적 관점은 일면적일 뿐이다. 왜냐하면, 시작과 끝을 전제하는 관점에서는 유기적 생의 과정에서 생길 수 있는 모든 가능성을 설명할 수 없기 때문이다. 다만 가장 지배적인 것 몇 가지만을 설명할 수 있을 뿐이다. 간단히 말하면, 도가에서 말하는 위대한 변형[太和]은 닫혀 있지 않고 열려 있으며, 정적이지 않고 다이내믹하며, 기하학적 디자인을 가지고 설명할 수 없는 전체성을 이루고 있다.

연속성, 전체성, 역동성은 도의 특성을 설명하는 말이기도 하다. 노자의 『도덕경』에는 '도법자연道法自然'이라는 말이 있다. '도는 자연을 법法했다'는 뜻인데, 도를 '자연'으로 형용하고 있는 표현이다. 즉 도와 자연이 동일한 수준에서 설명되고 있다. '스스로 그러함'[自然]이 '도가 무엇이냐'라는 물음에 대한 하나의 답이 되고 있다고 이해할 수 있다. 또한 노자는 도가 '스스로 그러한' 상태에서 위대한 조화를 이루고 있다고 말한다. 조화는 도와 따로 떼어서 설명할 수 없으며, '스스로 그러함'으로 표현되는 자연과 떼어서 설명할 수 없다. 가이아 이론의 관점에서 말하자면, 위에서 말한대로 전생대로부터 현생대에 이르기까지 우주는 연속성, 전체성, 역동성을 가지고 '스스로 그러한' 상태로 유기적 과정을 거치고 있다고 말할 수 있다. 있는 그대로의 자연을 크게 긍정하는 태도라고 할 수 있다. 만물을 포용하는 조화[all-enfolding harmony]에는 낮은 것에서 높은 것, 단순한 것에서 복잡한 것에 이르는 연속성, 모든 것을 내포하고 있는 전체성, 자발적으로 생의 과정[spontaneously self-generating life process]을 이루는 역동성이 내포되어 있다. 자연의 '스스로 그러함'이라는 의미는 만물을 포용하는[all-inclusive] 것을 뜻한다. 그것은 인간의 인지에 의한 일체의 분별과 판단을 넘어선다. 다만 모든 존재의 형태를 있는 그대로 인정하고, 우주 만물의 밑바탕에 조화라는 어떤 내적 공명[internal resonance]이 있음을 은근히 암시하고 있을 뿐이다. 이를 도가에서는 도道라고 표현한다. 가이아의 이론에서도 지구라는 생명 유기체를 유지하는 어떤 원리가 있음을 전제한다. 그러면서도 과학적으로 그것을 확신하지는 못하고 있는 것 같다. 이런 점 때문에 일부 종교에서는 가이아 이론이 지구 여신을 숭배하는 유사 종교적인 것이 아닐까 경계하기도 하는 것 같다. 가이아의 이론은 어디까지나 새로운 과학의 한 분야이지 종교적인 것과는 관련이 없다. 조화의 관점에서 보면, 표면상 죽고 사는 것처럼 생명 세계의 갈등과 긴장이 있는 것처럼 보이더라도 그것은 대양大洋의 파도처럼 여겨질 뿐이다. 파도가 아무리 험하게 치더라도 대양의 물밑이나 전체 대양은 깊은 평온함을 유지하고 있는데, 자연도 그 깊은 구조 내에서는 항상 평온하다고 생각한다. 그러므로 자연의 태화太和는 불일치보다는 일치, 분리[divergence] 보다는 수렴[convergence] 을 속성으로 지닌다고 본다.

(3) 조화로운 인생관과 자연

이와 같은 동양의 자연관에서는 자연이 다윈처럼 적자생존 혹은 약육강식으로 파악되지 않고, 평화와 사랑으로 표현된다. 만물을 포용하는 조화(자연)는 단순한 순진성[naiveté] 의 상징도 아니고, 또 먼 미래에 도달할 수 있는 유토피아를 의미하는 것도 아니다. 자연은 그저 담담하게 우주적 생의 과정 속에 있으며 우리 인간도 그 자연의 일부로서 생의 과정에 참여하고 있을 뿐이다.

이런 측면에서 동양적 인생관의 중요한 부분을 엿볼 수 있을 것 같다. 동양적 자연관이나 조화를 이해하기 위해 중요한 키워드로 등장하는 것이 기氣라는 단어이다. 기라는 말을 영어로 vital force(생명력)로 표현하기도 하는데, 그렇게 표현할 수밖에 없는 고충을 충분히 이해할 수 있다. 기의 원래의 의미는 피[blood] 나 숨[breath] 과 관련된 글자이며, 생명의 과정을 강조하고 있다. 그러므로 생명의 힘, 생명력이라는 표현은 기의 원시적인 의미를 담고 있다는 점에서 틀린 것은 아니다. 그러나 애초에 피와 숨과 같은 생명력의 기초로 이해되었다고 하더라도, 동양사상에서는 기에 더 광범위한 의미가 부여되어 왔다. 기는 그 자체가 연속적이고 전체적이며 다이내믹한 역동성의 원천이다. 기가 모이고 흩어지면서 모든 만물을 형성한다. 그러나 그 기가 모이고 흩어지는 방식에 대해서는 어떤 인간적인 지성의 힘으로도 파악할 수 없다. 그 이합집산을 어떤 과학의 힘으로도 계량화하거나 도식화할 수 없다. 그냥 제멋대로인 것처럼 보인다. 그래서 길들여지지 않은 야생마에 비유되기도 했고, 아지랑이가 피고 지는 모습에 비유되기도 했다. 동양 사람들은 그 기의 작용에 의해 우주는 놀라운 평형과 조화를 이루고 있다고 생각했고, 그런 자연을 경이감을 가지고 받아들였으며, 크게 긍정하는 자세를 취했다. 자연 안에 있는 vitality[생명력]를 이해하기 위해 동양 사람들은 분리보다는 합일[union], 찢어짐보다는 통합하는 형태에 주목하였다는 것도 특기할 만하다. 자연의 영원한 흐름은 vital force[생명력]의 물결과 일치한다고 생각한다. 이런 점이 동양적 인생관에서 매우 중요한 역할을 했다. 장재張載는 다음과 같이 말한다.

"태화太和를 일컬어 도道라 한다. 도는 떴다가 가라앉고 오르고 내리고 하면서 움직임[動]과 고요함[靜]이 서로 감응하는 성품을 지니고 있다. 만물을 생성시키는 원기 왕성한 인온絪縕이 서로 움직여 이기기도 하고 지기도 하며, 굽히기도 하고 펴지기도 하는 근원이 된다."182)

좀 어려운 단어로 표현되었지만, 도를 형용하여 '원기 왕성한 인온'이란 말로 표현한 것은 생명의 힘인 에너지[energy-matter]의 측면에서 말한 것이다. 그것을 '인온'이라고 한 것은 만물을 생성하는 원기 왕성한 모양을 표현한 것이고, 그 힘의 정체를 지적으로 설명하기 힘들기 때문에 도

입된 말이 아닌가 싶다. 자연은 기가 융화하고 섞이는 결과 비로소 감각할 수 있는 대상이 된다. 산과 강, 바위, 나무, 동물, 인간은 모두 energy-matter[에너지-질료]의 형상이고, 도道의 창조적 변형이 영원히 그 안에 있다. 아무리 넓게 생각하더라도 초월적 존재의 '의지意志'의 개념은 전혀 없다. 조화는 자율성[spontaneity]을 통해 획득될 뿐이다. 장재는 또 다음과 같이 말했다.

> "하늘은 아버지라 일컫고 땅은 어머니라 일컫는다. 나는 여기서 아득하게 작지만 하늘·땅과 한데 섞여져서 그 가운데 있다. 하늘과 땅의 가득 찬 것[塞]은 나의 몸[體]이고 하늘과 땅을 이끌고 가는 것[帥]이 나의 본성이다. 백성은 나의 동포이고 만물은 나의 짝이다."183)

이러한 장재의 견해는 즉 모든 만물과 한 혈족처럼 연결되어 있다는 견해는 도덕적 생태학[moral ecology] 혹은 도덕적 환경학이라는 말로 표현하는 것이 더욱 적절할 것 같다. 인간이 올바로 산다는 것은 이런 차원 높은 생태학이나 환경학과 결코 떨어질 수 없다는 것이다. 인간은 우주적 과정에서 가장 이상적인 형태로 생성된 아들과 딸들이다. 인간뿐만 아니라 모든 만물이 그 하나의 기로부터 생겨났기 때문에 인간의 생명은 우주적 과정을 구성하고 있는 '피와 숨'의 연속적 흐름 중의 한 부분이라고 할 수 있다. 인간은 유기체적으로 볼 때에 바위나 나무, 동물들과 하나로 연결되어 있다. 앞에서 말한 바와 같이 민간의 환생 설화에서 인간이 동물이나 바위로 변할 수 있다고 보는 것은 그러한 세계관을 반영하고 있는 것이다. 중국에는 수많은 과정을 거쳐 진주珍珠가 여인으로 변한다는 민간설화도 있다. 중국의 화가 가운데 어떤 사람은 움직이지 않는 산을 그릴 때도 흐르는 강물처럼 그린다. 이는 위와 같은 세계관이 예술적으로 반영된 것이라 할 수 있다. 산을 바라보는 적절한 방법은 대양의 흐름처럼 보는 것이다. 생명의 과정에는 기하학적으로 도식화된 것은 없으며 끊임없는 변형이 있을 뿐이기 때문이다. 산맥이 굽이치는 모습을 하나의 대양이나 강물의 흐름처럼 보는 것에는 이와 같은 세계관이 반영되어 있다. 마찬가지로 바위도 고정된 것이 아니라 energy-matter가 특수한 형상을 이룬 것으로 이해할 수 있으며, 또한 바위의 영성[spirituality]의 단계도 생각해 볼 수 있다. 하나의 바위에 불과한 사물도 그 영성의 단계가 있다. 바위, 나무, 동물, 인간, 신은 기氣의 영성의 여러 단계를 나타낸다. 그러나 영성의 단계가 다르지만, 모든 것은 유기적으로 서로 연결되어 있다. 그들은 우주적 형성[cosmic transformation]의 연속적인 과정에서 하나의 부분을 이루고 있는 것들이다. "만물이 나의 동포이고 짝이다."라고 말하는 것은 이런 의미이다.

가이아의 이론은 과학이지 철학이 아니기 때문에 위에서 말한 '도덕적 생태학'이라고는 할 수 없지만, 도덕적 생태학을 연상시킬 정도로 지구가 살아 있는 생명체라는 것에 대해서 매우 정교한 묘사를 하고 있는 것이 사실이다. 아마도 그것은 대상을 분리시켜 분석하고 환원하는 방법만을 사용하지 않고 여러 과학의 성과를 종합하는 방법을 사용했기 때문에 가능했다고 할 수 있다. 대지는 살아 있다. 대지는 그냥 흙덩어리가 아니라, 그 안에 헤아릴 수 없이 많은 생명들이 분명한 형태로 혹은 불가지적인 형태로 상호작용하면서 살아 있다. 금성이나 달처럼 죽어 있는 흙이 아니라, 온갖 생명이 잉태되고 자라는 자궁과 같은 역할을 대지가 하고 있다. 그래서 나무가 자란다. 나무가 빽빽이 자란 숲에서 구름이 만들어진다. 구름은 엉기어 대지에 촉촉이 비를 내려 주기도 하지만, 태양의 작열하는 빛을 반사시켜 태양의 직사광선으로부터 온갖 생명체를 보호하는 역할도 한다. 무엇보다도 숲은 인간이라는 생명체에게 산소를 공급해 주고 탄산가스를 흡수한다. 그래서 숲은 지구의 허파와 같다. 지구에서 하나의 생명이 태어나고 성장하고 살아가는 과정에는 과학적 지식을 넘어서는 불가지적인 면도 숱하게 많을 것이다. 우주의 어떤 별들로 부터 영향을 받은 자기장磁氣場이 지구의 생명을 일깨울지도 모른다. 우리는 모르는 것이 너무도 많다. 이제야 비로소 이러한 생명의 신비에 조금씩 눈을 뜨고 있는지도 모른다.

동양 성리학의 기초를 세운 주돈이周敦頤(1017~1073)는 "오직 인간만이 자연 가운데서 빼어난 부분을 얻어서 가장 영험하다. 형체가 이미 생겨났으니, 정신精神이 앎을 이루기에 이른다. 또 오성五性이 감동하여 선악의 분별이 생기고 만사가 생겨나게 된다."[184]라고 말하고 있다. 인간이 기氣를 받은 것 가운데 가장 훌륭한 것은 그가 지성과 감각을 가졌다는 것이다. 인간이 감각적 존재가 되었다는 것이 얼마나 높이 평가되는지 알 수 있다. 주돈이의 학문적 토대 위에서 한 걸음 더 나아간 정호程顥(1033~1108)라는 인물은 인간의 사지가 마비되는 것을 불인不仁이라 표현했는데, 이는 기氣가 그 몸 안에 침투하지 않아서 그렇게 되었다고 생각하였다.

> "배우는 이는 반드시 먼저 인仁을 알아야 한다. 어진 사람[仁者]은 만물과 혼연하게 한 몸이 되는 것이다."[185]
> "인이란 것은 천지 만물을 한 몸으로 삼으니 자기가 아닌 것이 없다. 자기로 알고 있으니 어느 곳에든 이르지 않겠는가?"[186]

이런 말에서 성리학의 초기 발달 과정에서도 자연의 조화와 일치하는 것을 얼마나 중요시했는지 알 수 있다. 인仁이란 것은 말할 것도 없이 유가철학의 도덕적 기반이고, 인간이 도덕적 인간이 될 수 있는 바탕도 이인仁을 품수稟受 받았기 때문이라고 설명한다. 도덕적 기반인 인(仁)도 성리학 발달 과정 초기에 얼마나 넓게 이해되었는지를 짐작할 수 있다. 또한 '도덕적 생태학'의 입장을 분명히 견지하고 있었음을 알 수 있다. '인

자는 만물과 혼연하게 한 몸을 이루고 있다’는 말은 무슨 뜻인가? 자연과 한 몸을 이루고 있다는 말이다. 또한 천지 만물과 한 몸을 이루고 있기 때문에 천지 만물 가운데 자기 아닌 것이 없고 이르지 않는 곳이 없다고 한다. 만물은 모두 다 나의 사지나 몸과 같다는 말이다. 적어도 성리학 발달 과정 초기에 유교의 도덕적 기반인 인仁을 이렇게 이해했다는 것은 앞에서 말한 ‘도덕적 생태학’의 전형적인 모습을 나타낸 것이라 하지 않을 수 없다.

마지막으로 자연과의 상호성과 직접성을 회복하기 위해서는 자기 개발의 끊임없는 노력이 필요하다는 점에 주목해 볼 필요가 있다. 인간이 아무리 뛰어난 지성을 갖추고 있다고 하더라도 태화에 접근하는 특권을 저절로 부여받은 것은 아니기 때문이다. 사회적·문화적 존재로서 인간은 우리 자신 밖에서 중립적으로 자연을 공부할 수는 없다는 것이다. 따라서 자연으로 되돌아가는 과정은 자연에 대한 ‘잊어버림’의 철학으로 연결되고 있다. 노장철학에서 제시하고 있는 이른바 좌망坐忘의 철학이 그것이다. 객관적·과학적으로 자연을 연구할 것이 아니라 차라리 잊어버림의 철학을 통해서 자연과 하나가 되는 것만이 유일한 방법이라고 가르친다. 이는 별도의 설명으로 이어져야 하므로 다음 절에서 다시 논하기로 한다. 좌망의 철학은 최소한 자연 안에 있는 기氣의 ‘내적 공명’에 참여함으로써 얻어진다고 말한다. 그것에 참여하는 길은 만물의 영장이라고 해도 저절로 이루어지는 것은 아니고, 우리 자신의 내적 변화를 통해서 가능하다고 한다. 우리는 그 말에 귀를 기울여야 할 것이다. 먼저 우리의 감정이나 생각을 조화롭게 하지 않으면 자연을 준비할 수 없다. 우리가 충분히 준비되어 있으면 자연의 소리를 들을 수 있을 것이며, 그 내적 공명에 참여할 수도 있을 것이다. 우리가 자연과 하나의 혈족임을 철저히 깨닫는 것도 그런 차원이라고 할 수 있다. 우리는 인간으로서 이런 관계의 회복이 매우 중요한 가치가 있다는 것을 깨달아야 한다.

(4) 진인의 내적 공명에 대해서

장자는 최고의 덕을 이룬 사람으로 지인至人, 진인眞人, 성인聖人을 언급하고 있다. 세 종류의 인물들은 각각 구별되는 점이 있지만, 여기서는 도가의 최고의 덕을 이룬 이상적인 인물로서 진인으로 통일해서 사용하려고 한다. 장자의 잊어버림의 사상은 도가적인 덕의 관념과 떼어서 생각할 수 없다. 원래 덕이라는 용어는 종교적인 성격을 다분히 지녔다. 『춘추좌전』에서 신령이 내려오는 조건으로 덕德이 있는 자를 들고 있다는 점에서 암시를 받을 수 있다.[187] "신神의 빙의憑依는 덕이 있는 자에게만 가능하다"라는 말은 유교의 덕이 고대에는 접신接神과 일정한 관계가 있었음을 강력히 시사하는 대목이라고 할 수 있다. 신령이 내려와 접할 수 있는 조건으로 덕이 있어야 하며, 높은 덕이야말로 신이 내려올 수 있는 전제조건이 된다고 말하고 있는 데서 알 수 있다.

어떤 사람이 덕이 있는 사람인가에 대해서 가장 깊이 있는 묘사를 하고 있는 사람은 아무래도 노자와 장자일 것이다. 이들은 만물의 상호 관련성, 의존성, 열림의 체계를 말하고 있으므로, 덕을 지닌 자도 어느 한편으로 치우진 사람이 아니라 전체적인 인물로 묘사되고 있다. 유무有無, 난이難易, 장단長短, 고하高下, 전후前後, 강유剛柔, 성결成缺, 영충盈冲, 취산聚散, 흥쇠興衰, 청탁淸濁, 정편正偏, 후박厚薄 등의 관념이 도에서 벗어난 인간의 얕은 지혜에서 온 것이라고 말하고 있고, 진정으로 덕을 이룬 자는 그런 대립의 구조를 넘어선 전체적 인간임을 강조하고 있다. 그 인간은 너무도 신비스러워서 상징으로만 설명이 가능한 존재이기도 하다. 그래서 그런 인간의 덕을 갓난아기, 통나무[樸], 현玄, 물 등의 관념으로 곧잘 비유되어 묘사되기도 한다. 갓난아기는 자신과 주변의 환경을 분리해서 생각할 줄 모르고 전체적 감정 상태에 있으므로 일종의 '대양적 감정'[oceanic feeling]의 상태에 있는 것으로 비유될 수 있다.[188] 전체로부터의 분리[separation]가 아직 이루어지기 이전의 감정 상태에 있기 때문이다. 그렇다면 미분화의 전체를 체험하고 있는 상태일 것이다. 통나무와 어둠을 상징하는 현玄도 비슷한 이유에서 미분화의 상징으로 적합하다. 그러므로 "최고의 덕을 지닌 자는 자신의 덕을 의식하지 않으므로 덕을 지녔다 하겠노라. 하등下等의 덕을 지닌 자는 자신의 덕을 잃지 않으려 하므로 덕이 없다 하겠노라."189)라고 말하게 된다. 미분화된 전체성의 덕을 높이 평가하고 있음을 알 수 있다. 장자는 물의 비유를 통해서 이런 사상을 말하고 있다. 장자에 나오는 물의 메타포는 매우 다양하지만, 그 중 중요한 것 한 두 가지만 든다면 다음과 같다.

『장자』「덕충부德充符」에는 완전한 사람과 부족한 사람의 기준을 말하면서 죽음과 삶, 존재함과 망함, 빈궁함과 영달함, 현명함과 불초不肖함, 비방과 칭찬, 주림과 목마름, 추위와 더위 따위에 시달릴 수밖에 없는 처지를 언급한다. 이런 것은 모두 사물의 변화에 불과하고 밤낮으로 우리 눈앞에 갈마들고 있는 것이지만 인간의 얕은 지혜로 그 시원始原을 엿볼 수 없는 처지를 안타깝게 생각한다. 그러나 덕이 있는 사람, 온전한 마음을 가진 사람은 그 마음의 평화를 어지럽게 할 수가 없고, 그 마음속까지 침입할 수도 없기 때문에 그런 사람은 평화롭고 유쾌한 기운이 언제나 감돌아서 마음의 기쁨을 잃지 않고, 또 그것은 밤낮으로 쉬지 않아서 만물과 더불어 봄기운 속에서 놀게 된다고 말한다. 이런 사람을 묘사하면서 물의 메타포를 사용하고 있다.

"수평이란 물이 괴어 있는 것입니다. 그것은 수준水準의 법이 되니 안으로는 그 본성을 보존하고 겉으로는 움직이지 않기 때문입니다. 덕이란 조화를 닦아 이루어진 것입니다. 그러므로 덕이 드러나지 않는 사람에게는 사물이 떨어질 수 없습니다."190)

여기서 물의 메타포의 의미를 알 수 있다. 물은 양면성을 지니고 있다. 물이 고요한 상태로 있을 때는 공간적 평면 위에서 계량할 수 있는 위치에 있다. 그러나 다른 한편으로는 물은 유동적인 성격을 가지고 있어서 어떤 형태로 결정된 것이 없다. 장자가 말하고 싶은 덕도 바로 이런 것이다. 물은 계량의 측면에서 규칙성[regularity]을 지니고 있다고 한다면, 유동적 측면에서 하나의 리듬이나 혹은 조화[harmony]가 있다고 말할 수 있다. 물질 가운데서 가장 부드러운 물질인 물은 이처럼 어떤 콘텍스트 안에서나 전적으로 지적인 면에서 추상화되는 것을 거부하고 있다. 이런 도가철학의 성격 때문에 고전 유가 사상가들처럼 인간 중심적[anthropo-centrism]인 개념화를 항상 거부했던 것이라 할 수 있다.

또 하나의 물의 메타포는, 도가적인 정신을 기르는 방법으로 물의 상징성을 사용하고 있는 것이다.

> "물의 성질은 다른 물건이 뒤섞이지 않으면 맑고, 바람에 움직이지 않으면 수평을 이루며, 꽉 막히면 흐르지 않고 또한 맑을 수도 없다. 이것이 천지 자연의 현상이다. 그런고로 옛말에도 '순수하여 뒤섞이지 아니하고 고요하고 한결같아 변함이 없으며 맑아 작위하지 않고 움직여 천지 자연의 운행에 따른다'고 했는데 이것이 정신을 기르는 방법이다."191)

물은 만물 가운데 스며 있으면서도 그 본성을 잃는 것은 아니라는 특성을 가지고 도의 성격을 설명하고 있다. 만물 가운데 도가 없는 곳이 없는데, 다만 덕을 지닌 정신을 기르지 않아서 그 맑고 순수한 도를 깨닫지 못한다는 것이다. 물이 맑으면 거울처럼 만물을 비출 수 있기 때문에, 덕은 천지의 거울, 만물의 거울이 되어서 덕을 지닌 인간의 정신도 그처럼 맑은 것이 될 수 있다고 말하기도 한다.192)

이상의 갓난아기, 통나무[樸], 현玄, 물 등은 모두 덕을 상징하는 말이라고 할 수 있는데, 그 덕이란 결국 도의 인간적 '특성'의 한 측면을 표현한 말이라고 할 수 있다. 도와 덕은 같은 것을 지칭하는 것이지만, 도를 덕으로 표현했을 때는 그 도의 일정한 특성을 표현하는 것이라 할 수 있다. 그 덕이 주로 인간의 덕을 지칭할 때는 두말할 필요도 없다. 만물이 도에서 나와 도로 되돌아가는 모습으로써 덕의 위치를 설명하는 좋은 구절이 있다.

> "태초에는 무無만 있었고 유有가 없었기 때문에 이름도 없었다. 이 무에서 일一이 생겨났다. 이 일이 나타나 있지만 아직 형태가 나타나 있지 않았고, 만물은 하나를 얻어 생겨났으니 이를 덕이라 한다. 아직 형태도 없는 일은 분화分化하나 어수선하게 간격이 없으므로 이를 명命이라 한다. 그것이 유동해서 만물을 만들어 내니 만물이 생겨나 살아가는 이치를 형形이라 한다. 그 형체가 정신을 보유하고 각기 그 법칙을 따르는 것을 성性이라 한다."193)

도에서 만물의 성품이 이루어지는 단계를 설명하고 있는데, 그것을 도식화하면 도道→일一(유有)→명命→형形→성性이라고 할 수 있다. 도에서 일一이 생겨날 때 이미 덕을 부여받게 되는 것을 알 수 있다. 그렇다면 도와 하나로 합일하려면 이를 거꾸로 거슬러 올라가야 할 것이다.

> "성性을 닦으면 덕으로 돌아오고, 덕이 지극하면 태초와 같아진다. 태초와 같아지면 곧 허虛하게 되고 허하게 되면 곧 대大가 된다. 이렇게 무심에 합하고 새가 지저귀는 것같이 무심에 합해지면 천지와 더불어 합일하게 된다. 그 합일됨은 우두커니 바보와도 같고 숙맥과 같으니, 이를 일러 현덕玄德이라 한다. 그래서 멍하니 도에 크게 순종할 따름이다."194)

우리가 타고난 성性을 닦으면 덕으로 돌아오게 되는데, 그 덕은 원래부터 부여되었던 맑은 덕으로서 천지의 거울이요 만물의 거울이었을 것이다. 그 덕을 지닌 사람의 모습을 비었다[虛]거나 크다[大]고 표현하기도 하고, 천지와 더불어 무심無心으로 합해진다고 말하기도 한다. 그 모습은 인위적인 지知를 닦은 사람의 입장에서 보면 바보처럼 보일 것이나, 이런 사람이 바로 현덕을 지닌 사람이라고 한다. 이 사람이 바로 진인일 것이다. 이 사람이 무심으로 도와의 '내적 공명'을 하는 사람이고, 흔히 말하는 대로 자연과 합일된 사람일 것이다. 이 바보 같은 인간의 모습을 이렇게 표현하기도 한다.

> "덕이란 가만히 있어도 생각이 없고, 행동을 해도 사려가 없으며, 옳거니 그르거니 좋거니 나쁘거니 하는 따위는 마음속에 간직하지 않는다. 온 천하와 이익을 같이하는 것을 자기의 기쁨이라 하고, 다같이 풍족한 것을 자기의 평안이라 말한다. 쓸쓸하기는 어린애가 어머니를 잃은 듯하고, 멍청하기는 길을 가다가 그 길을 잃은 듯하며, 재물의 쓰임에 여유가 있어도 그것을 어디서 얻었는지를 알지 못하고, 음식을 배부르게 먹어도 그것이 어디서 오는지를 의식하지 않는다. 이런 것을 덕인德人의 모습이라 한다."195)

세속적 관점에서 똑똑하고 영악한 사람의 입장에서 볼 때 바보처럼 보이는 진인의 모습과 그 덕을 대충 그려보았는데, 애초의 출발점에서 지적했던 것처럼, 오늘날의 환경의 문제가 근본적인 덕을 회복하고 닦는 것과 다른 것이 아니라는 동양적 관점, 특히 도가철학의 관점에서 많은 것을 배워야 할 것으로 생각된다. 도덕적 생태론의 철학적 기반을 몇 가지로 더 추려서 말해 보면 다음과 같다.

첫째, 동양적 관점은 인간과 자연을 이원적으로 분리시키지 않고 더 크게 상호 관련성과 의존성을 강조하고 있다는 것이다. 인간과 자연 뿐만 아니라 존재와 당위, 사실과 가치, 도덕과 비도덕의 구별도 하지 않는다. 이런 철학적 관점에서 볼 때 환경[environment]이란 대체 무엇인가?

환경을 하나의 타자他者로서 간주하거나 개발한다는 것은 있을 수 없고, 보편적 원칙[universal principles]에 따른 개발도 있을 수 없다. 자신의 덕의 차원에서 개발한다는 말은 할 수 있을지 모르겠다. 인간을 엄격히 정의할 때, '환경 안의 인간'[person-in-environment]이라고 말하는 것이 더욱 적합할 것이다.

둘째, 환경을 타자로서 개발하는 것이 아니고 우리 자신을 개발하는 것과 분리하여 생각할 수 없다고 한다면, 여기서 인간의 책임의 문제가 생긴다. 인간은 더 이상 추상화된 인격이 될 수 없다. 우리의 혈족과 같은 만물과의 상호 관련성 안에서 맺어진 '환경 안의 인간'이기 때문이다. 인간의 책임에 대한 도덕적 명령은 여러 측면에서 성립될 수 있지만, 환경 안의 구체적인 인간은 자연과의 내적 공명을 통해 차원 높은 도덕적 책임의 명령을 들을 수 있을 것이다. 그것은 법적이거나 혹은 하느님의 명령과 같은 차원의 것은 아니다. 자연의 소리를 듣는 현인의 덕은 우리에게 무엇을 어떻게 해야 하는지를 스스로 가르쳐 주리라고 믿는다. 자연 질서의 출발점은 바로 나 자신이기 때문이다. 내가 덕이 부족해서 깨닫지 못한다면 모르되, 진인의 덕에 가까이 다가가는 사람이라면 자연 질서의 출발점이 바로 나 자신이라는 것을 알 것이기 때문이다. 따라서 내가 처한 시간과 공간에서 나 자신의 개발과 함께 하는 환경적 에토스의 개발은 차라리 미학적인 것일지도 모른다. 왜냐하면, 개인적 책임감뿐만 아니라 인격적 창조의 즐거움도 동시에 생겨나는 것이기 때문이다.

셋째, 만물과의 내적 관련성의 문제를 가장 진지하고도 이상적으로 드러내고 있다. 내가 나 자신의 잠재력을 일깨워 현실화하는 것은 동시에 자연에 대한 외경감이나 존경심을 불러일으키는 것과 같은 차원의 것이기 때문이다. 만물은 측량할 수 없을 정도로 다양하며, 또 그 기능을 지니고 있다. 자신의 잠재력을 일깨우는 것은 다른 만물을 풍요하게 해 주고, 반대로 만물이 풍요로워지는 것은 자신의 잠재력을 일깨우는 데 도움이 된다. 모든 만물이 평등하다고 주장하는『장자』「제물론齊物論」의 사상은 만물의 상호 관련성의 형이상학적 깊이를 대표적으로 드러낸 것으로서, 만물은 더 좋고 나쁘거나 더 가치 있고 없거나 하는 구별이 없으며, 또한 환경적 조건 자체의 목적이나 그에 이르는 수단이라는 것이 있다면 그것도 통합되고 있다. 크거나 작은 것은 인간의 얕은 지식의 관점에서 보이는 상대적인 것이고, 그것들은 상호 관련되어 있거나 의존되어 있을 뿐이다. 이것이 '도'로서의 전체적 환경을 이루고 있을 뿐이다.

넷째, 위에서 말한 대로 우주적 형성[transformation]의 관점에서 보면, 모든 만물은 이미 변화의 과정에 있다는 것을 상기할 필요가 있다. 모든 다양한 존재들은 그 변화의 과정에 참여하는 것들이라 할 수 있다. 어떤 영구성[permanence]의 개념은 거부되고 연속성과 다양성이 중요한 개념이 될 것이다. 변화와 다양성, 연속성이 도의 특성이라면 우리는 만물의 동등한 가치와 선善을 인정하는 열린 마음을 가져야 할 것이다. 이런 것이 도덕적 생태론의 철학적 기반으로서 매우 중요한 요인들이다.

다섯째, 지금까지 종교에서 사용하고 있는 영성[spirituality]이나 신성[divinity]이라는 개념도 도의 관점에서는 통합되어야 한다. 앞에서 말한 '내적 공명', 즉 자신의 특성이 자연과 조화를 이루는 미적인 체험의 단계에서는 좀더 넓은 종교적 감성이 생기게 될 것이다. 영성이나 신성이라는 개념이 보다 인격성과 연결된 종교적인 개념일 것이기 때문이다. 반면에 '내적 공명'에서 느껴지는 감정은 종교적이면서 미적인 것이라고 할 수 있다.

(5) 내 몸과 자연이 하나의 일체를 이루고 있다

환경 보전과 회복을 위한 현실적이고 절실한 문제들이 많은 것에 비하면, 앞의 논의들은 막연한 철학적 반성으로 비쳐질지도 모르겠다. 그러나 동양 사람들은 분명히 자연을 하나의 물건이나 사물처럼 생각하지는 않았고, 살아 있는 생물유기체의 어떤 과정이라고 여겼다.

이것은 결코 틀린 생각이 아니라는 점을 가이아의 이론은 증명하고 있다. 앞으로 가이아의 이론이 좀더 정교하게 발전하게 된다면, 동양철학적인 관점과 좀더 밀접하게 연결될 수도 있으리라고 전망한다. 아직은 과학과 철학이 동떨어져 있는 것이 사실이지만, 생물학적 관점에 좀더 가까운 도가철학에서 이런 과제의 임무를 맡을 가능성이 있을지 모르겠다. 가이아의 사상에서 얻을 수 있는 교훈은, 만물은 서로 연결되어 있으며 전체로서 하나가 되고 있다는 것이다. 이것은 도가사상에서 사용되는 언어들과 일맥상통한다. 이런 생각들이 너무 거창하게 느껴질지도 모르겠다.

그렇게 느끼는 사람에게는 우선 지구상의 어디에나 공간이 생기는 곳마다 열심히 나무를 심으라고 제안하고 싶다. 이것 하나만이라도 열심히 실천하다 보면 지구 생태학적 환경의 파괴는 조금이나마 늦출 수도 있지 않을까 기대를 해 본다. 지구가 스스로의 자기조절 능력을 회복하는 데는 나무를 심어서 숲을 회복하는 일이 가장 급선무인 것 같다. 숲이 사라지면 가뭄이 심해지고, 땅은 황폐한 사막처럼 변할 것이며, 태양의 직사광선을 받게 될 것이고, 산소가 부족해지고, 마실 물이 사라지며, 모든 생명들이 차츰 연결고리를 잃고 사라지게 될 것이다. 마침내 지구는 금성이나 달처럼 죽은 땅으로 변하게 될 것이다. 이 끔찍한 종말을 맞지 않으려면, 땅속의 작은 미생물에서부터 동물들에 이르기까지 이들이 모두 함께 살 수 있는 환경을 회복하지 않으면 안 된다.

모든 인간들이 도가의 성인처럼 자연의 소리를 들으며 '내적 공명'에 참여하는 경지에 이르지는 못하더라도, 우리 자신과 자연이 결코 분리될 수 없고, 자기의 몸과 자연이 한 일체를 이루고 있다는 정신을 가질 수는

있는 것이 아니겠는가? 궁극적으로는 동양의 도인들이 개발해 온대로 우
리와 자연이 결코 분리될 수 없다고 하는 철학적 기반을 체득하는 데 있
을 것이다.

III

인간 본성과 초월의 사상

이 장에서는 4가지 주제를 다룬다. 첫째, 동양사상의 핵심이라 할 수 있는 인간 본성의 선성善性을 철학적으로 승화시킨 맹자를 다룬다. 중국 고대사상의 유산이라고 할 수 있는 맹자의 성선설은 맹자의 논적論敵이었던 고자와의 긴 토론을 통해 철학적으로 확립할 수 있었고, 그것을 통해 맹자의 사상이 동양사상에서 핵심으로 작용할 수 있었다고 여겨진다. 둘째, 중국의 형이상학을 종합적으로 분석한다. 주로 불교, 도교, 유교의 사상을 중심으로 그 형이상학의 특성을 비교해 보려 한다. 초월에 이르는 과정에 대해 이 세 가지 사상이 어떤 차이를 보이는지를 고찰할 것이다. 셋째로 동양사상 가운데 가장 높은 수준의 초월의 사상을 표현하고 있는 장자를 다룬다. 여기서도 초월의 방식에 관하여 종합적으로 다루어 보려고 한다. 주로 장자의 「제물론」을 중심으로 초월의 유형을 비교하였다. 넷째로 영원한 지혜의 원천이라고 할 수 있는 『주역』의 보편적 가치를 다룬다. 『주역』이 오랫동안 인간의 능력이나 인지의 한계를 넘어 지혜를 길어 올리게 했다는 점에 주목하였다. 『주역』은 동양의 영적 개발에 있어 중요한 역할을 했고 매우 실용적인 가치가 있는 책이기도 하다. 『주역』이 가져다주는 지혜가 종교적이고 초월적인 차원에서 인간에게 마치 계시처럼 다가오고 있는 것을 보면, 과거에도 그랬지만 오늘날이나 미래에도 영원히 그 가치가 남을 것으로 생각된다. 그것은 인간의 잠재적인 지혜를 의식의 차원으로 끌어오는 힘이 있기 때문일 것이다. 여기서는 주로 융의 심리학과 주역을 비교하였다.

(1) 의는 어디에서 생기는 것인가

동양의 고전 『맹자』에는 고자라는 인물과 맹자의 토론이 들어 있다. 그 토론 내용이 수록된 「고자」편이 두 편이나 있을 정도이니, 상당히 비중있는 인물로 취급되고 있다고 할 수 있다. 그런데 사실상 고자에 대해서는 별로 알려진 것이 없다. 아마도『맹자』에 몇 차례 등장하는 것이 전부일 것이다. 전해진 바로는, 그가 전국시대의 인물이고, 이름은 정확치는 않지만 '불해不害'라고 불렸으며, 맹자의 많은 제자들 중의 한명으로 추측된다. 그러나 고자는 맹자와의 형이상학적 논쟁을 통해 매우 중요한 문제를 제기하였다. 즉 인仁(사랑)의 근원은 원래 선천적으로 가지고 있는 것이지만, 의義(옳은 윤리적 규범)는 선천적인 것은 아니고 후천적으로 만들어진다는 것이다. 이것은 맹자의 사상과 정면으로 대립된다. 맹자는 주지하다시피 인의예지신仁義禮智信은 인간의 선천성 안에 있는 것이라고 생각했다. 이 오상五常 중의 하나인 의도 당연히 인간의 선천성 안에 있는 것이라고 생각하였다. 맹자와 고자의 이런 대립적인 논변을 통해 우리는 맹자사상의 핵심을 더 잘 이해할 수 있게 될 것이다. 그뿐 아니라 고대 철학자들의 이러한 논변에서는 윤리 문제의 어느 한 부문, 특히 그 선천성 여부에 대한 자각이 잘 드러난다.

편의상 맹자의 입장을 의내설義內說이라 하고 고자의 입장을 의외설義外說이라고 명명하고자 한다. 그렇게 함으로써 맹자의 의내설의 구조를 고찰하게 되면 맹자사상의 핵심이 잘 드러나지 않을까 생각된다. 고찰의 순서는 첫째로『맹자』전편에서 고자가 어떻게 비쳐지고 있는지 그 일반

적인 인상을 묘사해 보고, 두 번째로 맹자와 고자의 의의 내외內外에 관
련된 토론에 대해서 고찰하고, 세 번째으로 맹자가 의내義內를 주장하는
논리의 구조가 과연 무엇인지를 밝히고, 마지막으로 의내설이 지닌 맹자
사상의 위치, 의내설의 확립에 따라서 어떤 논리 전개가 가능한가 등을
차례로 살펴보고자 한다.

(2) 맹자 전편에 비친 고자에 대한 인상

『맹자』라는 책에 고자告子가 등장하는 것은 「고자편告子篇」 상하上下
에 집중되어 있고, 그밖에 호연지기장浩然之氣章에 한 번 더 나온다. 고자
편에 나오는 내용은 이 글에서 다룰 의의 문제를 둘러싼 토론이고, 호연
지기장에 나오는 맹자와 고자와의 대화는 인간의 부동심不動心의 문제로
시작하여 '고자는 의를 안 적이 없다'는 맹자의 말로 끝을 맺고 있는데,
여기서도 의의 문제를 다루고 있다. 이로써 맹자와 고자의 논쟁은 의의
문제에 집중되었던 것을 알 수 있다. 조기趙岐의 주注에는 "고자의 '고告'
는 성姓이고, '자子'는 남자의 통칭이다. 명名은 불해不害이고, 유묵儒墨의
도를 겸수兼修한 사람으로, 맹자한테서 배운 일이 있었으나 성명性命의 이
치를 완전히 이해하지는 못했다. 『논어』에 '선생님께서는 명命에 관해서
는 드물게 말씀하셨다'라고 하였는데, 이것은 성명性命이 말로 나타내기
어려움을 이른 것이다. 고자가 제자로서의 질문 태도를 지닐 수 있었기
때문에 그 이름으로 편명을 삼은 것이다."라고 하였다. 사실상 고자에 대
해서 알 수 있는 것은 이것이 전부이지만, 고자가 맹자에게는 매우 중요
한 인물이었던 것만은 분명한 듯하다. 맹자사상의 중요한 골자들이 고자
에게 논박하는 형태를 취했거나 혹은 그를 의식하고 설명되고 있는 것은
주목할 만한 일이다. 한편 고자의 사상은 당시에 상당한 추종 세력을 가

지고 있었던 듯하다. 맹자의 입장에서 보면 고자와 같은 이단적 사상을 논박하는 것이 원시 유가사상을 확립하는 가장 바른 길이라고 생각하였음직하다. 우리가 여기서 고자와 맹자의 논변을 문제로 삼는 것도 이런 이유이다.

(3) 맹자와 고자의 의외설과 의내설의 골자

이 문제를 다루기 위해서는 먼저 맹자와 고자가 성性을 보는 기본 관점의 차이점부터 말하는 것이 좋을 듯하다. 그것을 알게 하는 유명한 대화 한 토막이 있다. 고자와 맹자의 대화를 인용하면 다음과 같다.

> "고자가 말했다. '생긴 대로를 성性이라고 합니다.'
> 맹자가 말했다. '생긴 대로를 성이라고 한다면, 그것은 하얀 것을 희다고 하는 거와 같은가?'
> '그렇습니다.'
> '흰 깃의 흰 것은 흰 눈의 흰 것과 같으며, 흰 눈의 흰 것은 흰 옥의 흰 것과 같은가?'
> '그렇습니다.'
> '그렇다면 개의 성은 소의 성과 같고, 소의 성은 사람의 성과 같은가?'"196)

고자의 유명한 '생지위성生之謂性'이라는 말은 생겨난 그대로, 즉 지각·운동 등 인위적인 절제가 가해지지 않은 자연적인 기능이 생生이며 그것이 곧 인간의 본성이라 보는 입장이다. 이것을 확대한다면, 인간의 모든 동물적인 욕구 내지 충동은 모두 성으로 돌릴 수 있게 된다. 또한 맹자가 논박한 것처럼 동물의 성과 인간의 성이 같은 것인가 하는 문제가 생긴다. 뱀은 뱀의 성이 있고, 개구리는 개구리의 성이 있을 것이다. 뱀은 땅을 기고 겨울에는 땅속에서 동면하는 것이 뱀의 성이고, 개구리는 뱀과 다른 독특한 성을 가지고 있을 것이다. 성을 이런 식으로 차별한다면, 인간에게는 인간의 성이 있다는 말인가? 맹자와 고자의 토론은 이와 같은 기본적인 출발점에서부터 차이를 보이고 있다.

이런 기본적인 차이점으로 인해 「고자」 상편 제4장에서는 맹자와 고자의 의義의 논쟁이 시작되고 있다. 텍스트 상으로는 맹자와 고자의 세 번째 응수가 된다.

> "고자가 말했다. '식과 색은 성性입니다. 인仁은 내재적인 것이지 외재적인 것이 아닙니다. 의義는 외재적인 것이지 내재적인 것이 아닙니다.'"197)

고자는 사람의 성은 동물 일반이 타고나는 것과 같다는 입장에서 식욕이나 성욕을 생의 본능적 요소로 규정한다. 그리고 이를 전제로 '인은 내재內在하고 있고, 의는 외재外在한다'라고 말한다. 문맥상 인은 사람의 성 안에 있는 것이고, 의는 그 성의 밖에 있는 것이라고 하는 것이다. 이것은 무슨 말인가? 고자는 생지위성生之謂性의 입장을 취하고 있으므로, 인은 사람의 본능적 욕구에 뿌리를 두고 있는 것이라 할 수 있다. 그리고 이것은 혈연을 같이 하는 자에 대한 자기애自己愛라는 관념과 일치하는 것이므로, 성에 내재한다는 말이 성립된다. 한편 의는 사람의 본능적 욕구와는 다른 차원의 사회적 규범과 관련되어 있으므로 성의 외부에 있는 것이라고 말하는 것이다. 그런데 이 논쟁을 분명히 이해하기 위해서 내재와 외재라는 것을 '마음의 안'과 '마음의 밖'이라는 의미로 풀이할 경우 어떠할지 생각해 보는 것도 도움이 될듯하다. 마음의 안과 밖이라는 것은 매우 애매하고 또한 오해를 불러올 수 있는 여지가 많기는 하지만, 종래 사용되어 온 능동적 주체와 수동적 객체라는 개념으로 다시 바꾸어 볼 수 있을 것이다. 정리하자면, 성내性內와 성외性外를 심내心內와 심외心

外로 해석해 보면서 맹자와 고자의 사용법을 비교해 보는 것이 이해를 위해 도움이 될 듯하다. 일반적으로 심心이라는 말은 인식과 의지의 주체성을 포함한 말로 사용되었다. 주자朱子가 '심心이 성性과 정情을 통섭한다'[心統性情]라고 말했을 때, 그것은 심의 주체성을 지칭하는 것이다. 즉 심은 좀더 넓은 개념이고, 성은 그 심 안의 순선純善한 측면만을 말하는 경우에 사용되었다. 그렇게 보면 고자에 있어서 성과 심은 완전히 일치된 개념은 아니다. 적어도 심의 주체성 측면을 무시했거나 몰랐다는 말이 성립될지도 모른다. 반면에 맹자에 있어서는 심과 성은 이 경우에 한해서 볼 때 동일한 개념으로 사용되고 있다. 맹자에게 있어서 성은 주체성을 지닌 심과 같은 개념이다. 고자가 사용하는 내외內外는 성내性內와 성외性外이다. 고자에게 있어서 '성내'의 성은 생의 본능적 요소를 지칭하고 있으므로 성의 안에는 선천적·본능적으로 생의 요소가 있다는 것이고, '성외'라는 것은 후천적으로 몸에 지니게 되는 사회규범을 지칭하고 있다. 따라서 고자가 '의는 밖에 있다'고 한 것은, 의가 전적으로 객체·대상의 차원에서의 문제라는 뜻은 아니다. 다만 의가 마음을 매개로 하는 것이긴 하지만, 그 결정 요인은 후천적·사회적 요인에 있다는 것을 의미한다. 다시 말하면, 고자의 '내內'가 선천적·혈연적인 주체로서의 결정 요인이라고 한다면, '외外'는 후천적·비혈연적인 객체로서의 결정 요인이라고 이해할 수 있다.

이처럼 고자의 "식과 색은 성입니다. 인은 내재적인 것이지 외재적인 것이 아닙니다. 의는 외재적인 것이지 내재적인 것이 아닙니다."라는 말에 대한 맹자의 직접적인 답변은 무엇인가? 맹자는 다만 "무엇을 가지고 인은 내재적인 것이고, 의는 외재적인 것이라고 하는가?"[何以謂仁內義外也]라고 되묻고 있을 뿐이다. 고자가 '식색食色은 성性'이라고 말한 점에 대해서는 한마디도 언급하지 않고 의외義外에 대해서만 집중적으로 되묻고 있다. 왜 그랬을까? 맹자도 고자의 '식색은 성'이라는 명제를 암묵적으로

198

인정하고 있었기 때문일 것이다. 이 문제에 대한 예를 들어 보자.

첫째, 식색을 성이라고 하는 것에 대해서 맹자도 인정하고 있다는 것은 다음과 같은 구절에서 볼 수 있다.

> "입이 맛을 아는 것과 눈이 빛을 아는 것과 귀가 음성을 아는 것과 코가 냄새를 아는 것과 사지가 편한 것을 아는 것은 인간의 본성이기는 하나, 거기에는 천명이 개재되어 있다. 군자는 그런 것을 성이라 하지 않는다."198)

오관의 본능적 욕구를 인정하고 있다는 의미에서 '식색'을 '성'으로 인정하고 있지만 소여의 한계, 즉 '명命이 있다'는 것도 인정하고 있다. 그러나 '군자는 그러한 것을 성이라고 하지는 않는다'고 말하여 같은 성이라고 표현된 내용이지만 구분하고 있다. 그러므로 식색의 성을 인정한다고 하더라도 소극적인 승인이라고 할 수 있다. 또 "과인은 병통이 있습니다. 과인은 색을 좋아합니다."[寡人有疾,寡人好色] 라고 말한 제齊나라 선왕宣王에게 "왕께서 색을 좋아하시되 백성들과 더불어 함께 좋아하신다면 왕 노릇 하는 데 무슨 어려움이 있겠습니까?"199)라고 답변하였다. 요컨대 맹자는 식색의 성을 결코 부정하지 않았음을 알 수 있다.

둘째, 맹자는 위에서 말한 것처럼 성에 '식색'의 성이 있다고 하더라도 식색의 성이 그 전체라고 생각지 않고 있음을 알 수 있다. '식색은 성'이라는 점에서 맹자와 고자는 일치되는 면이 있지만, 고자가 식색을 성의 '전체'로 보는 데 비해서 맹자는 성의 '부분'이라고 보는 점이 다르다. 이 두 사람의 논쟁이 처음부터 어긋나고 있는 이유는 바로 여기에 있다. 논쟁을 하는 데 있어서는 최소한 두 사람 사이에 개념상의 공통된 인식을 전제로 하지 않으면 안 된다. '식색은 성'이라는 것만이 두 사람 사이의 공통된 부분인데, 양자의 논쟁에 있어서 '식색은 성'이라는 말은 증명할 필요가 없는 하나의 공리와 같다고 할 수 있다. 그런 의미에서 이 대화는 차이가 많은 양자의 대화편 가운데서 예외적으로 논의가 일치할 가능성을 전제로 설정되어 있다고 말할 수 있다. 맹자가 이 명제를 암묵적으로 승인한 것에는 이러한 논쟁상의 배려가 깔려 있다고 할 수 있다.

이런 바탕 위에서 맹자는 고자에게 묻는다. '무엇을 가지고 인내의외仁內義外라고 하는가?' 이미 확인한 것처럼 고자가 '인내仁內'에 관해서 말한 것을 맹자도 부분적으로는 인정했다는 점을 제외한다면, 이제 논쟁의 초점은 '무엇을 가지고 의외義外라고 하는가?'라고 묻는 대목이 될 것이다. 논쟁의 초점이 아주 중요한 부분으로 옮겨지게 되었다.

(4) 고자의 의외설에 대한 비판

이하에서는 '무엇을 가지고 인은 내라 하고 의는 외라 하는가?'[何以謂 仁內義外也] 라는 맹자의 질문에 이어서 고자의 의외설에 관한 주장을 몇 가지 사례로 들어 보고 맹자의 입장을 종합적으로 검토해 보겠다.

- 사례 1

"고자가 말했다. '저 사람의 나이가 많아서 내가 그를 나이 많은 이로 받드는 것이지, 나한테 나이 많은 것이 있는 것은 아닙니다. 그것은 마치 저것이 희어서 내가 그것을 희다고 여기는 것과 같습니다. 그것이 외부에서 흰 것에 따라가는 것이기 때문에 외재적인 것이라고 하는 것입니다.'

맹자가 말했다. '흰 것의 경우와는 다릅니다. 말馬의 흰 것은 흰 사람의 흰 것과 다를 것이 없습니다. 모르기는 하지만, 나이 먹은 말의 나이 많은 것이야, 나이 많은 사람의 나이 많은 것과 다를 것이 없겠습니까? 또 나이 많은 것을 의라고 하겠습니까? 나이 많은 이를 나이 많은 이로 여기는 것이 의라 하겠습니까?'"[200)

여기서 먼저 고자의 태도를 검토해 보자. 우선 고자는 외물·객체에 있는 것이 그대로 인간의 인식으로 수용된다는 생각을 가진 사람처럼 보인다. 나이 많은 이가 나의 주관 밖에 마주하고 있다는 사실이 나로 하여금 그를 나이 많은 사람으로 받들게 한다고 말하고 있기 때문이다. 즉 객체가 인식을 규정한다고 말하는 것이라 할 수 있다. 중국 고대인들 가운데 공통적으로 가지고 있었던 소박한 실재론적實在論的인 인식이 반영된 것으로 보인다. 그것은 마치 '객체의 백白이 있으므로 주체의 백白이라는 인식이 생긴다. 객체의 흑黑이 있으므로 주체의 흑黑이라는 인식이 생겨난다. 똑같은 방식으로 객체의 연장자가 있으므로 그 사람을 공경하는 주체의 행위를 규정하게 된다. 객체가 연장자가 아니라면 나는 공경할 수 없고 그 때문에 의는 외적인 요인에 따라서 규정된다'고 말하는 것과 같다. 이때 성은 외적인 요인에 따라서 규정되고, 그 행위도 성의 자연적 발전에서가 아니라 어디까지나 밖으로부터 규정된다는 것이다. 그래서 의는 성의 밖에 있다고 하는 것이다.

고자의 의외義外의 논리(인식이 밖으로부터 규정되는 것처럼 의의 행위도 밖으로부터 규정되고 있다는 논리)에 대해서 맹자는 반론한다. 장長(도덕의 문제)과 백白(인식의 문제)은 다른 것이다. 백마白馬의 백白과 백인白人의 백白은 인간의 인식을 밖으로부터 백白이라고 규정한다는 점에서, 인정할 수 있다. 즉 인식의 문제에 있어서는 고자의 주장을 인정할 수 있다. 그러나 장마長馬(나이 먹은 말을 나이 먹은 말로 인정하는 것)와 장인長人(다른 사람의 연장자를 인정하는 것)의 장長은 어느 것이나 장長이라는 면에서 똑같이 규제력을 가진다고 말할 수 있는가? 노인을 보고 공경하는 사람이라도 노마老馬를 보고 공경하지는 않을 것이다. 왜냐하면, 말의 성과 사람의 성이 다르기 때문이다. 사람이 노인을 보고 공경하는 것은 그 '장長'이 사람의 성에서 자연스럽게 발하는 행위[敬]로 이루어지기 때문이다. 이에 비해 사람이 노마를 보고서 공경하지 않는 것은 그 '장長'이 사람의 성에서 자연스럽게 발하는 행위[敬]로 말미암아 노마를 보고 존경심이 생기지 않기 때문이다. 따라서 똑같은 '장長'이지만 '장마長馬'와 '장인長人'은 전혀 다르다. 즉 '장인'에 대한 공경은 말에는 없는 사람의 성의 안에서 발하기 때문에 그 '장長'은 안에 있다. 그러나 '장마'의 '장'은 사람의 성의 밖에 있기 때문에 사람에게 공경을 불러일으키지 않는다.

따라서 고자의 의외義外의 논리에 대한 맹자의 첫 번째 반론은 인식이 밖으로부터 규정되는 것은 시인하지만 의의 행위는 '장마'에 의하여 환기되는 것이 아니고 '장인'에 의하여 환기되는 것이기 때문에 사람의 성 안에 내재해 있다고 말하는 것이다. 그러나 이와 같은 비판이 과연 엄밀한 비판이 되고 있는 것인지 의문을 제기할 만한 면도 없지는 않다. 고자의 이론은 '피장彼長'이라는 사실이 '아장지我長之'라는 행위를 규정한다고 말한다. 그런데 맹자는 이 '피彼'를 말에게까지 확대 해석하여 '장마'에 '아장지'하지 않으므로 고자의 이론은 틀렸다고 말한다. 과연 고자는 그런 의도로 말한 것일까? 고자의 '피'는 사람의 경우에 대해서 언급한 것이고, '장인長人'에 대한 '아장지我長之'의 행위를 규정한 것이라고 볼 수는 없을까? 이것이 이 토론의 애매한 점이기도 하다.

여기서 맹자는 비판의 다음 단계로 넘어가서 '심내心內의 의義'의 이론을 전개한다. '장지자의호長之者義乎'(연장자를 연장자로 공경하는 것이 의義다)라는 맹자의 말이 이것에 해당한다. 맹자에 의하면, 사람이 노인으로 있다는 외적 사실이 의가 되는 것이 아니고, 노인을 공경하는 행위가 의이며, 이 행위는 마음으로부터 발하는 것이므로 안에 있다. 의는 안에 있는 것이지 밖에 있는 것이 아니라고 정면으로 논박하고 있는 것이다. 즉 노인이 밖에 있다는 단순한 사실이 의를 규정하는 것이 아니라, '노인을 노인으로 받드는 마음'이 안에 있기 때문에 노인을 공경하는 행위가 가능한 것이다. 이러한 반론이 고자에게는 설득력이 없었을 것이다. 그는 맹자가 주장하는 '심내의 의'를 인정하지 않았으며, 의의 행위를 발출發出

202

하는 심을 성이라고 보지도 않았다. 그렇기 때문에 고자에게 있어서는 의가 심내에 있다고 하더라도 그것은 성내에 있는 것이 아니고, '성性'의 밖에 있는 것에 지나지 않는다. 그래서 의는 밖에 있다고 한 것이다. 맹자는 이 토론을 통해서 '심내의 의'라는 입장을 명확하게 논리화하게 되었던 것으로 생각된다. 즉 종래의 '성性의 내內'라는 내개념內概念으로부터 '심心의 내內'라는 내개념內概念으로 대치시키게 된 것이다.

고자의 성과 의의 관계에 대한 진술은 「고자」 상편 첫머리 제1장에 나오는 맹자와의 대담에서도 볼 수 있다.

- 사례 2

"고자가 말했다. '성은 버들과 같고, 의는 버들 그릇과 같습니다. 사람의 성으로 인과 의를 행하게 하는 것은 마치 버들로써 버들 그릇을 만드는 것과 같습니다.'

맹자가 말했다. '당신은 버들의 성을 그대로 살려서 버들 그릇을 만들 수 있겠습니까? 버들에 상해傷害를 가해서 버들 그릇을 만드는 것입니다. 만약 버들에 상해를 가해서 버들 그릇을 만드는 것이라면 또 사람에게 상해를 가해서 인과 의를 행하게 할 것입니까? 온 천하의 사람을 모아서 인과 의에 화禍를 가져오게 하는 것은 반드시 당신의 말일 것입니다.'"201)

여기에서 버드나무에서 버들 그릇을 만드는 사실에 대해서 두 가지 해석이 성립함을 알 수 있다. 그것은 '버들의 성에 따라서 버들 그릇을 만든다'라고 하는 입장과 역으로 '버들에 상해를 가해서 버들 그릇을 만든다'라는 입장이 그것이다. 맹자는 전자를 자신의 논리로 하고, 후자를 고자의 인의仁義를 비판하는 논리로 삼고 있음이 분명하다. 따라서 맹자에 의하면, 고자는 의를 사람의 성의 자연성을 파손함으로써 이루어지는 것이라 생각하고 있다. 이는 전적으로 맹자의 입장에서 이해된 고자의 의도이고, 여기에는 고자에 대한 맹자의 비평이 함의되어 있다.

여기서 고자의 성과 의를 포착하는 방법에 대해 좀더 고찰해 보도록 하자. 먼저 고자는 버들이 그릇이 되는 것에 대하여 어떤 가치 판단도 나타내지 않고 있음을 알 수 있다. 고자에 따르면, 버들로부터 버들 그릇을 만드는 것은 버들의 성에 따라서 만든 것이지, 그 성을 상하게 한 것은 아니다. 버들이 그릇으로 되거나 되지 않거나 하는 것은 본래 그 성과는 관계가 없다는 것이다. 사람들이 버들의 성이 그릇에 적합하다고 말하는 것은 어디까지나 사람의 가치 판단에 지나지 않는다. 다만 '외적인 힘'이 가해져서 버들 그릇이 되었을 뿐인 것이다. 버들의 성은 어디까지나 버들의 성이고, 그것은 그릇이 되었다고 해서 변하는 것이 아니라 다만 외부로부터의 강제에 따른 것이라고 말할 수 있다.

따라서 고자의 "성은 버들과 같고, 의는 버들 그릇과 같습니다. 사람의 성으로 인과 의를 행하게 하는 것은 마치 버들로써 버들 그릇을 만드는 것과도 같습니다."[性猶杞柳也, 義猶杯棬也, 以人性爲仁義, 猶以杞柳爲杯棬.] 라는 명제는 다음과 같이 이해될 수 있다. 도덕[仁義]이라는 것은 본래 인간이 자의적으로 일정한 가치관으로 정립한 것이고, 그것은 본래 인간의 성과는 관계가 없다. 그러나 일단 정립된 가치관은 사람의 성을 그와 같은 주형鑄型에 집어넣는 작용을 한다. 즉 사람의 성은 주형(도덕)에 집어넣으면 그것에 따르게 되는데, 그것은 성의 필연적인 발전이 아니라 즉 성에서 자연적으로 이끌어져 나온 것이 아니라 밖으로부터의 규제에 따르는 것이고, 성은 그대로 성인 것이다. 이것은 곧 도덕은 어떤 인성人性에 근거를 두고 있지 않다는 도덕 비판의 논리를 함의하고 있는 것이다. 그렇다면 선천적 도덕론자인 맹자에 있어서 고자의 이러한 도덕에 대한 상대주의·허무주의가 용납될 리 없을 것이며, 고자야말로 최대의 논적論敵이 될 수밖에 없음은 분명해진다. 맹자가 고자를 최대의 논적으로 삼은 이유가 여기에 있다.

맹자는 고자의 이 같은 도덕에 대한 상대주의적 입장이 그의 선천적 도덕론을 근저로부터 파괴한다고 생각하여 고자의 입장을 '사람에게 상해를 가함으로써 인의를 행하는 것'이라고 하였다. 고자의 입장은 성과 인의 단절성, 즉 의(도덕)의 자의성을 주장하므로, 의가 성을 '상해한다'는 입장이라는 것이다. 맹자는 고자의 도덕상대주의는 사람들에게 인의仁義는 사람의 성을 '상해한다'는 인식을 주는 결과가 되기 때문에 고자에 대해 천하의 사람을 이끌어 인의의 화禍를 주는 자라고 격하게 비판하였다. 그런 점에서 맹자는 고자의 학설이 지닌 위협을 정확하게 인식하고 있었던 것이다.

또 하나의 사례는 고자의 의외설에 관한 대화이다. 그것은 다음과 같은 토론으로 이어졌다.

- 사례 3

"고자가 말했다. '성은 돌고 있는 물과 같습니다. 그것은 동쪽으로 트면 동쪽으로 흐르고, 그것을 서쪽으로 트면 서쪽으로 흐릅니다. 사람의 성에 선함과 선하지 않은 것의 구분이 없는 것은 물에 동쪽과 서쪽의 구분이 없는 것과 같습니다.'

맹자가 말했다. '물에는 정말 동서의 구분도 없고 상하의 구분도 없나요? 사람의 성이 선한 것은 마치 물이 아래로 내려가는 것과 같습니다. 사람치고 선하지 않은 사람은 없고, 물치고 아래로 내려가지 않는 물은 없습니다. 이제 물을 쳐서 튀어 오르게 하면 사람의 이마를 넘어가게 할 수 있고, 밀어서 보내면 산에라도 올라가게 할 수 있으나, 그것이 어찌 물의 성이겠습니까? 외부의 힘으로 그렇게 하는 것이겠지요. 사람은 선하지 않은 짓을 하게 만들 수 있는데, 그 성 역시 물의 경우와 같이 외부의 힘으로 그렇게 되는 것입니다.'"202)

이 대화는 비교적 이해하기 어렵지 않다. 고자는 "성은 선도 없고 불선도 없다."라고 말한다. 결국 성은 미리 선善으로 향하거나 불선不善으로 향한다고 말할 수 있는 것이 아니다. 즉 소여所與의 방향성을 지니는 것이 아니다. 물이 동쪽으로 흐를 상황이면 동쪽으로 흐르고 서쪽으로 흐를 상황이면 서쪽으로 흐르는 것과 같이, 외부의 규정에 따라서 어떤 때는 선으로 어떤 때는 불선으로 향하는 것이고, 그것은 성 자체의 성질과는 관계가 없다. 다시 말하면, 선과 불선이라는 가치판단은 성의 외부로부터 가해지는 것이고, 성은 그 자체로서 그냥 성일 뿐이다. 물이 동쪽으로 흐르고 서쪽으로 흐르더라도 물의 성은 불변하는 것과 같이, 사람이 선한 쪽으로나 불선한 쪽으로 인도되더라도 사람의 성은 불변한 것이라고 말하는 것이다. 즉 고자는 존재(즉자적성卽自的生＝성性)와 가치(사회적·도덕적가치＝의義)의 단절을 말하려고 했다. 그러나 이와 같은 고자의 주장에 대해서 맹자는 "사람의 성이 선한 것은 마치 물이 아래로 내려가는 것과 같습니다. 사람치고 선하지 않은 사람은 없고, 물치고 아래로 내려가지 않는 물은 없습니다."라고 응수하여 물에도 선천적인 본성이 이미 있는 것과 같이 사람의 선한 성품도 이미 주어진 것이라고 말한다. 물론 인위적으로 물의 흐름을 막아 놓으면 물의 역류현상도 있을 수 있으나 그것은 물의 본성은 아니고, 인위적인 작위가 가해졌기 때문이다. 그래서 "사람도 선하지 않은 짓을 하게 만들 수 있는데, 그 성 역시 물의 경우와 같이 외부의 힘으로 그렇게 되는 것이다."라고 하여, 불선한 행동을 하는 경우가 있다고 하더라도 그것은 사람의 본성에서 나온 것이 아니고 외부의 힘에 의해 그렇게 된 것이라고 말한다.

(5) 맹자 의내설의 근거

"나이 많은 것을 의라고 하겠습니까? 나이 많은 이를 나이 많은 이로 여기는 것이 의라 하겠습니까?"라는 맹자의 말에 이어지는 다음과 같은 대화에서 맹자의 의내설이 어떤 근거에서 성립되고 있는지를 알 수 있다.

- 사례 4

"고자가 말했다. '내 동생은 사랑하고 진秦나라 사람의 동생은 사랑하지
않을 수가 있으니, 그것은 나를 기쁘게 하는 데 달린 것입니다. 그래서 인을
내재적인 것이라고 하는 것입니다. 초나라 사람의 나이 많은 이도 나이 많
은 이로 받들고, 또 자기의 나이 많은 이도 나이 많은 이로 받드니, 그것은
나이 많은 이를 기쁘게 하는 데 달려 있는 것입니다. 그래서 의를 외재적인
것이라고 하는 것입니다.'

맹자가 말했다. '진나라 사람이 불고기를 즐겨 먹는 것은 자신이 불고기
를 즐겨 먹는 것과 다를 것이 없습니다. 물건이라 하더라도 그러한 것입니
다. 그렇다면 불고기를 즐겨 먹는 데에도 역시 외재적인 것이 있나요?'"203)

이 대화에서 고자는 자신의 아우를 사랑하고 진인秦人의 아우를 사랑
하지 않는 것은 아우가 자신의 혈연임을 만족하게 여기는 자기애自己愛로
부터 기인한 것이라고 말하고 있다. 이 혈연에 관계된 자기애라는 것은
사람의 성에 뿌리를 두고(성性의 안) 있는 것이다. 그러므로 인은 내재한다
는 것이다. 마찬가지의 논리로 가령 내가 초인楚人의 연장자도 존경하고
자신의 혈연의 연장자도 존경하는 것은 둘다 장長(우두머리)임을 만족히
여김에서 비롯된다는 것이다. 혈연·비혈연을 묻지 않고 둘 다 장長에 의
해서 '경敬'하는 마음이 있게 되는 것이므로 '의'는 '외재外在'라고 하는
것이다. 만약 의가 성에 근거를 둔 내재라고 한다면 비혈연을 경敬한다는
것은 있을 수가 없는 일이 아닌가? 그러나 그것이 가능하다고 하는 것은
의가 성의 외재이기 때문이다. 이것이 고자의 '인내의외설仁內義外說'의
골자이다. 여기서 고자가 내외의 개념을 한층 분명하게 설파하고 있는
것을 볼 수 있는데, 그것을 간단히 도식화하면 다음과 같다. 즉 '성내性內
―혈연'과 '성외性外―비혈연'이 되는데, 전자는 선천적이고 후자는 사

회적이다. 고자는 본질적으로 혈연에게로 향하는 것은 내재라고 하고, 혈연자·비혈연자를 따르지 않고 환기되어지는 것은 외재라고 한다. 단순화시켜 본다면, 내를 향하는 것은 당연히 내이고, 내외공통內外共通의 것으로 향하는 것은 외外이다.

이에 대해 맹자가 어떻게 반론을 제기하는지를 살펴보면 다음과 같다. 맹자는 매우 기발한 예를 들면서 말하고 있다. 진인秦人이 요리한 구운 고기를 삼키는 것과 자기 자신이 요리한 구운 고기를 삼키는 것과는 전혀 아무 차이도 없다. 즉 구운 고기의 맛은 내內(자신自身)와 외外(진인秦人)가 공통적으로 맛이 좋다고 할 수 있다. 이 내외에 공통되고 있는 것은 '고기를 삼킨다'고 하는 인간의 본질적인 욕구＝식욕이다. 맛을 좋다고 느끼는 식욕이야말로 초나라 사람이든 우리나라 사람이든 누구나 공통적인 것이라고 말할 수 있을 것이다. 이처럼 식욕의 내재는 의심할 수 없는 사실이기 때문에 인정할 수 있지만, 다만 고자가 내외에 공통되는 것을 외로 삼는 것은 잘못된 것으로서 인정할 수 없다는 것이다. 맹자는 내외에 공통적인 것이야말로 인간의 성에 근본적인 것으로서, 식욕처럼 내가 되는 것이라고 한다. 맹자는 여기서 고자의 논리를 완전히 역전시키고 있다.

고자는 혈연의 내외에 공통하는 의는 외外라고 주장하는데, 맹자는 오히려 혈연의 내외에 공통하기 때문에 더욱 의는 내라고 하는 것이다. 맹자는 고자와는 전혀 반대되는 역전의 논리를 구사하고 있음을 알게 된다. 그리고 그 역전을 가능하게 하는 것은 혈연의 내외에 공통되는 식욕은 내라고 하는 논리를 매개로 하고 있음을 알게 된다.

사물에는 서로서로 통하는 도리가 있다. 식욕처럼 내외 공통된 것이야말로 실로 내가 되는 것이며 사람의 성에 고유한 것이라 한다면, 연장자에 대한 존경이라고 하는 것도 내외공통의 것이니 그것이야말로 내이어야만 마땅하다. 즉 의는 내인 것이다. 그래도 만약 내외에 공통되는 의

208

가 외라고 주장한다면, 내외에 공통되는 구운 고기를 삼키는 식욕도 역시 외라고 보게 되는데, 그런 일이란 있을 수 없다는 것이 맹자의 반론이며 의내설 확립의 근거이다. 이와 관련하여 서두에서 고자의 '식색성야食色性也'의 명제를 인식의 일치점으로 승인한 것이 큰 의미를 갖는다. 이 공리에 따르면, 식욕의 내재는 절대의 진리이며 그 진리를 매개로 하는 논리의 전개도 또 진리가 된다. 따라서 고자는 논리적으로 반박하기 어렵게 된다.

고자가 반박하기 어려운 난점이 무엇인지 다시 한 번 정리해 보면 다음과 같다. 고지의 난점은 성性과 사랑愛을 본질적으로 구별하지 않은 데 있다. 고자는 육체적인 생리 본능을 성이라 하여 애愛(인仁)와 구별시키지 않고 있다. 고자에게 있어서 성은 '식색食色', 곧 생生의 본능적 요소였다. 그리고 그 성의 '내'가 되는 것으로서 사랑을 관여시키고, 본능적·선천적·혈연적인 사랑을 생의 본능적 요소의 하나로서 간주하였으므로, 성과 사랑에는 본질적인 구별이 없다.

맹자는 고자가 성과 애의 문제를 본질적으로 구별하지 않은 점에 착안하여 공격하고 있다. 여기서 맹자의 날카로움과 논리 전개의 묘미를 보게 된다. 맹자가 이 역전의 논리를 관철하고 있는 방식은 '식욕이 성에 내재한다고 하는 사실로부터 식욕처럼 혈연의 내외에 공통적인 의도 성에 내재할 것이다'라고 하는 유추적 방법이다. 그리고 본능적 욕구의 내재라고 하는 사실로부터 도덕적 욕구의 내재라고 하는 명제로 넘어가고 있다. 고자가 사용한 내외의 논리를 역수逆手로 들어 교묘히 이끌어 내는 데에 성공하고 있음을 볼 수 있다. 이때 의를 내포하는 성은 이미 고자의 성과 동일하지 않고, 당연심當然心을 포함한 성임을 알 수 있다. 따라서 맹자는 의내義內의 변증을 통해 새로운 성개념性概念을 확립했다고 할 수 있다. 즉 고자와의 의논쟁義論爭에서 성선설性善說의 논리전개가 더욱 선명해졌다고 말할 수 있다. 즉 맹자는 의내설의 확립에 의해서 성선설을 이끌어내게 되었다는 것이다.

그리고 의내義內의 확립에 의해서 인내仁內도 확립되었다고 말할 수 있다. 인내는 고자도 언급했던 것이지만, 그것은 맹자의 인내와는 다른 것이라는 것도 알게 되었다. 그렇다면 맹자의 인내는 어떠한 질적인 성격을 가지고 있는 것일까? 인은 고자의 본능적 자기애 곧 애욕이라는 혈연의 내內에서 나온 것이 아니고, 다른 사람에게 향하는 보편적 계기를 내포한 사랑으로서 질적 전환이 이루어지는 것을 말한다. 인의 본질이 박애인 것은 널리 알려진 것이므로 여기서는 거론하지 않겠다. 요약하면, 의내의 확립은 인내의 확립을 이끌어 내고, 인내의내仁內義內 즉 인의仁義는 성에 내재함을 명확히 하여 성선설을 확립하기에 이르렀음을 알 수 있다.

(6) 의내설을 통해서 본 맹자사상의 위치와 전망

맹자사상의 중심은 인내에 있고 성선에 있다고 할 수 있다. 이렇게 본다면, 그 논리상의 중심은 아마도 '도덕성의 내재'라고 할 수 있을 것이다. 즉 인의설仁義說의 확립에 의해 '도덕성의 내재'의 변증이 가능해졌다고 말할 수 있다. 따라서 그의 사상의 핵심에 위치하는 '도덕성의 내재'라고 하는 명제가 언제, 어떠한 논리에 의해서 확립되어진 것일까라는 문제의 해명은 맹자사상을 이해하는 데 매우 중요한 역할을 할 것이다. 맹자의 사상이 언제 이와 같은 틀을 갖게 되었느냐 하는 것은 이 논고의 범위를 벗어나는 것이므로 여기서 제외하려고 한다. 다만 어떤 논리로 맹자의 사상이 확립되었는가라는 문제는 지금 우리가 다루고 있는 주제와 밀접한 관련이 있다고 할 수 있다. 우리는 위에서 의내설의 확립이 성선을 이끌어 내는 데 중요한 역할을 했으며, 성선설이 맹자 학설의 중심이라고 할 때 의내설은 그 성선을 이끄는 원리로서의 위치에 있다는 것을 확인하였다. 즉 과연 맹자가 의내설을 확립하여 성선의 근거를 명확히 마련한 것인가 하는 문제이다. 왜냐하면 맹자의 성선설이 확립된 후에 이에 대해 고자가 의외설적義外說的 입장에서 비판을 한 것이고 또 만약 고자의 설이 진리로서 인정된다면 맹자의 성선설은 그 논리적 타당성을 잃게 되기 때문이다. 『맹자』에 실려 있는 고자와의 논변만을 보면 그것을 정확히 알 수 없다. 이 문제는 금후의 역사 실증적인 고찰에 맡겨 볼 필요가 있을 것이다. 종래의 학설들에서는 맹자가 자신의 사상체계를 확립한 후에 고자와 논쟁을 하여 자신의 사상적 정당성을 밝힌 것으로 되어 있다.

역사 실증적인 논의에 맡기는 것은 금후에 할 일이라 할지라도, 맹자와 고자의 논쟁을 면밀히 관찰하면 고자는 맹자가 가볍게 볼 수 없는 사상가였으며, 따라서 그와의 논쟁을 통해서 맹자의 사상이 확립되었다고 보는 것이 전혀 터무니없는 것 같지는 않다. 오늘날 전하는 『맹자』에 실려 있는 고자와의 논쟁의 주제는 세 가지이다. 첫째는 부동심不動心에 관한 것이고, 둘째는 성선에 관한 것이고, 셋째는 인의에 관한 것이다. 이 세 가지는 사실상 맹자사상의 핵심을 이루는 주제들이다. 공교롭게도 이러한 주제들은 고자와의 논쟁을 통했거나 혹은 고자를 의식하고 자신의 사상을 펴고 있는 것으로 보아 맹자에게도 고자는 매우 힘겨운 논적論敵이었음을 짐작할 수 있다. 이는 부동심에 관한 맹자의 언급에서 잘 나타나고 있다. 맹자는 부동심에 관하여 고자와 일일이 비교하면서 자신의 정당성을 확립하려고 하고 있다.204) 여기서 맹자는 비록 고자와 부동심에 관하여 직접적인 토론은 하고 있지 않지만 고자를 자신의 논리적인 적敵으로 생각하고 있음이 틀림없다. 그리고 맹자는 나이 40이 되어서 부동심을 갖게 되었다고 말하고 있는 것으로 보아205) 맹자의 사상 형성기에 이미 고자는 부동심을 확립하고 있었음을 짐작할 수 있다. 부동심에 관한 한 선배인 고자를 후배인 맹자가 반박하는 형태로 표현되어 있음을 알 수 있다. 어떤 철학적 바탕 위에서 부동심을 말하고 있는가 하는 문제는 차치하고라도 고자를 논적으로 삼아 자신의 사상을 펴고 있는 것은 분명하다. 이것은 고자야말로 맹자가 자신의 사상을 확립하기 위해 극복하지 않으면 안 되는 사상가였다는 것을 말해 준다. 결론적으로 말한다면, 맹자는 고자의 사상을 논리적으로 극복하는 것을 통하여 자기의 사상 체계를 확립해 나간 것을 알 수 있다. 만약 이 말이 맞는다면 위에서 말한 고자와의 토론이 비록 맹자의 사상적 확립 이후에 행해진 것이라 하더라도 고자를 통해 자신의 사상을 인정받는 계기가 된 것은 틀림없어 보인다.

끝으로 맹자의 의내설의 확립이 금후의 동양 사회에 미친 영향은 무엇인가 하는 점에 대하여 간단히 언급하고자 한다. 먼저, 혈연적인 것도 내內이고 보편적인 규범의 장치인 의義도 내內라는 것은 어떤 의미를 지니는가? 맹자의 인의仁義의 개념은 동양 사회에 큰 영향을 미쳤다.

> "인의 핵심은 어버이를 섬기는 것이고, 의의 핵심은 형兄을 따르는 것이다".206)

맹자는 '어버이를 섬기는 것'이 인이고 '형을 따르는 것'이 의라고 하였다. 이것은 말하자면 혈연자에 대한 자연적인 사랑으로서의 인, 씨족적·혈연적 규범으로서의 의와 상관된다고 해석할 수 있다. 그러나 앞에서 말한 것처럼 의내의 확립은 그 안에 '도덕성의 내재'라는 보편적 계기를 확립했다. 따라서 인은 '사친事親'을 가지고 만족하는 것만은 아니라, 더 나아가 타인他人에 대한 사랑으로 퍼져 나가는 본질적인 경향을 지닌다. 또 의는 '종형從兄'을 가지고 만족하는 것이 아니라, 보편적이고 도덕적 실천으로 넓혀지는 본질적인 경향을 지닌다.

그러므로 맹자는 이렇게 말한다.

> "어버이를 어버이로 받드는 것이 인이다. 나이 많은 이를 공경하는 것이
> 의다. 다른 것은 없고 그것을 온 천하에 적용시켜 나가는 것이다."207)

'사친事親'과 '경장敬長'으로 끝나는 것이라면 그것은 '효孝'와 '제悌'
이다. 인의는 실로 그 혈연 원리를 넘는 보편성의 계기를 내포한다. 그러
므로 '천하에 적용시켜 나간다'라는 것을 완전하게 실현하게 되는 것이
다. 즉 의내義內의 확립은 효孝·제悌를 인의仁義라고 하는 질적 향상으로
이끌어 올리게 할 수 있다. 또 이 보편성에 미치기 위해서 인을 '인정仁
政' '인자무적仁者無敵'이라는 왕도론王道論의 논리의 주축이 되게 하였다.
안에 내재하는 의는 점차 군신의 의라는 사회 윤리로 뻗어 나가 발전하
였다.

맹자의 군신의 의는 추상같은 법도로 전개되어 심지어 무도한 임금을
폐하거나 죽이는 것도 가능하다고 하는 이른바 역성혁명易姓革命의 이론
을 확립하였다. 맹자는 "어질면서도 그의 어버이를 버린 자는 있지 아니
하였으며, 의로우면서도 그의 임금을 뒤로 돌린 자는 있지 아니하였습니
다."208)라고 양혜왕에게 설명하였고, 선왕에게는 다음처럼 말했다.

> "인을 해치는 자를 흉포하다고 하고, 의를 해치는 자를 잔학하다고 합니
> 다. 흉포하고 잔학한 이를 한 사나이라고 합니다. 한 사나이인 주를 죽였다
> 는 말은 들었어도 임금을 살해했다는 말은 듣지 못했습니다."209)

라고 하여, 흉포하고 잔악한 임금을 죽이는 것은 가능하다는 역성혁
명의 바탕을 말한다. 맹자의 의는 신하의 임금에 대한 일방적인 책임과
의무가 아니라, 군신간의 도덕적 원리이다. 그리고 그 옳고 그름을 비판

하는 주체성은 신하에게도 인지되었다. 따라서 신하는 의에 따라서 임금
을 섬기지만, 한편 의에 따라서 불의한 임금을 탄핵하고 죽이는 일도 가
능하였다. 이러한 의의 원칙의 확립은 의내설의 확립에 의하여 비로소
가능하게 되었던 것이다.

(1) 중국 형이상학의 성격

중국철학은 서양에서처럼 형이상학을 발전시키지 못하였다고 말한다. 고대에도 그랬지만 현대까지도 중국인들은 윤리적인 문제나 사회적·정치적인 문제에는 많은 관심을 가졌지만, 신의 문제나 우주의 문제, 물질과 영혼의 문제와 같은 것은 그들의 관심의 대상이 되지 못하였다. 학파에 따라 관심을 갖는다고 하더라도 지배적인 관심은 아니고 주변적인 관심만을 갖는 것이었다.

인도로부터 불교가 수입되면서 형이상학에 많은 눈을 뜨게 되었는데, 그 형이상학이 중국에서 어떻게 변형되었는가 하는 것은 자못 흥미롭다. 형이상학이라고 할 만한 것이 주로 중국 불교 안에서 이따금 논의되기 시작하였지만, 그것도 항상 윤리적인 것을 위해서 논의되었을 뿐이다. 비교사상의 제1세대라고 지칭되는 일본의 나카무라 하지메[中村元]는 중국인들의 사고방식에 절충융합적 경향이 있음을 지적했다.[210] 그 증거로서 중국인들이 온갖 이단설을 쉽게 용인하는 면을 들었는데, 중국인들에 있어서는 가령 오경五經을 떠받들면서도 다른 외래 경전도 일리 있는 것으로 받아들이는 태도, 즉 오경을 존중하면서도 불교 신앙을 받아들이는 태도가 소금도 모순되지 않는다고 하였다. 유불도儒佛道 삼교三敎는 같은가 다른가라는 질문에서 중국인들은 "근기根氣가 큰 자가 이것을 쓴다면 곧 같은 것이나, 근기가 약한 자가 이것을 쓰면 곧 다른 것이다. 곧 하나의 성性에서 용用이 일어났으되 근기의 차별에 따라 셋으로 나누어진 것으로서, 같고 다름이 생기는 것"[211]이라고 절충·종합한다는 것이다. 이런 경향을 나카무라는 중국인들이 이론적인 것을 곧잘 포기하고 실리적인 절충을 해버리는 경향이 있다는 것과 또 모든 것이 결국 동일하다는 종합에 이르는 과정이 논리적인 것이 아니라 직관에 의지하기 때문이라고 지적하고 있다.

중국철학의 역사에서 두드러진 요소의 하나로서 종합하는 경향과 능력이라고 하는 것은 의심의 여지가 없어 보인다. 역사적으로 보면 다음과 같은 4시기에 의미 있는 종합이 이루어지고 있음을 알 수 있다. (1) 한대漢代의 종합 (2) 불교의 영역에서 이루어진 종합 (3) 중세기의 신유교에서 이루어진 종합 (4) 현대에 이루어지고 있는 종합이 그것이다.

첫 번째 종합은 유교가 국가 의례를 만들어 내고 최고의 실권을 가지기 이전인 한왕조(B.C. 206~A.D. 220)대에 벌써 음양학파, 중용의 사상, 도교의 형이상학적 원리가 통합 과정을 거침으로써 가능해졌다. 즉 단일성의 도교적 이상, 음양론, 그리고 중용에서도 특히 성誠에 대한 유가철학 등이 종합되었다. 이것들은 몇 세기 동안 중국사상을 지배했던 것들이고 나중에는 신유교철학에서 튼튼한 기초를 형성하게 되었다.

두 번째 종합은 불교의 영역에서 생겼는데, 인도에서 들어온 여러 학파들, 허무주의, 현실주의, 이상주의적 성격을 띠는 여러 가지 불교학파들이 중국적인 정신이라고 할 수 있는 화엄사상華嚴思想으로 종합되었다는 것이다. 이 철학에서 특히 이理[principles]와 사事[facts]가 서로 대립되는 것이 아니라 서로 조화한다는 이론을 개발하게 되었는데, 이로부터 영향을 받아서 이론적인 것과 실제적인 것, 하나와 다수, 본체와 현상 등은 대립하지 않고 조화한다는 오래된 중국적인 이론을 만들어 냈다. 그래서 모든 것은 동시적이고, 병존하며, 보충적이고, 상통하며, 상호 동일하고, 서로를 포함한다는 이론이 항상 중국적인 정신으로 내려오고 있다.

세 번째 종합은 신유교에서 발생했는데, 이번에는 불교와 도교가 전통적인 유교로 흡수되는 이론들을 개발하게 되었다.

네 번째 종합은 오늘날에 이루어지고 있는 것인데, 현대 중국철학이 아직 초기단계에 있는 것은 사실이지만 소수의 중국계 철학자들이 시도하고 있는 작업의 공통적인 성격은 서양철학을 전통적인 중국사상에 결합시키는 시도를 하고 있다는 것이다. 결국 현대의 중국철학도 전통적인 방식에 따라 종합의 방향으로 나갈 것은 틀림없어 보인다.

여기서는 이상에서 말한 것과 같은 중국철학의 특성인 종합의 방향을 역사적으로 다루지는 않을 것이다. 그것을 아주 도외시할 수는 없겠지만, 우선 중국 형이상학에서 지금까지 개발한 의미 있는 주제들을 검토하는 것으로 만족하려고 한다. 중국의 형이상학에서 중요하게 다루어진 주제들을 먼저 다루는 것이 중요하다고 믿기 때문이다. 중국 형이상학의 용어로 가장 많이 다루어진 테마들을 골라 보면 다음의 8가지를 들 수 있다. (1) 유有와 무無 (2) 이理와 기氣 (3) 일一과 다多 (4) 천天과 인人 (5) 선善과 악惡 (6) 지知와 행行 (7) 공共과 개個 (8) 생生과 사死

한 글자씩 대구를 이루어 만들어 본 것은, 이해를 돕기 위한 것이지만, 현재까지도 이런 용어들이 학술적으로 매우 유용하게 사용되고 있다는 점을 감안했기 때문이다. 여기에는 내용적으로 다소 중복되는 면도 있지만 가능하면 그것을 피하면서 살펴보고자 한다.

(2) 종합의 내용과 성격

가. 유有와 무無

유와 무라는 문제는 화엄철학에서 제기한 이理와 사事의 문제와 더불어 유교, 불교, 도교에서 각각 매우 중요한 형이상학의 대상이 되었다. 오래된 문제이지만 아직도 중국의 형이상학을 이해하는 데는 매우 유용한 도구가 되고 있다. 이것을 현대적인 용어로 바꾸어 본다면, 존재[Being]와 비존재[Non-Being]의 문제가 될 것이다.

이러한 유와 무, 즉 존재와 비존재의 문제는 전통적인 유교와 불교, 및 도교가 근본적으로 일치된 사상을 가지고 있지는 않다. 우선 불교에서는 존재와 비존재가 모두 부정되었다. 도교에서는 비존재로 환원되었고, 신유교에서는 그것이 종합되었다고 말할 수 있다. 그것을 좀더 자세히 말하면 다음과 같다.

불교에서 존재라는 것을 승인하기는 어렵다. 왜냐하면, 존재하기 위해서는 어떤 사물이 생겨나는 것을 전제해야 하는데, 생겨나기 위해서 사물은 그 자체에서 생겨나거나 또는 다른 어떤 것으로부터 비롯되어야 한다. 그런데 그것은 둘 다 불교적으로는 불합리하다. 더욱이 존재하는 것은 자기 본성[self-nature]을 가짐을 의미하는데, 불교적으로 보면 모든 사물은 단지 하나의 우연적 집합에 지나지 않으며, 따라서 어떠한 자기 본성도 갖지 않는다. 그러므로 존재는 모두 환상이다. 이와 마찬가지로, 비존재라고 주장하는 것도 또한 환상이다. 유와 무로 나누어 보는 방식 자체가 환상이다. 역사적으로는 기원 후 500년경 하북河北에서 발달한 화엄학파의 불교도들은 현실적인 경향을 나타내서 '존재의 학파'라고 불리울 수 있다면, 선종禪宗과 같은 하남河南쪽의 학파는 '비존재의 학파'로 불리기도 하는데, 이 모든 주장들은 공空에서 모두 부정되고 있다. 결국 존재와 비존재는 공에서 모두 부정된다. 유와 무에 대한 불교적인 해석이 중국에서 가장 전형적으로 나타나는 경우라고 할 수 있을 것이다.

불교가 존재와 비존재를 모두 부정하는 대신에, 도가는 모두 비존재인 무로 축소시키고 있다고 말할 수 있다. 『도덕경』에서는 '만물은 유에서 생겨나고 유는 무에서 생겨난다'212)고 말하고 있다. 즉 존재는 비존재[無]에서 비롯된다고 말하고 있다. 도가의 비존재인 무를 이해하는 것이 핵심이 되는데, 무에 대한 『도덕경』의 표현이 매우 다양하고 애매한 것이 사실이나 여러 주석가들의 견해를 종합하여 보면 하나의 일관된 생각을 읽을 수 있다. 도가들은 무를 '이름을 갖지 않는 것', 즉 언어로 묘사될 수 있는 것은 아니라고 하였지만, 그렇다고 비실재[nothingness]라고 말할 수는 없다는 것이다. 설사 비실재처럼 묘사된 구절이 있다고 하더라도 우리는 그것을 잘 새겨들어야 하는 어려움이 있다. 『도덕경』에서 말하는 무라는 말은 '무엇인가를 부정하기 위한 언어'라는 것을 알 수 있다. 도는 어디에도 없다는 의미에서 무이며, 어떤 유의지적有意志的인 행동도 하지 않는다는 의미에서 무라는 것이다. 그러면서 모든 만물이 무로부터 비롯된다고 말하고 있는 것은 참으로 모순처럼 보인다. 도는 어디에도 없으며 어떤 유의지적인 행동도 하지 않지만, 모든 사물이 비존재인 무로부터 비롯된다는 것, 즉 무라고 형용되는 도 자체로부터 자기 변용[self-transformation]이 이루어져 만물을 낳는다는 것이다. 이런 성격 때문에 도가에서는 무를 강조하지만 허무주의적인 토론이 생겨나지 않고, 다만 도덕이든 정치든 부정적인 비판의 정신이 배태되어 나오는 정신적 바탕을 마련한다고 말할 수 있다.

도가가 비존재인 무에 강조점을 두었다면, 신유교도들은 존재와 비존재를 부정하지 않고 둘 다 주장했다고 말할 수 있다. 신유교도들에게 있어서 가장 중요한 용어는 맹자의 사상에서 유래한 성性이라는 개념일 것이다. 성은 모든 사물이나 인간의 본성을 구성하는 기본적인 개념이다. 그런데 이 성이라는 글자는 원래 출생, 삶, 생산과 같은 의미를 지닌 생生이라는 말에서 유래되고 있음에 주목해야 한다. 즉 유와 무는 상호 관계에 있을 뿐만 아니라 상호 작용한다는 것이다. 신유교의 철학적 원리는 처음부터 변화의 원리에 바탕을 두고 설립된 이론이다. 신유교의 토대를 마련한 주돈이周敦頤는 『주역』「계사전」에 있는 다음과 같은 말, 즉 "역易에 태극이 있으니, 이것이 양의兩儀를 낳고, 양의가 사상四象을 낳고, 사상이 팔괘八卦를 낳았다."라는 말에서 출발하고 있다.213) 이 팔괘에서 만물의 다양한 생성은 물론 인간의 선과 악의 운명을 결정한다. 무와 유,

비존재와 존재를 신유교적으로 표현하면 태극과 음양으로 말할 수 있는데, 신유교에서 태극과 음양은 구분될 수 없는 동일한 것이다. 음양 없이 태극이 존재하는 것이 아니고, 태극 없이 음양이 존재하는 것이 아니다. 존재의 연장선상에 비존재가 있고, 비존재의 자기 전개가 바로 존재이다. 이와 같은 관계는 곧잘 음양으로 설명되기도 한다. 음을 무활동, 양을 활동이라 한다면 양은 존재이고 음은 비존재라고 할 수 있는데, 음의 무활동이 영원한 것이 아니고 무활동 속의 활동인 양이 거기서 태어나므로 서로 상호작용한다고 할 수 있다. 현실이 음양으로 설명되는 한 현실은 생산과 재생산의 연속적 과정에 있다고 말할 수 있고, 그러한 변화 과정 자체에 강조점을 둔다고 말할 수도 있다. 신유교에서는 존재와 비존재 중에서 어느 하나를 더욱 중요하게 강조함이 없이 둘 다 모두 똑같은 비중으로 강조하는 변화의 원리를 바탕에 깔고 있는 철학 체계라고 말할 수 있다.

이상의 내용을 간단히 요약해 보면 다음과 같다. 형식상 유와 무를 함께 부정한 불교, 무에 강조점을 둔 도가, 유와 무를 함께 긍정한 유교로 나눌 수 있지만 그 내용을 자세히 들여다보면 그 차이가 그렇게 크지 않다는 것을 알 수 있다. 그것을 다음의 몇 가지 각도에서 생각해 보자.

첫째, 존재 혹은 유有의 세계를 긍정적으로 받아들인 신유교도들은 존재의 변화를 긍정적으로 인정하고 변화를 자연스럽고 바람직한 것으로 받아들이는 데 비해, 불교와 도가는 좀 다른 반응을 보이고 있다. 생성 변화가 무상하고 고통의 바탕이 된다는 면에서 불교와 도가는 일치되지만, 불교는 그 변화의 흐름을 넘어서 영원히 생성이 멈추는 피안彼岸에서 쉴 수 있다고 보는 데 비해 도가는 그 변화를 거칠은 하나의 거친 운명으로 받아들이면서 그것을 정면으로 수용하는 자세를 취한다고 할 수 있다. 불교는 존재를 거친 강 물결에 비유하여 영원히 생성이 멈추는 다른 강가에 도착하는 것을 목표로 삼는다. 이에 비해 도가는 존재를 거칠고 사나운 말[馬]에 비유하여, 자연적으로 사나운 이 말은 길들이기 어렵지만 그 말을 인간의 의지로 길들이려고 하지 말고 그 말과 혼연일체가 될 수만 있다면 더없이 좋은 명마名馬가 될 수 있으며 세상을 즐길 수가 있다고 생각한다. 이에 비해서 유가는 변화라는 드라마에서 주인공이 되고자 한다고 말할 수 있다. 공자가 변화를 긍정적으로 보는 심정을 표현한 구절이 몇 군데 보이는데, 냇가에서 "지나가는 것들은 흐르는 물과 같구나! 밤낮 없이 쉬지 않는구나!"214)라고 말하기도 했고, 제자 증점曾點이 "저는 늦은 봄에 봄옷을 입고 관을 쓴 벗 대여섯과 아이들 육, 칠 명과 같이 기수沂水에서 목욕하고 기우제 드리는 곳에서 바람을 쐬고 노래나 읊으며 돌아오겠습니다."라고 말하자 감탄하면서 "나도 너와 같다."라고 하였다.215) 유가는 변화를 모두 인간이 주도한다고 보지는 않지만, 궁극적으로 변화는 선이기 때문에 부정적으로 볼 이유가 없다. 『중용』에서 말하는 성誠이나 태극의 철학에서 음과 양의 연속하는 운동을 도라고 보는 관점들이 모두 그것을 말해 준다. 도로부터 나온 것은 선일 수밖에 없다. 이렇게 보면 불교만이 유난히 피안을 강조하는 것 같지만, 그것은 피상적인 것에 불과하다. 중국 불교의 특성이 인도 종교와 비교할 때는 피안적이 아니라 오히려 차안적이라는 특성을 참고할 필요가 있다.216)

둘째, '존재의 세계'를 생성과 변화의 세계라 할 수 있다면 유·불·도 삼교의 시간관에는 차이가 있다는 점을 생각해 보자. 시간이란 현상 세계에서 여러 가지 모양의 사건들과 함께 인간에게 의식되는 것이기도 하다. 그런데 불교적으로 보면 그러한 현상적인 사건들은 실재하는 것이 아니라 하나의 환상과 같은 것이기 때문에 그 시간의 굴레를 벗어나지 않으면 안 된다. 즉 불교는 이러한 굴레와 움직임에서 해방되어 니르바나에 이르는 것을 목표로 삼는다. 한편 도가의 시간관은 원환적인 것이라고 할 수 있다. 왜냐하면 모든 현상이나 사물은 비존재인 무에서 비롯하여 비존재인 무로 되돌아가는 것이기 때문이다. 이에 비해 신유교적 관점은 생성과 변화를 선으로 볼 뿐만 아니라 늘 새로운 것으로 본다고 말할 수 있다. 음양에 의한 생산과 재생산은 새로운 음과 양의 관계를 요구하기 때문에 현상의 생산은 항상 새로움의 요소를 지니는 것으로 이해된다. 그러나 유·불·도 삼교의 이러한 차이가 첨예하게 구분되는 예는 많지 않다. 존재와 비존재를 이원적으로 구분하지 않고 오히려 하나로 합치는 경향을 갖는 중국인들의 사고방식에서 이러한 시간관의 차이는 찻잔 속의 작은 파동에 불과한 것으로 여겨진다.

셋째, 유·불·도 삼교가 궁극적으로 그리스도교처럼 목적론적[teleological]인 태도를 취하지 않는다는 점에서 존재와 비존재를 합치하고 비존재보다는 존재의 세계를 강조하는 경향으로 나타난다고 할 수 있다. 노자가 제帝[The Lord]라는 말을 사용했고 장자는 조물자造物者라는 말을 사용했지만, 그것은 기계론적[mechanistic]인 것이 아님은 물론이고 인격적인 신의 개념도 아니며, 또 우주를 도덕적인 것으로 여기지도 않았다. 고대 유가에서는 인간과 유사한 신을 그리고 있기는 하지만 순자와 같은 사람은 그것을 명확히 자연과 동일시했으며 신유교도들은 그것을 이理라고 불렀다. 이와 같은 성격은 불교도 유사하다. 그러나 존재와 비존재를 합치하는 경향이 가장 강한 종교는 유교라고 할 수 있는데, 위에서 말한 것처럼 우주적인 생산과 재생산의 과정은 선이며, 그것은 음양의 진동에 의해 조화롭게 이루어지고 있다. 도덕적 행동 가운데 최상의 것은 만물과 하나가 되는 조화에 있다는 것이다. 이것은 바로 존재와 비존재의 합일의 극치라고 할 수 있다.

나. 이理와 기氣

중국 형이상학의 종합적 성격 가운데 가장 이상적인 발명품은 이와 기의 문제라고 할 수 있다. 존재와 비존재를 종합함에 있어서, 일찍이 신유교도들은 그들 자신의 이분법, 즉 이와 기의 분기점을 창조했다고도 말할 수 있다. 이 개념은 원래 화엄 불교로부터 빌려 온 것이라고 한다. 화엄철학에서 원리[理]의 영역과 사실[事]들의 영역이라는 분기점을 빌려온 개념이라고 할 수 있는데, 앞에서 말한 유有와 무無의 종합과 밀접히 관련된 개념이라고 할 수 있다.

이와 기의 문제도 긴 역사적인 토론을 거치는 동안에 중국적인 종합의 과정을 보이고 있음을 발견할 수 있다. 즉 처음 이기理氣의 문제는 정씨程氏 형제에 이어 주자朱子에 의해 깊이 있게 논의된 이래 약 800여년 동안 논의되는 과정에서 중국적인 종합화의 방향으로 가고 있음을 볼 수 있다.217) 역사적인 논의 과정을 대개 3단계로 나누어볼 수 있다. 첫째는 송대宋代(960~1270)의 정주학파程朱學派의 관점, 둘째는 명대明代(1368~1644)의 육왕학파陸王學派, 셋째는 청대淸代(1644~1911)의 철학이라 할 수 있다. 이것을 다음과 같이 요약할 수 있다.

첫째, 정주학파의 관점을 요약하면 다음과 같다.

① 만물[有]은 이理를 가진다.(이선기후理先氣後, 이理에는 무형체, 초월적이라는 특성이 부여되고 있다.)

② 한편 유有는 기氣로 이루어진다.

③ 그러나 기 없는 이는 없다.(기氣 없이 이理 는 의지할 데가 없기 때문이다. 이런 면에서 이理는 목적의식적인 것이 아니라 형식적인 것임을 알 수 있다.)

④ 다만 인간의 마음의 위치가 중요한데, 마음은 모든 이를 포함한다고 생각한다. 앎은 마음을 만물에 확대하는 데서 생긴다[格物致知]거나 만물을 탐구해야 완벽한 앎에 도달한다218)는 이론적인 틀이 여기서 생겼다. 그러나 마음에 의해 '원칙상' 이가 밝혀질 수는 있으나 '반드시' 그렇게 되는 것은 아니다.

이상을 요약하면 다음과 같다. 정주학파의 입장은 형식적인 이가 기보다 우선한다고 보지만, 이와 기의 분리를 부정하고 있다. 이가 기보다 우선한다고 말하는 것은 논리적으로 볼 때 그런 것이고 실제로는 기를 강조하는 것이라 할 수도 있다. 그런 점에서 이와 기의 이원론적 분리를 주장하는 태도를 지니고 있음을 알 수 있다.

둘째, 이에 대해서 육왕학파는 다음과 같다.
① 마음은 이이다. (우주는 나의 마음이고, 나의 마음은 우주이다. 모든 사람은 이 마음을 가지고, 모든 마음은 이理를 가진다.)
② 마음을 이해하기 위해서는 이를 이해해야 한다.

정주학파가 객관적 사물의 이와 주관적 마음의 이를 구분하여 설명하는 데 비해, 육왕학파에서는 이와 마음을 하나로 동일시함으로써 정주학파에서 이와 기를 두 갈래로 나누어서 생각하는 것을 제거하려고 하였다. 객관적 사물의 이는 주관적 마음의 이가 밖으로 투사되어서 보이는 것일 뿐이라는 것이다. 그러나 그러한 이가 '존재'한다고 보는 점에서는 불교와 다르고 유교적인 입장을 취하고 있음을 알 수 있다.

셋째, 청대의 학자들의 입장은 다음과 같다.[219]
① 이는 어떤 사물의 원리(형식)이고, 기는 그 실체(질료)이다.
② 이가 있는 곳에 기가 있다. 즉 기가 없는 곳에 이도 있을 수 없다.
③ 이는 사물 속에 내재되어 있다.
④ 이를 알기 위해서는 사물들을 관찰·분석하지 않으면 안 된다.

이와 기에 관한 중요한 학설적인 전기를 마련했던 세 학파가 서로 다른 관점을 지니고 있지만, 어떤 학파도 그들 중의 하나만이 실제적이라고 주장하지는 않았다는 것은 매우 중요하다. 예를 들어, 명대 철학자들은 이를 중요시하는 만큼 기에 대해서 많은 말을 하지는 않았지만, 그들에게 있어서도 기는 이의 작용 또는 기능이었다. 그리고 그것은 완전히 실제적인 것이었다고 믿는 점에서는 확고했다. 주희朱熹는 이가 기에 대해 더 우선하고 독립적이라고 주장했지만, 이도 기를 떠나서는 존재하지 않는다고 말하였다. 그러나 청대 철학자들은 대체로 이가 우선하고 초월적이라는 점을 부정했다. 선진시대의 소박실재론적素朴實在論的인 관점으로 다시 되돌아간 감이 있을 정도이다. 그렇지만 그들은 이는 단지 추상관념(비실재적 관념)에 지나지 않는 것이라고까지는 말하지 않았다.

중국인들은 이가 중심이 된다거나 기氣가 중심이 된다고 주장하여 다른 하나를 배척함으로써 양극을 치달은 적은 한 번도 없다. 일반적으로 중국인들은 이와 기는 상호관계에 있고 서로 떠날 수 없다는 전제에서 그 관계에 초점을 맞추어 긴 토론을 하는 것을 볼 수 있다. 여기서도 중국인의 종합화하는 경향을 볼 수 있다.

다. 일一과 다多

일과 다의 형이상학적인 문제가 중국에 원래부터 있었는지는 불분명하다. 아마도 불교, 특히 화엄종으로부터 배운 것이 아닌가 생각된다. 그러나 비록 불교에서 배운 것이라 하더라도 일과 다의 형이상학적인 문제는 결국 중국적인 특성을 드러내고 말았다. 불교에서 말하는 '일즉다一卽多, 다즉일多卽一'이나 '일즉일체一卽一切, 일체즉일一切卽一'이라는 것이 주로 화엄 계통에서 토론되는 것은 누구나 잘 아는 바이다. 중국에서 들어온 화엄사상을 가장 잘 이해한 의상이 저술한 『화엄일승법계도華嚴一乘法界圖』에서 한 구절을 인용해 분석해 보겠다.

① 法性圓融無二相 (법성法性은 원융하여 이상이 없고)

② 諸法不動本來寂 (제법諸法은 부동하여 본래 고요하다.)

③ 無名無相絶一切 (이름도 꼴도 없고 일체가 끊겨)

④ 證智所知非如境 (증지證智가 아니면 알 길이 없다.)

⑤ 眞性甚深極微妙 (진성眞性은 심히 깊고 극히 미묘해)

⑥ 不守自性隨緣成 (자성自性을 안 지키고 연緣을 따라 이룬다.)

⑦ 一中一切多中一 (일一 속에 일체一切 있고 다多 속에 일一이 있다.)

⑧ 一卽一切多卽一 (일一이 곧 일체一切요 다多가 곧 일一이다.)

⑨ 一微塵中含十方 (한 티끌 속에 십방十方을 머금고)

⑩ 一切塵中亦如是 (모든 티끌 속도 또한 그러하다.)

⑪ 無量遠劫卽一念 (무량한 먼 겁劫이 한 생각이요)

⑫ 一念卽是無量劫 (한 생각이 곧 무량한 겁이다.)

⑬ 九世十世互相卽 (구세九世와 십세十世가 상즉相卽하면서도)

⑭ 仍不雜亂隔別成 (흐트러지지 않고 따로 이룬다.)

⑮ 初發心時便正覺 (처음 발심發心할 때가 곧 정각正覺이요)

⑯ 生死涅槃常共和 (생사生死와 열반涅槃이 항상 함께이다.)

⑰ 理事冥然無分別 (이理와 사事가 명연冥然하여 분별이 없는 곳)

⑱ 十佛普賢大人境 (십불十佛과 보현普賢의 대인大人 경계이다.)

이 구절은 원래 7언 30구로 되어있는 것인데 편의상 18구절만 인용
하였다. 이것은 크게 두 가지로 나눌 수 있다. ①~④까지는 법계자체法
界自體 즉 법성法性과 이理를 말한 것이고, ⑤~⑱까지는 연기제법緣起諸
法, 즉 사상事相을 가리키고 있다. 편의상 법계자체와 연기제법을 구분했
지만 실상 구분 자체가 무의미하다는 것을 지적하지 않으면 안될 것이다.
'일중일체다중일一中一切多中一', '일즉일체다즉일一卽一切多卽一'을 짐작케
하는 것으로 "하나의 미진微塵에 십방十方이 들어 있다.", "무량원겁無量遠

劫이 일념一念 이다.", "구세九世와 십세十世가 상즉相卽하면서도 불잡란不雜亂이다.", "초발심初發心이 정각正覺이다.", "생사生死가 열반涅槃이다.", "이理와 사事가 분별이 없다." 등을 언급하고 있다. 주로 정신적 경계를 지칭하는 언어인데, 대구로 설명되는 양자兩者가 동일하다는 말은 그러한 구분을 넘어서는 것이요, 차라리 비구별非區別을 지칭하는 것이다. 즉 일一과 다多의 비구별 혹은 일一과 다多의 부정을 말한다고 할 수 있다.

이와 같이 일一과 다多의 불교적인 성격에 비하여 중국철학의 여러 전통들은 좀 다른 면을 보인다. 노자는 도를 일一로 표현한 구절이 많고,220) 장자도 일一을 도로 표현한 구절이 많다.221) 그 후 동중서董仲舒나 열자列子도 만물지시萬物之始를 일一로 표현하는 경향이 있고,222) 이런 전통은 중세의 성리학자들에게도 이어져 오고 있다. 즉 태극太極을 일一로 보거나223) 성性이나 도를 일一로 보는 경우도 있다. 현대의 철학자인 웅십력熊十力도 "무릇 도는 일일 뿐이다. 일은 절대이다. 어디 기댈 곳이 없이 그런 것이므로 노자는 그것을 자연이라 하였다."(夫道一而已矣, 一者, 絶待也, 無所待而然, 故老氏謂之自然. ;『讀經示要』卷一)라고 말하여 도가 일一이나 자연임을 지적하고 있다.

여기서 우리는 종합적으로 다음과 같은 결론을 내릴 수 있다. 일一과 다多는 중국에서 모두 종합되는데, 다만 종합의 방법이 다른 것을 알 수 있다. 도가에서 말하는 위대한 하나[Great One] 또는 위대한 단일성[Great Unit]으로 표현되는 도는 장자에서 만물제동萬物齊同의 사상을 낳았지만 신유교의 장재張載(1021~1077)의 사상과 이런 면에서 그렇게 큰 거리가 있는 것은 아니다. 장재는 기氣의 침투가 우주를 끝없는 조화의 세계로 만든다고 하면서, 기는 집중과 분산을 통해 그리고 증가와 감소를 통해 작용하고 또 하나의 사물에 있어서의 증가는 또 다른 것에서의 감소를 통해 이루어지기 때문에, 모든 것은 필수적으로 그것의 반대를 갖는다고 말한다. 그러나 이것은 사물이 고립되어서 존재한다는 것을 의미하지는 않는다. 왜냐하면, 모든 사물들은 무한한 조화 속의 하나로서 결합되기 때문이다. 다른 신유교도들은 모든 것은 이理에 의해 하나로서 결합된다고 말한다. 그러므로, 일一과 다多는 공존한다. 다시 말하면, 중국사상의 양대 산맥이라고 할 수 있는 노장과 신유교철학은 일一과 다多의 문제에 있어서 그렇게 큰 차이가 있지 않다는 것이다. 그것이 도라고 표현되든 혹은 태극이나 이理라고 표현되든 존재[有]하는 것이고, 만물지시萬物之始의 근원으로서 중요한 의미를 갖는다. 다多에 해당하는 만물은 일一에 비하여 열등하거나 차이가 있는 것이 아니라, 전체의 한 조화 속에서 동질성을 갖는다. 단지 불교에서의 조화는 앞에서 말한 것처럼 비구별 혹은 부정에 의해 성취된 것인데 반하여, 신유교에서의 조화는 둘 다(일一과 다多)를 주장함으로써 얻어진 것이라고 할 수 있다. 그런 면에서 불교에서의 조화는 초월적인 세계에서 성취된 것이고, 신유교에서의 조화는 지금의 현실에서 성취된 것이라고 할 수 있다.

라. 천天과 인人

우주와의 관련 속에 있는 개인으로서의 인간의 위치는 너무도 명확하고 잘 알려져 있는 것이므로 길게 설명할 필요성을 느끼지 않는다. 하나의 개체로서 모든 인간은 그의 독자적 위치를 갖는 반면 그는 또한 우주와 동일시될 수 있다는 천인합일天人合一의 사상은 고대부터 이어져 온 것이기 때문이다. 이와 같은 인간과 우주의 합일의 관념은 사실상 중국철학의 전체 역사와 통한다. 그것을 표현하는 용어들도 매우 다양하다. 천인합덕天人合德, 천인일본天人一本, 천인동심동이天人同心同理, 천인상감天人相感, 치성진성致誠盡誠 등의 표현이 그것이다. 여기서는 간단히 요점만 추려서 언급하겠다. 도가에서는 자연과의 동일시를 항상 하나의 이상적인 것으로 생각해 왔다. 한대(B.C. 202~A.D. 220)의 도가와 유가들은 모두 인간과 우주를 소우주·대우주 관계에서 보았다. 『맹자』와 『중용』에서는, 사람의 본성과 우주의 본성은 같기 때문에, 충분히 그의 본성을 발전시킨 사람은 다른 사람의 본성을 발전시킬 것이고, 다른 사람의 본성을 발전시킨 사람은 사물들의 본성을 발전시킬 것이며, 사물들의 본성을 발전시킨 사람은 전우주의 본성을 발전시킬 것이라는 이론을 제시했는데, 이것은 천인합일에 대한 원형적 표현이 아닌가 생각된다.224) 이것은 신유교철학의 이론적 바탕이기도 하다. 이와 같이 인간과 우주의 공통된 본성에 대한 강조에서 마침내 인간의 마음은 이理의 구체화(형상화)이고, 그렇기 때문에 인간의 마음은 원칙상 모든 이理를 포함하며, 그리고 그것은 우주 전체를 포함하는 데에 이를 것이라는 사상에 도달하였다. 인간을 한갓 피조물로 보는 그리스도교적 관점에서는 인간의 영혼이 아무리 고귀한 것이라 하더라도 하느님의 영靈(성령)이 거하는 방房과 같은 것이고, 초월적인 성령과는 질적으로 다른 것이라고 해야 하는데, 중국의 천인합일의 사상은 인人과 천天의 질적 차이를 궁극적으로는 부정하고 종합하였음을 알 수 있다.

마. 선善과 악惡

앞의 천인 관계에 관한 사상은 인간과 우주는 하나이고 우주는 선이기 때문에 필연적으로 인간은 선해야만 한다는 이론으로 항상 귀결된다. 그리고 중국인들은 천재지변이나 동물들의 약육강식과 같은 자연적인 악의 가능성에 대해서는 일체의 반성이 없고, 인간의 의지를 잘못 사용하여 생기는 악에 대해서만 관심을 갖는다. 인간이 원래 선천적으로 선하다는 생각은 맹자 이래로 중국인들의 일관된 입장이기는 했지만 다른 견해들이 전혀 없지는 않았다. 한대 이전의 이론들을 종합한다면 다음과 같은 5가지를 들 수 있을 것이다.

① 인간 본성은 선하다.

② 인간 본성은 악하다.

③ 인간 본성은 선하기도 하고 악하기도 하다.

④ 인간 본성은 선하지도 않고 악하지도 않다.

⑤ 어떤 사람들은 선하게 태어나고 어떤 사람들은 악하게 태어난다.

선진시대에 선악에 관한 입장이 이처럼 다양하게 표출된 것만 보아도 이러한 문제는 중국형이상학에 있어서 가장 중요한 주제였다는 것을 짐작할 수 있다. 즉 이것은 중국인들에게 있어서 가장 초기의 형이상학적 물음이었고 가장 광범위하게 토론되었던 주제들이었다. 그만큼 가장 강력하고 실제적으로 모든 중국 철학자들의 주목을 끌었던 것이다.

그러나 한 가지 공통점을 발견할 수 있다. 앞에서 지적되었듯이, 인간 본성의 선천적 선에 대한 주요 논점은 인간은 우주의 부분이고, 그리고 그것은 도덕적으로 선하다는 것이다. 그렇다면, 악(도덕적 악)은 어떻게 설명될 수 있을까? 각 가(家)마다 조금씩 다른 견해들을 내놓고 있지만 크게 보면 공통적인 면을 지니고 있다. 불교는 그것을 무지에 기인하는 것으로 보았으며, 도교는 그것을 욕구에 기인하는 것으로 보았고, 신유교도들은 욕망에 책임을 지우려는 경향이 있었다. 주희는 이(理)를 선의 근원으로 대비시켰고, 기(氣)를, 그것이 선천적으로 악을 내포하는 것은 아니라 하더라도, 악의 근원으로 대비시켰다. 하늘의 이(理)와 인간의 욕망 사이의 대조를 극대화함으로써 논쟁의 절정에 도달하는 듯했다. 이 문제는 주희 이후에도 오랫동안 계속되었다.

그러나 여기서 우리는 선악에 관한 중국 형이상학의 한가지 특색을 볼 수 있다. 중국인들은 시간이 경과함에 따라 인간은 단지 자연의 한 부분이기 때문에 욕망은 근본적으로 악한 것이 아니고 선하다고 보았다는 것이다. 악이라는 것은 그 기원이 무엇이든지 간에 중용으로부터 벗어나는 데서 비롯하는 것이라는 견해를 견지해 왔다. 이것은 적당한 완화 또는 타협은 아니다. 그것은 이와 기의 조화 혹은 이성과 욕망의 조화를 의미한다. 여기서도 이성과 욕망의 조화를 통하여 문제를 해결하려는 태도를 볼 수 있다. 그러므로 인간의 타락이나 악은 이기적 욕망, 외부적 영향, 교육의 부족, 자기 통제의 부족, 자신의 도덕적 기능들을 발전시키지 못하는 데서 오는 실패나 잘못된 판단 등에 기인한다고 말한다. 그렇게 보면 악은 부자연한 것, 우발적이고 일시적인 것으로서 주로 그 자신의 결점 때문에 기인하는 것으로 해석할 수 있다. 절대선이나 절대악의 개념은 개재될 여지가 없다. 신유교철학에서 절대선의 개념이 등장하는 듯하지만, 그것은 어디까지나 형식적 개념이고 일상적으로는 이상에서 말한 것처럼 이성과 욕망의 조화라는 완화된 형태로 받아들이는 경향이 강하다.

따라서 중국인들에게 있어서 구원 혹은 구제라는 개념은 그렇게 심각하지가 않다. 자신이 타고난 선천적으로 선한 본성을 충분히 발달시키는 데에 구원이 있다고 생각한다. 자신의 선한 본성을 발달시킴으로써, 자신의 운명을 '완수하고' '확립하는' 것이 구원이라고 생각한다. 그런 면에서 인간은 자신의 구원을 성취해야 할 의무가 있다고 말할 수 있다. 왜냐하면 본성이 선천적으로 선하다는 것은 단지 가능성으로만 있는 것이 아니고, 피할 수 없는 것이라고 보기 때문이다. 누구나 우주적인 선의 충분한 양을 공유하고 있기 때문에 마음만 먹으면 다 현인이 될 수 있다고 말한다. 그런데도 그렇게 되지 못하는 것은 게으름 때문이다. 그렇다면 자기 완성을 회피하는 것은 바로 인간의 의무를 다하지 않는 것이다.

바. 지知와 행行

인간의 타고난 본성이 선하다고 하더라도 그 사람의 본성을 발전시키기 위해서는 교육이 필요하다. 그리고 중국인들은 교육이란 지식만을 가르치는 것이 아니라 행동과 지식을 포함하는 것이라 여겨왔다. 지와 행은 대부분의 중국 철학자들에 의해 동일시되었다. 여기서도 중국사상의 종합적 성격이 드러난다고 말할 수 있다. 지행知行의 관계를 학설적으로 살펴보면 다음과 같다.

"지보다는 행이 더 중요하다."
　(『논어』, 「학이」. 『묵자』, 「귀의」. 주돈이의 『통서』.)

"지는 쉽고 행은 어렵다."
　(『상서』, 「열명」.)

"지와 행을 일치시켜야 한다."
　(『맹자』, 「고자상」. 왕양명의 『전습록』)

"행보다 지가 선행한다."
　(『중용』 "博學之, 審問之, 愼思之, 明辨之, 篤行之", 『순자』, 「권학」.)

"지 속에 행이 있고, 행 속에 지가 있다."
　(왕부지, 『독사서대전설讀四書大全說』 1권 "知中有行, 行中有知.")

"행은 쉽고 지는 어렵다."
　(『맹자』, 「진심」. 손중산孫中山, 『심리건설心理建設』, 「지행총론知行總論」.)

　이처럼 다양하게 나타나고 있는데, 모두 지행을 종합적으로 생각하고 있다는 면에서 공통적이다. 무엇보다도 참다운 앎은 본성의 완성으로 이끄는 앎이라는 것이 특히 강조되고 있다.

　지의 가장 중요한 측면은 인식 주체와 인식 대상의 동일시라 할 수 있다. 불교의 "산은 산이고 물은 물이다."라는 선어禪語에서 지적되는 것처럼, '높은 진리'와 '낮은 진리',225) '대지大知'와 '소지小知'를 구분하는 도가와 마찬가지로 신유교도들은 소이연지리所以然之理를 아는 지(정보를 통한 앎)와 소당연지리所當然之理를 아는 지(덕성을 통한 앎)를 구분하였다. 이

232

렇게 구분해 보면, 도교나 불교에서는 '소지'와 '낮은 진리'가 신뢰할 수 없는 것으로 여겨지는 반면에, 신유교에서는 '소이연지리'에 대한 앎이 낮은 진리로 받아들여진다. 그러나 진정한 앎은 본성의 완성으로 이끄는 '도덕적 본성을 통한 앎'이다.

이러한 앎에 대해서 지속적으로 토론하여 온 것은 신유교철학이다. 지난 800년 동안 이러한 유형의 앎이 강조되어 온 전통이 있다. 신유교도들은 도가나 불교에서와 같이 앎에 대한 그들의 노력을 초월해 버리거나 그 자체를 무無로 용해해 버리는 것을 거부해 왔다. 그들은 유일하게 가치 있는 앎은 이理에 대한 앎이고, 또한 사물의 이理는 우주의 이理와 같다고 생각했다. 그러므로 사물을 알기 위해서 마음은 무엇보다도 먼저 진정한 자아에 도달해 있어야 한다. 즉, 그 자신이 이理를 깨달아야 한다. 그리고 그런 다음 그것을 사물들의 이理로 확장해야 한다. 이 '확장'[ex-tension]이 가능한 것은 이理가 하나이기 때문이다. 이렇게 인식 주체와 인식 대상의 공통된 본성을 토대로 둘은 조화로울 수 있다. 다시 말하면, 사물을 진정으로 알기 위해서 인식 주체는 '공감적 지성'[sympathetic intel-ligence]이라고 표현할 수 있는 일치의 감정을 가지고 사물에 접근해야 하는데, 이것이 가능하기 위해서는 반드시 거울처럼 맑고 고요한 마음, 욕심 없이 응시하는 마음을 가져야 할 뿐만 아니라 도덕적으로 건전해야만 한다.

격물치지格物致知라는 말에 대해서는 앎은 행동을 떠날 수 없다는 의미의 다양한 해석이 있었는데, 육왕학파陸王學派에서는 사람이 소유하는 마음의 선한 본성을 명백히 전제하면서, 격물치지를 '타고난(또는 직관적인) 앎의 확장'으로 해석했다. 그러나 격물치지의 가장 일반적인 해석은 아무래도 정주학파라고 해야 할 것이다. 정주학파의 격물치지는 직관적, 이성적, 경험적인 방법을 종합하는 것이라고 할 수 있다. 주희는 이렇게 말한다.

"이른바 치지致知가 격물格物에 있다는 것은, 나의 앎을 이루려고 하는 것이 물物에 즉하여 그 이理를 캐물어 가는 데 있음을 말한다. 대개 인간 마음의 영특함은 인식 능력을 가지고 있지 않음이 없으며, 천하의 만물은 이理를 가지고 있지 않음이 없다. 오직 이理에 대하여 아직 캐묻지 않음이 있으므로 그 인식 능력이 모조리 다 발휘되지 않은 것이다. 이 때문에 대학의 처음 가르침은 반드시 학자로 하여금 천하의 만물에 즉하여, 이미 그가 알아낸 이理에 의거하여 그것을 더욱 캐묻게 하여 그 극치에 이르도록 추구하지 않음이 없다. 이렇게 힘을 씀이 오래되어 어느 날 아침에 툭 트여 꿰뚫어 보게 되면 여러 물건의 겉으로 드러낸 것과 속 깊이 숨겨져 있는 것과 큰 테두리와 세밀한 곳에 앎이 이르지 않음이 없다. 그리고 내 마음의 전체의 큰 작용이 밝게 되지 않음이 없다. 이것이 바로 물物이 깊이 연구되었다고 하는 것이며, 이것이 바로 앎의 지극함이라 하는 것이다."226)

앎의 완성은 사물들의 탐구[格物]에 의존한다는 전제 속에서, 만약 우리가 앎을 끝까지 확장하려 한다면, 우리가 접하는 모든 사물들의 이理를 탐구해야 한다는 것이다. 인간의 마음은 사물을 알 수 있도록 형성되어 있고, 이理가 그 안에 본래 갖추어져 있지 않은 것은 단 하나도 없기 때문이다. 이렇게 세계의 모든 사물에 관해서 극단에 이르기까지 탐구를 계속하다 보면, 결국에는 활연관통豁然貫通하는 경지에 이르게 된다는 것이다. 이런 앎의 방식은 우리가 보통 '체험' 혹은 '체인體認'이라 부르는 것과 유사한데, 여기서 '체體'라는 것은 몸을 의미하고, 따라서 활동적이고 개인적인 체험을 강조하고 있음을 알 수 있다. 이 체험적인 앎은 앎의 대상과의 동일화를 이루는 것으로서, 이성적이며 직관적인 방법들을 모두 사용하고 있다고 할 수 있다. 한마디로 말한다면, 이런 앎의 형식은 형이상학과 인식론, 그리고 윤리학을 하나의 조화로운 전체로 종합하는 방식이라고 말할 수 있다.

사. 개個와 공共

여기서 개와 공이라는 것은, 개인적인 것과 공적인 것이라기보다는, 개별적인 것과 보편적인 것으로 해석하였다. 나카무라는 중국인들이 특히 개별성을 강조하는 예로서 그들이 숭상하는 오경의 내용은 대부분 과거에 있었던 개별적인 사례의 기록들이고 행위에 관한 일반적인 명령이나 교훈이 적다는 것을 언급하고 있다. 『논어』에 있는 공자의 어록을 보아도 공자가 제자와의 개인적인 행위나 말의 기록들로 채워져 있고 보편적인 규범을 다루고 있지 않음을 알 수 있다. 이와 같은 성격은 중국의 한자가 구상적具象的 성격을 띠고 있어 추상적 및 보편적인 것을 표현하기에 적합하지 않다는 것과 일맥상통한다. 그 예로서 산을 뜻하는 단어는 영어에는 mountain이 1개 있고, 여기에 수많은 메타포metaphor가 부가되어 사용되게 마련인데, 중국에서는 『시경』에서만도 산山을 지칭하는 언어가 18개나 있다는 것이다. 말[馬] 단어가 영어에는 horse 1개 있는데 비하여 한문에서는 『시경』에 나타난 것만 하더라도 23개나 된다는 점을 들고 있다. 이러한 언어의 성격 때문에 추상적인 표현을 좋아하지 않을 뿐만 아니라 그것을 표현하는 적합한 언어가 되지도 못한다고 한다. '모순'이라는 추상적인 단어를 '창과 방패'[矛盾]라고 표현하는 경우가 대표적인 예가 되고 있다.

순자의 논리학에서 별명別名과 공명共名을 구분한 것과 같은 보편성에 대한 자각은 아주 특수한 경우에 해당한다. 일반적으로 보편적인 개념의 미발달은 25사史와 같은 역사책을 쓰는 경우에도 각 왕조에 생겼던 사실을 아주 지루할 만큼 가능한 한 개별적인 사례들을 낱낱이 자세히 기록하는 형태를 취하고 있다. 그러므로 중국에서는 자연히 개별기술학[ideographic science]이 발달하였다.

여기서 우리는 중국적 형이상학의 특색을 몇 가지 살펴볼 수 있다. 중국의 문자적 성격이 수없이 많은 개별적인 것에 대한 명명으로 확대될 경향이 많긴 하지만, 그렇다고 추상적이고 보편적인 것에 대한 관념이 없다는 것은 아니다. 다만 그러한 추상적이고 보편적인 것을 표현하기 위하여 남다른 방법을 사용할 수밖에 없는데, 그 첫 번째로 지적할 수 있는 것이 개별성 안에서 보편성을 보게 하는 것이다. 즉 개個를 통해 공共을 보는 것이다. 이것은 직관을 통해서만 가능하다.227) 중국에서 발달한 선문답禪問答의 비논리성은 그러한 직관적 성격의 절정을 이룬다고 할 수 있다. 선문답은 물음과 물음 사이의 연관이 차단되는 특색이 있고, 다만 사변적으로가 아니라 구상적·직관적·정서적으로 일시에 파악하지 않으면 안 된다. 플라톤의 대화처럼 물음과 답변이 줄을 이어 나가는 형식과는 극단적으로 대비되는 형태를 취한다고 할 수 있다. 두 번째로, 개별적인 것을 통해서 보편적인 깨달음을 얻는 방식의 미묘함을 터득하는 것이 마음 공부에 중요한 부분을 차지하게 된다는 것이다. 이 개별적인 경우를 '기機'라 하는데, 이는 단순히 '기미'라는 말로도 표현할 수 없고, 영어의 chance와도 다른 것으로 '주객主客의 호응하는 순간'이니, '곳곳마다에 주인이 되는 것'이니, '쏘아서 과녁에 맞는 순간'이니 하는 설명을 덧붙이고 있다. 이것은 개별성에 '즉卽'해서 일시에 진리를 터득하는 것을 의미하므로, 경험적·논리적 인식만도 아니고 합리적 인식만도 아니고, 윤리적이거나 법적인 것만도 아니다. 그것은 전인격적인 것이라 할 수 있는데, 경험적·형이상학적·윤리적·법적인 것이 종합된 인식 방법이라 할 수 있다. 셋째로, 개별성 안에서 보편성을 보는 습관은 과거의 개별적인 역사적 사례에 의미를 부여하는 경향으로 나타나고 있다. 즉 옛날의 역사적 사례들은 남달리 보편적 의미를 획득하고 있는 것으로 여겨지므로 자연히 옛 것을 숭상하는 태도로 나타난다.228) 중국인들에게 있어서 '계고稽考'라는 말은 현재의 개별성이 갖는 한계를 극복하고 보편성에 비추어 보는 것을 의미한다. 남을 잘 설득시킬 수 있는 사람은 보편성의 화신인

과거의 경經을 잘 인용하는 사람을 말한다. 경을 다른 말로 '전典', '상常'이라고도 하는데, 영원한 진리 그 자체라는 말이다. 이와 같은 '고전'은 생활의 규범이 될 뿐만 아니라 정치적·경제적인 데까지 영향을 미쳐서 서양의 학자들은 수 천년 동안 중국의 법과 행정조직에 현저한 변동이 별로 없었다는 데에 감탄하기까지 한다.

아. 생生과 사死

끝으로 생과 사와 관련한 형이상학에서 중국인의 종합화하는 경향을 살펴보겠다. 중국인의 종교적 특색을 현세 중심적이라고 하는데, 사생死生의 문제에 있어서도 사보다는 생을 중요시하는 태도를 볼 수 있다. 초월적인 보편보다는 현세의 구체성을 더욱 중요시하는 태도와 일맥상통하는 것이라 할 수 있다. 중국에는 일반적으로 신화가 빈약하다고 말한다. 신화가 있다고 하더라도 『회남자淮南子』니 『술이기述異記』니 『삼오역기三五歷記』니 하는 이단적인 야사野史에 속하는 책에 약간 들어 있고, 권위 있는 경전에는 신화가 실려 있지 않다. 사마천司馬遷의 『오제본기五帝本紀』에도 불가사의한 기록은 보이지 않는다. 사보다는 생을 중요시하는 태도와 연결되는 사고방식이라 할 수 있다. 공자에게 죽음에 대해서 물었을 때 "아직 태어남도 모르는데 어떻게 죽음을 알겠는가?"229)라고 했다는 말은 이러한 중국적인 사고방식을 잘 반영한 것이라 할 수 있다. 중국에서 보편적인 종교 현상이라 할 수 있는 조상숭배도 산 자와 죽은 자의 유대를 강하게 유지하려는 현세의 가족적 태도에서 나온 것이지, 내세적인 형이상학적 종교로 바뀌어질 수 없는 것이다. 도교의 신선설神仙說도 따지고 보면 사람의 몸 그대로를 가지고 장생불사長生不死하려고 하는 기상천외한 종교적 태도에서 비롯된 것이다.

이런 중국인의 사고방식은 죽음에 대해서도 매우 단순한 생각을 갖는다. 민간인들 사이에서는 영혼은 죽은 육체 주위를 맴돈다는 생각을 가지고 고함이나 이름을 부름으로써 영혼을 육체로 불러들일 수 있다고 생각하였는데, 이것은 서력 기원 전후부터 곡哭을 하는 종교적 의식과 함께 생겨난 것으로 지적되고 있다. 여기서 한 걸음 더 나아가 죽은 뒤의 운명을 걱정하지 않는 태도와 생과 사를 똑같이 보는 종합을 이루고 있다. 이러한 사생일여死生一如는 중국사상의 전 역사를 관통하는 종교적 관점이라 할 수 있다. 이 사생일여를 전제로 하여 사생유명死生有命이라거나230) 생을 좋아하고 사를 싫어하지 않는다거나231) 하는 성인의 말을 새겨들어야 한다.

그러면 생과 사를 동일하게 본다는 말은 무슨 뜻인가? 각 학파마다 약간씩 표현은 다르지만 도달하는 결론은 동일한 것을 볼 수 있는데, 그 이론적 토대는 크게 기지취산氣之聚散에 의해 설명하는 방식과 음양에 의해 설명하는 방식으로 나누어 볼 수 있다. 첫째 생이라는 것은 기가 모인 것이요 사라고 하는 것은 기가 흩어진 것이라는 것과,232) 둘째 사생은 결국 자연의 도라는 이치로 설명하는 것이다. 음이 극에 이르면 양이 태어나고 양이 극에 이르면 음이 태어나는 자연의 이치에 따라 생과 사가 반복된다는 것이다. 그것은 마치 주야가 바뀌는 것과 같다.233) 차안과 피안을 둘로 나누어 차안보다는 피안에 더욱 높은 가치를 부여하는 이원적 태도와는 다른 것을 알 수 있다.

사생일여의 관점이 지니는 좋은 점은 많이 있다. 이 세상을 지배하는 성인취의成仁取義의 도리가 있다면 그와 동일한 도리가 피안에서도 지배할 것이기 때문에 이 세상에서 자기완성을 위한 도리를 다하는 것이 중요하다고 말할 수 있다. 이 세상에서 인간의 도리를 다하는 것이 바로 저 세상에서 통용되는 도리를 다하는 것과 같으므로, 이 세상에서의 책임과 의무가 중요하고 저 세상을 특별히 강조할 필요가 없다는 태도이다.

(3) 종합의 전체적 성격과 태도

위에서 (1) 유有와 무無 (2) 이理와 기氣 (3) 일—과 다多 (4) 천天과 인
人 (5) 선善과 악惡 (6) 지知와 행行 (7) 공共과 개個 (8) 생生과 사死를 간단
히 생각해 보았는데, 분류를 하자면 (1)~(3)까지는 우주론에 해당하는
것이고, (4)~(8)까지는 인생관에 관한 것이라고 할 수 있다. 그렇지만
우주론과 인생관도 엄격히 구분되지 않는다는 점에서 또한 중국적인 종
합의 성격을 살펴볼 수 있다. 그렇지만 우리는 이상에서 지적한 8개의
용어의 쌍에서 공통적인 것을 볼 수 있다. 이상의 8개는 중국 형이상학
에 있어서 중요하게 대두되는 주제들이지만 전체적으로 보면 (1) 유有와
무無에서 무無보다는 유有가 강조되고, (2) 이理와 기氣 중에서는 이理보다
기氣, (3) 일—과 다多 중에서 일—보다는 다多, (4) 천天과 인人 중에서 천
天보다는 인人, (5) 선善과 악惡 중에서 선악의 대립보다는 선악의 완화된
절충, (6) 지知와 행行 중에서 지행知行의 대립보다는 합일, (7) 공共과 개
個 중에서 공共보다는 개個, (8) 생生과 사死 중에서 사死보다는 생生이 강
조되고 있음을 알 수 있다. 이것을 통해서 우리는 다음과 같은 사실을 확
인할 수 있게 된다. 중국 형이상학의 특성은 첫째, 이원적으로 구분하여
대립시키는 것보다는 일원적으로 종합하는 경향이 있다는 것이다. 그 종
합하는 방법은 저쪽(피안)보다는 이쪽(차안)을 강조하면서 이루어진다. 둘
째, 이런 형이상학적 태도를 중국인들의 현세적 혹은 현세 이익적인 경
향이라고 말할 수도 있을 것이다. 그러한 경향이 우주론적으로는 이 세
상의 현상을 더 중요시하는 것으로 나타났고, 인생론적으로는 죽음보다
는 삶을, 지행의 일치를 중요시하는 것으로 나타났다. 그렇다고 우리는
저쪽을 등한시하는 나머지 이 현세의 이익에 탐닉하여 몰가치적 쾌락이
나 천박한 현세주의자가 되었다고 말할 수는 없을 것이다. 정확히 말하
면 이쪽과 저쪽의 균형을 이루는 것을 이상으로 생각했다고 말할 수 있

다. 이러한 우주관이나 인생관은 중국의 인문주의적 태도의 저변에 흐르
는 경향을 이루었고 학문과 예술의 토대가 되었다고 말할 수 있다.

(4) 중국 형이상학의 흐름

  중국의 형이상학을 이상과 같이 살펴보았는데, 전체적으로 중국의 형
이상학이 성공적인 것이었다고 보기는 어려울지 모른다. 우선 중국의 형
이상학이 단순하고, 체계적이지 못하고 어떤 면에서 피상적인 면까지 보
이기 때문이다. 대부분 형이상학적 논의들이 도덕에 대한 이론적 기초로
사용되고 있다는 것도 형이상학을 협소하게 보게 만드는지도 모른다. 서
구의 철학이 형이상학으로부터 사회적·도덕적 철학으로 경로를 밟아 발
전했던 것이었다고 한다면, 중국의 형이상학은 매우 세속적이고 실용적
인 면으로 흐르고 있다고도 말할 수 있다. 그러므로 중국에서는 유물론
과 관념론과 같은 형이상학의 양극단적인 면은 찾아보기 어렵다. 순자를
유물론자로 보는 사람도 있지만 그는 자연주의의 관점에서 하늘을 설명
한 것이었지, 어디에도 인간의 정신을 물질이나 수량으로 변형시키려 한
흔적은 찾아볼 수 없다. 서구인들이 유물론자로 보고 있는 왕충王充(27~
100)도 그런 범위까지 접근하지는 않았다. 그는 단순히 모든 것은 '자기
변형'이라는 도가의 원리를 상세히 설명하고 영혼의 존재를 부정했을 뿐
이다. 중국 신유교학파의 대가인 주자를 합리주의자나 경험주의자 중의
어느 하나로 보기는 어렵다. 그 두 가지가 다 포함되는 인물이라고 해야
한다. 이런 식으로 불교와 도교는 신유교로 흡수되었고, 그 밖의 다른 요
인들까지 종합하였다.
  끝으로 중국 형이상학이 독자적으로 좀더 발전하려면 앞으로 논리와
과학의 도움을 받지 않으면 안될 듯하다. 불교가 쇼펜하우어에 영향을

주고 주자가 라이프니츠에게 영향을 주었듯이, 중국 형이상학이 미래의
서구인에게 영향을 주기 위해서도 앞으로의 중국 형이상학은 좀더 세련
화될 필요가 있는 것 같다.

3. 초월사상의 유형들
— 장자 「제물론」에 나타난 상대론의 문제

(1) 초월에 관련된 다섯 가지 입장들

장자를 읽을 때 가장 난해한 부분, 그래서 많은 해석이 나오고 있는 부분, 그러나 해석이 많은 만큼 논란도 많이 불러일으키는 것이 『장자』 내편에 있는 「제물론齊物論」이다. 여기서는 이 「제물론」의 해석을 놓고 많은 사람들이 논하는 것을 일단 전부 유형별로 정리한 후에 그 장단점을 찾아보고, 어떤 입장이 가장 장자의 생각에 접근하는 것인지를 찾아보도록 하겠다. 그 유형은 대개 다음과 같은 5가지가 있을 것 같다.

① 강한 상대론자(强强 / 肯肯)
② 부드러운 상대론자(弱弱 / 肯肯)
③ 상대론이나 비상대론을 모두 부정하는 자(否否 / 否否)
④ 상대론이나 비상대론을 모두 긍정하는 자(肯肯 / 肯肯)
⑤ 부정하기도 하고 긍정하기도 하는 자(否否 / 肯肯)

이상은 초월과 관련하여 있을 수 있는 입장을 거의 모두 망라한 것이라 할 수 있다. 각각의 입장을 취하는 사람들의 주장을 들어보는 것이 우리의 이해를 도울 것이라 생각된다.

(2) 「제물론」의 내용

그러면 장자의 「제물론」에서 무엇이 문제가 되는 것인지 본문의 내용을 인용하겠다. 그런데 본문의 내용을 그대로 인용하는 것은 너무 번잡하고 읽는 사람들에게 불편을 줄 것 같으므로 편의상 몇 가지 종류로 나누어서 인용하고 간단한 설명을 붙이는 형태를 취하도록 하겠다.

① "만물은 저것 아님이 없고, 만물은 이것 아님이 없다. 저것에서 보면 이것을 볼 수 없고 이것에서부터 알게 된다"[234](이것과 저것은 대립되는 것이지만 한 몸에서 나오는 것이라는 뜻)

② "이것은 저것에서 나오고 이것은 저것에서 말미암으니, 저것과 이것은 같이 생긴다는 말이다"[235](모순의 저쪽은 이쪽에서 나오고 모순의 이쪽은 또 모순의 저쪽에 의거하므로 모순의 쌍방이 서로 의지하고 떨어지지 않음으로써 모순된 쌍방은 같이 생겨나 공존한다는 뜻)

③ "생겨나자마자 죽어 가고 죽어 가자마자 생겨난다. 가可하면서 불가不可하고 불가不可하면서도 가可하다"[236](어떤 개념이든지 모두 자기의 부정적인 면을 포함하고 있고, 생生의 과정은 곧 죽어 가는 과정이라는 뜻).

④ "시是가 있다고 하는 것은 곧 비非가 있는 것이고, 비가 있는 것은 곧 시가 있는 것이다. 그러므로 성인은 하늘의 입장에서 바라본다."[237](시비是非의 한계를 넘어 천天의 입장에서 보아야 한다는 뜻).

⑤ "나누는 것에는 나누어지지 않는 것이 있고 변론이란 것에는 변론되지 않음이 있다"[238](개념의 대립 면이 개념 자체 안에 포함된다.)

⑥ "아침에만 살아 있는 버섯은 아침과 저녁을 알지 못하고 쓰르라미는 봄과 가을을 알지 못하는데, 이것은 나이가 적은 것이다. 초楚나라 남쪽에 명령冥靈이라는 나무가 있는데, 500살로 봄을 삼고 500살로 가을을 삼는다. 상고上古에 대춘大椿이라는 나무가 있는데 8,000살로 봄을 삼고 8,000살로 가을을 삼는다. 그런데 팽조彭祖가 오래 산다고, 특별하게 들려서 대중들이 그와 짝하려 하니 또한 슬프지 않은가"[239](대소大小, 수요壽夭, 장단長短은 모두 상대적이라는 뜻).

이상의 자료들은 「제물론」의 이곳 저곳에서 얼마든지 뽑을 수 있는 대표적인 내용들인데, 인식론상으로 우리는 상대적일 수밖에 없다는 점을 말한다. 이것에 의거해서 보면 저것의 입장에서 본 것이 보이지 않고 저것에 의거해서 보면 이것에 의거해서 본 것이 보이지 않는다고 표현한 것에서 알 수 있다. 다음으로 가치의 문제에 있어서도 시是가 있으면 비非가 있을 수밖에 없으니, 시비는 상대적일 수밖에 없다고 한다. 이런 식으로 인간의 희비喜悲가 엇갈리는 대소大小, 수요壽夭, 장단長短 등도 상대적일 수밖에 없다고 한다. 어리석은 원숭이의 조삼모사朝三暮四의 이야기도 인간의 이러한 상대적인 세계를 깨닫지 못한 데서 비롯되었음을 비유적으로 말한 것이다. 그러면 어떻게 하나? 이러한 상대적인 것에서 벗어나 하늘[天]의 입장에서 보아야 한다고 한다. 그것은 또 무슨 말인가? 사람이 어떻게 하늘의 입장에서 보는 것이 가능한가? 성인이 보는 것은 우리와는 정말 다른 것을 본다는 말인가? 장자의 말에는 이처럼 태생적으로 애매성이 포함되어 있기 때문에 여러 가지 해석이 생길 수밖에 없음을 짐작할 수 있다.

(3) 상대론에 대한 해석 유형들

가. 강强 / 긍肯의 입장

　강경한 상대주의자의 입장은 장자의 초월성을 강조하는 입장이라고 할 수 있다. 이 입장은 인식론적으로 어떤 것이 다른 것보다 더 참되다고 말할 수 없고, 가치론적으로 이것이 다른 것보다 더 옳다고 말할 수 없다고 하는 입장이다. 50년을 살다 죽으나 100년을 살다 죽으나 긴 절대적 시간에서 보면 도토리 키 재기이고 별로 차이가 없다는 입장이다. 실제로 간음을 한 사람이나 마음속으로만 음탕한 생각을 품고 간음을 한 사람이나, 인간이 죄인이라는 절대적 관점에서 보면 별 차이가 없다는 것이다. 우리가 아름답다 혹은 추하다고 하는 것도 상대적인 관점에서만 있을 수 있는 것이고, 절대적인 관점에서 보면 모든 것이 다 아름답다고 한다. 이런 입장을 지지하는 사람들은 동양의 대부분의 장자 주석가들이나 종교가들이고, 서양의 장자 연구자로는 크릴[H.G.Creel]이나 중국계 미국인 동양 철학자인 윙치찬[陳榮捷] 등을 들 수 있을 것이다. 크릴은 다음과 같이 말한다.

> "통달한 도인들은 선과 악을 초월한다. 그에게 선과 악은 무지한 사람들의 말일 뿐이다. 마음만 내킨다면 그는 강렬한 태풍 같은 분노로 한 도시를 파괴하고 그 도시민을 대량 살상하고도, 그 황폐한 장소 위에 쏟아지는 장엄한 태양처럼 아무런 가책을 느끼지 않을 수 있다."240)

조금 거두 절미한 인용문이어서 과장된 인상을 주기는 하지만, 상대성을 초월한 도인의 모습을 묘사한 것임을 알 수 있다. 그러나 이른바 통달했다는 것이 무엇인지를 강조한 묘사라고 이해한다고 하더라도 과격한 표현처럼 보이는 것도 사실이다. 이에 비하여 윙치찬은 좀더 부드럽게 잘 묘사하고 있다.

> "이런 끊임없는 변화 가운데, 사물은 생기고 사라진다. … 그것들은 다르게 보인다. 크고 작음, 아름다움과 추함, 도道는 그것들을 모두 하나라 본다. 이것이 장자의 「제물론」의 유명한 이론이다. 그것에 따르면, 실재와 비실재, 옳고 그름, 삶과 죽음, 미美와 추醜 그리고 모든 상상할 수 있는 상반물相反物들은 근원적으로 하나로 환원될 수 있다."241)

이와 같은 강強/긍肯의 입장은 물론 장점과 단점을 모두 가지고 있다.

우선 장점으로는, 초월성을 강조하는 논리적 일관성과 명백성을 들 수 있다. 그리고 장자에서 발견할 수 있는 상대주의적 진술에 대한 광범위한 이해를 가져다준다. 즉 장자에서 보여지는 상대론적 진술들은 궁극적인 견지에서 이해하지 않으면 안 된다는 것을 이해시키는 장점이 있다.

둘째, 진정으로 그 초월성을 믿는다면 상대 세계의 갈등과 투쟁에서 벗어나 마음의 평정이나 평화를 누릴 수 있을 것이다.

한편 단점은 다음과 같다. 첫째, 회의주의에 떨어지기 쉽다. 삶이 곧 죽음이며, 죽음이 곧 삶이라 하더라도 한 살에 죽는 것과 100살에 죽는 것이 어찌 똑같겠는가? 조삼모사의 예에서 알 수 있듯이, 결과가 같더라도 우리는 구체적인 정황은 따지지 않을 수 없는 것이다. 즉 10일 안에 70개를 준다고 할 때 첫째 날에 주는 것과 10일에 주는 것을 따져야 하기 때문이다. 이처럼 구체적인 정황을 무시하고 동일시하는 것은 회의주의적일 수밖에 없다.

둘째, 도덕적 혼란에 빠질 수 있다. 인간이 지켜야 하는 도덕이나 법률은 절대적인 것이 아니고 상대적인 것이다. 그런데 이 상대적인 것이 없으면 인간 사회는 곧 혼란에 빠지게 되고 하루도 유지될 수 없다. 즉 절대의 강조는 이 세상의 무질서화나 무가치화와 통할 수 있다는 것이다.

셋째, 절대의 강조는 정신적 해방과 평화가 그 목표라고 주장하는데, 여기에도 논리적인 엄격함이 결여되어 있다. 만약 모든 가치가 정말로 동등하다면, 왜 정신적 자유와 평화를 추구해야 하는가?

넷째, 이 강强/긍肯의 입장이 지닌 애매성은 '무엇'인가를 설명하고 있지만 실상 아무것도 설명한 것이 없다는 데 귀일되는 면이 있다. 즉 장자에서 보여지는 비상대론적 진술이나 암시들은 설명되지 않은 채 남아 있다는 것이다. 어떤 적극적인 의미를 얻으려면 비상대론적인 것을 묘사함으로써 가능한데, 동어반복을 하고 있다는 것이다.

나. 약弱 / 긍肯의 입장

  강强/긍肯의 약점을 어느 정도 극복하고 있는 것이 이 약弱/긍肯의 입
장이라고 할 수 있다. 약弱/긍肯의 입장은 장자를 철저한 상대주의자로
보지 않으려는 경향이 있다. 특히 도덕적인 면에서 강强/긍肯이 극단적으
로 방종에 이를 수도 있다는 약점을 보완한 것이라고 할 수 있다. 즉 도
덕적인 면에서 상대주의를 덜 강조하면서 그 가치를 어느 정도 인정하려
는 것이다. 초월적인 면을 고수하면서 인간의 도덕성을 아울러 강조하는
입장이라고 할 수 있다. 이것이 가능하려면 도덕은 비록 유한한 가치를
지니고 있지만 초월적인 것을 분유分有하고 있다고 말해야 한다. 그래서
도덕성의 가치를 인정하고 그 도덕성을 잘 따르는 길이 초월적인 것을
지키는 길이 된다고 말해야 한다. 그러나 도가 무너진 후에 인仁이 있게
되었고 인이 무너진 후에 의義가 있게 되었고 의가 무너진 후에 예禮가
있게 되었다고 말한 노자의 후계자인 장자가 도덕성의 가치를 그런 측면
에서 인정했다고 보기는 어렵다. 그렇지만 약弱/긍肯의 입장은 어떻든 장
자는 가치판단의 감각이 있다는 것을 부정하지 않는다. 도를 따르기도
하면서 이 세상적인 것, 즉 인간에게 유익한 도덕성에 대한 감각도 지니
고 있다고 한다. 이런 입장을 지지하는 사람은 다음과 같이 말할 수 있을
것이다.

> "특정한 사람이 특정한 상황에서 도에 따를 수도 있고 그렇지 않을 수
> 도 있다. 그렇게 한다고 하더라도 모순이 되지 않는다. 요임금은 그의 시대
> 상황에 맞게 자각적 반응을 한 도가로 간주될 수 있지만, 걸桀은 그렇지 못
> 했다는 차이가 있다."

  이런 입장을 취하는 사람들은 성인에게는 어떤 도덕률도 필요로 하지
않는다고 주장하는 한편(실은 어떤 도덕률에도 따르도록 강요되지 않으니), 성인

은 '자각적 반응'이라고 언급한 일반적 기준에만 따른다고 한다. 왜 다른 모든 기준이 부정된 이때, 이 기준이 선택되어야 되는지는, 상대론의 입장에는 모순되지만, 약弱/긍肯의 입장에서는 양립 가능하다고 보는 것이다. 여기서 '자각적 반응'[respond with awareness]이라는 것은 경험적인 인식을 통해서 얻어지는 것은 아니다. 단순히 가치 평가적인 카테고리를 잠시 잊는 것인데, 그 '잊는다'는 것은, 이들 카테고리의 시각에서 자신과 타인을 보는 능력을 잃는 것이 아니라, 적당한 때에 이들 카테고리의 사용을 유발하는 능력을 얻은 것을 말한다.

장자의 직관주의적 인식 방법을 강조하는 사람들이 이런 해석을 내릴 가능성이 많다. 장자는 감각 기관의 인식 방법을 부인한다. 그리고 도를 체득하는 방법으로 심재心齋, 좌망坐忘, 견독見獨의 세 가지를 제시한다. 심재는 허정虛靜에 도달하기 위해 귀로 듣지 말고(감각을 사용하지 말고) 마음으로 듣는 것을 말한다. 좌망은 총명함을 물리치고, 형체를 떠나(감각을 떠나) '잊어버리는' 것을 말한다. 견독은 하나뿐인 도를 보는 것을 말한다. 이 모든 방법은 직접적이고 직관적이다. 그러므로 '자각적 반응'이란 이와 같은 직관을 매개로 하여 인식하는 것임을 알 수 있는데, 성군과 폭군의 분기점은 이와 같은 자각적 반응에 있음을 알 수 있다. 이런 약弱/긍肯의 입장에서 장자의 「제물론」을 해석하는 사람들이 많다는 것을 짐작할 수 있을 것이다.

약弱/긍肯의 입장에 섰을 때 어떤 장단점을 지적할 수 있는지 생각해 보자. 장점으로 들 수 있는 것은 첫째, 일반적으로 장자의 초월성을 설명할 수 있는 동시에 현실도 포용할 수 있는 논리를 확보했다는 점이다. 둘째, 최소한 도덕적인 면에서는 강强/긍肯의 입장이 덜 강조되는 점이 있게 되어서 강强/긍肯의 단점을 보완하고 도덕적인 선악을 구분지을 수 있는 교두보를 확보하려고 하였다는 점이다. 단점은 첫째, 상대주의의 의미에 대해서 정확한 이해를 하지 않고 있다는 것과 그 때문에 특정한 어떤 상황에서는 그것이 폐기되는 경우까지도 있게 된다는 점이다.

둘째, 약弱/긍肯은 강强/긍肯을 수용하기 위해서는 강强/긍肯을 폐기해야만 한다는 이상한 결론으로부터는 모면했지만, 어떤 근거로 강强/긍肯을 완전히 포기하지 않고 단지 강强/긍肯적 시각의 경계선을 완화하는지는 분명하지 않다. 약弱/긍肯은 상대론의 개념을 줄여서 그것을 너무 애매한 상태로 남겨 두고 있는 것은 아닌가? 우리가 어떠한 경우에 상대주의를 버린다면, 어떤 근거로 또 다른 상황에서는 상대주의여야 하는가? 누군가 상대주의를 그렇게 제멋대로인 것처럼 보이는 방법으로 이탈시키는 것이 허락된다면, 과연 상대주의가 무엇을 의미하는지는 더욱 더 이해하기 어려워질 것이다. 그리고 또 만약 모든 기준들을 포기했다면, 어떤 상황에서 어떻게 확실히 단언할 수 있는 길이 생길 수 있는가 하는 문제가 생긴다.

셋째, 가치판단의 요소가 있다는 말에 대해서 언급한다면, 왜 상대주의자가 어떤 순간에는 비상대주의자로 또 어떤 순간에는 아닐 수 있는 능력을 가져야 하는지 명확하지 않은데, 어떤 근거로 지각 있게 반응하는 것이 옳고 선하다고 말할 수 있겠는가? 즉 어떻게 우리는 요임금[聖君]은 지각 있게 반응했고, 걸임금[暴君]은 그렇지 않았다고 주장할 수 있겠는가?

다. 부否/부否의 입장

상대주의도 비상대주의도 아닌, 부否/부否의 입장은 가장 흥미있는 관점 중의 하나이다. 그것은 그 어느 쪽도 아니라고 함으로써 장자를 상대주의자 혹은 절대주의자로 분류하면서 빠지게 될 딜레마를 피하고자 하고 있다. 우선 표면상으로만 보면 이것은 강强/긍肯의 또 하나의 입장과 유사하겠지만, 이 입장은 처음 보기보다 훨씬 미묘하다는 점을 지적할

수 있다. 부否/부否의 입장에서 보면 일단 깨달음을 얻은 이후에는 강強/
긍肯에서 말하는 절대계뿐만 아니라 상대 세계도 함께 인정하게 되어서
상대주의도 비상대주의도 아니라고 말하게 된다는 것이다. 깨달음의 내
용은 우리가 몇몇 시각에 묶여 있다는 것을 깨닫는 것이다. 강強/긍肯의
입장에 있는 사람들은 절대를 강조하는 나머지 모든 가치들은 모두 똑같
은 가치론적 차원에 있어야 하는 것으로 표현했지만, 반면에 부否/부否의
입장은 우리가 어떤 시각을 깨달았다고 할 때 그것 또한 상대주의일 수
밖에 없다는 것이다. 그러나 이것은 깨달은 상대주의이기 때문에, 최소한
명칭만이라도 단순한 상대주의와는 다르다. 이것이 상대주의도 비상대주
의도 아닌 부否/부否의 입장이라는 것이다.

어떤 깨달음의 가능성을 인정함으로써 상대주의에서 벗어나지만, 한
편 그 깨달음을 인간은 상대주의를 초월할 수 없다는 인식에 한정시킴으
로써 다시 상대주의를 상기시킨다고 할 수 있다. 상대주의가 처음에는
초월됐으나, 다시 상기됨으로써 그것은 마치 상쇄된 듯이 보인다고도 할
수 있다. 장자의 「제물론」뿐만 아니라 불교에서도 이런 식으로 설명하는
것을 우리는 자주 접촉하게 된다. 즉 이런 입장에 있는 사람들이 많다는
것을 알 수 있다.

이 부否/부否의 입장의 장단점을 살펴보자. 장점은 첫째, 장자를 상대
주의자 혹은 절대주의자로 규정해야 하는 곤란함에서 벗어날 수 있다는
것이다. 「제물론」 전반에서 우리는 장자가 어떤 한 사상을 공식화하고
그런 다음 다시 그것을 고치거나 버리는 것을 본다. 때때로 장자는 그 자
신의 잠정적 공식을 비판하기도 하며, 이미 따르고 있는 입장을 비난하
기도 한다. 이처럼 장자가 어떤 분명한 입장도 취하고 있지 않다는 것을
인정한다면, 장자를 상대론자나 혹은 비상대론자로 분류하지 않는 것이
타당할 것이라는 말이 설득력이 있어 보인다는 것이다.

둘째, 깨달음을 강조하는 것은 상대론이나 비상대론을 떠나서 사물을

좀더 포괄적으로 보게 한다는 것이다. 즉 감각적이거나 경험적인 인식을 넘어서고 있으므로 장자의 본질에 좀더 가까이 갈 수 있게 초점이 맞추어지는 장점이 있다.

그러나 단점으로는 다음과 같은 점을 들 수 있을 것이다. 첫째, 부否/부否의 입장은 우리를 애매한 상태로 이끌어 가는 데 있을 것이다. 이것도 아니고 저것도 아니라는 표현은 최소한 아무것도 없다는 표현은 아니라 하더라도, 긍정하려고 하는 내용이 깨달은 이후의 것이어서 많은 사람들이 공유할 수 있는 경험적인 것을 벗어나 있다는 것이다.

둘째, 설사 깨달음이 있다고 하더라도 그것이 참다운 자유의 상태라는 것을 우리는 어떻게 알 수 있을까? 다시 말하면, 인간은 초월하고 난 뒤에야 자신의 존재를 깨닫는다고 하는데, 만약 누군가 어떤 초월의 상태에 있다면, 그 상태가 자유의 상태인지를 알기는 어렵기 때문이다. 누군가 어떤 관점에 있다면, 그가 그 관점 자체를 본다는 것은 어렵다는 것을 보여준다. 즉, 우리는 다른 시각視覺에 놓여 있을 때에만 우리의 전관점前觀點의 한계성을 이해할 것인데, 그렇다면 지금의 관점이 상대론이나 비상대론을 함께 부정할 수 있는 최상의 관점이라는 근거는 어디에 있는가?

셋째, 모든 것이 상대적임을 앎으로써 얻어지는 이점도 생각만큼 그렇게 크지 않다. 그 깨달음은 순전히 주관적인 정신적 경계를 말할 가능성이 많으므로 남과 공유되기 어렵고 남과 공유되지 않는 정신적 자산은 쉽게 고갈될 수 있기 때문이다.

라. 긍肯 / 긍肯의 입장

긍肯/긍肯은 일견 지금까지 설명된 가장 발전된 입장이라는 장점을 가지고 있다. 이것은 상대주의적인 진술과 비상대주의적인 진술 모두를 다

설명하고 있으며, 일단의 진술들을 다른 일단의 진술들로 환원해 버리려
는 시도는 하지 않는다. 이 입장은 어떤 유형의 진술을 빼거나 줄이는 시
도를 하지 않음으로써 가장 본문에 충실하다는 이점을 가진다. 만약 우
리가 상대주의적 진술과 비상대주의적 진술들을 남김없이 조화시킬 수
있다면 가장 이상적인 설명을 하는 것으로 생각할 수도 있을 것이다. 긍
肯/긍肯의 입장에 있는 사람은 장자가 높은 수준의 형이상학적인 것을 말
했으면서도 그의 감각에 의해 드러나는 세상에 대해 잠정적으로만 관심
을 갖는 것이 아니라, 온몸으로 큰 관심을 가지고 이 세상을 음미하였다
고 말한다. 장자는 이 세상의 운행에 대하여 왕성한 관심을 가지고 조롱
하고 풍자했으며 그리고 회의하였다고 말한다. 이것이 긍肯/긍肯의 입장
에 있는 사람들이 설명하는 전부이다. 상대주의적인 것과 비상대주의적
인 것을 어떻게 모두 긍정하고 있는지에 대한 논리를 찾기 어렵다.

이제 지금까지의 유형을 다시 한 번 요약한다면, 강强/긍肯은 너무 경
직된 상대주의를 주장함으로써 우리를 가장 편벽된 추론으로 이끌었다는
점에서 비난을 받았다면, 약弱/긍肯은 상대주의를 너무 완화시킴으로써
자신의 입장이 무엇인지를 설명하지 못했다는 비난을 받았다. 부否/부否
는 장자가 말하고자 하는 메시지가 무엇인지에 대한 구체적인 의견을 제
대로 피력하지 못했다는 단점이 있었는데, 긍肯/긍肯은 장자의 메시지를
분명하게 그러나 다소 모순적으로 방치하고 있다는 단점이 있다고 해야
할 것이다.

긍肯/긍肯의 장단점을 든다면 다음과 같다. 장점은 장자의 말을 그대
로 드러내어 해석상의 왜곡을 하지 않았다는 점이 아마도 가장 큰 장점
이지만, 이것이 바로 단점이 된다. 아무런 논리적인 해석을 가하지 않고
장자의 본문을 있는 그대로 인정하고 있는 것만으로는 충분치가 않다.
긍肯/긍肯은 상대주의와 비상대주의 사이에 있는 분명한 모순들을 그대로
방치함으로써 가장 모순적인 해석을 했다는 비난을 받을 수 있다.

252

마. 부否 / 긍肯의 입장

부否/긍肯의 입장이 장자에 대한 가장 만족할 만한 해석의 모델을 제
공해 주는 것 같다. 이 관점은 한쪽은 상대주의이면서 비상대주의[either
relativism and non-relativism] 라고도 부를 수 있다. 이 입장은 긍肯/긍肯의 입
장을 개선한 것이라고도 말할 수 있다. 사실 긍肯/긍肯의 입장에 논리적
인 틀을 마련할 수 있다면 그 이상 좋은 모델을 찾기는 어려울 것이다.
긍肯/긍肯은 본문의 충실함을 이용하고자 하는 의도에서 나온 것이었다.
긍肯/긍肯은 가능한 한 본문을 덜 손상시킴으로써 상대주의적이고 비상대
주의적인 진술 모두를 포용하면서 동시에 비상대주의적인 의미들이 그
본문 안에서 발견되어질 수 있다고 보는 입장이다. 그러나 여기가 부否/
긍肯과 긍肯/긍肯의 유사점이 끝나는 지점이다.

긍肯/긍肯과는 달리, 부否/긍肯의 입장에서는 상대주의적인 진술과 비
상대주의적인 진술이 가치론적으로 동등하지는 않다. 부否의 영역에서는
무지의 영역과 지혜의 영역 사이의 줄을 끊는다.242) 무지無知의 영역에서
장자는 상대주의자라고 말할 수는 없다. 그러나 긍肯의 상태에서는 상대
주의자가 아닌 곳에서의 앎의 상태를 말한다. 그것은 무지한 인간이라기
보다는 현인賢人이다. 그러면 장자는 상대주의이면서 '동시에' 비상대주
의자인가? 그런 의문이 든다. 그것은 아니다. 그는 무지의 영역에서만 상
대주의고, 더 중요한 것은 이 두 가지의 상태는 한 개인에게 있어서 동시
에 같이 존재하는 것은 아니라는 것이다. 무지와 앎 사이에는 과도기가
있다. 이 과도기는 바로 우리가 자각의 순간[awakening] 이라고 말하는 때
이다. 우리가 자각함으로써, 들어가는 상태가 앎의 상태요, 우리가 자각
함으로써 벗어나는 상태가 바로 무지의 상태인 것이다.

긍肯은 우리가 무지의 상태를 언급할 때에는, 상대주의의 개념도 이치
가 맞는다는 사실을 인정한다. 부否는 앎의 상태를 언급할 때에 이치에

타당함을 인정하지 않을 수 없다. 여기서 모순적인 측면은, 이런 부否의 정의조차도 오직 앎의 상태로부터 무지의 상태로의 교통이 있을 때만이 이치가 닿는다는 사실이다. 일단 자각하고 나면, 그 깨달은 정신은 그 상태를 깨달은 상태라고 생각하지 않는다. 심지어는 그것을 비상대주의자로도 생각하지 않는다. 이 분류의 방식은 순전히 학문적인 목적을 위한 것이다. 통달한 상태에서는, 부否라는 것을 의식하지 않는다. 깨달음이라는 개념조차도 자신들이 붙인 이름이라고 생각지 않는다. 역설적인 것처럼 들리겠지만, 깨달음이라는 개념은 무지의 상태에 있는 사람들을 위한 설명적인 개념으로서 만들어진 것에 불과하다. 따라서 그것은 교육적인 개념이지 어떤 의식을 묘사하는 개념은 아니다.

그렇다면 혹자는 다음과 같이 물을지도 모른다. 가치론적 언어 자체가 순전히 교육적인 목적을 위해 고안되었다면, 어떻게 가치 자체를 설명할 수 있겠는가? 그 답은 이렇다. 무지의 상태에 있는 사람들에게는 가치를 나타내는 언어가 여전히 특정한 정당성을 갖는다는 것이다. 누군가 통달의 경지에 도달하려면, 깨달음의 이상과 우리의 제약성 사이의 관계를 인식할 필요가 있음을 알아야 하기 때문이다. 두 측면들 사이에는 필수적인 교통이 있어야 하기 때문에 나름대로의 학문적 타당성이 있다. 이것을 다른 말로 비대칭적 상대주의[asymmetrical relativism]라고도 할 수 있다. 부否/긍肯은 어느 한쪽에 서서 바라보는 입장이 아니고 양쪽이 하나로 있는 입장이기 때문이다. 상대주의는 오직 깨달은 사람이 그의 추종자에게 말할 때의 대화적인 차원에서만 존재한다. 일단 누군가 그 깨달은 이의 가르침을 이해하게 된다면, 상대주의의 개념은 오직 발견적인 가치[heuristic value]만을 가진다는 것을 깨닫게 될 것이다.

깨달은 사람이 보통의 사람과 다른 것은 아무것도 없다. 깨달은 상태가 깨닫지 못한 상태보다 더 가치 있다고 주장하는 사람은 깨달은 사람 그 자체는 아니다. 만약에 깨달은 사람이 깨닫지 못한 사람보다 더 가치 있다고 말하는 사람이 있다면, 그는 이제 '철학자로서 말하는' 지혜로운 사람이라고 해야 할 것이다. 그러므로 철학자는 무지와 앎의 중간 상태에 있는 사람으로서 그 각각의 영역에 한발씩 발을 담그고 있는 사람이라고 정의할 수 있다.

이것을 꿈에 비유해서 말할 수 있다. 어떤 사람이 꿈을 꾸는 동안 그것이 꿈이라는 것을 모르고, 그 꿈속에서 꿈을 해석하려 드는 상황을 생각해 보자. 깨달은 사람과 보통 사람은 둘 다 꿈을 꾸고 있다. 그리고, 깨달은 사람이 보통 사람을 보고 당신은 꿈을 꾸고 있다고 말할 때 깨달은 사람 역시 꿈을 꾸고 있다. 이 경우 철학은 꿈을 해석하는 기술이라고 할 수 있다. 해석의 기술도 꿈속에서 필연적으로 일어나는 것이지만, 보통 사람의 꿈과는 다르다. 그것은 해석된 것으로서의 꿈이다. 그러므로 그것은 말하자면 해석되지 않은 꿈보다 더 높은 의식의 상태에 있다고 말할 수 있다. 물론 이것도 또한 꿈이다. 그러나 차원 높은 꿈이다. 왜냐하면 비록 꿈속에서이지만, 그의 의식의 차원은 그가 꿈속에 있다는 것을 의식하고 있기 때문에, 그것이 반영하는 그 꿈의 영역보다 더 높다고 할 수 있다.

그러나 그 순수한 깨달은 자의 차원에서는 더 이상 무지나 앎의 상태는 없다. 만약 깨달은 이가 앎을 소유한 사람으로서 언급된다면, 그것은 벌써 철학자의 언어가 된다. 이 철학적인 언어는 오직 학문적이고 전달해 주는 기능밖에는 없다. 그것은 무지로부터 앎으로의 교량 역할을 한다. 깨달음의 차원에서는 상대주의도 절대주의도 없다. 상대주의와 절대주의의 개념은 철학적인 개념이다. 그들은 오직 그 관계에서의 한 일면으로만 존재한다. 이것이 바로 비대칭적인 상대주의가 의미하는 바이다.

부否/긍肯에도 장단점은 있다. 그러나 장점이 더욱 크다고 할 수 있을 것이다. 장점을 든다면, 상대주의와 절대주의를 다같이 설명할 수 있다는 것이다. 있는 그대로의 자연을 인정한 장자의 사상을 보다 잘 설명한 틀이라고 생각된다. 상대주의는 존재한다. 그러나 그것은 오직 무지의 한 측면에 속해서만이다. 그러나 앎의 측면에서는 우리는 절대주의를 말할 수 없다. 철학자는 상대주의를 초월한 존재로서의 성인을 말할지 모르나, 이것은 단지 꿈의 언어(비록 해석된 꿈이지만)에서이다. 부否/긍肯의 부否는 오직 한 측면만의 부否이다. 그러나 이것은 긍肯에게도 마찬가지로 적용된다. 다른 측면(깨달은 이의 측면)에서는 부否도 긍肯도 없다. 그러나 부否/긍肯은 사람들과 뜻을 주고받기 위해서 한 측면으로서의 상대적인 상태와 또한 다른 측면으로서의 다른 상태를 언급해야 하는 철학자의 관점을 잘 설명해 주고 있다.243) 그러나 단점이 있다면, 약弱/긍肯에서 설명한 것처럼 여기서도 설명이 복잡하다는 것이다. 그러나 이것은 부否/긍肯의 입장에서 어쩔 수 없는 일이 아닌가 생각된다.

(4) 깨달음의 차원에서

지금까지 장자 「제물론」의 입장을 어떻게 해석하는 것이 가장 이상적인 지의 문제를 놓고 몇 가지 유형들을 살펴보았다. 이 유형들은 여러 사람들이 장자의 「제물론」을 해석해 왔던 성격을 일면 분류해 본 결과이기도 하다. 그 결과 부否/긍肯의 입장이 장자의 철학을 이해하는 가장 적합한 방법이 될 것이라는 점을 알게 되었다. 깨달음의 차원에서는 상대주의도 절대주의도 없다는 것, 상대주의와 절대주의의 개념은 철학적인 개념이라는 평범한 진리를 알게 되었다. 상대주의는 존재한다. 그러나 그 것은 오직 무지의 한 측면에 속했을 때뿐이고, 앎의 측면에서는 우리는 절대주의를 말할 수 없다는 것도 알게 되었다. 부否/긍肯은 오직 깨달음의 상태와의 관련에서 비대칭적으로만 존재한다는 것, 완전한 무지의 차원보다는 한 차원 높은 철학자의 중간적 상태에서 보면, 거기에는 부否를 초월한 단계가 있고, 그것이 바로 긍肯이라는 것, 그러나 긍肯의 차원에서는 부否도 긍肯도 없다는 것을 알게 되었다. 그러나 이렇게 논리적으로 복잡하게 설명할 수밖에 없다는 것이 부否/긍肯의 어려운 점이라는 것도 알게 되었다. 다시 말해서, 부否/긍肯이 장자의 진술들의 복합성에 대한 가장 정확한 해명이라고 생각되지만, 위에서 약弱/긍肯을 설명할 때 이미 밝혔듯이, 여기서도 설명이 매우 복잡하다는 것도 알게 되었다. 이런 점만 빼면 가장 포괄적인 진리를 말한다고 말할 수 있다. 그러나 장자의 「제물론」을 해석함에 있어서는 피할 수 없는 운명인 것처럼 여겨진다.

▌4. 영원한 지혜의 원천인 『주역』의 보편적 가치
▌ ― 『주역』의 동시성 이론

두 말할 필요도 없이 『주역』은 점서이다. 그런데 오랫동안 이 책에 철학의 덧옷을 입혀 살아 있는 생명력을 고갈시킨 측면도 있다. 상수역은 저급하고 의리역은 고급이라는 그릇된 인식도 지배하고 있다. 이 모든 인식의 오류나 전도는 왜 생긴 것일까? 짐작컨대, 점占에 대한 잘못된 인식에서 비롯된 것이 아닌가 한다. 『주역』은 분명히 길흉吉凶을 점쳐 준다. 무엇이 길이고 무엇이 흉인가? 대부분 중도中道에 적합하면 길이고 그렇지 못하면 흉으로 결론 내린다. 그런데 무엇이 중도에 적합한 것인지 아닌지 하는 것은 점을 하는 본인에게는 지난한 판단일 수밖에 없다. 인생에 얽힌 지난한 문제들에 대하여 가장 '적합하게' 지혜로운 조언을 해 줄 수 있는 자는 아마도 자기의 에고ego의 좁은 틀 안에 갇혀 사는 사람에게는 힘드는 일일 것이다. 점이라도 하지 않고는 안 될 인간의 한계 상황에서 가장 '적합하게' 조언을 해 줄 수 있는 자는 누구인가? 부모나 스승도 어느 정도 적합한 조언을 줄 것이 틀림없겠지만, 그것보다도 더 깊은 자연의 소리를 들을 수 있다면 그것 이상 좋은 것이 어디 있겠는가? 『주역』은 이런 경우, 내 안에서 자연의 소리를 의식의 수준으로 길어 올리게 하는 매개 수단이 되고 있다.

어떤 사람이 중대한 결정을 앞에 두고 어떻게 결단을 내리면 좋을지 망설이고 있을 때, 자신은 욕심대로 A라는 방향으로 결정을 내리려고 하였지만, 그날 꿈에 그것이 불길하다는 느낌이 들어 그것을 취소하고 B의 방향으로 결정을 내리는 경우를 볼 수 있다. 욕심에 가려지면 의식은 자신의 진정한 내면의 소리를 들을 수 없게 되기 쉽다. 그러나 다행히 무의식은 그런 결정이 욕심에서 비롯된 것임을 촉구하는 꿈의 메시지를 보냈고, 그것을 겸허하게 수용하면 큰 파국을 모면할 수 있을 것이다. 이 경우 꿈은 내면의 보다 포괄적 지혜, 즉 그 사람의 의식이 어느 한 쪽으로 치우친 결정이 잘못되었다는 것과 좀 더 넓은 안목에서 사물을 바라보고 결정하는 것이 좋을 것이라는 지혜를 가진 자의 메시지처럼 보인다. 『주역』도 어떤 점에서는 꿈과 같이 상징성이 풍부한 언어로 말하고 있다. 마치 인간보다 월등히 지혜로운 자가 인간의 좁은 논리적 언어로 말하는 것이 아니고, 사물의 전체성을 한꺼번에 드러낼 수 있는 자가 상징적인 언어로 말하고 있는 것처럼 보인다. 따라서 『주역』의 언어는 어떤 경우 매우 권위적으로 느껴진다. 다만 어떤 개인의 무의식에서 나오는 꿈이 보다 개인적 혹은 사적이어서 구체적이고 생생한 반면에, 『주역』은 좀더 공적이고 일반적이어서 그 상징성이 상당히 사회화되었거나 정치화되었다는 차이가 있을 것이다. 이 점이 바로 개인이 자신의 점서로 『주역』을 이용하는 데 있어 결점이 될 수도 있겠지만, 점을 하는 그 사람이 하나의 필부가 아니고 사회에 책임을 지고 있는 공적인 인간일 경우에 이 책은 아주 훌륭한 점서로 기능할 수 있을 것이다. 내가 듣고 싶은 자연의 소리는 원칙적으로 내 마음 안에 있다. 점을 하는 것은 현실의 이익을 얻기 위해서가 아니라 지혜로워지기 위해서 하는 것이다. 적어도 점서로서의 『주역』은 지혜를 얻으려는 자에게 유용할 것이다.

(1) 동시성의 일반적 현상

인간 사회에는 이성적 사고나 합리적인 설명으로 모두 말할 수 없는 면이 있다고 한다. 일상 생활에서도 우리는 그것을 얼마든지 확인할 수 있다. 어떤 결정을 내리려고 할 때 분명한 개념적 사고나 의식으로 분명하게 하지 않은 상태에서 마음으로 '느낀' 대로 행동하는 경우가 많다.

더욱이 어떤 중대한 결정을 내리는 경우에, 가령 배우자를 최종적으로 결정하려고 할 때 객관적 조건이나 확인보다도 좀더 깊은 자신의 마음에 물어보는 무의식적 태도를 볼 수 있을 것이다. 가장 합리적인 계산과 전망을 통해서 이루어져야 하는 기업 경영에 있어서도 가령 사업을 확장하는 무리한 기도가 이 시점에서 적합한 것인지 어떤지를 결정하는 일에 결정할 때 합리적인 계산보다도 어떤 '느낌'이 좋지 않으면 하지 않는 경우를 많이 볼 수 있다. 등산을 하려는 사람이 무언가 기분이 좋지 않아서 포기하는 경우, 항상 다니던 A라는 길을 포기하고 아무 이유 없이 B라는 길을 택하여 큰 화를 면했다는 사람도 있다. 종교인이라면 이 경우 하느님의 성령이나 부처님의 가호로 보호를 받았다고 하며, 잘 알 수는 없으나 나를 보살피는 눈에 보이지 않는 수호천사守護天使가 내 앞길을 인도해 주었다고 믿기도 한다. 대부분 종교에서 신앙고백을 하는 사람들의 이야기를 종합해 보면 이와 같은 경우가 많다는 것을 알 수 있다. 인간은 합리적 동물이라고 하지만 의도적으로 어떤 목표를 추구하는 경우에만 그렇고, 대부분의 경우는 오히려 비합리적이라고 여겨지는 '느낌'이나 직관적인 태도를 더 많이 사용하는 경우를 볼 수 있다. 심리학자들은 인간 두뇌의 왼쪽 뇌의 합리성과 오른쪽 뇌의 감성을 구분하여 설명하기도 한다. 그러나 우리는 왼쪽 뇌이든 오른쪽 뇌이든 어느 한쪽만으로는 불완전하고 그 전체가 인간의 마음을 구성하는 것이라고 믿는다. 이것은 상식에 속하는 일이다. 그런데 근대적 합리주의의 역사는 지나치게 왼쪽 뇌의 합리성만을 강조하여 오른쪽 뇌의 감성 능력을 퇴화시키고 있는지 모른다. 원시종교를 연구하는 종교 인류학자들은 이 사실을 확인시켜 준다. 원시인들 가운데는 전쟁터나 사냥터에 나간 남편이 희생되는 순간 아내가 동시에 고통을 느끼는 현상이 있었다고 한다. 지금은 전화와 같은 통신 수단이 발달하여 우리가 보통 육감으로 느끼는 감성 능력이 퇴화되어 그와 같은 경우가 많지 않을 것이라 여겨진다. 개미는 비가 내릴 것을 미리 알고 본능적으로 집을 옮긴다. 만물의 영장이라고 하는 인간이 개미와 같은 미물보다도 못하다고 할 수는 없을 것이다. 인간도 본능의 차원에서는 자연의 이치와 연결된 부분이 있을 것이다. 그것을 알 수 있는 것은 영물靈物인 인간에게 가능한 일일 것이며, 그것이 어떤 것인지를 해명하는 일은 중요한 과제라 생각된다. 좀더 체계적으로 살펴보기 위하여 다음의 몇 가지 동시성의 사례들을 들어보도록 하겠다. 이 사례들은 모두 우리 주위에서 체험되는 것들이다.

㉮ 어떤 부인이 저녁을 준비하기 위해 싱크대 앞에서 열심히 식사 준비를 하며 뒤에 있는 남편에게 식탁에 꽃을 꽂을 꽃을 가져다 달라고 부탁을 한다. 아내는 남편이 뒤에 있다고 생각하고 그러한 부탁을 하였으나 실상 남편은 마당에 나가 있어 아내의 말을 듣지 못하였다. 그런데 아내가 말한 그 순간 4세 된 딸이 꽃을 가지고 들어왔다. 우연의 일치라고 말할 수 있는 순간이다.244)

㉯ 어떤 예술가 지망생이 그림을 그려 놓고 이 그림을 팔기를 원한다. 돈은 다 떨어졌는데 그림을 사겠다는 사람은 나타나지 않는다. 그는 절망하여 장차 화가가 되어 보려는 생각마저 포기하려는 순간 하나의 전보가 날아왔다. 그 전보 내용을 보니 자기도 모르는 친척 한 사람이 죽어서 유산을 이 사람 앞으로 남겨 놓았으니 찾아가라는 내용이었다. 기묘한 우연의 일치이다.245)

㉰ 시노다 볼렌 여사는 일본계 미국인인데, 자기 할아버지의 신통한 꿈의 이야기를 기억하고 있다. 할아버지의 꿈에 고향에 살고 있는 친구가 여행 가방을 들고 가는 꿈을 꾸며 그 꿈의 주인공이 죽는다는 소식을 거의 정확히 전해 들었다. 일본과 미국 사이에는 태평양을 사이에 두고 있어 평소 소식이 끊겨 살았는데도 그 꿈은 항상 정확하였다고 한다.246)

㉱ 융에게 치료를 받는 환자가 있었다. 융과 이 환자 사이에는 이미 전이[transference] 현상이 생기고 있었다. 이 환자는 상태가 호전되어 결혼을 하였는데, 여자는 이 환자를 진정으로 사랑하는 것 같지 않았다. 그래서 환

자는 이 부인으로부터 심리적 억압을 받게 되었고 병의 증세가 나빠지고 있
었다. 어느 날 융은 강연을 하고 돌아와 친구들과 잡담을 하고 잠자리에 들
었는데 좀처럼 잠이 오지 않았다. 새벽 2시쯤이었을까, 잠이 잠시 들었다고
생각되는 비몽사몽간에 깜짝 놀라 깨어 일어났다. 어떤 사람이 방으로 들어
온다는 느낌을 가졌기 때문이다. 문이 급하게 열리고 있다는 생각이 들어
곧 불을 켜고 보았으나 아무것도 없었다. 이상한 일이다. 융은 이런 일이 일
어난 순간을 정확하게 기억해 두려고 하였는데, 무엇이 융의 이마와 뒷골을
때리는 것 같은 고통이 느껴졌다. 이런 일이 있은 그 이튿날 바로 그 환자
가 자살하였다는 전보를 받았는데, 나중에 알고 보니 총알이 그 환자의 두
개골에 박혀 있었던 것이다.[247]

　　ⓓ 어떤 사람이 간밤에 꿈속에서 이상한 새와 곤충을 보았다. 그가 꿈에
서 본 이 새와 곤충에 관하여 낮에 친구에게 이야기를 하고 있을 때, 바로
그 순간에 정말 꿈에서 본 새와 곤충이 눈앞에 나타났음을 본다. 기묘한 우
연의 일치이다.[248]

　　ⓔ X여사는 새가 몰려들면 자기에게 가까운 사람이 죽는다는 경험을 한
다. 할머니와 할아버지가 죽을 때에도 많은 새가 몰려들었다. 그녀는 남편
의 죽음도 이미 알고 있었다.[249]

　　ⓕ 링컨 대통령은 암살되기 전에 자신의 육체가 안치되는 것을 보았다
고 한다.

이상과 같은 예들을 나열하자면 얼마든지 더 있을 수 있다. 필자가 학
생들을 상대로 조사한 바에 의하면 이상의 사례들보다 더욱 실감 있는
많은 자료를 나열할 수 있다.[250] 그만큼 흔하게 우리 주변에서 다반사로
일어나고 있는 신비스러운 심리 현상이라는 것을 알 수 있다. 이상의 사
례를 편의상 다음 세 가지 범주로 나누어 말할 수 있을 것이다.

첫째는 어떤 생각이나 느낌이 불쑥 들어 행동을 한 것이 그 순간 기
묘하게 외부의 사건과 일치를 이루는 것이다. ⓐ나 ⓑ가 여기에 해당한
다. 4세된 딸이 꽃을 가지고 들어오는 것을 보지는 못했지만 부인은 그

순간 꽃이 생각났다. 부인의 의식과 외부적 사건이 동시적으로 일치했다. ㈏의 예술가 지망생은 마치 수호천사가 미리 준비해 놓은 고민을 하다가 극적인 해결을 보는 과정을 밟은 것처럼 여겨질 정도이다. 눈에 보이지 않는 연결 고리가 예술가 지망생에게 관련되어 있는 것처럼 보인다. 언니가 동생의 집이 불에 타고 있는 생생한 꿈을 꾸고 전화를 걸어 보니 과연 동생의 집에 불이 나고 있어 무사히 생명을 구했다는 사례도 있다.

둘째는 꿈이나 환영을 먼저 보고 나서 그것이 얼마간 거리를 두고 발생하고 있는 사건과 동시에 일어나거나 혹은 나중에 입증되는 경우이다. 동시에 발생하는 사건이 가장 보편적이고 일반적이다. ㈐, ㈑, ㈒가 여기에 속한다. 꿈을 꾼 내용이 그대로 현실 속에서 실현되는 경험은 누구나 가질 수 있다. ㈐의 예와 같이 시노다 볼렌의 할아버지의 경우는 우리 주위에서도 많이 볼 수 있다. 할아버지는 그의 친구들과 어떤 정서적인 통로가 마련되어 있고 비록 태평양을 사이에 두고 거리가 떨어져 있으나 깊은 무의식 속에 정서적 주파수가 맞추어져 있을지도 모른다. ㈑와 같이 마음의 병을 치료하는 임상 의사와 환자 사이에는 정서적 통로가 마련되었을 가능성이 있다. ㈒의 경우는 꿈을 꾼 내용이 현실 가운데서 그대로 재현되는 대표적인 예로서 우리의 주위에서 많이 나타나는 것이다.

셋째는 미래에 발생할 어떤 심상(꿈, 환영, 예감)을 지니게 되는데, 그 뒤에 그 일이 일어나는 경우이다 ㈓와 ㈔가 여기에 해당한다. 꿈에 예시적 기능이 있다고 보통 말해지는 것과 같다.

(2) 동시성의 성격과 본질

이상의 경우를 다시 한번 요약한다면, (1) 무의식적 이미지가 꿈, 관넘, 예감의 형태로 직접적으로(문자 그대로) 혹은 간접적으로(상징이나 암시를 통해) 의식 가운데 떠오른다. (2) 객관적인 상황이 이 내용들과 일치를 이루고 있다.

이러한 성격을 가진 현상을 융은 동시성[synchronicity]이라고 하였는데, 이 동시성 현상이 지금까지는 하나의 우연[chance]으로만 취급되고, 과학의 대상이 될 수 없는 것이라 하여 무시되어 온 것이 사실이다. 상기한 예에 대하여 인과론자들은 인간의 현실 속에서 수천 분의 일의 확률로 있을 수 있는 하나의 개연성[probability]이라고 생각할 것이다. 그러나 융은 이런 현상을 '의미 있는 일치'라고 생각한다. 그렇다면, 내적으로 지각된 사건(꿈, 비전, 예감)이 외적인 실재와 상호 조응[correspondence]을 하고 있고, 상이한 곳에 떨어져 있지만 '동시에' 일어나는 유사한 사고와 꿈 같은 것은 어떻게 설명되어야 할까? 위에서 말한 것처럼 우리도 꿈을 꾼 내용이 현실에서 그대로 실현되는 것을 경험하고 있는 것은 사실이다. 이것도 역시 하나의 개연성인가? 이러한 의문에 대한 직접적인 해답을 구하려고 하기 전에 인과율의 성격과 한계를 정확하게 인식할 필요가 있는지도 모른다.

필자는 여기서 인과율의 본질에 관하여 장황하게 말하지 않겠다. 다만 동시성 현상이 생기는 심리적 기반에 대하여 생각할 필요가 있다고 본다. 위의 사례를 통해서 짐작할 수 있는 것처럼, 동시성 현상은 무의식이 의식의 수준으로 표출될 가능성이 많은 심리적 기반 위에서 생긴다. 심리학적으로 볼 때, 인간의 좁은 의식으로는 파악이 어려운 사건이 실제로 생겨나고 있을 때는 시간과 공간을 변경하는 정서적 상태에 빠질 가능성이 많다. 쟈네트Janet가 말하는 '의식 수준의 저하'[abaissement du niveau mental]에 들어갈 공산이 큰 때라고 말하는 것이 적합할지 모르겠다.251) 다시 말하면, 무의식이 강화되고 높여짐으로써 무의식이 의식으로 흘러 들어갈 공산이 크며, 의식은 무의식적인 본능적 충격과 내용에 영향을 받을 공산이 큰 때라고 할 수 있다. 일반적으로 꿈이란 것은 무의식이 표출되는 것이라는 점을 인정한다면, 동시성 현상은 눈을 뜨고 있는 의식 상태에서 꾸는 꿈과 같다고 이해할 수 있다. '의식 수준의 저하'는 꼭 잠을 잘 때에만 일어나는 것은 아니고, 눈을 뜨고 있는 동안에도 일어날 수 있다는 것을 인정할 수 있다.

동시성 현상이 생기는 심리적 기반으로서 또 하나 들 수 있는 것은 그것이 융이 말하는 원형[archetype]의 주변에서 일어난다고 하는 것이다. 융이 말하는 원형은 개념적으로 이해하기가 어렵다. 원형은 개념적으로 파악할 수 있는 것이 아니고, 인류에게 보편적 호소력을 지니고 있는 '공통적 감정의 층'이라고 말할 수 있는 무진장한 에너지와 같은 것이다.

이 원형에 대해서 가장 알기 쉽게 표현하는 것 두 가지를 든다면 첫째, 원형과 본능의 관련성에 대한 설명이다. 가령 동물에 있어서 새가 둥지를 틀고 새끼 새에게 모이를 갖다 주는 행위나 기러기가 떼를 지어 날아다니는 행위 등은 어느 일대의 학습으로 형성된 것이 아니고 태초의 때부터 반복된 행위를 통하여 형성된 본능이라고 할 수 있다. 인간에게도 모성 본능이니 성 본능이니 하는 것과 같이 반복된 학습을 통하여 축적된 본능이 있을 것이다. 동물의 본능과 다른 것이 있다면, 인간은 그 '본능의 자기상'[the self-image of the instinct]을 의식하고 바라보는 능력이 있다는 것이다. 즉 원형은 마음의 원시적인 형태[form]의 상[images]으로 나타난다는 것이다. 어쨌든 본능과 원형이 같은 뿌리에서 나온 것이기 때문에, 개미가 본능적으로 비가 올 것을 미리 알고 거처를 옮길 수 있듯이, 인간은 인과율적으로는 파악이 안 되는 동시성 현상을 체험할 수 있다고 말할 수 있다. 위에서 말한 인류에게 보편적 호소력을 지니는 '공통적 감정의 층'은 인간의 집단 무의식 가운데 있는 어떤 중심을 가리키는데, 그 중심은 물리적 중심이 아니라 어떤 에너지 혹은 신성한 힘이 분출하는 용광로 같은 것이라고 할 수 있다.[252] 이런 관점에서 보면, 우리의 의식은 무진장한 열을 발산하는 태양 주위를 도는 위성과 같은 것이고, 어떤 중심의 정지점停止點 주위에서 춤을 추는 우주적 춤의 한 부분을 이루고 있는 것처럼 보인다. 그 '공통적 감정의 층'이 잘 반영된 것으로 구원의 남성상이나 여성상, 출생과 죽음, 결혼, 어머니와 자식의 유대, 사랑과 미움, 어둠과 광명, 조물주, 성자와 지혜, 영웅적인 투쟁 이야기 등과 같은 것을 들 수 있을 것이다. 이런 것들은 문화나 민족의 차원을 초월하여 인류 보편적 학습이 축적된 원형상으로 나타나는 경우가 많다. 구체적인 예를 들면, 야훼나 제우스 신은 부성 또는 아버지의 원형상이요, 헤라클레스는 영웅으로서의 원형상인데, 어떤 이에게는 케네디도 영웅적 원형상이요, 데메테르나 혹은 골다 메이어와 같은 지모신적인 원형상도 있고, 트로이의 헬렌이나 아프로디테 같은 아름다운 여신의 모습을 한 원형상, 오시리스와 같은 구세주의 모습을 한 원형상도 있다.

둘째로, 때때로 원형적인 것이 의식을 지배하는 경우에는 매우 강력한 힘에 이끌리는 것과 같은 현상을 볼 수 있다. 그것은 중심의 강력한 힘과 관련이 있기 때문일 것이다. 가령 예를 들면, 남자가 어떤 여자를 보고 첫눈에 "바로 이 여자다."라는 느낌에 빠지고 헤어나지 못하는 경우에 그 남자는 아니마의 부정적인 힘(구원의 여성이라는 원형상)에 사로잡힌 것이라 할 수 있다. "내가 예수다."라거나 "내가 손가락 하나만 까딱하면"하고 호언장담하는 과대망상에 사로잡히는 사람에게도 원형이 지닌 큰 힘이 지배하는 경우라고 할 수 있다. 위대한 사랑에 사로잡혀 자기를 희생하는 사람이나 창조적 영감에 사로잡혀 불후의 명작을 남기는 사람도 원형적인 힘에 사로잡힌 것이라 할 수 있다. 악마적 파괴의 화신이 되어 집단 자살을 자행하는 신흥종교의 교주도 원형적인 힘에 사로잡힌 경우라 할 수 있다. 파괴적 본능이나 부정적인 힘에 반드시 사로잡히지 않는 경우에라도 자기 속에 있는 '원초적인 이미지' [primordial image]를 상대방에게 투사하여 그로부터 헤어나지 못하는 경우도 있다. 백발이 성성한 멋진 할아버지의 강의를 듣고 있던 여인이 그로부터 신성한 소리를 듣고 지나친 존경심에 빠진다면, 이것은 '현명한 노인'[the old wise man]이라는 보편적 원형상에 물든 감정에 사로잡히는 것이라 할 수 있다. 즉 그 노인을 통해 원형에 대한 감정이 불러일으켜지고 있는 것이다.

위의 사례들에서 필자는 동시성의 문제를 반드시 원형과 관련해서만 언급하지는 않았지만, 원형과 동시성의 관련 부분을 좀더 생각해 볼 필요가 있는 것 같다. 도대체 원형과 동시성은 어떤 관계에 있는가? 우선 인간과 자연을 연결하는 줄은 원형적 단계에 있다는 것을 지적할 필요가 있다. 프로고프의 견해에 따르면, 개인의 실존 밑바닥에서 작용하는 원형은 곧바로 대우주의 패턴이 지닌 일반적 질서[order]가 특정한 순간에 나를 통해 표현되는 수단이 되고 있다고 한다.[253] 다시 말하면, 원형만이 개인과 비인과적 질서의 원리 사이에 있는 영적 체험을 가능케 한다. 동시성은 '시간 내에서' 이러한 체험의 의미가 인식되고 파악되게 하는 설명적 원리가 되고 있다. 그러므로 동시성적 사건이 생겨나고 있다는 것은 원형이 작용하고 있다고 보아야 할 것이다. 동시성의 과정에서 우주를 볼 때, 원형은 그 중개역[immediate role]을 하고 있음을 알 수 있다. 대우주의 충일함, 넘침, 완전함을 인간의 능력으로 어찌 다 담을 수 있겠는가? 그러나 특수하고 한정적인 패턴은 원형 주변에서 형성되기 마련이다.

프로고프의 견해를 좀더 쉽게 풀어서 설명해 보도록 하겠다. 사람은 원칙적으로 이른바 '마음'이라는 것을 눈으로 보거나 소리로 듣거나 만질 수 없다. 그러나 우리는 상대방의 눈빛이나 몸짓 등을 통하여 그의 마음을 읽을 수 있다. 즉 마음이 육체화된 것을 통하여 상대방에게 전달된다. 이것을 의심하는 사람은 아무도 없다. 마찬가지의 이치로 도道나 하느님은 원칙상 우리의 감각을 통하여 알 수 없다. 그러나 삼라만상의 만물을 통하여 그 도의 일단—端을 볼 수 있다. 만물은 도의 육체화이기 때문이다. 그런데 도는 인간의 감각을 초월한 상태에서 최소한 스스로 유형화하는[patterning] 경향이 있음을 인정하지 않을 수 없다. 도는 죽어 있는 사물과 같은 것이 아니고 살아 있는 강력한 힘이고 스스로의 질서를 가지고 있으며, 아무도 그것을 거역할 수 없다는 것이다. 동시성을 경험하는 인간은 동시성이 발생할 때마다 볼 수 있고 만질 수 있는 '만물'은 유일자[道]의 다른 국면들로 경험되는 것이다. 그러나 여전히 볼 수 없는 모태母胎, 말로 표현할 수 없고 형언할 수 없는 연결 고리 즉 도는 신비인 채로 남아 있게 된다.

위의 ㉭의 예에서 융은 환자의 자살과 자기의 뒷골의 고통을 결부시켜 다음과 같이 언급하고 있다.

"이 체험은 원형적 상황(이 경우는 죽음)과 결부되어 이따금 관찰되는 동시적인 현상이었다. 무의식 안에서 시공의 상대화를 수단으로 하여 어디에선가 실제로 생겨나는 것을 알 수 있었던 것이다. 집단적 무의식은 누구에게나 공통적으로 있는 것이다. 즉 원시인들이 '모든 사물의 공감'이라고 명명한 것의 근거이다. 이 경우에 무의식은 나의 환자에 관한 지식을 가지고 있었던 것이다."254)

부연한다면, 가령 어떤 사람이 이성을 사랑한다고 하자. 그는 자신의 심혼[psyche] 안에 어떤 것이 새겨지고 둘 사이에서 특별한 통로가 마련되어 서로의 감정을 주고받을 수 있게 된다. 텔레파시와 같은 것은 깊은 정서적 유대를 공유한 사람, 즉 부모와 자녀, 배우자, 연인, 친한 친구, 쌍둥이에게 잘 적용되는 것을 알 수 있는데, 두 연인들 사이에서도 동시성이 작용한다면 그 둘을 연결시키는 것은 집단 무의식 차원에서 어떤 '매개체' 역할을 한다는 것이다. 이것을 일반화해서 말한다면, 동시성을 경험하는 사람이 공통적으로 느끼는 감정은 자신은 홀로 고립된 존재가 아니며 어떤 연결 원리에 의해 거룩하게 연결되어 있다는 것이다. 융과 환자 사이에도 서로 감정을 주고받을 수 있는 통로가 마련되어 있었을 것이며, 그 둘을 연결하는 '매개체'가 있었을 것이다. ㉑의 예에 대해서 융은 "아내의 무의식은 남편의 죽음이 임박했음을 직관하였을지 모른다. 그러나 새떼들은 그것과 관련된 기억상[memory-images] 들이었을 것이며, 이것이 그녀의 정서와 공포를 자극하였을 것이다"라고 말하고 있다. 무의식의 직관 능력은 매우 뛰어나며 시간과 공간의 지배를 받지 않는다. 자연을 자신의 육체화로서 드러내는 도의 차원에서는 더욱 뛰어나서, 인간의 척도로 기늠할 수가 없다. 다만 인간의 깊은 무의식의 층에서는 그 도와 연결된 고리로 이어져 있음을 확인할 수 있고, 그것을 통해 자연의 신비의 일단을 알게 될 뿐이다.

(3) 『주역』과 동시성 원리

융은 동양의 도에 대해서 다음과 같이 말한 적이 있다. "서양 사람들은 도라는 것을 이해하려고 할 때에도 '도라는 말 자체가 지니고 있는 정확한 의미는 무엇인가?'라고 묻는다. 그러면 동양 사람은 그 서양 사람을 창 옆으로 데리고 가서 '당신 눈에 보이는 것이 무엇이오?'라고 묻는다. '거리, 사람, 자동차, 집…'이라고 대답한다. '또 무엇이 보이는가?' '언덕', '또?' 이렇게 한없이 말할 것이다. 그리고 난 후에 동양 사람은 두 팔을 벌리면서 이 모든 것이 다 도라고 말할 것이다. 이것을 동시적이라고 부른다. 동양인들은 사실의 전체를 볼 때 그 전체를 그대로 받아들이지만, 서양인들은 몇 개의 존재로 분할하여 받아들인다. 예를 들면, 여기 많은 군중들이 모여 있다고 하자. 서양 사람들은 이 군중을 보고 '이 사람들은 어디서 왔는가?' '왜 이 사람들이 이렇게 모였는가?'

하고 묻겠지만 동양인들은 그런 것에 관심이 없고, 만약 묻는다면 '이 사람들이 이렇게 모인 것은 무엇을 의미하고 있는가'라고 할 것이다. 또 여러분이 해변가에 섰다고 하자. 파도가 치고 낡은 모자가 떠 있고 낡은 상자, 구두, 죽은 고기들이 함께 떠 있다고 할 때, 서양 사람들은 그것이 모여 있는 것이 하나의 우연이라고 할 것이다. 그러나 동양 사람들은 '이 들 전체는 무엇을 의미하고 있는가?' 하고 물어 볼 것이다. 바로 이 순간 에 함께 모여 있다는 것 자체가 의미가 있는 것이다."255)

　　이 인용문에서 읽을 수 있는 동양인의 태도는 도의 전체를 드러낸다 는 것은 특정 시점에서는 불가능하다는 것을 전제로 하고 있다는 점이다. 다만 우리가 생각하고 있는 것은 현재의 상황에서 하고 있는 최선의 것 일 뿐, 도의 전체를 드러내는 것은 아니다. 우리는 도에 가까이 갈 수는 있어도 완전히 도달할 수는 없다. 이러한 태도가 『주역』의 사상 속에서 도 일관되게 흐르고 있다. 그러면 주역의 점괘는 무엇을 뜻하고 있는가? 주역의 점괘를 읽는 사람은 그 '순간'에 괘의 전체가 무엇을 '의미하 고' 있는가 하는 것을 읽어야지, 이것이 어디서 왔는가, 왜 이것이 이렇게 모였는가를 따지려고 들면 괘를 읽는 '순간'에 나타나는 깊은 의미를 상 실하고 만다. 보통 정신을 집중하여 괘를 읽는다고 하더라도, 그 괘를 읽 는 자의 그 순간에 나타나는 무의식의 비결정적 요소를 온전히 직관할 수 있다는 보장은 없다. 다만 그 사람이 최선을 다하여 괘를 통해 무의식 의 메시지를 읽을 수 있을 뿐이다. 주역의 64괘는 무의식적 지식으로 괘 를 읽는 순간의 의식의 상태와 상호 조응하도록 만들어진 것이라고 보아 야 할 것이다. 64괘는 꿈과 같은 무의식의 지혜로 구성되었다고 볼 수 있다. "음미되지 않은 꿈은 뜯지 않은 편지와 같다."라는 말이 있다. 꿈 은 내적 성찰에의 초대장과 같다. 『주역』의 점괘를 통해 무의식의 깊은 층을 의식의 차원으로 길어 올리는 역할을 할 수 있다. 동시적 사건이 생 길 수 있는 심리적 기반을 가진 사람이 『주역』의 점괘를 본다면, 신기하

270

게 잘 맞아떨어진다는 것을 경험할 것이다. 델피에 신전에 신탁을 들으러 가는 사람과 같이, 동양 사람들은 문자로 된『주역』에 신탁을 들으러 갈 수 있다. 『주역』을 통해 자연에서 들려 오는 지혜로운 영감을 얻을 수 있다. 『주역』을 서양 사람들이 『지혜의 서[Book of Wisdom]』로 번역한 것은 매우 타당하다.

『주역』의 내용을 구체적으로 이해하기 위해 융의 사상과 좀더 비교를 해볼 필요가 있다. 먼저 동양의 도를 융의 심리학적 용어와 비교한다면 자기[Self]에 해당시킬 수 있을 것이다. 융의 심리학에서 '자기'는 원형에서 가장 중요한 것으로, 의식·무의식의 대립을 넘어 조화에 이른 인격의 전체를 말한다. 따라서 인간의 정신 생활은 의식적이든 무의식적이든 Self를 중심으로 활동하여 조화를 보존한다. 만약에 이것을 공[球]으로 비유한다면, 공 표면의 일부 분명한 곳이 의식 생활에서의 ego의 중심이고 Self는 생득적生得的인 것이지만, 가능태可能態로서의 무의식적 존재인 Self와 의식된 존재로 실현된 현실태現實態로서의 Self를 혼동시킬 수는 없다. 융은 이 '자기'가 '에고ego'라고 하는 의식 생활의 중심을 대신하여 인간의 생활 전체, 즉 정신적 삶[psychic life]의 중심이 되는 과정을 자기화 과정[individuation process]이라고 말하고 있다. 여기서 주목할 수 있는 것은, 자각된 의식의 내용은 자각하기 이전의 것과 질적으로 다르다는 점이다. ego는 이 경우 ego-Self가 되는데, ego를 중심으로 하는 의식 생활이 그대로 고차원의 ego-Self가 되는 것이다. 융은 중국의『금화종지金華宗旨[The Secret of the Golden Flower]』의 주석에서, ego는 Self의 도구가 되고, 일면의 편협한 곳에서 벗어나 고차원의 ego가 되는 것을 일컬어 '대상으로부터의 의식의 분리'[the detachment of consciousness from the object]라고 부르고 있다.256) 이런 고차원의 의식의 탄생을 목표로 하는 것이 종교의 과제라고 할 수 있을 것이다. 이 고차원의 의식의 탄생, 즉 '자기화 과정'을 인생의 의미라고 본다. 성 바울이 "내가 사는 것이 아니라 그리스도가 내 안에서 사신다."라고 한 말이 대표적인 표현으로서, 고차원의 새로운 자기의 탄생을 밝히고 있다.

이렇게 볼 때 『주역』의 궁극적 목표는 도[Self]를 실현하는 것이라고 말할 수 있다. 도를 실현하되, 도 자체를 온전히 실현한다는 것이 아니라 유한한 나 속에서 새로운 나의 탄생을 실현하는 것이다. 이렇게 의식과 무의식의 대립을 넘어서는 전체의 조화에 이른 인격을 Self라고 할 때, 그 전체성[wholeness]에 이르게 하는 적극적인 방법은 무엇이 있겠는가? 융은 그 한가지 방법으로 소위 '적극적 상상력'[active imagination]이란 방법을 사용한다. 적극적 상상력은 프로이트의 자유 연상[free association]처럼 A → B → C → D와 같이 연상하는 것이 아니고,

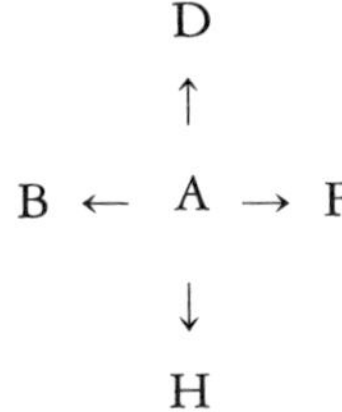

와 같이 원환적으로 A의 내용을 확대하고 풍부하게 하는 것이다. 이것을 확충법[amplification]이라고 한다. 무의식의 내용은 결코 논리적으로 표현되지 않고(즉 연상적으로 되지 않고), 비논리적·상징적으로 표현되고 있다. 이런 점에서 무의식의 내용은 중국어와 같이 상징성이 풍부한 언어에 의한 표현이 구미어(歐美語)에 의한 것보다도 더 적당한 표현이 된다고까지 말하고 있다. 확충법을 통하여 어떤 보다 크고 의미 있는 상징(보통 이 상징은 꿈이나 환타지와 같이 무의식에다 깊은 뿌리를 두고 있다)에 집중적인 주의를 하는 것이다. 이렇게 하는 적극적 상상력의 밑바닥에는 우리의 마음은 잠재해 있는 것을 표현할 수 있으리라는 과학적인 전제가 들어 있다. 즉

말을 바꾸면, 자연의 일부분인 인간의 퍼스낼리티는 아직 실현되지 않고 있는 씨[seed] 상태로 있는 대우주[macrocosmos]를 반영하고 있다는 것을 전제로 한다. 이러한 단계에 이르도록 상징을 최대한으로 이용하는 것이 적극적 상상력이다.

융이 말하는 소우주니 대우주니 하는 개념의 구조에는 인간 안에서 작용하는 것은 반드시 그것을 넘어서 갈 수도 있다는 것이 반영되어 있다. 즉 개인의 마음의 가장 밑바닥에는 대우주의 반영[reflections]이 포함되어 있다는 생각이 들어 있다. 이 '반영'은 상징적으로 대우주의 어떤 면을 표상하고 있는 이미지들이다. 그러므로 개인의 마음 안에 내포되어 있는 이미지들은 축소되어 있는 우주의 '반영'인 것이다. 이렇게 상징의 의미를 폭넓고 깊게 생각하고 있다. 원형을 분석하는 목적도 여기에 있고 동시성 이론의 실재적 바탕이 되는 것도 여기에 있다고 할 수 있다. Self는 축소된 우주의 본체를 포함하고 있는 우주의 작은 일부분으로서, 모든 세계와의 직접적인 접촉점[point of contact]이 된다. 『주역』의 괘에서도 우리가 할 수 있는 최대한의 상상력을 발휘하여야 한다. 『주역』의 괘는 적극적 상상법으로 읽어야 온당한 메시지를 파악할 수 있기 때문이다. 다른 말로 표현하면, 확충법은 어디까지나 나의 이미지들을 발전·확대시키는 것인데, 융의 기술적인 용어인 확충법에는 다음과 같은 두 가지 원리를 배후에 지니고 있음을 알 수 있다. 첫째, 깊은 초인격적인 상징들, 즉 원형 안에 들어 있는 원리는 마치 하나의 씨가 성장하듯이 자랄 수 있어야 한다. 둘째, 각 사람의 마음 안에는 그 자신의 개별성[individuality]이 있고, 그것은 그 자신의 통합성[integrity]에서만 성장할 수 있다.257)

그런데 『주역』의 이미지로 확충하는 것이 적합한 것이냐에 대해서는 의문을 제기하는 사람도 있다. 확충법이 어디까지나 나의 개인적 이미지를 확대·발전시키는 것임에 비해, 『주역』은 주역대로 자신의 이미지가 있어서 확충을 적용하기에는 적합하지 않다는 것이다. 프로고프가 그러한 주장을 하는 대표적인 사람으로서, 그는 『주역』에서 할 수 있는 것은 확충법이 아니라 상호관계[correlation]를 볼 수 있을 뿐이라고 한다.258) 상호관계는 삶의 외적인 면과 내적인 면을 나란히 놓았을 때, 삶의 외적인 행위가 미래의 부분이 될 수도 있는 내적인 상징과 서로 영향 관계에 있는 것을 말한다. 즉 『주역』의 이미지나 상징들은 지나치게 사회화되었거나 정치화되었고, 그것들을 꿈의 이미지로 보는 것은 적합치 않다는 것이다. 이에 대해서는 다음과 같은 융의 견해가 시사하는 점이 있다.

> "『역경』은 그 자체가 증명이나 결과를 제공해 주지는 않는다. 그것은 자신을 자랑하지도 않으며 접근하기 쉬운 것도 아니다. 자연의 일부분처럼 그것은 발견될 때까지 기다려야 한다. 그것은 사실이나 힘을 제공해 주는 것은 아니다. 그러나 만약 자각이나 지혜를 사랑하는 사람이 있다면 그에게 그것은 올바른 책으로 여겨질 것이다. 어떤 사람에게 있어 그 정신은 햇빛처럼 명백하게 나타난다. 또 다른 사람에게는 황혼처럼 희미하게 혹은 밤처럼 어둡게 보일 것이다. 그것을 마음에 들어 하지 않는 사람은 그것을 바르게 발견할 수 없다. 그 의미를 발견할 수 있는 사람의 이로움을 위해 『역경』을 세계 속으로 나오게 하라."259)

융의 견해에 동감하는 필자는 『주역』을 보는 사람의 심리적 강도에 따라서 한갓 상호관계가 될 수도 있고 확충이 될 수도 있다고 생각한다.

(4) 동시성의 체험

"마음이 있는 곳에 선생은 거기에 있다."라는 말이 있다. '만물'이 유일자의 다른 국면으로 어디에나 있는데, 동시성이 어디 특별한 상황에서만 생기겠는가? 마음이 있는 곳에서 우리는 유일자의 연결 고리를 어

274

디서나 접할 수 있을 것이다. 다만 어리석은 인간은 동시적 사건에 접해서만 자연의 신비가 있는 것으로 여기고, 언제나 그 동시적 현상이 열려져 있음을 알지 못한다. 예지를 가진 사람들은 시간은 영원한 현존이고 직선적 시간은 환상적인 것임을 안다. 보통의 사람들은 현재에서만 삶을 경험하지만, 예지의 인간은 현재와 미래가 동시에 존재할 수 있다는 것을 알고 있다. 또 많은 영웅 설화들을 보면, 영웅은 불가능한 상황에 직면하여 결정적인 순간에 뜻밖의 도움이나 주술적인 것의 개입으로 그 상황을 해결한다. 인생의 여행도 마찬가지로 어려움에 직면할 때마다 '신의 개입'으로 해답을 찾는다. 창조적인 해결책이 직접 우리의 마음으로부터 나오거나, 놀라운 동시성이 그 상황을 해결하는 것으로 나타나거나, 어떤 꿈이 방향을 제시해 주는 형태로 나타나거나, 어떤 명상 가운데서 나타나거나 모두 한가지 근원에서 비롯되는 것임을 알 수 있다. 이제 끝으로 동시성의 체험을 극적으로 경험하고 구원을 받았다는 충만된 의식으로 기쁨을 맛본 한 흑인의 예를 들며 마무리를 지으려 한다.

제2차 세계대전 때의 일이다. 한 공군 사병이 미국의 어떤 외떨어진 소도시에서 크리스마스를 맞이하게 되었다. 그는 고아였기 때문에 주위에 아무도 없다. 남들은 모두 가족의 품안으로 돌아갔지만 그는 갈 데가 없었고, 더욱이 흑인에 대한 편견으로 극단적인 고독에 사로잡히게 되었다. 이러한 외로움과 비참한 감정에 사로잡혀 정처 없이 거리를 걷고 있는데 어디서 찬송가 소리가 들렸다. 자기도 모르게 그 소리가 나는 곳을 향하여 걸어가다가 어느 교회 안으로 들어갔다. 그는 교회 맨 뒷좌석에 앉아 크리스마스를 위한 성가 연습의 노래를 듣고 있었다. 그때 그는 강하면서도 정이 넘치고 남을 감싸주던 할아버지가 생각났다. 할아버지는 노래를 좋아했고, 가끔 가기 싫어하는 손자를 데리고 교회에 가곤 했다. 할아버지가 가장 사랑했던 노래는 '나는 혼자 정원에 왔다네.'라는 것이었다. 그때 그는 할아버지에 대한 그리움으로 성가대가 이 노래를 불러

주었으면 하고 마음속으로 강렬하게 바랐다. 그 순간 성가대에서 바로 그 노래를 부르는 것이었다. 그는 그 순간 너무도 감동하여 눈물을 흘렸다. 다음의 내용은 그 흑인의 고백이다.

"나는 그때 몹시 그리워했고, 이 노래를 듣고 싶다고 생각했습니다. 그리고 그때 어떤 이유인지는 모르나 나는 그렇게 될 것이라는 확신이 들었습니다. 나는 그 성가대가 그 노래를 하리라는 것을 알았습니다. 바로 그 순간 다음과 같이 시작되는 노래가 불려졌습니다. '이슬이 아직도 꽃 위에 머물러 있는 동안, 나는 홀로 정원에 왔다네. 그 분은 나와 함께 걸었고, 나와 같이 이야기했다네. 그 분은 나에게 나는 그가 사랑하는 사람이라고 말했네.' 그 순간 저는 눈물이 넘쳐흐르고, 내 생애에서 가장 큰 기쁨과 가장 평화스러운 마음을 느꼈습니다."

그는 이 동시성의 사건을 통하여 누군가 자신을 보살피고 있고, 더 이상 자신이 고립되어 있지 않다는 느낌을 갖게 되었다. 그는 말로 표현할 수는 없지만 어떤 일치, 절대적으로 확신을 주는 어떤 일치를 체험한 것이었다. 즉 신비하고 의미 있는 일치는 만물의 배후에 눈에 보이지 않는 어떤 연결 원리가 있음을 깨닫게 하므로, 동시성의 사건은 그 영적인 실재를 직관적으로 일깨워 주고 있다. 여기서 알 수 있는 것은 절망의 극에서 마치 음의 극에서 양이 탄생되어 나오듯이 자신이 고립되어 있는 잡동사니에 불과한 존재가 아님을 깨닫게 되었다. 이 말을 뒤집어 보면, 도를 가까이 하고 적극적으로 접촉을 하는 사람들은 동시성의 발생이 어느 때나 쉽게 연결될 것이라고 할 수 있을 것이다. 즉 도와의 접촉은 동시성을 통한 외적 사건이 쉽게 접촉될 수 있도록 자극할 것이다. 이것은 동서양을 막론하고 종교적 가르침의 핵심을 이루는 것이다. "먼저 영적 가치를 구하라. 현실적으로 필요한 것은 그 뒤에 따라올 것이다."

IV

부록 : 신유교에 대한 라이프니쯔의 이해

(1) 라이프니쯔와 유교

라이프니쯔(Gottfried Wilhelm von Leibniz, 1646~1716)는 한국에서 특히 중
국철학과 관련하여 특별한 주목의 대상이 되지 못하고 있다. 마테오 리
치(1552~1610)가 일찍이 1581년 중국 광동廣東에서 20년간 포교하고
『천주실의天主實義』라는 책을 써서 유명해지고 그 책이 조선 선조 36년
(1603년)에 우리 나라에도 들어와 큰 영향을 미쳤던 것에 비하면 라이프
니쯔는 우리와는 직접적인 관계가 없었기 때문이다. 그러나 리치보다는
훨씬 후생이기는 하나 중국철학과 그리스도교를 연결하여 최초의 에큐메
니즘적 관점에서 시도했다는 것은 주목할 만한 일이고 중국철학, 특히
신유교를 서구 사회에 깊이 있게 소개했다는 것은 그 자체로 가치가 있
다고 할 수 있다. 리치가 주로 중국사상 가운데도 선진 철학에 관심을 갖
고 있었다는 것에 비해 라이프니쯔는 철학적으로 훨씬 원숙한 단계에 이
르렀던 신유교를 그 나름으로 이해하려 했다는 것도 대조적이고 가치가
있다고 해야 할 것이다.

라이프니쯔는 젊어서부터 중국에 대한 관심을 크게 가졌던 인물인 것
같다. 그는 중국에 관심을 갖고 그가 당시에 섭취할 수 있는 것은 모두
이해하려고 하였다. 1666년 20세 때에 스피젤[G.Spizel]의『중국문학주석
에 관하여』[De Re Litteraria Sinensium Commentarius, Leiden, 1660]라는 책을 읽었
고, 특히 중국을 서구 사회에 소개하려고 했던 뮬러Andreas Müller의 책
『중국유교철학』[Confucius Sinarum Philosophus, 1687]을 그 책이 출판된 해에
읽었다.260) 이 책은 예수회 신부들에 의해 발췌·번역된『대학』,『중용』,
『논어』그리고 공자의 가르침을 정리한 내용들을 담고 있었다. 라이프니
쯔는 동북아 사상에 대하여 선진적인 인물이라고 볼 수는 없을지 모르나,
자신의 선학先學들이 개척하고 있던 것에 대하여 남다른 관심을 가지고
있었던 것은 틀림없어 보인다. 그의 사상의 핵심이라고 할 수 있는 '단순

실체'의 관념이나 '예정조화'와 같은 것은 1686년과 1690년 사이에 형성되는데, 『중국유교철학』을 읽고 있던 때와 거의 같은 시기이다. 이 때문에 라이프니쯔의 사상이 중국으로부터 영향을 받았을 것이라는 가설이 나오기도 하는 것 같다. 휴그E. R. Hughes같은 사람은 라이프니쯔의 이론들과 『중국유교철학』에서 아주 비슷한 점들이 있다는 것을 지적하기도 하였다.261) 니담은 라이프니쯔의 기본적인 사상이 중국의 신유교에서 힘입은 것이라고 주장하고 있다.

라이프니쯔가 서양 철학사에서 매우 뛰어난 창조적인 철학자라는 것은 알려진 사실이다. 여러 면에서 그의 창조성이 돋보이는데, 수학에서는 미분법을 발명했고, 물리학에서는 에너지 보존의 법칙에 관해 최초로 말했으며, 논리학에서는 오늘날의 수리논리학의 창시자로 알려졌고, 심리학에서는 '무의식'을 말했으며, 역사학에서는 실증사학의 단초를 열었고, 신학자로서도 훌륭한 논변가였다. 나는 이와 같이 다방면에 걸쳐 창조성을 보이고 있는 라이프니쯔 철학을 잘 알지는 못한다. 여기서 관심을 가지려고 하는 것은 중국의 신유교가 라이프니쯔를 통해 어떻게 이해되었으며 그것이 서양의 그리스도교와 어떻게 접합을 시키려고 하였는지 한두 가지 관점을 살펴보려는 것으로 만족하려고 한다.

(2) 중요한 중국철학의 논쟁점들

가. 제사祭祀와 상제上帝 논쟁

이 문제는 후에 한국에서도 중요한 논쟁이 되었던 것이지만, 이미 1610년과 1742년 사이에 중국에서 행해졌다는 것은 알려진 사실이다. 이 당시에 고대 의례, 특히 조상숭배와 공자에 대한 해석이 대두되었고,

그것에 관하여 그리스도교가 어떻게 해석하여야 할 것인지에 관한 논쟁이 있었다. 라이프니쯔의 사상은 중국에 진출하고 있던 예수회 신부들의 활동과 떼어 놓고 생각할 수 없다. 당시에 중국에서 성공적으로 활동하고 있던 예수회 신부들은 가톨릭 교리를 느슨하게 해석함으로써 중국적인 것과의 타협을 시도하였다. 예수회 신부들이 어느 정도 성공한 것은 바로 이러한 융통성 있는 가톨릭 교리의 해석에 있었다고 볼 수 있을 것이다. 이러한 예수회의 성공적인 정책은 다른 교단의 시기 어린 분노를 일으켰을 뿐만 아니라 그 당시의 얀센주의자들이나 교황권을 경직되게 옹호하는 자들과, 후에 18세기 프랑스 철학자들 사이에서조차 예수회에 대한 반감을 불러일으켰다.

이 문제는 근본적으로 중국의 유교적인 종교적 관행들이 그리스도교에 어떻게 적용되는지의 문제로 귀착되었다. 예수회의 지배적인 위치는 마테오리치에 의해 처음 확립되었는데, 그는 주자와 왕양명 및 그 밖의 다른 사상가들의 주석서들은 별로 중요시하지 않았다. 그 대신에, 기원전 6세기부터 4세기에 시작된 초기의 유교 경전들을 강조하였고 기원전 3천년을 거슬러 올라가 반고盤古(창조자), 복희伏羲(문명사회의 창안자), 신농神農(농업의 아버지), 황제(최초의 전설적인 황제), 요堯, 순舜과 우禹와 같은 전설적인 중국인들을 강조했다. 예수회의 입장은, 이러한 전설적 인물들에 대한 고전의 내용과 유교 규범에 근거하여 야훼 시대와 유사한 일신교一神教가 고대 중국에 출현했었다고 결론을 내렸다. 이것이 올바른 해석이었는지는 차치하고라도, 그들의 입장은 어떻게 해서든 이방의 새로운 문명사회와의 타협이 필요했던 것이라는 점을 알 수 있다.

예수회원들 가운데 좀더 극단적인 해석을 하는 사람도 나왔다. 부베Bouvet, 호께Focquet와 프르마르Premare가 그러한 인물들이다. 『주역』을 중심으로 모였던 이들은 복희가 중국인이 아니고 전 인류의 최초의 입법가라고 주장하기도 하였다. 모든 지식이 이 입법가로부터 시작되었다는 것이다. 즉 고대법의 잔존은 팔괘八卦의 기하학적 모습을 통해 전해 내려왔다는 것이다. 여기에는 일신교적 전통을 고수하면서 한 분이신 하느님이 계시하신 하나의 공통된 법이라는 관념이 깔려 있다. 라이프니쯔는 부베와 편지를 교환하면서 친교를 가지고 있었고 그들의 영향을 받기도 하고 또한 주기도 하였을 것이라 여겨진다.

중국과 유럽에서 지켜졌던 종교 의례에 관한 예수회의 기본적인 입장은 고대법 즉 일신교의 존재에 대한 확고한 믿음을 가지고 있었다는 것이다. 그런데 그 일신교가 고대 중국에서 도교와 불교에 의해서 품위가 깎여 왔다고 주장하였다. 그렇지만 유교는 일신교적인 잔존 형태를 보존하고 있다. 그리고 조상에 대한 숭배는 중국 의례가 기본적으로 종교적인 이유에서가 아니라 정치적·사회적으로 중요시된다고 해석함으로써 그리스도교 교리와 갈등을 빚지 않았다. 라이프니쯔도 이 점에 특히 동의하였다. 그러므로 조상숭배는 우상숭배가 아니다. 이것은 리치에 의해서 발전된 기본적 입장이었으며, 1세기가 넘는 논쟁을 통해서 약간의 내적인 이견에 부딪히긴 했어도 예수회 회원들에 의해 근본적으로 변질되지 않았다.

이에 대한 반발도 적지 않았다. 특히 영국과 프랑스의 이신론자理神論者들은 중국인들이 이교도가 될 수밖에 없는 이유에 대하여 언급하였는데, 그것은 중국인들이 계시와 구원에 대하여 무지하였다는 것이다. 이러한 엄격한 입장은 당시 유럽 대륙에서 상당한 지지를 얻었던 것이었기 때문에 그 밖의 많은 이유들을 포함하여 로마교황청은 결과적으로 1742년 예수회의 입장을 거부하기에 이르렀다.

이러한 분위기였으므로 여러 종교적 개념들을 그리스도교적으로 해석하는 데 있어서도 그와 같은 관점들이 나타났다. 그 가운데 중요한 개념이 상제上帝이다. 이에 대해서 마태오 리치는 중국 고전 원문을 통해 중국이 그리스도교의 하느님과 같은 관념을 상제라는 형태로 갖고 있었다는 것을 추론했다. 상제=하느님이라는 등식에 대해 반발이 생기리라는 것은 너무도 당연하다. 그 대표적인 사람이 바로 신부 니콜라스 롱고바르디Nicholas Longobardi이다. 그는 마테오 리치보다는 후배였고 교회 내의 직급도 낮았다. 그는 마테오 리치가 주로 중국 고전에 바탕을 두고 그리스도교와의 일치점을 찾으려 한 데 대하여 신유교 주석에 근거해서 중국과 그리스도교의 안이한 종합을 비판하였다. 그는 현대 중국이나 고대 중국에는 그리스도교의 하느님에 필적할 만한 진정한 어떠한 관념도 없었다고 주장하였다.262) 1742년 교황의 율령과 같은 입장이다.

이러한 분위기에서 라이프니쯔는 어떤 입장을 취하고 있었는가? 처음부터 라이프니쯔는 의례의 문제에 있어서 마테오 리치의 결론에 동의하고 롱고바르디의 견해에는 반대하였다. 그러나 마테오 리치가 고전 원문에 한정함으로써 결론을 끌어냈던 것과는 달리, 라이프니찌는 고전 원문과 신유교 주석서에 나오는 용어와 관념들을 채용하는 경향이 있었다. 오히려 신유교 주석서를 좀더 강조하는 입장이었다고 해야 할 것이다. 바로 이 점이 라이프니쯔를 주목해 볼만한 가치가 있는 인물이라고 하는 것이다. 즉 마테오 리치가 거부하고 롱고바르디가 강조한 부분에 대해서 라이프니쯔는 자신의 견해를 내놓고 근본적으로는 마테오 리치에게 동의하고 있다는 것이 주목된다는 것이다.263) 태극太極, 이理와 기氣 같은 용어는 라이프니쯔가 상제의 번역 문제를 논할 때 사용했던 용어들이다. 공자는 이러한 용어들을 거의 사용하지 않았고, 최소한 11세기와 12세기가 되기 이전까지는 현재와 같은 의미론적인 구조를 가지지 않았다. 반면에 11세기까지 상제와 같은 용어는, 대부분의 의인화된 신격神格의 성격을 잃고 그 용어는 신유교의 이理처럼 보다 상징적인 것이 되어 있었다. 그런데 라이프니쯔는 상징적인 것이 되어 버린 이理를 초기의 상제와 같은 것으로 파악하고 있다.

라이프니쯔가 신유교적 용어를 상제라는 초기 유신론적 관념과 혼용

했다는 것은 다음의 글에서 증명된다. 라이프니쯔는 말한다.

"이理, 기氣, 태극太極은 상제上帝라고 불리는, 높은 곳에 있는 왕 하늘을 지배하는 영靈이라는 궁극 실체의 양태들이다. … 그렇다면, 상제와 이理가 같은 것이라면 하느님[God]에게 상제라는 이름을 부여할 충분한 이유를 가지고 있다. 그리고 마테오 리치 신부는, 중국의 고대 현인들이 상제나 왕 즉 하늘의 왕으로 불리는 초월적 존재를 인정하고 존경했으며 그 밑에 있는 영靈들을 고위신하高位臣下로 두고 그렇게 해서 진정한 신에 대한 지식을 가지고 있었다고 주장했다는 점에서 틀리지 않았다."264)

리치나 롱고바르디나 문제는 다 있을 수밖에 없다. 리치처럼 공자 이전의 고전 텍스트에 한정하여도 문제가 생기고, 롱고바르디처럼 신유교 주석서에 한정하여도 문제는 있을 수밖에 없다. 그렇다면 라이프니쯔는 어떤 입장에 놓아야 할까? 그는 비록 주석서에 대하여는 제한적인 강조를 하였지만 양쪽의 텍스트를 고려하였다. 라이프니쯔가 잘못을 범한 것일까? 그렇지 않으면 그의 신 관념이 예수회의 신 관념과 상충했던 것일까? 전체적으로 보면, 리치가 당시 영국과 프랑스에 퍼져 있던 이신론理神論의 영향을 받아 중국의 상제를 일신교一神敎 밑에 통합시키는 느슨한 종합을 시도했던 것에 비해, 라이프니쯔의 체계는 덜 유신론적인 개념을 향해 가는 것처럼 보인다. 그의 유신론은 고대의 상제와 신유교의 이理를 종합한 유기체적인 것을 생각하고 있었다. 세계의 창조주는 유기체적인 바탕에서 자신의 일부분인 기계적인 원리에 따라 사물을 배열하는 자이기도 하다. 그러나 유기체적인 요소 때문에 세계는 마치 태엽이 감겼다 풀렸다 하는 기계적인 시계 이상이 된다. 즉 세계는 전체적으로 불연속적인 요소들로 흩어지거나 환원될 수 있는 것 이상이 된다. 오히려 이 요소들은 신적인 계획으로 움직이는 전체 속에서 서로 서로 관계를 맺고 있는 것이기도 하다. 그러므로 그리스도교도들의 기도 속에서 나타나는 아버지로서의 신에 대한 중재자의 관념은 희박해질 수밖에 없다. 그렇다고 기계론적인 신관을 가지고 있었다고 할 수는 없을 것이다. 예수회의 의인화된 신 관념에서 멀어지는 것이 중국에 접근하는 올바른 방향으로서의 에큐메니즘의 차원에서 그런 것인지는 좀더 고찰을 해야 할 것이다.

나. 이기理氣에 대한 라이프니쯔의 해석

여기서 우리는 라이프니쯔가 과연 이기를 어떻게 이해하였는가에 대하여 생각해 볼 필요성을 느낀다. 먼저 그가 표현하고 있는 이기의 관념을 살펴보고 그가 이룩한 기본 사상이 과연 중국철학의 영향을 받은 것인지도 아울러 생각해 보는 것이 좋을 것이다.

첫째로 그가 이기의 관계에 대하여 잘못된 인식을 하고 있는 점을 지적하지 않을 수 없다. 무엇보다도 연대를 잘못 파악하고 있다. 그는 이理와 기氣를 논하면서 '중국 고대의 작가들'을 동시에 언급하고 있다. 종래의 관습대로라면 '고대'라는 라이프니쯔의 언급은 공자나 또는 그 보다 앞선 중국의 사상가들의 시대를 지칭하는 말일 것이다. 그렇다면 비록 공자 시대나 그와 가까운 시기 — 공자 자신의 시대는 아닐지라도 — 에 이理라는 용어가 다루어졌다 해도 그 용어는 주나라 말기까지는 형이상학적인 함축이 거의 없었다. 이러한 함축을 얻기까지는 신도교新道敎와 중국 불교의 발전을 기다리지 않으면 안되었다. 아마도 11세기와 12세기의 정명도程明道와 특히 정이천程伊川(1033~1108)과 주희朱熹(1130~1200)에 의한 발전이 있기 전까지는 이기의 관계에 대한 논의는 뚜렷하게 없었을 것이다. 이런 점은 라이프니쯔의 오해에서 비롯된 것으로 보인다.

둘째로 연대론적인 문제와 더불어 이와 기의 관계에 대한 보다 근본적인 오해를 불러일으킬 수 있는 두 개의 문장을 검토해 보기로 한다.

① 라이프니쯔는 이렇게 말한다. "… 중국 고대의 저자들은 이理에

제1원리를, 기氣의 존재에 질료라는 의미를 부여하였다.…"(… the ancient writers of China attributed to Li, or the first principle, the very existence of Ch'i, or the matter …)265)

이 문장과 구절 속에서, 라이프니쯔는 우선 서양사상과 매우 가까운 정신·물질의 이원론을 암시하고 있다. 서양 사람들이 이기의 문제를 걸핏하면 정신·물질의 문제로 번역하는 전례가 바로 여기서 비롯되었다고 생각되는데, 분명한 것은 정신·물질의 특성화는 이기의 관계를 정확하게 설명하지 못한다는 것이다. 무엇보다도 기氣는 단순한 질료[matter]가 아니다. 서양적인 언어로 표현한다고 하더라도 에테르나 혹은 특히 스토아학파에 의해 사용되었던 그리스의 숨[pneuma]을 내포하는 호흡 관념에 더 유사할지도 모른다. 그러나 이것도 기氣의 일부분을 표현하는 것은 될지 모르나, 기의 전부라고 하기는 어렵다. 서양적인 개념뿐만 아니라 동양적인 개념으로도 그 기를 분명하게 정의 내리기는 쉽지가 않을 것이다. 정신과 물질을 확연하게 구분하지 않는 동양적 사고의 전형적인 표현이라고 할 것이다.

② 그리고 라이프니쯔는 다음과 같이 말하면서 이와 기를 구별하려는 시도를 감행하였다. "이제 이는 순전히 수동적이며, 비이성적이고 보편적으로 중립적이며 질료와 같이 무법칙적인 것이라고 이해하는 것은 불가능하다."(Now it is not possible to comprehend that Li is a purely passive, brutal, universally indifferent, and lawless concept as is matter.)266)

이런 표현에서 우리는 대체로 주자의 주장을 대변하고 있다는 것과 상당히 주자의 사상에 접근하고 있는 초기 서양의 철학자라는 것을 알게 된다. 같은 주자학자들이라도 한국의 퇴계 같은 사람은 '이발理發'을 언급함으로써 이를 '수동적'이지 않은 것으로 파악하고 있지만, 주자의 이를 '수동적'이라고 파악한 라이프니쯔는 주자에 대해서 정확한 이해를 하고 있다고 보아야 할 것이다. 그러나 ①에서 이를 '원리'[principle]라는 말로 번역한 것은 부분적으로 오해될 소지가 많다. 이 용어가 서양에서 받아들여질 경우에는 광범위하게 적용되고, 그래서 그 의미는 모호해지는 경우가 생긴다. 대조적으로, 중국인들의 이에 대한 초기의 적용은 그렇게 모호한 것은 아니었다는 것도 지적되어야 할 것이다.

송대宋代의 학자들 중에는 옥玉을 의미론적으로, 그리고 이를 음성학 및 의미론적으로 어원 연구를 한 사람도 있다. 즉 이理는 옥玉과 발음상의 '리'로 결합되어 있는데 옥玉이 비취[玉]로 설명되는 반면에 이理는 덥개(포장) 안에 있는 이裏, 즉 '안'의 의미를 가지고 있다고 생각하였다. 그래서 '이理'는 비취 안에 있는 자연성이나 나뭇결 또는 나무결의 분포 상태로 이해함으로써 비취의 내부를 나타낼 수 있다는 생각과 결부되었다. 또한 비취는 대단한 가치가 있는 실체였으며, 비취를 자르는 방법을 아는 것, 즉 효과적으로 절단하기 위해 결의 분포 상태를 규명하는 것이 오히려 중요한 것이 되었다.

이와 함께 한나라 때에는 이理와 문紋을 병치시키는 이해 방법도 있었다. 즉 문을 표면구조 혹은 상부구조라 한다면, 그와 대조적으로 이는 내부구조 또는 하부구조라 할 수 있다. 어떤 주어진 사물이 그것의 하부구조를 통해 분석될 수 있다면, 그 용어는 우주에까지 확대되어 적용될 수도 있을 것이다. 그 하부구조의 의미가 숨이나 기氣와 병치될 때 더 의미 있는 것이 될 수 있을 것이다. 그 자체가 혼돈이라고 할 수 있는 기는, 라이프니쯔가 정확하게 추리했던 대로 이에 함축된 하부구조의 패턴에 따라서 조직된다. 이러한 관계 속에서 이와 기는 서로에 대해 상호보완적이며 그들의 존재는 서로에 의지하고 있다. 그러나 하나의 의미 속에서 이 두 가지는 동등한 지위를 가지면서 신유교적 입장에서 선험적인 요소를 획득하고 있는데, 라이프니쯔도 그것을 인정한 것 같다.

그러나 이 '선험성'에 대한 설명은 더 어려운 문제를 야기하고, 주자의 종합에서도 완전히 해결되었다고는 볼 수 없는 문제이다. 이것이 서양 사회에 어떻게 전달되었는지는 관심의 대상이 아닐 수 없다. 분명히 그것은 주자의 신봉자들을 괴롭혔던 문제였음에 틀림없다. 앞에서 말한 롱고바르디는 『성리대전性理大全』 등을 인용한 책으로 『중국종교의 몇 가지 점에 대한 논의』[Traite sur Quelques points de la Religion des Chinois] 라는 주석서를 출판하고 1701년에 그것을 유럽에 소개하였는데, 거기서 인용된 『성리대전性理大全』의 본문 한 구절을 들면 다음과 같다.

"어떤 사람이 물었다. 이理(구성 원리)가 먼저 존재합니까? 아니면 기氣(공기)가 먼저 존재합니까? 주자가 대답했다: 이는 과거 속에서는 숨[氣]과 결코 따로 떨어져 있지 않다. 분명히 구성 원리는 형태에 앞서 있으며 기氣는 형태 이후에 있게 된다. 모든 것은 형태에 앞서 있는 것이거나 이후에 나타나는 것이다. 그렇다면 어떻게 선先과 후後가 결여되어 있다고(시간적인 선후) 말할 수 있을까? 만약 구성원리가 형태를 결여하고 있다면 기는 찌꺼기(혼돈) 속에서 그것의 존재를 찾아야 할 것이다. 구성 원리와 기는 근본적으로 '선'과 '후'라고 말할 수 있는 것을 결여하고 있다. 그러나 어떤 것이 먼저인지를 미루어 보려고 한다면 우리는 거기에 구성원리가 먼저 있었음을 말해야만 한다. 그러나 구성 원리는 한 사물처럼 작용하는 것으로 나뉘어질 수도 없다. 따라서 그것은 기의 가장 중심에 위치해 있다. 만약 이 기가 결여되어 있다면 구성 원리인 이가 걸터앉을 장소가 없게 된다. 기는 금金, 목木, 수水, 화火(자연의 5가지 원소 중 4가지)로 작용한다. 구성원리는 인仁(인간성), 의義(집단에의 충성), 예禮와 지智(행동의 양태들)로 작용한다."(問, 先有理, 抑先有氣. 曰, 理未嘗離乎氣, 然理形而上者, 氣形而下者, 自形而上下言, 豈無先後, 理無形, 氣便粗有査滓, 理氣本無先後之可言, 然必欲推其所從來, 則須說先有是理, 然理又非別爲一物, 卽存乎是氣之中, 無是氣則是理亦無掛搭處, 氣則爲金木水火, 理則爲仁義禮智."(『性理大全』, 卷二十六).

롱고바르디가 불어로 옮긴 이 구절을 영어로 표현해 보면 다음과 같이 된다.

"Someone asked, Does li[the organizing principles] exist first or does ch'i[pneuma]? (Chu Hsi) answered: The organizing principle has never in the past been far separated from pneuma. Certainly the organizing principle is before form and pneuma is after form. Everything(Both?) emerges as either before or after form. How then can one speak of lacking a first and a last(i.e. lacking temporal sequence)? If the organizing principle lacked form, the pneuma would seek out its existence in the dregs(i.e. chaos). The organizing principle and pneuma basically lack a 'before' and 'after' of which one can speak. But if one insists on inferring that which was previous, then we must say that first there existed this organizing principle. But the organizing principle may also not be divided so as to act as one thing. Accordingly it is located in the midst of (this) pneuma. If the situation lacks this pneuma, then this organizing principle lacks a place in which it is suspended. Pneuma consequently acts as metal, wood, water and fire (i.e. four of the five elements of nature). The organizing principle acts humanity, group loyalty, ritual and wisdom (i.e. modes of behavior)."

이 인용구에서 주목되는 것을 몇 가지 들면 다음과 같다. ㉮ 이理를 'organizing principle'로 번역했다는 것이다. 니담이 이 이理를 'principle of organization'이라고 번역하고 있는 것에 비하면, 그 정적[static]인 의미에서 동적[active]인 의미로 옮겨가는 것으로서 서양 사람들에게 이理는 하나의 형식이 아니라 발發의 주체로서 이해되고 있으며, 이는 오히려 한국의 퇴계가 '이발[理發]'을 주장하는 것과 유사하다. 'principle'이라는 말의 광범위한 내포에도 불구하고 라이프니쯔의 단자론單子論에 적절히 적용될 수 있는 소지를 남겨 두었다고 할 수 있다.

㉯ 이기의 선후先後의 문제에 있어서 주자는 이기는 원래 선후가 없지만 그 소종래所從來로 말하면 이선기후理先氣後라고 말했는데, 이것을

서양의 철학자들은 어떻게 이해하였겠는가 하는 것이다. 일찍이 빌헬름 Hellmut Wilhelm은 중국과 유럽의 사고방식의 차이점을 '균등적'[coordinative]인 것과 '종속적'[subordinative]인 것으로 구분하였다.267) '균등적'인 것은 동양의 음양사상과 같이 음과 양이 다른 것이지만 상호보완적임을 뜻하고, '종속적'인 것은 인과율의 분석적 도구로 모든 것을 원인과 결과로 포괄함으로써 정렬시키는 것을 말한다. 여기에 또 덧붙여 '상관적'[correlative]이라는 말이 있는데, 우주의 모든 것이 서로 연결되어 있다는 말이 될 것이다. 여기서 주자의 이선기후理先氣後의 관계를 종속적 관계로 볼 수 없다는 것은 분명히 인식된 것이고, '상관적' 관계는 외적인 자극에 의한 것보다는 내적인 자극에 의해 우주가 서로 상관되어 있음을 지적하는 것이므로 이기의 선후 관계를 표현하는 말로 적절치 못할 것이다.268) 그렇다면 '균등적' 관계가 이기의 관계에 가장 근접하는 용어임을 알 수 있다. 물론 '상관적'이라는 용어도 이기가 서로 동일하게 중요하다는 것은 내포할 수 있지만, 이기의 적절한 내부 관계를 설명하는 용어로서는 한계가 있다. 그러나 '균등적'이라는 용어도 문제가 있다. 이를 선험적인 것으로 보아야 하기 때문에 균등적 사고패턴에서 모순이 발생할 수 있다. 왜냐하면 '선험성'이라는 것은 '상보성'과 '상호성'에 대립되는 종속성과 인과적 힘을 함축하고 있기 때문이다. 그렇다고 서양사상의 이원론으로 보기도 어렵다. 서양의 이원론 안에는 '선과 악' 혹은 '정신과 물질'과 같은 대립이 함축되어 있기 때문이다. 또 불교의 이사理事의 사상이 그와 유사하다고 할 수 있겠지만, 신유교도들이 그것을 받아들이지 않을 것이다. 법장法藏은 사를 현상으로, 이를 본체로 말함으로써 둘을 하나로 귀일시켰지만, 사事는 상대적인 것이요 가유假有에 불과한 것이므로, 신유교도들이 사事를 실유實有로 보는 것과 부딪칠 수밖에 없다. 그렇다면 이런 문제가 발생하는 보다 근본적인 원인은 어디에 있는가? 그것은 주자철학 자체의 논리적 애매성에서 비롯된다고 할 수 있다.

'理氣本無先後之可言，　然必欲推其所從來，　則須說先有是理.'라는　말이 그것을 말해 준다. 이와 기를 상호보완적인 것으로 말한다면, 기보다 이 의 선험성을 강조하는 문제에 부딪칠 수밖에 없다. 주자는 자신의 사유 구조 안에서 그 모순을 해결했다고 하지만, 그의 후계자들이나 서양의 철학자들에게 가지각색으로 전달될 소지를 남겼다고 할 수 있다.

주자의 사상을 다시 한번 요약한다면, 이라는 것은 생각하는 정신과 자연 세계에 모두 관통되어 있다는 것이다. 이것은 이와 기가 따로 분립 될 수 없고 동등한 단계임을 말한다. 그러나 주자는 약간 주저하기는 하 면서도 기보다 이가 선험적이라고 하는 또 다른 단계를 가정하고 있다. 이와 같은 사상을 '균등적'이라는 용어로 이해하기는 어려울 것이다.

다. 라이프니쯔의 신神과 신유교의 이理

앞에서 이미 언급한 것처럼 이理를 롱고바르디가 'organizing principle' 로 표현하면서 이의 동적인 측면을 드러냈기 때문에 라이프니쯔도 이를 자신의 철학체계 안에 받아들이기에 용이한 측면이 있었을 것으로 생각 된다. 라이프니쯔는 신을 이로 받아들이는데, 이는 주자가 생각했던 것과 같은 그런 형식적인 것이 아니고 동적인 것이며, 동시에 앞에서도 언급 한대로 유기체적인 것의 정상이 있는 것이다.

라이프니쯔는 특히 인간과 신과의 관계에서 신유교적인 것과 매우 유 사한 면을 보여주고 있다. 그것은 주자가 언급하고 있는 보편적인 이와 개별적인 이의 관계로 나타나고 있는데, 라이프니쯔도 그의 단자론에서 이와 유사한 표현법을 쓰고 있다. 단자론에서 라이프니쯔는 인간의 정신 은 우주의 이미지를 비추는 거울과 같다고 하면서, 이런 방식으로 각 정 신은 최고신의 복사판으로 나타난다고 주장한다. 다시 말하면, 각각의 정 신을 최고신의 좀더 낮은 단계의 복사판과 같은 것으로 이해하고 있다.

그것은 마치 주자가 개별적 '이理'(각구태극各具太極)가 우주적 '이理'(통체태극統體太極)의 복사판이거나 혹은 하나로 연결되어 있다고 말하는 것과 유사하다. 요컨대, 라이프니쯔는 우주의 최고의 힘을 인간의 모습을 띤 것으로 보는 그리스도교적 관점으로 대치하였다. 즉 자비와 분노를 가지는 아버지상으로 대치하거나, 광범위한 성경의 기록들을 인간적인 응답을 하는 기본 바탕에서 인간 행위에 간섭하는 어떤 힘의 존재로 대치하였다.

이와 함께 라이프니쯔는 수학적 규칙성을 가지고 우주가 스스로 운행하는 기계적인 궁극자의 힘을 나타내기 위해 의인화된 유신론의 입장을 포기하였다. 모든 것을 내포하는 계획[all-embracing scheme]이라는 것을 매개로 하여 개별적인 것과 무연관적 기계적 과정을 결합함으로써 기계적 원리를 초월해 버린다. 라이프니쯔의 경우, 그 계획은 예정 조화[preesta-blished harmony]의 개념에 내포되어 있는 하느님의 계획을 통해 제공되는 것이다. 주자의 경우, 그 계획은 모든 개별적 '이理'를 포함하고 있는 보편적 '이理'(통체태극統體太極)로 주어진다. 이 두 경우 모두, 그것이 단자單子로 표현되는 것이든 개별적 '이'로 표현되는 것이든 주어진 실체는 외적 자극에 대한 기계적인 응답으로 작용하는 것이 아니라 내적 자극으로 움직이는 것이다. 그 자극은 부분들이 모여 있는 전체와 연결되어 있고 또 전체를 반영하는 자연에 의해 지배된다. 그러므로 필연적인 체계는 유기성을 나타내는 통합된 생명성을 지닌다.

여기서 주자와 라이프니쯔가 자연과 인간의 도덕성을 결합하고 있는 것을 볼 수 있다. 신유교 철학에서 라이프니쯔가 배운 것이냐 신유교철학을 통해 라이프니쯔가 자신의 사상을 투사한 것이냐 하는 것은 중요하지 않다. 두 사상의 체계가 놀라울 만큼 유사성을 보이고 있는 점에 우선 주목해 보고자 하는 것이다. 우선 이理 안에 있는 자연과 도덕성의 결합을 보기로 하자. 각각의 이理를 구성하는 것은 단지 자연에 일치할 뿐만

아니라 윤리적 법칙에 일치하는 원리에 따르고 있다. 소이연所以然 혹은
사물의 존재이유와 소당연所當然 혹은 마땅히 해야 할 이치(윤리적 규범)를
구분한 정명도, 정이천 형제로부터 주자의 이원론이 취해진다.269) 전자
가 이理의 능산적能産的인 측면을 말하는 반면, 후자는 윤리적 측면을 말
한다고 할 수 있다. 라이프니쯔 체계에서 이와 유사한 점을 찾는다면, 단
자론 안에 있는 '자연 세계 안에 내재하는 도덕 세계'[moral world within a
natural world]에서 찾아볼 수 있다.270) 인간이 탐구하는 대상은 신이 창조
한 세계이며 그것은 인간에 앞서 시작되었고 서로 분리되지 않는 방식으
로 결합된 자연과 도덕성의 법칙에 따라 움직이는 세계이다. 요컨대, 도
덕 법칙과 분리된 자연 법칙은 생각될 수 없다. 라이프니쯔는 이 점이 신
유교 이전부터 중국에서 받아들여지고 있었다는 점을 강조하고 있다. 그
것은 하나인 신으로부터 시공을 초월하여 중국이나 유럽을 막론하고 세
상에 주어진 것이라고 보기 때문이다.

더욱이 자연 법칙과 도덕적 법칙의 결합은 정해진 세계의 본성이 도
덕적으로 보이기 때문에 선하며, 이러한 세계의 조화로운 지속성 또한
똑같이 선하고 그것의 거역과 불일치는 악하다는 생각을 낳게 된다. 이
러한 조화로운 문맥 안에 있을 때, 자연법은 동시에 도덕적인 힘을 지니
게 되고, 이러한 법칙을 변경하려는 어떤 시도도 자연과 도덕성을 어김
과 동시에 이 조화를 깨게 된다고 생각하게 된다. 분명히 이러한 관념은
거기에 수반되는 불일치의 혁명을 좀처럼 용납하지 않으며 자연과 도덕
성에 대한 양자택일만을 강조한다. 두 체계에 대한 역사적인 반응은 이
러한 암시들을 강화하는 경향이 있다.

당대의 사회적 혼돈을 바로잡으려는 라이프니쯔와 주자가 제시한 해
결책은, 세계 자체를 변화시키려는 시도나 그것에 대한 인간의 조작이라
기보다는 오히려 세계에 대한 인간의 시각을 바꾸려는 시도들로 이루어
졌다. 라이프니쯔에게 있어서, 세계를 변화시키려는 시도들은 사물의 예

정된 조화에 의해서 헛수고가 될 뿐만 아니라, 세계의 본질에 대한 진정한 이해라는 점에서 원하지 않던 변화를 발견하게 될 것이므로 모두 그르치게 된다고 보고 있다. 라이프니쯔나 주자는 인간의 조작으로 세계를 변화시킬 수 있는 것이 아니라, 단자가 예정된 조화 안에서 실현하는 것이며, 기氣는 각각의 유형으로 이理를 구체화하는 변화의 매개체가 될 뿐이라고 말한다. 그러므로 그 변화는 주기적[cyclical]인 것이지, 결코 발전적[evolutionary]인 것이 아니다. 이는 스스로 변하지 않기 때문이다.

변화를 강조하지 않는 것은 시간을 강조하지 않는 것과 일치한다. 세계를 변화시킴에 있어서 시간은 아마도 절대적인 도구가 된다. 헤겔은 정반합正反合이라는 그의 변증법에서 변화를 위한 도구를 확실하게 했으며, 라이프니쯔가 죽은 지 1세기가 지나 글을 쓰는 동안, 보다 중요한 의미를 가지고 시간을 연구했던 것과 대조를 이룬다. 라이프니쯔는 이미 자신의 주위에서 많은 변화의 흐름이 있다는 것을 분명히 인식하였지만 영원성을 옹호하려고 노력했던 것은 이와 같은 사상에 기인한다. 중국에서도 주자의 영원성의 관념은 오랫동안 지속되었다.

라. 『역경』에 대한 라이프니쯔의 이해

라이프니쯔가 『역경』을 소개받은 것은 예수회 신부인 부베Bouvet와의 편지를 통해서였다. 이는 라이프니쯔가 『역경』을 공부했을 때와 정확하게 일치하지는 않지만 대개 1697년과 1707년 사이에 이루어졌다. 헬무트 빌헬름은 라이프니쯔가 1701년 2월 5일에 부베에게 그의 이원적 수학의 설명서를 보낸 후에야 비로소 『역경易經』과의 직접적인 연결이 부베를 통해서 이루어졌다고 주장하고 있다. 그는 곧이어 라이프니쯔의 이원 체계와 괘의 발전과의 일치점들을 발견했다. 특히 하늘의 질서인 선천차서先天次序가 복희伏羲에게서 비롯되었다는 점에서 그러하였다. 1701

년 11월자 편지에서 부베는 선천과 또 다른 괘의 순서에 대한 그의 발견을 라이프니쯔에게 얘기했다. 결과적으로 라이프니쯔는 괘의 연속이 이원 체계적인 복희의 이러한 고전적 기원에서 발견되었음을 확신하게 되었다. 그러나 체계의 정확한 형태는 라이프니쯔가 몇 년 일찍 숫자들을 통한 그의 실험에서 우연히 발견했었다. 라이프니쯔는 그 발견으로 서로 다른 민족들의 공통적 이해의 바탕으로서 자연 종교를 건립하는 기초를 세울 수 있지 않을까 하는 것이었다.271)

라이프니쯔는 그의 이진법 체계의 발견이, 3천년도 더 되는 복희의 배열에서 확증된다는 사실에 매우 만족했다. 다시 말하면, 라이프니쯔의 기쁨은 단순히 지적 이해의 즐거움이 아니라 이러한 발견이 가져올 수 있는 동서양의 통합의 가능성을 예견했던 기쁨이었다. 라이프니쯔의 견해에 따르면, 복희 시대 이래 중국인들 사이에서 시작된 6효가 이진법적인 것으로 구성되어 있다는 것에 주목하였다. 그의 눈에는 유럽과 중국에 확실히 존재했었던 이진법적 체계와 같은 자연 종교의 원리들이 증명됨으로써 통합의 매개가 될 수 있다고 믿었다. 라이프니쯔는 우주에 있는 모든 관계들과 요소들이, 수학적 가치들을 이용하는 피타고라스 학파와 같은 것에서 발생한다고 생각했다. 이진법 체계에서만 유효한 숫자 0과 1을 사용하여, 모든 수학적 가치들을 만들 수 있게 되며, 이것은 우주 속의 모든 가치들로 전환될 수 있게 된다.

중국과 유럽이 이진법적 체계를 공유하고 있었다는 것은 라이프니쯔에게 있어서 종교적인 함축을 갖는 것이기도 하였다. 이러한 인상과 함께 그는 당시의 중국 황제에게 그리스도교 및 중국사상의 본질과 그 종교적 관행들이 자연 종교의 기본적인 원리들의 형태로 두 문화 속에 공동으로 존재한다는 것을 설득시키려고 하였다. 이러한 목적은 라이프니쯔의 입장에서는 무모한 생각이 아니었다. 왜냐하면 그는 당시의 중국의 강희康熙 황제가 유럽의 수학에 관심이 있었고, 그리고 이 분야에서 예수회의 신부들이 능력이 있었다는 것을 알았기 때문에 그리스도교와의 타협을 쉽게 할 수 있으리라고 믿었다. (그후 10년도 못되어 부베는 황제의 기하학 가정교사로 선임되었다.). 그러므로 수학이라는 보편 언어를 통하여 황제에게 접근하려는 라이프니쯔의 시도는 그의 많은 계획이 그랬던 것처럼 외교관의 상황 인식에 못지 않게 철학자의 통찰이 만들어낸 성과이다.

자신의 이진법 발견을 통해서 강희 황제에게 접근할 수 있다는 낙관적 태도는 1701년 2월 15일에 부베에게 보낸 한 통의 편지에서 잘 나타나고 있다.

> "내가 발견한 새로운 계산술은…놀라운 창조의 모델을 보여주고 있다. … 나의 중요한 목적은 중국 철학자들에게 큰 무게를 두거나 혹은 강희 황제 자신에게 무게를 두는 것을 통해 창조라는 숭고한 주제에 관하여 그리스도교에 새로운 확신을 주는 것이었다. 그는 수數의 과학성을 사랑하고 이해하였기 때문이다. 간단히 말해서, 모든 숫자들은 1과 0의 이진법적 결합에 의해서 생긴다는 것, 0은 그들을 다양화하기에 충분하다는 것, 신은 원질原質을 사용하지 않고 무無로부터 만물을 창조했다고 말하는 것과 같게 보인다. 거기에는 신神과 무라는 두 가지 최초의 원리 외에는 아무 것도 없다. 신은 만물의 완전성이고 무는 본질이 없는 사물의 불완전성인 비존재이다."[272]

위의 편지는 라이프니쯔가 그의 이진법의 진전과 6효의 전개 사이에 어떤 일치점들이 있는지에 대해 아무런 예비 지식도 가진 것이 없었을 때 쓴 것으로 이 편지는 단지, 이러한 발견이 가져올 에큐메니즘에 대한 희망을 가지고 부베에게 자신의 이진법을 소개하고 있는 것뿐이었다. 같은 해 11월 4일, 부베는 이진법과 6효의 일치점들에 대한 그의 발견을 가지고 응답을 하였다. 결국 라이프니쯔의 '결론'(자연 종교의 원리에 바탕한 세계 통합의 가능성이 세계의 본성 안에 내재되어 있다는 것)은 '사실의 경험적 관찰'(즉 이진법의 전개는 역경의 6효에서 나타난다는 것, 그러므로 중국의 6효는 보편적이

고 역사적인 근거를 가지고 있다는 것)에서보다는 '수학적·논리적인 전제'(즉 이
진법 체계가 존재하고 있고 이 체계는 창조주의 작용을 반영하고 있다. 그러므로 자연 종
교의 원리라는 것)에서 유래되고 있음을 알 수 있다.

역경에 대한 라이프니쯔의 이해에 국한하여 볼 때, 라이프니쯔의 중
국에 대한 해석과 그가 발견한 일치점들은 유럽에서 그 자신이 분석한
것에 바탕을 두었고(즉 수학과 같은 어떤 추상적인 주제를 다루면서), 이 분석을
세계와 중국에 투사한 것이 아니었을까 하는 생각이 든다. 라이프니쯔는
자신의 유기체론을 주자의 신유교에서 대부분 가져왔으며 그래서 그것을
유럽에 소개했다는 니담의 주장은 『역경』의 관찰에서 볼 때 좀 모순되는
면이 없지 않다. 니담은 중국에 대한 라이프니쯔의 해석이 자신의 체계
를 중국에 투사한 것이라기보다는 오히려 중국 그 자체에 대한 연구에서
얻어진 것이라고 주장하고 있기 때문이다.

(3) 라이프니쯔의 아이디어

라이프니쯔의 비교적 성숙된 사고가 대부분 주자의 성리학을 통해 신
유교와 만났는데, 그 시기는 유럽 선교사들의 노력에 의해서 1700년경
에 처음으로 신유교를 전한 때였다. 그러나 그 만남은 단순히 중국을 라
이프니쯔의 견해에 개방함으로써 그 해석을 가능하게 한 것은 아니었다.
예수회 회원들은 중국인들과 직접적인 접촉을 통해서 해석상의 특별한
노선을 적극적으로 만들어 내고 있었다. 라이프니쯔는 그것을 따르면서
신유교에 대한 보충적인 해석을 하였다. 라이프니쯔는 여기서 자기 자신
의 아이디어를 많이 투사하였고, 그 아이디어들을 신유교에서 그 정당성
을 확인하였다. 따라서 중요한 원리들의 확립(신유교에서 이끌어낸 것이 아니
다.)을 라이프니쯔는 중국에서 찾아냈던 것 같다. 그리고 이러한 역사적인

연결점은 그의 시도에서 놀랄만한 정당성을 가져온 라이프니쯔의 날카로
운 총명과 연결된 것처럼 보인다.

주 석

1) 『書經』, 「舜典」. "肆類于上帝, 禋于六宗, 望于山川, 徧于群神."
2) 『春秋左傳』, 僖公 21년. "夏, 大旱, 公欲焚巫尫, 臧文仲曰, 非旱備也, 修城郭, 貶食省用, 務穡勸分, 此其務也, 巫尫何爲, 天欲殺之, 則如勿生, 若能爲旱, 焚之滋甚, 公從之, 是歲也, 飢而不害."
3) 위의 자료를 보면, 무왕巫尫이 기우제를 지냈음에도 불구하고 아무런 효험이 없자 희공이 그를 살해하려고 했다. 그러나 그것이 불합리하다는 간언을 듣고 살해를 포기하고 있다. 여기서 무왕巫尫은 신체에 어떤 이상이 있는 존재로 여겨진다. 고대 사회에서는 흔히 신체에 이상이 있으면 비상한 능력이 있는 것으로 여겨지는 경향이 있었다.
4) 노나라 은공이 아직 공자公子 시절에 호괴狐壤라는 곳에서 정鄭나라 사람과 싸우다가 포로가 된 적이 있다. 정나라 사람은 은공을 정나라 대부 윤씨尹氏 집에 유폐했다. 그때 은공이 종무鐘巫라는 무당의 힘으로 벗어났기 때문에, 나중에 종무鐘巫의 사당을 세워 제사를 지냈다. 무당이 정권의 핵심 세력의 주변에서 종교적인 힘을 가지고 영향력을 행사했다는 것을 짐작할 수 있다.(『春秋左傳』, 隱公 11年. "公之爲公子也, 與鄭人戰于狐壤, 止焉. 鄭人囚諸尹氏. 賂尹氏, 而禱於其主鐘巫. 遂與尹氏歸, 而立其主. 十一月, 公祭鐘巫, 齊于社圃, 館于寪氏.")

5) “巫恒卽先世之巫所行之事之紀錄, 故造而案視之, 以爲當前行事之參考也.”

6) 정주鄭注에서 “筐筥之屬, 司巫供之.”로 풀이했다.

7) 정주鄭注에서 “爲神所設巾, 按此道布祭時置於几上以供神自絜淸者.”로 풀이했다.

8) 정주鄭注에서 “葅之言藉也, 祭食有當藉者, 館所以承葅, 謂若今筐也.”로 풀이했다.

9) 정주鄭注에서 “謂埋祭, 埋牲玉於地, 若祭事未畢則守之, 毋使人竊發也.”로 풀이했다.

10) 무당의 몸에 내린 신을 말한다.

11) 『國語』, 「楚語」下. “使先聖之後之有光烈, 而能知山川之號, 高祖之主, 宗廟之享, 昭穆之世, 齊敬之勤, 禮節之宜, 威儀之則, 容貌之崇, 忠信之質, 禮絜之服, 而敬恭明神者, 以爲之祝.”

12) 『春秋左前』, 桓公 6年. “王毀軍而納少師. 少師歸, 請追楚師. 隨侯將許之. 季梁止之, 曰, 天方授楚, 楚之贏, 其誘我也. 君何急焉? 臣聞小之能敵大也, 小道大淫. 所謂道, 忠於民而信於神也. 上思利民, 忠也; 祝史正辭, 信也. 今民餒而君逞欲, 祝史矯擧以祭, 臣不知其可也. 公曰, 吾牲牷肥腯, 粢盛豊備, 何則不信? 對曰, 夫民, 神之主也, 是以聖王先成民而後致力於神. 故奉牲以告曰‘博碩肥腯’, 謂民力之普存也, 謂其畜之碩大蕃滋也, 謂其不疾瘯蠡也, 謂其肥腯咸有也. 奉盛以告曰, ‘潔粢豊盛’, 謂其三時不害而民和年豊也; 奉酒醴以告曰, ‘嘉栗旨酒’, 謂其上下皆有嘉德而無違心也. 所謂馨香, 無讒慝也. 故務其三時, 修其五敎, 親其九族, 以致其禋祀, 於是乎民和而神降之福, 故動則有成. 今民各有心, 而鬼神乏主. 君雖獨豊, 其何福之有? 君姑修政, 而親兄弟之國, 庶免於難. 隨侯懼而修政, 楚不敢伐.”

13) 『春秋左前』, 莊公 32年. “神居莘六月. 虢公使祝應‧宗區‧史嚚享焉. 神賜之土田.”

14) 『春秋左前』, 成公 6年. “山有朽壤而崩, 可若何? 國主山川, 故山崩川竭, 君爲之不擧‧降服‧乘縵‧徹樂‧出次, 祝幣, 史辭以禮焉. 其如此而已.”

15) 『春秋左前』, 成公 17年. “晉范文子反自鄢陵, 使其祝宗祈死, 曰, 君驕侈而克敵, 是天益其疾也, 難將作矣. 愛我者唯祝我, 使我速死, 無及於難, 范氏之福也.”

16) 『春秋左前』, 襄公 9年. “二師令四鄕正敬享, 祝宗用馬于四墉, 祀盤庚于西門之外.”

17) 『春秋左傳』, 昭公 17年. “九月, 大雩, 旱也. 鄭大旱, 使屠擊, 祝款, 竪柎有事於桑山. 斬其木, 不雨. 子産曰, 有事於山, 藝山林也. 而斬其木, 其罪大矣. 奪之官邑. 冬十月, 季平子如晉葬昭公. 平子曰, 子服回之言猶信. 子服氏有子哉!”

18) 『周禮』, 「春官宗伯」. “大宗伯之職, 掌建邦之天神人鬼地示之禮, 以左王建保邦國.”

19) 『周禮』, 「春官宗伯」. “小宗伯之職, 掌建國之神位, 右社稷, 左宗廟, 兆五帝于四郊, 四望四類.”

20) “궁지기宮之奇가 말했다. ‘신하는 이러한 말씀을 들어 알고 있나이다. 귀신이라는 것은 사람과 친한 것이 아니고, 다만 덕德이 있는 사람의 편을 든다는 것입니다. 그래서 『주서周書』에도 하늘의 신령님은 특정의 사람을 사랑하는 것이 아니라, 오직 유덕자有德者를 돕는다고 했습니다. 또 신령에게 바치는 제물이 향기로운 것이 아니라 바치는 사람의 명덕明德이 향기롭다 했습니다. 또 백성을 다스리는 문물제도를 바꾸지 않아도 되고, 백성을 다스리는 사람의 덕德이야말

로 백성을 다스리는 귀중한 물건이라 했습니다. 그래서 덕德이 없으면 백성은 화합하지 않고, 신령님께서도 제물을 받지 않습니다. 신령이 반기는 것은 제사하는 사람의 덕德에 달려 있습니다.' ..."(『춘추좌전春秋左傳』, 희공僖公 5년.)

21) "군자는 예禮에 힘을 쓰고, 소인은 힘을 다하여 가업을 지킨다. 예禮에 힘쓸 때는 경敬을 기울이는 것보다 나은 것이 없고, 힘을 다할 때는 정성스러운 것보다 나은 것이 없다. 이 경敬이란 신을 섬기는 데 있으며, 독篤이란 가업을 지키는 데 각각 그 목적이 있다. 나라의 제일 큰 일은 제사와 군사 문제인데, 제사 때는 제육祭肉을 받고 군사가 출진出陣할 때는 제육祭肉을 받는 예가 있으니, 이 두 가지는 신을 섬기는 데 중요한 일이다. 그런데 지금 성자成子가 그것을 소홀히 하니, 하늘이 베푼 명命을 스스로 저버리는 셈이다. 그는 무사히 돌아오지 못할 것이다."(『춘추좌전春秋左傳』, 성공成公 13년.)

22) 『春秋左傳』, 昭公 8年. "八年春, 石言于晉魏楡. 晉侯問於師曠曰, 石何故言? 對曰, 石不能言, 或馮焉. 不然, 民聽濫也. 抑臣又聞之曰, 作事不時, 怨讟動于民, 則有非言之物而言. 今宮室崇侈, 民力彫盡, 怨讟竝作, 莫保其性, 石言, 不亦宜乎?"

23) 『春秋左傳』, 文公 元年. "元年春, 王使內史叔服來會葬. 公孫敖聞其能相人也, 見其二子焉. 叔服曰, 穀也食子, 難也收子. 穀也豊下, 必有後於魯國."

24) Richard C. Kegan, *The Chinese Approach to Shamanism* (M. E. Sharpe Inc. 1980), p.36.

25) 가장 대표적인 저작으로는 N. J. Girardot, *Myth and Meaning in Early Taoism —The Theme of Chaos(hun-tun)* (University of California Press, 1981)를 들 수 있다. 이 책은 혼돈 신화를 가지고 도교사상의 전면을 꿰뚫어 보려는 매우 탁월한 관점을 보여 주고 있다. 나는 이 책 속의 세세한 모든 방면에 동의하는 것은 아니지만, 혼돈 신화가 도교사상의 전면에 깔려 있는 중요한 내용이라는 데는 동의하고 있다.

26) 『太平御覽』, 「三五歷記」. "天地混沌如鷄子. 陽淸爲天, 陰濁爲地, 盤古在其中. 一日九變, 神於天, 聖於地. 天日高一丈, 地日厚一丈, 盤古日長一丈. 如此萬八千歲, 天數極高, 地數極深, 盤古極長, 後乃有三皇."

27) 『중국의 고대신화』, 정석원 옮김, 문예출판사, 1987, p.35.

28) 같은 책, p.36.

29) 張光直, 『中國創世神話之分析與古史硏究』. (N. J. Girardot, 앞의 책, p.12에서 재인용.)

30) 『莊子』, 「內篇·應帝王」. "南海之帝爲儵, 北海之帝爲忽, 中央之帝爲渾沌. 儵與忽時相與遇於渾沌之地, 渾沌待之甚善. 儵與忽謀報渾沌之德曰, 人皆有七竅, 以視聽食息, 此獨立有, 嘗試鑿之. 日鑿一竅, 七日而渾沌死."

31) 『국어國語』에서는 하늘과 땅의 '분리'를 이렇게 설명하고 있다. 부족신部族神인 전욱顓項은 사람들이 도덕적으로 방종하다고 생각해서 족장族長 중중과 여黎에게 하늘과 땅을 분리시킬 것을 명했다. 중중과 여黎는 하늘과 땅의 신을 각각 지칭했는데, 중중은 무겁다는 뜻이고 여黎는 검다는 뜻이다.

32) N.J. Girardot, 앞의 책, p.47.

33) 『山海經』, 「西山經」. "有神焉, 其狀如黃囊, 赤如丹火, 六足四翼, 渾敦無面目, 是識歌舞, 實爲帝江也."

34) 『山海經』, 「海外北經」. "鍾山之神, 名曰燭陰. 視爲晝, 瞑爲夜. 吹爲冬, 呼爲夏. 不飮, 不食. 不息, 息爲風. 身長千里, 在無脅之冬. 其爲物, 人面, 蛇身, 赤色, 居鍾山下."

35) 『楚辭』, 「天問」. "女媧有體, 孰制匠之."

36) M. Eliade, *Patterns in Comparative Religion* (이은봉 옮김, 『종교형태론』, 한길사, 1996, p.130).

37) 같은 책, p.169.

38) 『楚辭』, 「天問」. "曰, 遂古之初, 誰傳道之, 上下未形, 何由考之."

39) 『淮南子』, 「天文訓」. "天墜未形, 馮馮翼翼, 洞洞灟灟, 故曰大昭. 道始于虛霩, 虛霩生宇宙, 宇宙生氣, 氣有漢垠. 淸陽者薄靡而爲天, 重濁者凝滯而爲地, 淸妙之合專易, 重濁之凝竭難, 故天先成, 而地後定. 天地之襲精, 爲陰陽, 陰陽之專精, 爲四時, 四時之散精, 爲萬物. 積陽之熱氣生火, 火氣之精者爲日, 積陰之寒氣爲水, 水氣之精者爲月, 日月之淫爲精者爲星辰."

40) 『列子』, 「天瑞·第一」. "夫有形者生於無形, 則天地安從生. 故曰有太易, 有太初, 有太始, 有太素. 太易者, 未見氣也, 太初者, 氣之始也, 太始者, 形之始也, 太素者, 質之始也. 氣形質具而未相離, 故曰渾淪. 渾淪者, 言萬物相渾淪而未相離也. 視之不見, 聽之不見, 循之不得. 故曰易也."

41) 『道德經』, 14章. "視之不見, 名曰夷. 聽之不聞, 名曰希. 搏之不得, 名曰微. 此三者不可致詰, 故混而爲一. 其上不皦, 其下不昧. 繩繩兮不可名, 復歸於無物. 是謂無狀之狀, 無物之象. 是謂忽恍."

42) 『道德經』, 25章. "有物混成, 先天地生. 寂兮寥兮, 獨立而不改, 周行而不殆, 可以爲天下母. 吾不知其名, 字之曰道, 强爲之名曰大. 大曰逝, 逝曰遠, 遠曰反."

43) 『道德經』, 21章. "孔德之容, 唯道是從. 道之爲物, 惟恍惟惚. 惚兮恍兮, 其中有象. 恍兮惚兮, 其中有物. 窈兮冥兮, 其中有精. 其精甚眞, 其中有信."

44) 『道德經』, 1章. "道可道非常道. 名可名非常名. 無名天地之始, 有名萬物之母. 故常無欲以觀其妙, 常有欲以觀其徼. 此兩者同出而異名. 同謂之玄, 玄之又玄, 衆妙之門."

45) 위와 같이 생각해 보면, '변형'에는 '정正으로의 변형'과 '역逆으로의 변형'이 있음을 알 수 있다. 반고盤古의 몸에서 만물이 형성되는 것은 '정正으로의 변형'이라 할 수 있지만, 『도덕경道德經』에서는 여기서 나타나는 것처럼 '역逆으로의 변형'이 압도적으로 많다.

46) 『道德經』, 42章. "道生一, 一生二, 二生三, 三生萬物."

47) M. Eliade, 앞의 책, pp.531~532.

48) 『道德經』, 42章. "萬物負陰而抱陽, 冲氣以爲和."

49) 자세한 대화 내용은 『莊子』, 「在宥」에 나온다.

50) 『莊子』, 「在宥」. “鴻蒙曰, 意, 心養. 汝徒處無爲, 而物自化. 墮爾形體, 吐爾聰明,
倫與物忘, 大同乎涬溟. 解心釋神, 莫然無魂. 萬物云云各復其根. 各復其根而不知.
渾渾沌沌, 終身不離. 若彼知之, 乃是離之. 無問其名, 無闚其情, 物故自生. 雲將
曰, 天降朕以德, 示朕以默. 窮身求之, 乃今也得. 再拜稽首, 起辭而行.”

51) 홍鴻이라는 단어가 제홍帝鴻이라는 말과 같다는 것도 상기할 필요가 있다. 『춘
추좌전春秋左傳』에서는 제홍帝鴻의 못난 아들을 혼돈渾敦으로 표현하고 있다
(『춘추좌전』 문공文公 18년). 『산해경山海經』에서는 제홍帝鴻이 혼돈渾沌으로
서 백민白民을 낳았다고 하는데,(『山海經』, 「大荒東經」. “帝俊生帝鴻, 帝鴻生白
民.”) 모두 의식 없는 ‘나’라는 도가의 이상을 의인화한 표현들이다. 그것은 매
어 있지 않은 자 혹은 방랑하는 자로 표현되기도 한다.

52) 『莊子』, 「應帝王」. “然後列子自以爲未始學而歸. 三年不出. 爲其妻爨, 食豕如食
人, 於事無與親. 彫琢復朴, 塊然獨以其形立. 紛而封哉, 一以是終.”

53) 『道德經』, 20章. “衆人皆有餘, 而我獨若遺. 我愚人之心也哉, 沌沌兮. 俗人昭昭,
我獨昏昏. 俗人察察, 我獨悶悶. 澹兮若海, 飂兮若無止. 衆人皆有以, 我獨頑似鄙,
我獨異於人, 而貴食母.”

54) 『莊子』, 「大宗師」. “夫大塊載我以形, 勞我以生, 佚我以老, 息我以死.”

55) 『莊子』, 「天下」. “至於若無知之物而已. 無用賢聖. 夫塊不失道.”

56) 죽음에 관한 연구로 세계적인 권위를 가지고 있는 Elisabeth Kübler-Ross의 *The
Wheel of Life*를 대표적으로 들 수 있을 것이다. 여기서 퀴블러-로스는 인간의 육
체라는 고치[cocoon]에서 빠져 나온 ‘나’의 존재를 여러 임사체험자臨死體驗者
들을 통해 밝히고 있다.

57) 『楚辭』, 「九辯」.

58) 『道德經』, 21章. “孔德之容, 唯道是從. 道之爲物, 惟恍惟惚. 惚兮恍兮, 其中有象.
恍兮惚兮, 其中有物. 窈兮冥兮, 其中有精. 其精甚眞, 其中有信.”

59) M. Eliade, *The Quest, History and Meaning in Religion* (University of Chicago
Press), p.127.

60) M. Eliade, op. cit., p.128.

61) W. H. R. Rivers, *The History of Melanesian Society* (Cambridge, 1914).

62) Claude Lévi-Strauss, *Anthropologie structurale* (Paris, 1958), p.254. (이은봉, 「음
양사상의 해석학적 설명」, 『한국종교의 이해』, 집문당, 1985.에서 인용.)

63) M. Eliade, op. cit., p.139. 조선시대의 좌의정과 우의정이 직책상으로는 동급이
었지만 좌의정이 더 우선시되는 것도 동일한 맥락에서 이해될 수 있다.

64) 도道를 공간적으로 설명하면 우리 인간도 도라는 어머니의 태胎 안에 있는 아기
와 같다. 어머니와 나는 이신일체二身一體로서 어머니로부터 온갖 좋은 영양분
이나 내적인 사랑, 교훈을 받고 있지만 나는 그것을 의식할 수 없다. 그 모태母
胎가 우주 전체이지만 나는 그것을 모른다. 현명한 사람은 도道라는 모태로부터
들려오는 멜로디 같은 내적인 소리를 듣는다.

65) M. Eliade, *The Myth of the Eternal Return* (New York, 1955), p.19.

66) 이 두 신이 결합할 수밖에 없는 운명에 대하여 엘리아데는 다음과 같이 말한다. "베다의 교의敎義는 이중二重의 관점을 확립하려고 하는 인상을 준다. 직접적 실재實在로서 우리의 눈앞에 나타나고 있는 것으로 보면 Deva와 Asura는 서로 용납되지 않는, 본성상 다른 것이다. 처음부터 서로 싸우도록 저주된 것이다. 하지만 반대로 창조 이전, 혹은 세계가 현재의 형태를 취하기 이전에는 동체同體였던 것이다." 여기서 엘리아데가 말하고 있는 것은 신神의 양면가치성兩面價值性이지만, 실상 음양이 남녀 양성兩性으로 표현되었을 때는 그 양성을 함께 지니는 신의 모습을 그릴 수밖에 없다는 것이다. M. Eliade, *Mephistopheles and the Androgyne* (New York, 1965), p. 89.

67) M. Eliade, *The Quest*, p.136.

68) 『시경詩經』의 「패풍邶風」에서는 기후와 관련된 뜻으로, 「진풍秦風(소융小戎)」과 「빈풍豳風(칠월七月)」 등에서는 음암陰暗의 뜻으로, 「대아大雅(상유桑柔)」의 경우는 복음覆陰의 뜻으로 쓰여졌다.

69) 『춘추좌씨전』 소공昭公 원년元年조에 "천天에는 육기가 있는데, 이것이 내려와 오미五味를 낳고, 오색五色이 되고, 오성五聲으로 표현되며…육기란 음양풍우회명陰陽風雨晦明이다.(晉侯使求醫于秦, 秦伯使醫和視之, 曰, 疾不可爲也. … 天有六氣, 降生五味, 發爲五色, 徵爲五聲, 淫生六疾, 六氣, 曰, 陰, 陽, 風, 雨, 晦, 明也.) 이것이 나뉘어 사시四時가 되고"라는 기사가 나온다. 또 25년조에 "육기六氣를 낳는다."라는 기사 뿐만 아니라, 『국어國語』「주어周語 하下」의 주註나 『장자』「소요유逍遙遊」 등의 기록에 육기六氣라는 개념이 등장한다. 음과 양은 각각 육기 속의 하나의 기로 취급되고 있다.

70) 『춘추좌전春秋左傳』 소공 25년조에 "백성에게는 호오희노애락好惡喜怒哀樂 등의 감정이 있는데, 이는 모두 육기六氣에서 발생한 것이다."라는 기록이 있다. 이것은 음양을 포함한 육기가 인간에게 영향을 끼친다는 것으로, 음양 개념이 보다 진보된 형태로 파악된 것이다. 또 같은 책의 소공 21조년과 24년조에 재신梓愼이 일식 현상을 '양불극陽不克'(양이 이기지 못함) 때문이라고 설명하는 것으로 볼 때 그가 해[日]를 양이라고 생각했음을 알 수 있다.

71) 『주역周易』에서는 우주를 상하사방上下四方, 고왕금래古往今來라는 말로 표현하고, 태양을 중심한 태양계의 우주로 천지를 말한다. 또한 만물의 조직, 운행, 생성, 변화 등 온갖 상태를 음양이라 하고 있다.

72) 호근互根이라는 표현은 양陽이 음陰에 의지해 능동 작용을 하고, 음도 양의 고동鼓動을 이어받아 수동작용受動作用을 하여, 상잡相雜하지도 않고 상합相合하지도 않는, 둘이면서도 하나이고 하나이면서도 둘인 것을 말한다. 호근互根하고 있는 둘 가운데 하나는 동動하려 하고 하나는 정靜하려 하며, 하나는 출현出顯하려 하고 하나는 수렴收斂하려 한다. 그러므로 태극太極과 음양陰陽은 물物의 조직체가 작용作用과 반작용反作用의 두 작용 때문에 생긴 일체양용一體兩用의 리理이다. 이와 같은 이치에 따라 음양의 호근互根뿐만 아니라 호선호후互先互後, 호역互易, 호대호소互大互小한다.

304

73) "이것을 사람의 생식작용에 비유해 보면, 남체와 여체는 생명원生命元의 상象이
다. 처음에 양체兩體의 기氣가 상감相感하여 애감愛感의 마음이 동動하는 것은
기화氣化의 상象이라 할 수 있고, 다음에 양체의 수화 작용水火作用이 행行하여
음정陰精과 양정陽精이 상합相合하는 것은 정화精化의 상象이라 할 수 있다. 그
다음에 태아胎兒의 형形이 성成하는 것은 형화形化의 상象이라 할 수 있다. 사
람의 생식 작용은 무형으로부터 유형으로 화하는 운동이므로 또한 생명生命 →
기氣 → 정精 → 형形의 순서를 밟는 것이다. 이것이 만물의 형화작용의 원리
와 상합하는 것이다." (韓長庚 著,『易學原理總論』, 프린트版, p.38.)

74) "역학易學에서 건乾, 곤坤, 뇌雷, 풍風, 수水, 화火, 산山, 택澤의 팔괘상의 순서
도 따지고 보면 여기서 유래한다. 음양생명원陰陽生命元이 무형에서 유형으로
화化하는 순서를 보면, 음양생명원은 무형한 것이요 만물의 생생하는 운동은 모
두 무형에서 유형을 생하기 위한 것이므로 음양생명원은 자체가 생생하기 위하
여 유형운동을 일으키는 때에 뇌풍雷風의 기氣가 생생한다고 본다. 그 이유는,
생명원은 양원陽元과 음원陰元으로 되는데, 양원陽元에는 분동奮動하는 작용이
있고 음원陰元에는 견입牽入하는 작용이 있으므로 양원陽元과 음원陰元이 형화
운동形化運動을 행할 때에는 분동작용奮動作用을 행하는 기氣와 견입작용牽入
作用을 행하는 기氣가 생한다. 또 분동작용을 행하는 자는 전기電氣요 견입작용
을 행하는 자는 자기磁氣이므로 생명원生命元의 형화작용形化運動은 전기와 자
기를 생하는 것이라 할 수 있다. 전기電氣와 자기磁氣는 처음으로 기화氣化하고
아직 형화形化되지 아니한 것이므로 생명도 아니오 물질도 아닌, 생명과 물질의
중간성을 띠고 있는 기氣이다. 전기와 자기는 생명원에서 제일 먼저 출생하여
음양대대 관계를 가지는 것이므로 양원과 음원의 두 성을 구유具有하여 전기에
는 양전음전이 있고 자기에는 양극음극이 있는 것이며 전기電氣와 자기磁氣는
천지간에 가득차서 만물의 운행하는 원동력이 되고 있으므로 전기電氣의 동동
하는 때에 뇌雷의 고동작용鼓動作用이 생하고 자기의 행하는 때에 풍風의 시행
작용이 생하는 것이니 이가 생명원이 뇌풍의 기로 더불어 일체가 되어 천지간을
유행하고 있는 기화생명체의 시초이다. 그 다음에는 뇌풍雷風의 기氣가 또한 자
체가 생생하기 위하여 유형운동을 일으키는 때에 기氣와 형形의 중간성을 띤 정
精이 생생하니 정精이라 함은 취취聚하면 유형有形이 되고 산散하면 무형無形이
되는 것을 말한다. 우주간宇宙間에서 유형도 되고 무형도 되면서 그의 취산작용
에 의하여 만물을 생생하는 정精은 수화水火이니, 그러므로 뇌풍雷風의 형화운
동形化運動에 의하여 먼저 생한 것은 수화水火의 정精이다. 그 다음에는 수화水
火의 정精이 또한 자체가 생생하기 위하여 유형운동을 일으키는 때에 정精이 응
고하여 비로소 형질이 되는데, 정精의 응고한 형은 산택山澤이다. 그 이유는, 수
水는 유하流下하는 것이오 화火는 염상炎上하는 것이라. 그러므로 수화水火에
는 취산작용만 있는 것이 아니오 또한 상하로 오르내리는 승강 작용升降作用도
있는 것이다. 수水는 유하流下하는 것이로되 수水가 유하流下하지 아니하고 축
저蓄貯하여 위로 승升하여 넘쳐 흐르면 수水의 형체가 성成하여 택澤이 되는 것

이다. 화火는 염상炎上하는 것이로되 화火가 염상炎上하지 아니하고 수렴하여
아래로 강降하여 지중地中에 갈무리되면 화火가 토土로 더불어 형체를 성성成
여 산山이 되는 것이다. 그러므로 생명원의 형화하는 순서를 역학易學의 건乾,
곤坤, 뇌雷, 풍風, 수水, 화火, 산山, 택澤의 팔괘상의 순서로 삼은 것이다." (韓
長庚, 같은 책, pp.14～15.)

75) 『周易』, 「繫辭傳」. "一陰一陽之謂道, 繼之者善也, 成之者性也."

76) 朱熹, 『語類』, 卷75. "夫太極之所以爲太極, 却不離乎兩儀四象八卦. 如一陰一陽
之謂道, 指一陰一陽爲道則不可, 而道則不離乎陰陽也."

77) 周敦頤, 『通書』, 「誠上」. "誠者, 聖人之本. 大哉乾元, 萬物資始, 誠之源也. 乾道
變化, 各正性命, 誠斯立焉, 純粹至善者也. 故曰, 一陰一陽之謂道, 繼之者善也, 成
之者性也, 元, 亨, 誠之通, 利, 貞, 誠之復. 大哉易也, 性命之源乎!"

78) 『國語』, 「周語」. "幽王二年, 西周三川皆震. 伯陽父曰, 周將亡矣! 夫天地之氣, 不
失其序, 若過其序, 民亂之也. 陽伏而不能出, 陰迫而不能烝. 於是有地震, 今三川
實震, 是陽失其所而鎭陰也. 陽失而在陰, 川源必塞, 源塞國必亡."

79) 『莊子』, 「田子方」. "至陰肅肅, 至陽赫赫, 肅肅出乎天, 赫赫發乎地, 兩者交通成
和."

80) 董仲舒, 「對策一」. "天道之大者在陰陽. 陽爲德, 陰爲刑. 刑主殺而德主生. 是故陽
常居大夏而以生育養長爲事, 陰常居大冬而積於空虛不用之處. 以此見天之任德不
任刑也."

81) 『사기史記』의 「맹자순경열전孟子荀卿列傳」에 따르면, 추연鄒衍은 오행과 음양
을 결합시켜 이른바 '오덕종시설五德終始說'이라는 것을 만들었다. 이 설은 나
중에 도가 등의 각 학파에도 영향을 미쳤다. 또 『여씨춘추呂氏春秋』의 「응동應
同」에 따르면, 황제는 토덕土德으로 왕이 되었기 때문에 황색을 숭상했고, 제도
에도 토土를 숭상했다. 그후 토덕土德이 쇠하자 우禹가 수덕水德으로 왕이 되었
는데, 겨울에도 나뭇잎이 시들지 않는 상서祥瑞가 나타났다고 한다. 또 탕왕은
금덕金德으로, 문왕文王은 화덕火德으로 각각 왕이 되었으며, 이들 각각의 왕조
에는 그 덕을 나타내는 부응符應, 제도制度 및 복색服色이 있었다.

82) 『墨子』, 「兼愛上」. "聖人以治亂天下爲事者也. 必知亂之所自起, 焉能治之. 不知
亂之所自起, 則不能治."

83) 『墨子』, 「兼愛上」. "視父兄與君若其身, 惡施不孝, 猶有不慈者乎."

84) 『墨子』, 「經上」. "同, 重體合類, 異二, 不體, 不合, 不類."

85) 『墨子』, 「經說上」. "同, 二名一實, 重同也. 不外於兼, 體同也. 俱處於室, 合同也.
有以同, 類同也."

86) 『荀子』, 「正名」. "物, 有同狀而異所者, 有異狀而同所者, 可別也. 狀同而爲異所
者, 雖可合, 謂之二實. 狀變而實無別, 而爲異者, 謂之化. 有化而無別, 謂之一實.
此事之所以稽實定數也."

87) 『孟子』, 「盡心上」. 4章. "孟子曰, 萬物皆備於我矣, 反身而誠, 樂莫大焉."

88) 『孟子』, 「盡心上」, 1章. "盡其心者, 知其性也. 知其性, 則知其天矣."

89) 『象山全集』, 卷35. "今之學者, 只用心於枝葉, 不求實處. 孟子云, … 盡其心者知其性, 知其性則知天矣. 心只是一個心, 某之心, 吾友之心, 上而千百載聖賢之心, 下而千百載復有一聖賢, 其心亦只如此."

90) 같은 책, 卷35. "心之體甚大. 若能盡我之心, 便與天同."

91) 여기서 주자의 관점과 비교하는 것도 도움이 된다. 주자는 마음이 이치의 근원 자체라 보지 않고, 이치의 근원을 '관조'할 수 있는 인식 주체의 측면으로 해석한다. 그러므로 주자가 객체실유客體實有의 입장을 취하는 형이상학을 이룩했다고 한다면, 육상산은 마음이 이치의 근원 자체라 보는 주체실유主體實有의 입장을 취하는 심성론을 이룩하고 있다. 따라서 주자는 객관세계에 엄연히 이치가 존재한다는 것을 인정하고, 그 이치를 인식 주체인 내 마음이 관조한다고 본다. 한편 육상산은 객관세계에 그런 이치가 있는 것이 아니라 내 마음이 그 이치를 구비하고 있는 것이고, 그것이 외부로 투사되어 마치 객관세계에 그런 이치가 있는 것처럼 보일 뿐이라고 본다.

92) 『傳習錄』, 3조. "此心無私欲之蔽, 卽是天理, 不須外面添一分. 以此純乎天理之心, 發之事父便是孝, 發之事君便是忠, 發之交友治民, 便是信與人. 只在此心去人欲, 在天理上用功便是."

93) 『象山全集』, 卷36.

94) 『傳習錄』, 336조. "我的靈明, 便是天地鬼神的主宰. 天地鬼神萬物, 離卻我的靈明, 便沒有天地鬼神萬物了."

95) 『莊子』, 「大宗師」. 공자의 입을 빌려 장자는 이렇게 표현하고 있다. "그들은 세상 밖에서 노는 사람들이고, 나는 세상 안에서 노는 자이다. 밖과 안이 서로 미치지 못하거늘, 내가 너를 시켜 가서 조상하라 했으니 내가 고루하구나. 그들은 바야흐로 조물주와 벗이 되어 천지의 한 기운에서 놀고 있다. 그들은 삶을 '붙어 있는 사마귀'나 '달려 있는 혹'으로 여기고, 죽음을 '따버린 부스럼'이나 '터져 버린 종기'로 여기고 있다. 대저 그런 자들이니 또한 어찌 삶과 죽음의 선후 소재를 알 것인가.…"(孔子曰, 彼遊方之外者也. 而丘遊方之內者也. 外內不相及, 而丘使女往弔之, 丘則陋矣. 彼方且與造物者爲人, 而遊乎天地之一氣, 彼以生爲附贅縣疣, 以死爲決. 潰癰. 夫若然者, 又惡知死生先後之所在.)

96) 『莊子』, 「人間世」. "顔回曰, 吾無以進矣. 敢問其方. 仲尼曰, 齋. 吾將語若. 有而爲之其亦邪. 易之者, 皞天不宜. 顔回曰, 回之家貧. 唯不飮酒, 不茹葷者數月矣. 若此, 則可以爲齋乎. 曰, 是祭祀之齋, 非心齋也. 回曰, 敢問心齋. 仲尼曰, 若一志, 無聽之以心, 而聽之以氣. 聽止於耳, 心止於符. 氣也者, 虛而大物者也. 唯道集虛. 虛者, 心齋也. 顔回曰, 回之未始得使, 實自回也. 得使之也, 未始有回也. 可謂虛乎. 夫子曰, 盡矣. 吾語若. 若能入遊其樊, 而無感其名. 入則鳴, 不入則止. 無門無毒, 一宅而寓於不得已, 則幾矣. 絶適易, 無行地難. 爲人使, 易以僞, 爲天使, 難以僞. 聞以有翼飛者矣, 未聞以無翼飛者也. 聞以有知知者矣, 未聞以無知知者也. 瞻彼闋者, 虛室生白, 吉祥止止. 夫且不止, 是之謂坐馳. 夫徇耳目內通, 而外於心知, 鬼神將來舍. 而況人乎. 是萬物之化也, 禹舜之所紐也. 伏戱几蘧之所行終. 而況散焉者乎."

97) 『莊子』, 「胠篋」. "彼人含其明, 則天下不鑠矣. 人含其聰, 則天下不累矣. 人含其知, 則天下惑矣. 人含其德, 則天下不僻矣. 彼曾史楊墨師曠工倕離朱, 皆外立其德, 而以爚亂天下者也. 法之所無用也."

98) 좌망坐忘에 관한 표현은 여러 곳에서 매우 다양한 방식으로 표현되고 있지만, 다음의 인용구에서 가장 전형적으로 나타난다. "안회가 말했다. '저는 나아졌습니다.' 중니가 대답했다. '무슨 말인가?' '저는 인의仁義를 잊었습니다.' '좋다. 그러나 아직 멀었다.' 다음날 가서 뵙고 안회가 말했다. '저는 더 나아졌습니다.' '무슨 말인가?' '저는 예악을 잊었습니다.' '좋다. 그러나 아직 멀었다.' 또 다음날 다시 뵙고 안회가 말했다. '저는 좀더 나아졌습니다.' '무슨 말인가?' '저는 앉아서 고스란히 잊었습니다.' 공자는 움찔하면서 말했다. '앉아서 고스란히 잊었다 함은 무엇인가?' '지체를 버리고 총명을 쫓아내며, 형체를 떼어내고 지혜를 버려 대도에 동화되었는데, 이것을 좌망이라 한 것입니다.' '동화되면 특별히 좋아하는 것이 없고, 변화되면 고정된 것이 없나니, 너는 정말 어질구나. 내 너의 뒤를 따르고 싶다.'"(顔回曰, 回益矣. 仲尼曰, 何謂也. 曰, 回忘仁義矣. 曰, 可矣. 猶未也. 它日復見曰, 回益矣. 曰, 何謂也. 曰, 回忘禮樂矣. 曰, 可矣. 猶未也. 它日復見曰, 回益矣. 曰, 何謂也. 曰, 回坐忘矣. 仲尼蹴然曰, 何謂坐忘. 顔回曰, 墮枝體, 黜聰明, 離形去知, 同於大道. 此謂坐忘. 仲尼曰, 同則無好也. 化則無常也. 而果其賢乎. 丘也請從而後也.『莊子』,「大宗師」.)

99) 『中庸』, 20章. "誠者, 天之道也. 誠之者, 人之道也. 誠者, 不勉而中, 不思而得, 從容中道, 聖人也. 誠之者, 擇善而固執之者也."

100) 『周易傳義大全』, 乾坤. "以盡乾坤二卦之蘊而餘卦之設, 因可以例推云. 元者, 生物之始, 天地之德, 莫先於此, 故於時, 爲春, 於人則爲仁而衆善之長也. 亨者, 生物之通, 物至於此, 莫不嘉美, 故於時爲夏, 於人則爲禮而衆美之會也. 利者, 生物之遂, 物各得宜, 不相妨害, 故於時, 爲秋, 於人則爲義而得其分之和. 貞者, 生物之成, 實理, 具備, 隨在各足, 故於時, 爲冬, 於人則爲智而爲衆事之幹. 幹, 木之身而枝葉所依以立者也."

101) 『周易傳義大全』, 乾坤. "人與天地鬼神, 本无二理, 特蔽於有我之私, 是以, 梏於形體而不能相通." 이 구절을 번역하면, "사람과 천지·귀신 사이에 본래 두 가지 이치가 있는 것이 아니지만, 단지 나의 사사로움에 가려지기 때문에 형체에 구속되어 통할 수 없게 된 것이다."라는 말이 된다. 이것이 인간과 천지의 성誠이고 만물 가운데 스며있는 영성이라 할 수 있다.

102) 정이천程伊川(1033~1107)은 "'천명을 일러 성성이라 하고 성성을 따르는 것을 일러 도道라 한다.' 라는 것은 하늘이 아래로 내려와서 만물이 흐르며 형상을 갖춰 각각의 성명性命을 정한 것이 이른바 성성이라는 것이다. 그 성을 따르고 잃지 않는 것이 이른바 도라는 것이다. 이것 역시 사람과 만물을 통틀어 말한 것이다."(天命之謂性, 率性之謂道者, 天降是於下, 萬物流形, 各正性命者, 是所謂性也. 循其性而不失, 是所謂道也. 此亦通人物言.『遺書』, 第2)라고 말했다.

103) 정이천은 “오늘 한 가지를 연구하고 내일 또 한 가지를 연구하여 익힌 것이 쌓여서 이미 많아진 다음에야 툭 트여서 자연히 관통하는 경지에 이른다.”(須是今日格一件, 明日又格一件, 積習旣移, 然後脫然自有貫通處.『遺書』第18.)라고 말했다. 날마다 익히는 지식은 경험적인 지식이지만, 그것이 쌓이면 언젠가 문득 ‘관통’을 하게 된다는 것이다. 그의 ‘관통貫通’ 혹은 ‘활연관통豁然貫通’은 인식 주체의 관조와 관련된다.

104)『書經』,「商書·湯誓」. “王曰, 格爾衆庶, 悉聽朕言. 非台小子, 敢行稱亂. 有夏多罪, 天命殛之.”

105)『書經』,「商書·仲虺之誥」. “愼厥終, 惟其始, 殖有禮, 覆昏暴. 欽崇天道, 永保天命.”

106)『孟子』,「梁惠王上」, 6章. “則天下之民, 皆引領而望之矣, 誠如是也, 民歸之, 由水之就下, 沛然孰能禦之.”

107)『書經』,「五子之歌」. “皇祖有訓, 民可近, 不可下. 民惟邦本, 本固邦寧. 予視天下, 愚夫愚婦, 一能勝予, 一人三失, 怨豈在明, 不見是圖. 予臨兆民, 懍乎若朽索之馭六馬, 爲人上者, 奈何不敬.”

108)『道德經』, 39章. “故貴以踐爲本, 高以下爲基. 是以候王自謂孤, 寡, 不穀, 此其以賤爲本耶, 非乎. 故至譽無譽, 不欲琭琭如玉, 珞珞如石.”

109)『論語』,「顔淵」, 22章. “舜有天下, 選於衆, 擧臯陶, 不仁者, 遠矣. 湯有天下, 選於衆, 擧伊尹, 不仁者, 遠矣.”

110)『論語』,「憲問」, 45章. “修己以安百姓, 堯舜, 其猶病諸.”

111) 동양의 자연법 사상에 영양분이 되고 있는 소재를 대충 나열하면, 고대 성인聖人의 법, 묵자의 천지天志, 노자의 천도天道, 한대漢代의 경학사상經學思想, 송명대宋明代의 리理 등인데, 대체로 객관보다는 주체를 중요시한다는 면에서 공통점이 있다.

112)『書經』,「周書·君陳」. “王曰, 君陳. 爾惟弘周公丕訓, 無依勢作威, 無倚法以削. 寬而有制, 從容以和. 殷民在辟, 予曰辟爾, 惟勿辟, 予曰宥爾, 惟勿宥, 惟厥中. 有弗若于汝政, 弗化于汝訓, 辟以止辟乃辟.”

113)『論語』,「子路」, 15章. “定公, 問一言而可以興邦, 有諸. 孔子對曰, 言不可以若是其幾也. 人之言曰, 爲君難, 爲臣不易. 如知爲君之難也, 不幾乎一言而興邦乎. 曰一言而喪邦, 有諸. 孔子對曰, 言不可以若是其幾也. 人之言曰, 予無樂乎爲君, 唯其言而莫予違也. 如其善而莫之違也, 不亦善乎. 如不善而莫之違也, 不幾乎一言而喪邦乎.”

114)『論語』,「堯曰」, 2章. “子曰, 君子惠而不費, 勞而不怨, 欲而不貪, 泰而不驕.” “子曰, 不敎而殺, 謂之虐. 不戒視成, 謂之暴. 慢令致期, 謂之賊. 猶之與人也, 出納之吝, 謂之有司.”

115)『大學』. “詩云, 樂只君子, 民之父母. 民之所好, 好之, 民之所惡, 惡之, 此之謂民之父母.”

116)『論語』,「顔淵」, 17章. “季康子, 問政於孔子, 孔子對曰, 政者正也, 子帥以正,執敢不正."

117) 『論語』,「顔淵」, 18章. "季康子, 患盜, 問於孔子. 孔子對曰, 苟子之不欲, 雖賞
之不竊."

118) 『孟子』,「告子上」, 2章. "人性之善也, 猶水之就下也. 人無有不善, 水無有不下.
今夫水, 搏而躍之, 可使過顙. 激而行之, 可使在山. 是豈水之性哉. 其勢則然也.
人之可使爲不善, 其性亦猶是也."

119) 『韓非子』,「五蠹」. "父母皆見愛而未必治也, 君雖厚愛, 奚遽不亂."

120) 『韓非子』,「五蠹」. "今有不才之子, 父母怒之弗爲改, 鄉人譙之弗爲動, 師長敎之
弗爲變. 夫以父母之愛, 鄉人之行·師長之智, 三美加焉, 而終不動, 其脛毛不改. 州
部之吏, 操官兵, 推公法, 而求索姦人, 然後恐懼, 變其節, 易其行矣. 故父母之愛
不足以敎子, 必待州部之嚴刑者, 民固驕於愛, 聽於威矣."

121) 『論語』,「爲政」, 3章. "子曰, 道之以政, 齊之以刑, 民免而無恥. 道之以德, 齊之
以禮, 有恥且格."

122) 『韓非子』,「人主」. "虎豹之所以能勝人執百獸者, 以其爪牙也, 當使虎豹失其爪
牙, 則人必制之矣. 今勢重者, 人主之爪牙也, 君人而失其爪牙, 虎豹之類也."

123) 『荀子』,「君道」. "法者, 治之端也. 君子者, 法之原也. 故有君子, 則法雖省, 足以
遍矣, 無君子, 則法雖具, 失先後之施."

124) 맹자는 고제高弟 공손추公孫丑와의 대화를 통해 자신의 정치에 관한 포부와
유가의 입장을 밝혔다. 또 당시 제齊나라의 여러 조건과 시대적 배경을 바탕으
로, 인정만 베풀면 별로 큰 힘을 안 들이고도 천하에 왕자로 군림할 수 있음을
역설했다.

125) 金鐸敏, 任大熙 譯註, 『唐律疏義』(1), 한국법제연구원, 1994, p.52.

126) 『書經』,「堯典」. "欽明文思安安, 允恭克讓, 光被四表, 格于上下. 克明俊德, 以
親九族, 九族旣睦, 平章百姓, 百姓昭明, 協和萬邦, 黎民於變時雍."

127) 『書經』,「舜典」. "帝曰, 夔, 命汝典樂, 敎冑子, 直而溫, 寬而栗, 剛而無虐, 簡而
無傲."

128) 『周易』, 天水訟卦. "訟者, 與人爭辯而待決於人, 雖有孚, 亦須窒塞未通, 不窒則
已明, 无訟矣. … 得中則吉也, 終凶, 終極其事則凶也."

129) 『道德經』, 17章. "太上不知有之. 其次親之譽之. 其次畏之. 其次侮之."

130) 『論語』,「子路」, 9章. "子適衛, 冉有僕. 子曰, 庶矣哉. 冉有曰, 旣庶矣. 又何加
焉. 曰, 富之. 曰, 旣富矣, 又何加焉. 曰敎之."

131) 『孟子』,「梁惠王上」, 5章. "王如施仁政於民, 省刑罰, 薄稅斂, 深耕易耨. 壯者以
暇日, 修其孝悌忠信, 入以事其父兄, 出以事其長上, 可使制梃以撻秦楚之堅甲利
兵矣."

132) 제프리 존스, 『나는 한국인이 두렵다』, 중앙 M&B, 2000, p.182.

133) J.A.K. Thomson (trans.), *The Ethics of Aristotle: The Nicomachean Ethics*
(London, England: Penguin, 1976).

134) H. Rackham, M.A. (trans.), *The Nicomachean Ethics* (Harvard University

Press), 제2권 6장.

135) J.A.K. Thomson (trans.), 앞의 책.

136) H. Rackham, 앞의 책, p.90의 주석 참조.

137) 앞의 책, p.91의 주석 참조.

138) J.A.K. Thomson (trans.), 앞의 책, 2권 9장, p.97.

139) 『莊子』, 「齊物論」. "天下莫大於秋毫之末, 而太山爲小. 莫壽乎殤子, 而彭祖爲夭. 天地與我竝生, 而萬物如我爲一. 旣已爲一矣, 且得有言乎. 旣已謂之一矣, 且得無言乎."

140) 『莊子』, 「齊物論」, 郭象의 주. "夫以形相對, 則大山大於秋毫也. 若各據性分, 物冥其極, 則形大未爲有餘, 形小不爲不足. 苟各足於其性, 則秋毫不獨小其小, 大山不獨大其大矣. 若以性足爲大, 則天下之足, 未有過於秋毫也. 若性足者非大, 則雖大山亦可稱小矣. 大山爲小, 則天下無大矣. 秋毫爲大, 則天下無小矣. 無小無大, 無壽無夭. 是以蟪蛄不羨大椿, 而欣然自得. 斥鴳不貴天池, 而榮願已足. 苟足于天然, 而安其性分, 故雖天地, 未足爲壽, 而與我竝生, 萬物未足爲異, 而與我同得也. 萬物萬形自得, 則一已自一矣."

141) 『二程全書』, 卷12. "且喚做中, 若以四方之中爲中, 則四邊無中乎. 若以中央之中爲中, 則外面無中乎. 如生生之謂易, 天地設位, 而易行乎其中, 豈可只以今之易書爲易乎. 中者且謂之中, 不可捉一箇中來爲中."

142) 『中庸』, 10章. "子路問强, 子曰, 南方之强與, 北方之强與, 抑而强與. 寬柔以敎, 不報無道, 南方之强也, 君子居之. 衽金革, 死而不厭, 北方之强也, 而强者居之. 故君子, 和而不流, 强哉矯. 中立而不倚, 强哉矯. 國有道, 不變塞焉, 强哉矯. 國無道, 至死不變, 强哉矯."

143) 『通書』, 「師」, 7章. "剛善, 爲義, 爲直, 爲斷, 爲嚴毅, 爲幹固. 惡, 爲猛, 爲隘, 爲彊梁, 柔善, 爲慈, 爲順, 爲巽. 惡, 爲懦弱, 爲無斷, 爲邪佞. 惟中也者, 和也, 中節也, 天下之達道, 聖人之事也. 故聖人立敎, 俾人自易其惡, 自至其中而已矣."

144) 『通書』, 「師」, 7章. "… 易其惡, 則剛柔皆善, … 至其中, 則其或爲嚴毅, 或爲慈順也."

145) 高橋進, 「孝意識의 歷史的 變遷과 現代에 있어서의 變容」, 『孝思想과 未來社會』, 孝思想國際學術會議, 한국정신문화연구원, 1995, p.106.

146) 『大學』, 1章. "大學之道, 在明明德, 在新民, 在止於善."

147) 梁啓超, 『儒家哲學』, 飮氷室合集版, 上海中華書主, 1936, p.2.

148) 『中庸』, 22章. "唯天下至誠, 爲能盡其性, 能盡其性, 則能盡人之性, 能盡人之性, 則能盡物之性, 能盡物之性, 則可以贊天之化育, 可以贊天地之化育, 則可以與天地參矣."

149) 『孟子』, 「滕文公下」, 9章. "孟子曰, 豈好辯哉, 予不得已也"

150) 『論語』, 「學而」, 2章. "孝弟也者, 其爲仁之本與."

151) 『孟子』, 「盡心上」, 15章. "人之所不學而能者, 其良能也, 所不慮而知者, 其良知也, 孩提之童, 無不知愛其親也, 及其長也, 無不知敬兄也."

152) 『論語』,「顔淵」, 22章. "樊遲問仁, 子曰愛人."

153) 『孝經』,「聖治」. "不愛其親而愛他人者, 謂悖德. 不敬其親而敬他人者, 謂悖禮."

154) 『孟子』,「離婁上」, 27章. "仁之實, 事親是也."

155) 『孝經』,「開宗明義」. "身體髮膚, 受之父母, 不敢毁損, 孝之始也, 立身行道, 揚名於後世, 以顯父母, 孝之終也."

156) 『孝經』,「開宗明義」. "孝始於事親, 中於事君, 終於立身."

157) 『孟子』,「盡心上」, 45章. "親親而仁民, 仁民而愛物."

158) 『孟子』,「梁惠王上」, 7章. "老吾老以及人之老, 幼吾幼以及人之幼."

159) 『中庸』, 15章. "君子之道, 譬如行遠必自邇, 譬如登高必自卑,"

160) 『莊子』,「人間世」. "雜則多, 多則擾, 擾則憂, 憂而不救."

161) 『孝經』,「開宗明義」. "夫孝德之本也, 敎之所由生也."

162) 『禮記』,「祭儀」. "曾子曰, 身也者, 父母之遺體也. 行父母之遺體, 敢不敬乎. 居處不莊, 非孝也. 事君不忠, 非孝也. 涖官不敬, 非孝也. 朋友不信, 非孝也. 戰陳無勇, 非孝也."

163) 『孟子』,「離婁上」, 5章. "天下之本在國, 國之本在家."

164) 『大學』, 經文. "欲治其國者, 先薺其家, 欲明明德於天下者, 先治其國."

165) 『大學』, 傳文. "宜其家人而后, 可以敎國人."

166) 『孟子』,「離婁上」, 19章. "孟子曰, 事孰爲大, 事親爲大, 守孰爲大, 守身爲大, 不失其身而能事其親者, 吾聞之, 失其身而能事其親者, 吾未之聞也, 孰不爲事, 事親事之本也, 孰不爲守, 守身守之本也."

167) 『孝經』,「三才」. "夫孝, 天之經也, 地之義也, 民之行也."

168) 『孝經』,「開宗明義」. "身體髮膚, 受之父母, 弗敢毁傷."

169) 『論語』,「先進」, 11章. "季路問事鬼神, 子曰, 未能事人, 焉能事鬼, 敢問死, 曰未知生, 焉知死."

170) 『孝經』,「聖治」. "人之行, 莫大於孝, 孝莫大於嚴父, 嚴父莫大於配天, 則周公其人也, 昔者, 周公郊祀后稷以配天, 宗祀文王於明堂以配上帝, 是以四海之內, 各以其職來祭."

171) 尹聖範,「효도와 종교」,『現代와 孝道』, 乙酉文化社, 1975, p.53.

172) 『禮記』,「祭儀」. "祭之日, 入室, 僾然必有見乎其位. 周還出戶, 肅然必有聞乎其容聲. 出戶而聽, 愾然必有聞乎其嘆息之聲."

173) 『禮記』,「禮器」. "孔子曰, 我戰則克, 祭則受福, 蓋得其道矣."

174) 『禮記』,「郊特生」. "祭有祈焉, 有報焉, 有由辟焉."

175) 『孟子』,「離婁上」, 26章. "孟子曰, 不孝有三, 無後爲大"

176) 『論語』,「顔淵」, 24章. "曾子曰, 君子, 以文會友, 以友輔仁."

177) 『禮記』,「鄕飮酒義」. "民入孝弟, 出尊長養老, 而后成敎, 成敎而后國可安也."

178) 『禮記』,「鄕飮酒義」. "孔子曰, 吾觀於鄕, 而知王道之易易也."

179) 宋復,「孝思想과 社會發展」,『孝思想과 未來社會』, 한국정신문화연구원, pp. 744~745.

312

180) 『論語』, 「爲政」, 21章. "惟孝, 友于兄弟, 施於有政, 是亦爲政."

181) 제임스 러브록, 『가이아』, 김영사, p.96.

182) 『張子全書』 卷2, 「正蒙·太和篇」. "太和所謂道, 中涵浮沉升降, 動靜相感之性, 是生絪縕相盪, 勝負屈伸之始."

183) 『張子全書』 卷1, 「西銘」.

184) 周敦頤, 『太極圖說』. "惟人也, 得其秀而最靈, 形旣生矣, 神發知矣, 五性感動而善惡分, 萬事出矣."

185) 程顥, 『遺書』 第2. "學者須先識仁, 仁者, 渾然與物同體."

186) 程顥, 『遺書』 第2. "仁者以天地萬物爲一體, 莫非己也, 認得爲己, 何所不至."

187) 주 14)를 참조.

188) 『道德經』, 55章.

189) 『道德經』, 38章. "上德不德, 是以有德, 下德不失德, 是以無德."

190) 『莊子』, 「德充符」. "平者水停之盛也. 其可以爲法也. 內保之而外不蕩也. 德者成和之脩也. 德不形者, 物不能離也."

191) 『莊子』, 「刻意」. "水之性, 不雜則淸, 莫動則平, 鬱閉而不流, 亦不能淸, 天德之象也. 故曰, 純粹而不雜, 靜一而不變, 淡而無爲, 動而以天行. 此養神之道也."

192) 『莊子』, 「天道」. "水靜猶明. 而況精神聖人之心靜乎. 天地之鑑也. 萬物之鏡也."

193) 『莊子』, 「天地」. "泰初有無. 無有無名, 一之所起. 有一而未形, 物得以生, 謂之德. 未形者有分, 且然無閒, 謂之命. 留動而生物, 物成生理, 謂之形. 形體保神, 各有儀則, 謂之性."

194) 『莊子』, 「天地」. "性脩反德, 德至同於初. 同乃虛, 虛乃大, 合喙鳴. 喙鳴合, 與天地爲合. 其合緡緡, 若愚若昏. 是謂玄德. 同乎大順."

195) 『莊子』, 「天地」. "德人者, 居無思, 行無慮, 不藏是非美惡. 四海之內, 共利之之謂悅, 共給之之爲安, 怊乎若嬰兒之失其母也, 儻乎若行而失其道也. 財用有餘, 而不知其所自來, 飮食取足而不知其所從. 此謂德人之容."

196) 『孟子』, 「告子上」, 3章. "告子曰, 生之謂性, 孟子曰, 生之謂性也, 猶白之謂白與. 曰然, 白羽之白也, 猶白雪之白, 白雪之白, 猶白玉之白與. 曰然, 然則犬之性, 猶牛之性, 牛之性, 猶人之性與."

197) 『孟子』, 「告子上」, 4章. 食色性也章, "告子曰, 食色性也, 人內也非外也, 義外也非內也. 孟子曰, 何以謂仁內義外也."

198) 『孟子』, 「盡心下」, 24章. "孟子曰, 口之於味也, 目之於色也, 耳之於聲也, 鼻之於臭也, 四肢於安佚也, 性也, 有命焉, 君子不謂性也."

199) 『孟子』, 「梁惠王上」, 5章. "王曰, 寡人有疾, 寡人好色, 對曰 … 王如好色, 與百姓同之, 於王何有."

200) 『孟子』, 「告子上」, 4章. "(告子)曰, 彼長而我長之, 非有長於我也. 猶彼白而我白之, 從其白於外也. 故謂之外也. (孟子)曰, 異, 於白馬之白, 無以異於白人之白也. 不識長馬之長也, 無以異於長人之長與. 且謂長者義乎. 長之者義乎."

201) 『孟子』, 「告子上」, 1章. "告子曰, 性猶杞柳也, 義猶杯棬也, 以人性爲仁義. 猶以杞柳爲杯棬. 孟子曰, 子能順杞柳之性而以爲杯棬乎, 將狀賊杞柳而後以爲杯棬也. 如將狀賊杞柳而以爲杯棬, 則亦將狀賊人以爲仁爲與, 率天下之人而禍仁義者必子言夫."

202) 『孟子』,「告子上」, 2章. "告子曰, 性猶湍水也, 決諸東方則東流, 決諸西方則西流, 人性之無分於善不善也, 猶水之無分於東西也, 孟子曰, 水信無分於東西, 無分於上下乎, 人性之善也, 猶水之就下也, 人無有不善, 水無有不下, 今夫水, 搏而躍之, 可使過顙, 激而行之可使在山, 是豈水之性哉, 其勢則然也, 人之可, 使爲不善, 其性, 亦猶是也."

203) 『孟子』,「告子上」, 4章. "(告子)曰, 吾弟則愛之, 秦人之弟則不愛也, 是以我爲悅者也, 故爲之內. 長楚人之長, 亦長吾之長, 是以長爲悅者也, 故爲之外也. (孟子)曰, 耆秦人之炙, 無以異於耆吾炙, 夫物則亦有然者也, 然則耆炙亦有外與."

204) 『孟子』,「公孫丑上」, 2章. "'감히 여쭈어 보겠습니다만, 선생님께서 마음이 동요하지 않는 것과 고자가 마음이 동요하지 않는 것에 관해서 말씀을 들어볼 수 있겠습니까?' '고자는 <남의 말에 이해가 안 되도 마음 속으로 생각하지는 말 것이고, 마음에 맞지 않아도 기에 호소하지는 말 것이다.>라고 말했는데, 마음에 맞지 않아도 기에 호소하지 말라는 것은 괜찮으나, 남의 말에 이해가 안 되도 마음 속으로 생각하지 말라는 것은 안될 말일세. 지志는 기氣의 통수자이고, 기는 몸을 채워주는 것일세. 지가 나타나면 기가 그 뒤를 따라가는 것이기 때문에 <자기의 지를 올바로 지키고, 자기의 기를 자극하지 않도록 하라.>고 말하는 것일세.' '지가 나타나면 기가 그 뒤를 따라선다고 말씀하시고 나서 또 자기의 지를 올바로 지키고 자기의 기를 자극함이 없도록 하라고 말씀하신 것은 무슨 뜻입니까?' '지志가 한결같으면 기를 움직이고, 기가 한결같으면 지를 움직이네. 이제 엎어지고 달리고 하는 것이 기이기는 하나, 그것이 도리어 마음을 동요시키게 되네.'"("曰敢問夫子之不動心, 與告子之不動心, 可得聞與. 告子曰, 不得於言, 勿求於心, 不得於心, 勿求於氣. 不得於心, 勿求於氣, 可, 不得於言, 勿求於心, 不可. 夫志, 氣之帥也, 氣體之充也. 夫志至焉, 氣次焉, 故曰, 持其志, 無暴其氣. 旣曰, 志至焉, 氣次焉, 又曰, 持其志, 無暴其氣者, 何也. 曰志壹, 則動氣, 氣壹, 則動志也. 今夫, 蹶者趨者, 是氣也, 而反動其心.")

205) 『孟子』,「公孫丑上」, 2章. "公孫丑問曰, 夫子加齊之卿相, 得行道焉, 雖由此霸王不異矣, 如此則動心, 否乎. 孟子曰, 否我四十不動心, 曰若是則夫子過孟賁, 遠矣, 曰是不難告子, 先我不動心."

206) 『孟子』,「離婁上」, 27章. "孟子曰, 仁之實, 事親是也, 義之實, 從兄是也."

207) 『孟子』,「盡心上」, 15章. "親親仁也, 敬長義也, 無他, 達之天下."

208) 『孟子』,「梁惠王上」, 1章. "未有仁而遺其親者也, 未有義而後其君子也."

209) 『孟子』,「梁惠王下」, 8章. "賊仁者謂之賊, 賊義者謂之殘, 殘賊之人謂之一夫, 聞誅一夫紂矣, 未聞弑君也."

210) 中村元,『東洋人の思惟方法』2권 11절, 1960, 春秋社.

211) 中村元,『中國人の思惟方法』(앞의 책에 포함), 11절.

314

212) 『道德經』, 40章. "天下萬物生於有, 有生於無."

213) 『周易』, 「繫辭傳」. "易有太極, 是生兩儀, 兩儀生四象, 四象生八卦."

214) 『論語』, 「子罕」, 16章. "子在川上曰, 逝者如斯夫, 不舍晝夜."

215) 『論語』, 「先進」, 25章. "曰, 莫春者, 春服, 旣成, 冠者五六人, 童子六七人, 浴乎沂, 風乎舞雩, 詠而歸, 夫子, 喟然嘆曰, 吾與點也."

216) 초기 중국 불교는 인도의 형이상학을 수입하기보다는 오히려 주술적·기복적이었다는 것이 널리 지적되고 있다. 초기 한역 승려들(안세고安世高, 담가가라曇柯迦羅, 당승회唐僧會, 불도징佛圖澄 등)은 중국 불교를 일으키는 데 결정적인 역할을 한 사람들이지만, 모두 주술에 능통한 사람들이라고 한다. 『반야경』 끝 부분의 "아제아제 바라아제 바라승아제 모지사바하"라는 인도어는 "가서 가서 저 언덕에 이르러 간 깨달음이여 복되어라"라는 뜻으로, 원래는 형이상학을 말한 것이었지만 중국인들은 이것을 오히려 주술적인 것으로 만들어 버렸다. 극락세계를 도가의 술어를 사용하여 자부안락지도紫府安樂之都(선향仙鄕)로 번역한 것도 중국 불교의 현실적 성격을 잘 드러내고 있다. '한량없는 생명이 있는 것'을 뜻하는 Amitayur를 무량수불無量壽佛로 사용하고, 정토교가 널리 퍼진 당나라 이후에는 아비타불阿彌陀佛이라는 주술적인 용어로 바꾸어 부르게 된 것도 중국 불교의 특색을 잘 나타내고 있다.

217) 이理와 기氣를 상식적 차원에서 대칭적으로 사용할 때, 이理는 모든 사물들의 밑에 있는 우주의 원리이고, 모든 사물을 통치하는 우주의 법法이며, 모든 사물의 배후에 있는 존재이유라고 말할 수 있다. 또한 존재[有]에 대해서 말한다면 원인, 형식, 본질 등 모든 사물의 최상의 기준이라고 할 수 있다. 또 그것은 자기원인적, 불멸적, 초시간적이다. 그것 없이는 존재의 그 어떤 것도 있을 수 없다. 그것은 마음에서 구체화된다. 한편 기氣는 물질적이고, 특수화의 원리이며, 이理의 작용이다. 그것은 사물의 생산, 발전, 파괴에 대한 조건을 제공하고, 사물에 실재성과 개성을 부여하며, 사물을 분화시킨다.

218) 여기서 정이천과 주희는 달랐다. 정이천은 하나의 사물에 대한 집중적인 탐구를 강조했고, 주희는 모든 사물들에 대한 광범위한 탐구를 주장했다.

219) 여기서 청대의 학자로 예시하고 있는 것은 안원顏元(1635~1704)이나 대진戴震(1723~1777)과 같은 학자들의 관점이다.

220) "載營魄抱一, 能無雜乎.", "聖人抱一爲天下式", "天得一以淸, 地得一以寧, 神得一以靈, 谷得一以盈, 萬物得一以生, 候王得一以爲天下貞." 등등.

221) 『莊子』의 「天地」편에 "一之所起, 有一, 而未形."이라는 一설이 있는데, 이에 대해 곽상郭象은 "一者, 有之初, 至妙者也, 故未有物理之形耳."라고 주석을 붙였다.

222) 董仲舒, 「對策一」. "春秋謂一元之意, 一者, 萬物之所從始也."
『列子』「天瑞」, "易變而爲一, 一變而爲七, 七變而爲九, 九變者, 究也, 乃復變而爲一, 一者, 形變之始也."

223) 邵雍, 『觀物外篇』. "太極一也, 不動, 生二, 二則神也, 神生數, 數生象, 象生器."

224) 『孟子』, 「盡心上」, 1章. "孟子曰, 盡其心者, 知其性也, 知其性, 則知天矣."
『中庸』. "唯天下至誠, 爲能盡其性, 能盡其性, 則能盡人之性, 能盡人之性, 則能盡物之性, 能盡物之性, 則可以贊天地化育, 可以贊天地之化育, 則可以與天地參矣."

225) 여기서 앎을 구분한 두 가지는 ① 진여眞如의 이치를 비추는 평등지平等智와 ② 사리事理의 법法을 비추어 법계의 모양을 아는 차별지差別智이다. 전자가 '높은 진리'라 한다면, 후자는 '낮은 진리'이다.

226) 朱熹, 『大學章句』, 「格物補傳」. "所謂致知在格物者, 言欲致吾之知, 在卽物而窮其理也, 蓋人心之靈, 莫不有知, 而天下之物, 莫不有理, 惟於理有未窮, 故其知有不盡也, 是以大學始敎, 必使學者卽凡天下之物, 莫不因其已知之理而益窮之, 以求至乎其極, 至於用力之久, 而一旦豁然貫通焉, 則衆物之表裏精粗不到, 而吾心之全體大用無不明矣, 此謂物格, 此謂知之至也."

227) 이러한 직관성은 중국어의 비논리성과도 일맥상통한 점이 있다. 중국어에는 전치사, 접속사, 관계대명사와 같은 용어가 지극히 미약하다. 또 동사動詞의 시時와 상相을 표현하는 정확한 규정이 없기 때문에, 항상 뜻이 애매한 경우가 많다. 그래서 남달리 중국에는 주석학註釋學이 발달하였다. 그래서 학자가 된다는 것은 주석가가 된다는 것과 다르지 않다.

228) 개個의 강조나 개個를 통해 공공共을 이해하는 태도는 교육에서도 현저하게 드러난다. 이 점은 멀리 공자로부터 가까이 근대의 마르크스 레닌주의에 이르기까지 공통적이다. '배움'이라는 것은 옛 것을 모방하거나 흉내를 내는 것이고, 선례나 고전을 규범으로 삼는 것을 말한다. 그러므로 독서를 가장 중요한 수단으로 삼는다. '사색'을 통해서 보편적 원리를 찾아내고 그것에 공감하는 것이 아니라, 과거의 '선례'를 잘 아는 것이 중요하기 때문에, 독서가 중요한 교육수단이 되고 있다. 『논어』에는 인仁에 관한 수십 가지 표현이 있지만, 그 인仁에 대해서 형이상학적 설명을 한 곳은 한 군데도 없다. 마르크스 레닌의 교과서를 가르칠 때도 지도자가 해설하고 말단의 지도자가 다시 해설하는 방식으로 의식화 교육을 시킨다. 마르크스 레닌주의 사상을 각자가 '사색'하여 보편적인 규범을 얻어내거나, 그 보편적인 규범에 동의하는 방식을 택하지 않는다는 것이다.

229) 『論語』, 「先進」, 11章. "季路問事鬼神, 子曰, 未能事人, 焉能事鬼, 敢問死, 曰 未知生, 焉知死."

230) 『論語』, 「顔淵」, 5章. "死生有命, 富貴在天." 『莊子』「大宗師」, "死生命也."

231) 『莊子』, 「大宗師」. "古之眞人, 不知說生, 不知惡死."

232) 『莊子』, 「知北遊」. "人之生, 氣之聚也, 聚則爲生, 散則爲死."
王充, 『論衡』, 「論死」. "人之所以生者, 精氣也, 死而精氣滅."
朱熹, 『語類』, 卷三. "人所以生, 精氣聚也, 人只有許多氣. 須有個盡時, 盡則魂氣歸於天, 形魄歸於地而死矣."

233) 『莊子』, 「至樂」. "死生爲晝夜."

316

『莊子』, 「田子方」. "死生終始, 將爲晝夜."

『列子』, 「天瑞」. "死之與生, 一往一反, 故死於是者, 安知不生於彼."

234) 『莊子』, 齊物論. "物無非彼, 物無非是. 自彼則不見, 自知則知之."

235) 같은 책. "彼出於是, 是亦因彼. 彼是方生之說也."

236) 같은 책. "方生方死, 方死方生, 方可方不可, 方不可方可."

237) 같은 책. "因是因非, 因非因是, 是以聖人不由而照之於天."

238) 같은 책. "分也者, 有不分也. 辯也者, 有不辯也."

239) 같은 책. "朝菌不知晦朔蟪蛄不知春秋. 此小年也. 楚之南有冥靈者. 以五百歲爲春, 五百歲爲秋. 上古有大椿者. 以八千歲爲春, 八千歲爲秋. 而彭祖乃今以久特聞, 衆人匹之. 不亦悲乎."

240) H. G. Creel, *Chinese Thought from Confucius to Mao Tse-tung* (Chicago: University of Chicago Press, 1953), p.112.

241) Paul Edwards ed., *Encyclopedia of Philosophy* (New York: Macmillan, 1967), vol.2. (Philosophy East and West, vol. 39, No.1 Jan., 1989에서 재인용.)

242) 모든 가치가 상대적으로 적용되는 경우는 오직 무식한 정신적 논쟁의 세계로, 플라톤의 말에 따르면 억측의 영역에서만 가능하다.

243) 부否 / 긍肯의 장점은 이 밖에도 상대주의적이고 비상대주의적인 다양한 진술들을 계속 유지한다는 것이다. 게다가 그 진술들은 서로 다른 의식의 영역에 대해 언급하고 있기 때문에, 서로 모순의 관계에 서지 않는다는 것이다. 지혜를 사랑하는 자인 철학자는 한편으로는 무지하고 다른 한편으로는 현명하다. 그는 우리를 무지의 차원으로부터 앎의 차원으로 인도한다. 이것이 바로 장자 사상의 존재 의의이다.

244) Shinoda Bolen, *The Tao of Psychology-Synchronicity and the Self* (이은봉 옮김, 『道와 人間心理』, 集文堂, 1995.)

245) IRA Progoff, *Jung, Synchronicity, and Human Destiny*, p.21.

246) Shinoda Bolen, *Ibid.*, p.47.

247) Jung, *Memories, Dreams, Reflections*, pp.159~160.

248) IRA Progoff, *Ibid.*, p.165.

249) Shinoda Bolen, *Ibid.*, p.83.

250) 몇 개의 예를 들어 보겠다.

"중학교 때부터 친하게 지내 오던 묘현이라는 아이가 있었다. 대학교 들어가면서 서로 다른 학교에 진학하게 되어 그전처럼 자주 만나지는 못했지만, 서로를 항상 위해 주는 마음만은 변함이 없었다. 그러던 어느 날 꿈에 묘현이가 나왔는데 막 우는 것이 아닌가! 나도 울다가 꿈에서 깨어났는데, 시간이 너무 늦어서 전화하고 싶은 마음을 꾹 참았다. 그런데 그날 저녁에 학교에서 돌아오는데 전화벨이 울려서 급히 받았다. 그런데 바로 묘현이라는 아이였다. 어젯밤 일도 있고 해서 '무슨 일 있었니?'라고 묻자 그 친구는 막 우는 것이 아닌가! 어젯밤에 안 좋은 일이 있어서 나에게 전화를 했는데, 시간이 너무 늦기도 하고 3번인가 벨이 울려도 안 받길래 그냥 끊었다는 것이었다. 시간대가 내가 꿈에서 깨어난 그 시간이었다. 나는 눈물 때문에 잠이 깬 것으로 알았는데, 듣고 보니 아마도 그 전화벨 때문에 일어난 것 같았다. 나는 그 친구에게 어젯밤 일을 이야기해 주었다. 친구들 때문에 고민했던 그 친구는 그 꿈 이야기만으로도 충분히 위로를 받았다고 했다."(대학 3년생 H양)

"이것도 묘현이라는 친구와 관련된 이야기인데, 하루는 마음이 너무 불안하고 초조하다 못해 소화까지 제대로 안 되는지 배 근육이 딱딱하게 경직되는 듯한 느낌을 받았다. 문득 집에 안 좋은 일이 생긴 것은 아닐까 하는 불안감에 집에 서둘러 돌아갔다. 다행히 집에는 별일이 없었고 무사히 그날 하루를 마감했다. 그런데 그 다음날 집으로 전화가 걸려 왔다. 묘현이네 언니였다. 순간 나는 아차 싶었다. 전화기에서 들려 오는 언니의 이야기가 너무나 황당해서 전화 받는 손이 다 떨렸다. 묘현이가 어제 집에 돌아오다가 같은 아파트에 살던 정신병자의 칼에 배를 찔렸다고 그러시는 게 아닌가! 천만다행으로 생명에는 지장이 없었지만 복부에 손상을 입어서 3개월 가량이나 입원을 해야 했다. 지금 생각해도 아찔하기만 하다. 그 정신병자는 당시 19세였는데 귀에 '엄마를 죽여라!'는 환청을 듣고 차마 엄마를 해칠 수는 없고 그렇다고 살인 욕구를 참을 수도 없어서 무작정 밖으로 나와서 찌른 사람이 재수없게도 내 친구가 걸린 것이다. 누가 봐도 재수 없었다는 표현밖에는 달리 쓸 말이 없었다. 그러나 묘현이는 그렇게 생각하지 않았다."(대학 3년생 H양)

"나에게 있어 이성은 아니지만 대학에 들어와서 시간도 가장 많이 보내고 자칭 타칭 best friend라는 친구가 있다. 그 친구와는 국민학교와 고등학교를 같이 나왔기 때문에(하지만 대학 들어오기 전에는 서로에 대해 몰랐다) 그 친구의 친구들은 대부분이 나와 안면이 있거나 친분이 있는 경우가 많았다. 그래서 우리는 가까워지는 데 별로 시간이 걸리지 않았고 어느새 서로의 마음을 읽을 수 있는 사이가 되었다. 처음에는 내가 생각하거나 말하려 한 내용을 그 친구가 바로바로 행동에 옮기는 경우가 많아져 놀라게 하더니, 서로 동시에 전화를 걸어서 쌍방이 통화 중이었던 경험도 자주 하게 되었다. 또 동시에 메시지를 남겨서 내 삐삐에 대한 응답인지 알고 들었다가 전혀 엉뚱한 내용이었던 것을 알고 황당해 했던 적도 있다. 같이 오래 다니면 취향도 닮는다더니, 감정의 기복도 비슷한 사이클을 갖게 되었다."(대학 3년생 P양)

"어느 날인가 문득 머리에 핀을 꽂고 갔는데 그 친구도 똑같은 위치에 핀을 꽂고 온 적이 있었다. 그다지 신기한 일이 아닐지 몰라도 내가 커트로 머리를 자르고 2년간 한번도 핀을 꽂았던 적이 없었고, 그 친구 역시 나와 비슷한 시기에 머리를 자른 뒤부터 핀을 꽂고 다니는 걸 본적이 없었기 때문에 마냥 신기하기만 했다. 그 다음날에는 역시 한번도 옷을 허리에 묶고 갔던 일이 없었던 내가 옷을 묶고 교실에 앉아 있었는데, 그 친구가 옷을 허리에 묶은 채 그 교실 문으로 들어오는 것이 아닌가! 주변 사람들은 별일이 아니라고 생각했겠지만 나에게는 마냥 신기하기만 했다. 하지만 이렇게 겉으로 나타나는 행동의 일치보다는 안 보이는 곳에서의 감정의 교류와 호흡을 같이 할 수 있다는 것이 더욱 새롭고 신기하였다."(대학 3년생 w양)

251) Jung, *Psychology and Alchemy*, Bollingen Series 20, Princeton, p.89.

252) Shinoda Bolen, *Ibid.*, p.92.

253) IRA Progoff, *Ibid.*, p.82.

254) Jung, *Memories, Dreams, Reflections*, p.160.

255) 이 인용문은 융이 영문판 『역경』의 서문에 쓴 내용을 필자가 임의로 줄여서 의역하였다.

256) Translated by Richard Wilhelm, *The Secret of the Golden Flower with a commentary by C.G. Jung*, A Harvest / HBJ Book, p.81.

257) IRA Progoff, *Ibid.*, p.33.

258) IRA Progoff, *Ibid.*, p.34.

259) Shinoda Bolen, *Ibid.*, p.63.

260) Joseph Needham, *Science and Civilization in China*, 4 Vols (Cambridge: University Press), Ⅱ장, 497.

261) E. R. Hughes, *The Great Learning and the Mean in Action* (New York: E. P. Dutton & Co, 1963), p.12 이하.

262) 롱고바르디의 관점은 1701년에 *Traité sur Qelques Points de la Religion des Chinois*라는 책으로 출판되었다. 그 후 프란치스코회 신부인 A. de Sainte-Marie도 롱고바르디의 입장과 동일한 주장을 하였다. (Needham, *Ibid.*, 2장.)

263) 니담의 견해에 따르면, 1735년에 출판된 책 가운데 롱고바르디와 쎄인트마리의 주석을 언급하고 있는 것 같다.

264) Philip P. Wiener, *On Philosophical Synthesis*, Philosophy East and West 12, No.2 (Oct. 1962).

265) Needham의 책에서 재인용했다. 원래 *Leibniz and China*라는 방대한 책에서 인용된 것인데, 이 책에는 롱고바르디가 1716년 프랑스 오를레앙의 백작에게 보낸 긴 서한이 *Leibniz Opera Omnia*라는 이름으로 1741년에 번역되어 있고, 이 편지의 일부분이 Lach의 작업으로 위에서 언급한 책으로 나왔다.

266) 위의 책.

267) 이 점은 빌헬름 이외에도 Eberhard, Granet, Needham과 같은 학자들이 한결같이 말하고 있는 것이어서, 서양 사람들의 공통적 견해인 것처럼 보인다.

268) 이에 대해서는 Hughes의 글 'Epistemological Methods in Chinese Philosophy'를 참조할 수 있다. *The Chinese Mind* (ed. Charles A. Moore, Honolulu: University of Hawaii Press, 1967) pp. 88~92를 참조.

269) 정명도程明道와 정이천程伊川 형제에 관해 서양에 소개된 책으로는 A. C. Graham의 *Two Chinese Philosopher* (London: Percy Lund, Humphries & Co., 1958)가 있다.

270) *The Monadology* (정종 옮김, 『라이프니쯔와 단자 형이상학』, 원광대출판국, 1984.)

참조.

271) Needham, *Ibid*, Ⅱ장 참조.

272) Philip P. Wiener, *Leibniz and Bouvet*, 1701년 2월 15일의 편지.